# MARC

Benjamin Stock

# MARC

Éditions rue *f*romentin
Paris

# I

# OÙ L'ON EXAMINE LE BIEN-FONDÉ DU SUICIDE

— On ne devrait jamais ouvrir un livre, à moins de croire qu'il peut changer notre vie !

L'esprit surchauffé, le geste brusque, David atteint son point d'ébullition, quand sa parole déborde, le noie et nourrit le feu d'une querelle sans fond. Dans ces moments, il répugne à la nuance, la considère comme le refuge des tièdes et des jésuites, comme le plus grand mal de l'humanité. Il sait déjà que demain, pourtant, il regrettera tout.

Youssef s'arme de vin jusqu'à ras bord.

— Mais qu'est-ce que tu racontes ? Combien de livres ont changé ta vie, à toi ?

David pourrait reconnaître un emportement puis passer à autre chose. Il le pourrait.

— Plein !

— Alors donne-nous des exemples.

— Eh bah, je sais pas, je viens de lire *Le Capital au XXI^e^ siècle* – David en avait fait une lecture assez superficielle, feuilletant même les cinq cents dernières pages en l'espace d'une soirée – et je ne vois plus les choses comme avant, sur la question du patrimoine, de l'héritage, de…

Juliette roule des yeux et prend sa voix de châtelaine

outrée, sorte de personnage bouffon qu'elle convoque chaque fois qu'elle croit épingler un excès d'intellectualisme – ce qui lui arrive souvent.

— Ah bah caâarrément ! Moôonsieur veut qu'on lise tous Karl Marx ou sinon rien !

— Mais non… Juste, lire des choses vraies. Des trucs nourrissants.

— Encoôore mieux !

— Tu vois ce que je veux dire, non ? Y a des livres écrits pour divertir, pour passer le temps, pour rien quoi… Des livres sans ambition. Mais un auteur, il doit transpirer, il doit prendre des risques… Il doit perdre un ami, sa mère, ses tripes !

Juliette prend un air dégoûté.

— Tu parles de boucherie, là, ou quoi ?

— Il faut écrire en voulant changer le monde ! C'est pas grave d'échouer, mais c'est grave de ne pas essayer. À quoi ça sert d'écrire des livres moyens ? De répéter des choses déjà dites ailleurs ? C'est juste… faire du petit commerce. Faire du bruit. Y a trop de bruit, on s'entend plus.

Juliette plie sa serviette en huit.

— Mon petit coco, bientôt j'accouche de mon premier gosse et j'ai besoin d'optimisme, j'ai besoin de me dire que le monde il est pas complètement pourri. Moi, ce livre, il me fait du bien, c'est tout, faut pas chercher midi à quatorze heures.

En vérité, David n'a pas d'opinion construite sur *Trois Amis en quête de sagesse*, dont Juliette a fait son livre de chevet. Il s'en était méfié d'instinct puisqu'il s'agissait d'un best-seller, et s'était contenté de le feuilleter, il y a trois ans, dans un tabac-presse de la Gare du Nord.

Il avait découvert une fosse au contenu douteux mais suave, brumeuse de vapeurs antalgiques, où flottaient les plus informes résidus des Évangiles et des religions d'Orient que les auteurs déversaient par seaux entiers avec un air solennel. David s'agaçait aussi de voir avec quel respect infantile les journalistes cajolaient ces trois personnages de BD belge (le bonze, le philosophe et le psy) sur tous les plateaux de télévision. Le bon Dieu lui-même n'aurait pas été plus benoîtement écouté. Quand Juliette a dit que ce livre lui avait « ouvert les yeux » sur le fait que « l'ego nous rend malheureux », David a bondi, s'est lancé dans une diatribe à l'encontre des nouveaux guides spirituels, avant de recommander la lecture immédiate des textes fondateurs où les « trois amis » avaient volé leur « sagesse ». Il s'est rendu compte, en exposant sa doctrine, que celle-ci réduisait la bibliothèque idéale à quelques dizaines de livres, tous âgés d'un millénaire au moins. Mais progressivement, puisque personne à table ne lui accorde aucun argument, ni la plus petite rationalité, David s'échappe dans les hyperboles, préférant perdre un débat avec panache que de négocier des vérités fades.

La discussion prend un tournant moral avec l'intervention de Guillaume. Il pose la main sur le ventre de sa compagne.

— Je suis d'accord avec Juliette. Tu ne peux pas juger comme ça. Tu as le droit de dire « je n'aime pas », mais tu ne peux pas dire « c'est de la merde ».

— Quelle différence ça fait ?

— Ça veut dire que tu respectes les goûts des autres.

— C'est la meilleure ça… Si je dis « je n'aime pas »,

alors, tout est pardonné ? Tu penses pas que ça revient exactement au même ?

— Bah non.

— D'accord. Je n'aime pas les *Trois Merdeux en quête de sagesse.*

Moitié réprobateurs, moitié curieux, les clients du restaurant commencent à tendre l'oreille et à baisser la voix. C'est le moment que David préfère. Quand le scandale rôde. Il en profite pour s'expliquer :

— Écoutez, je dis juste que c'est dommage. À toutes les époques, des gens ont pris la plume pour nous aider à vivre, nous empêcher de refaire sans arrêt les mêmes erreurs… Un livre, ça doit faire réfléchir, ça doit produire des formes nouvelles, ça doit empêcher de dormir ! Un livre qui sert à se sentir bien, c'est un antilivre, c'est un dévoiement !

Youssef rétorque avec sa prose habituelle, si calme et polie qu'elle en devient irritante :

— C'est ça ton problème, David… Tu prends ton opinion pour une espèce de vérité générale. Tu aimes les livres exigeants, et c'est très bien. Si des gens aiment des livres plus légers, tu n'as pas le droit de les juger.

— Je ne juge pas les gens, je juge les livres ! Tu vas pas me dire que pour toi, un catalogue de machines à laver, c'est la même chose que Proust ?

— Et pourquoi pas ?

— Mais parce que tu ne le penses pas !

— Si. Le texte n'est pas une chose inerte. Il prend vie différemment dans l'esprit de chaque lecteur.

— Tu vois, ça, c'est typique…

Le connaissant mieux qu'il ne se connaît lui-même, les amis de David l'observent avec horreur et craignent l'imminence de son monologue favori contre l'époque, les autres et le monde.

Il boit quelques gorgées de vin rouge, semble hésiter, cherche ses mots, et chacun retient son souffle.

— C'est typique de notre époque !

— Eh bah voilà-âaa ! fait Juliette en tapant sur la table.

— Vous allez faire de moi un réactionnaire !

— Ooôn y est !

— Les droitards disent que deux siècles de démocratie nous ont abrutis et je vais finir par le penser ! Certaines œuvres ont plus de mérite que d'autres, c'est évident et je trouve ça dingue qu'on ne puisse même pas *en discuter* ! On peut pas tout mettre au même niveau !

Juliette prend sa vapoteuse en signe de démission.

— Eh, mon petit coco, je bosse dix heures par jour, OK, je rentre, je fais la bouffe, je suis crevée, j'ai mal au dos, alors, quand je veux me détendre une demi-heure avant d'aller dormir, je choisis un livre qui me prend pas la tête. J'ai le droit ?

— T'as le droit, j'ai le droit, tout le monde a le droit. Mais du coup, maintenant, y a plus que du divertissement, des livres doudous, et tout ça, c'est une façon de nous éteindre. C'est du somnifère. Et j'ai le droit de le dire aussi.

— Tu ne peux pas dire ça, fait Youssef avec un geste d'autorité bien assise.

— Ah j'ai pas le droit ?

— Si, tu as le droit, mais tu as tort aussi. Tous les auteurs actuels ne sont pas des amuseurs. Certains vont marquer l'époque. On le saura dans cinquante ou cent ans.

— Tu crois vraiment qu'un jour on lira Houellebecq à l'école ?

— Et pourquoi pas ?

— Vraiment ? *Soumission* par exemple ? Quel passage, pour une analyse de texte ? Quand il décrit ses branlettes avec YouPorn ou quand il s'attarde sur le goût du poulet teriyaki Picard au micro-ondes ?

— Proust raconte bien pendant cinquante pages comment il s'endort…

Juliette fait semblant d'étudier sa vapoteuse et d'y trouver des boutons inédits. Guillaume, également ennuyé, trace des lignes sur la nappe avec les miettes de pain. Tous deux se retirent en eux-mêmes, le regard vague, abdiquant le sempiternel duel Youssef-David. « Un combat de coqs », dit souvent Juliette.

— Tu sais, David, c'est ça ton problème. Je crois que tu donnes trop d'importance aux écrivains.

— Tu plaisantes ? Leur responsabilité est énorme.

— C'est ce que tu aimes penser.

— Alors regarde Saint-Paul !

— C'est la tarte à la crème…

— Il fonde le christianisme, Voltaire le fissure et puis Nietzsche l'achève. Voilà, ces trois auteurs, ils t'éclairent deux mille ans de psychologie des foules.

Ces exemples un peu trop canoniques n'impressionnent pas Youssef, qui s'est assez pommadé de science et de littérature à l'adolescence pour se sentir plus français que bien des Français.

— Je suis navré de te le dire, David, mais tu vis trop dans les livres… Tu crois que les écrivains font les époques, mais ils ne font que respirer l'air du temps et le transcrire sur papier. Saint-Paul arrive après le Christ, qui n'a rien écrit. Les remous de l'Histoire affaiblissent le christianisme et Voltaire vient seulement cracher à son chevet. La science enterre Dieu et Nietzsche s'attribue le crime. Au mieux, les écrivains témoignent, mais toujours après les batailles.

— Eh bah ! Le témoignage, c'est capital ! Sans traces écrites, on serait encore des animaux !

— Non. Tu sais, trois quarts des gens se fichent des livres, et pourtant ils vivent. Les écrivains sont des vaniteux. Ils appellent à la guerre, à la paix. Ils proclament des valeurs. Ils signent des tribunes. Ils se voient comme les gardiens de la démocratie, de la dignité de l'Homme. Ils croient qu'on devrait les remercier… Mais c'est une superstition placée dans le pouvoir magique des mots. Les livres ne servent à rien.

— Y aura-t-il des desserts ?

Un serveur vient d'interrompre la conversation. Juliette s'éveille en sursaut. Les quatre amis s'entendent pour consulter la carte et changer enfin de sujet. Youssef retient le serveur par le bras, lui tend une bouteille vide et lui commande un beaujolais à la place. « Tout de suite, monsieur. » La voix du serveur, enveloppante et nasillarde, attire l'attention de David. Il s'étonne qu'un son si profond puisse émaner d'un homme si fin, si grand, terminé par une étrange tête d'enfant crayeuse, allongée, couverte de cheveux ras et carotte. Une sorte de pantin rapiécé. Juliette se lève. « Je vais fumer. » Guillaume la suit. David, lui, choisit de reprendre son souffle aux toilettes.

Devant l'urinoir, il revoit mentalement le film de la discussion, maudit ses arguments les plus faibles et s'imagine avoir manqué plusieurs coups rhétoriques assez cinglants... Heureusement, pisser le calme.

C'est lui qui a choisi la brasserie du *Grand Colbert* pour dîner, voulant ressusciter le Paris romanesque, « éternel », mais confisqué par une clientèle de touristes fortunés, américains et russes pour la plupart. Les efforts de David et de ses amis suffiront-ils à redresser le drapeau de ce pays perdu : la Bohème ? Où donc se retrouve la jeunesse d'aujourd'hui pour boire, se promettre les lendemains qui chantent et comploter en sueur sur des tables mouchetées de piquette et d'entailles au couteau ? Dans quelle ruelle confluent les exaltés de notre époque ; derrière quelle porte fermentent les prochains surréalistes ?

Pas ici, sûrement, parmi les fumets de rognons au lard et d'escargots persillés vendus presque 2 euros l'unité.

David rejoint sa table et Youssef, sans demander la permission, lui sert un verre de rouge. Tous deux reprennent une discussion triviale et se moquent des gens alentour, des riches obèses qui bâfrent sans rien avoir à dire et de leurs femmes pincées par tous les bouts – le cul, la bouche, le chignon. Les yeux rivés sur le menu, Youssef improvise une théorie stupide selon laquelle il est possible de deviner la tradition politique d'un peuple en observant ses desserts.

— C'est simple, mon petit David. Regarde nos desserts les plus fameux : le Paris-Brest, la crème brûlée, l'île flottante... Tu ne remarques rien ?

— Ils contiennent des œufs.

— Non. Ce sont des desserts qui ne se partagent pas. Ils satisfont nos palais de révolutionnaires et d'individualistes. Maintenant, regarde les spécialités allemandes :

forêt-noire, gâteau de fromage blanc, pain de Noël… Ce sont des pâtisseries roboratives, qu'il faut couper en tranches ; c'est l'expression d'une nation conservatrice et fédéraliste. Et les Anglais ? Ils sont pragmatiques, leur culture est celle du compromis. C'est pour ça que leurs desserts sont informes, comme le pudding ou la putain de gelée.

David éclate de rire.

Héritier des sophistes grecs, Youssef aime dire des absurdités, juste pour prouver qu'on peut toujours les défendre. Ses argumentaires sont d'autant plus drôles qu'il s'exprime dans la langue un peu surfaite et surannée d'une certaine bourgeoisie marocaine passée par le lycée français de Rabat.

Juliette et Guillaume viennent se rasseoir. Constatant que l'heure est aux gamineries, ils décident de prolonger la soirée, commandent des coupes de glace et des cafés. Une fois l'addition payée, la fin du repas s'étire agréablement et chacun s'installe dans la digestion, jambes tendues, prêt à se taire pour écouter une bonne histoire. La grossesse de Juliette suscite un intérêt particulier. Elle raconte les rendez-vous gynécologiques, les douleurs ligamentaires du matin, tandis que Guillaume décrit les difficultés que pose un ventre enceint pendant les rapports amoureux.

Le restaurant se vide. Même la lumière semble se tamiser pour inviter au départ. Aux odeurs de graisse froide se mêle celle de la javel et des cuisines monte le murmure de la plonge – gargouillements, cliquetis de l'argenterie…

Voyant s'approcher le grand serveur mince et sans âge, les quatre amis s'apprêtent à partir.

— Madame, messieurs, accepteriez-vous que la maison vous offre le champagne ?

La tablée s'échange des regards amusés.

— En quel honneur ? demande Youssef.

— Vous me paraissez sympathiques et c'est mon dernier jour.

David se retourne et ne voit que des tables abandonnées. Aucun autre membre du personnel, même derrière le bar, où la caisse semble avoir été fermée. Il suspecte une erreur.

— Mais c'est le patron qui paye sa tournée ?

— Non, monsieur. C'est moi qui prends l'initiative de vous offrir ce dernier verre. Comme je l'ai mentionné, c'est mon dernier jour.

Des sourires se dessinent. Guillaume se retient de rire franchement. Le groupe est déjà passablement ivre mais, plus qu'un champagne gratuit, l'étrangeté du moment suffit à lui rendre l'envie de boire. Juliette soulève les épaules.

— Bon, OK, alors ! On va pas cracher dans la soupe, hein !

« OK », confirment les autres sans comprendre.

Le grand serveur se retire dans l'arrière-salle.

— Mais pourquoi ? fait Juliette. Mais pourquoi !

Personne ne lui répond. Les garçons gloussent et trépignent.

Le serveur refait surface avec les flûtes ainsi qu'un seau de glace où trempe un Dom Pérignon. Guillaume tressaille.

— Vous êtes sûr que c'est gratuit ?

— Absolument, monsieur. Vous pouvez me faire entièrement confiance.

Le bouchon saute et le serveur fait le tour de la table, une main dans le dos, l'autre s'appliquant à remplir les verres de la plus élégante manière. « Putain, il est bon », lâche Youssef qui n'a pas attendu pour mouiller ses lèvres. Guillaume, lui, s'inquiète.

— Mais c'est quoi ce délire ?

— C'est mon dernier jour, répète le serveur.

— Mais votre patron peut vous poursuivre pour ça, vous savez ? Il va retenir ça sur votre salaire.

Le serveur repose la bouteille dans le seau, le couvre d'une serviette blanche et, sur un ton de velours, prononce cette phrase râpeuse :

— Pardonnez mon franc-parler, monsieur, mais vous ne comprenez pas. C'est mon *dernier jour*. Cette nuit je me suiciderai.

Youssef, grand amateur de dérapages, rit en crachant un peu de champagne. « J'adore ! » fait-il en passant une serviette sur son menton. Juliette se crispe et ferme les bras sur son ventre.

— C'est une blague ? Parce que c'est légèrement glauque, autant vous le dire !

— Permettez-moi de vous expliquer, madame.

— Allez-y, oui, ce serait bien !

Mains croisées, le grand serveur prend une inspiration, pose un regard attentif sur ses quatre auditeurs, et se lance :

— Une question m'a longtemps obsédé. Cette question était de savoir si la vie vaut la peine d'être vécue. Je crois avoir fait le tour complet du problème. Et ma réponse est la suivante : non, la vie ne vaut pas la peine d'être vécue.

Le silence du restaurant change de nature. Il se glace

et durcit. Les ampoules donnent l'impression de jaunir encore et jettent un crépuscule sans joie sur les tables à débarrasser ; couchant pour huîtres mortes et vases noires au fond des verres… Les mangeurs sont déjà loin, comme pour fuir un danger que nos quatre amis n'ont pas senti venir.

— J'ai pris la décision qui s'impose, continue le serveur. J'ai mis toutes mes affaires en ordre.

Juliette secoue la tête pour se dégriser.

— OK, c'est n'importe quoi ! Allez on se casse les gars !

Personne ne bouge.

— C'est une blague ? demande Youssef.

— Non, monsieur.

Juliette s'énerve.

— Vous délirez, c'est pas possible ! Ou alors vous vous droguez ? Il est où votre patron ?

— Je suis sain d'esprit, madame. Et mon patron n'est plus présent. Il laisse au plongeur le soin de fermer la salle.

— Mais vous avez quel âge, mon petit bonhomme ? Vous avez même pas 20 ans !

— J'ai l'âge de raison, madame. J'ai beaucoup lu. J'ai beaucoup réfléchi. J'ai beaucoup voyagé. Mes opinions sont faites. Mais je ne suis pas obtus. Si vous êtes en désaccord avec ma position, je souhaiterais entendre vos arguments, le temps que cette bouteille soit bue. Je suis même prêt à changer d'avis si vous vous montrez assez convaincants.

Le timbre envoûtant du serveur, ses façons d'aristocrate poussent David à se croire en présence d'une entité surnaturelle qui le mettrait à l'épreuve. Le défi proposé paraît important et simple à la fois. Il engage la discussion.

— Le bonheur, ça va, ça vient. Tu ne sais pas ce qui t'attend. Les plus belles années de ta vie sont à venir ! Enfin, je veux dire… La vie, c'est un cadeau quand même !

— Le bonheur est une chose que l'on poursuit, mais qu'on ne tient jamais vraiment.

— Il y a le plaisir ! Le kif ! On est là pour kiffer, c'est tout !

— Je crois, monsieur, qu'il est inutile de multiplier les plaisirs. Pourquoi boire mille champagnes ? On ne les boira jamais tous. Un seul suffit, s'il est bon : il contient tous les suivants. J'ai goûté les plaisirs et je ne tiens pas à les répéter indéfiniment… D'ailleurs, avez-vous remarqué comme les plaisirs s'émoussent avec la répétition ? Je ne souhaite pas connaître le grand âge où tous les plaisirs me seront indifférents.

Dérouté, mais opiniâtre, David insiste :

— Quand même, le monde est vaste ! Tu peux toujours faire des expériences nouvelles. Des plaisirs, tu en auras d'autres ! Des plaisirs que tu ne connais pas encore !

— Si vous me le permettez, monsieur, je dirais que le plaisir est un argument faible, le principe des malfaiteurs et des empires décadents. Ceux-là s'abîment, tuent, détruisent pour augmenter le nombre et l'intensité de leurs plaisirs. Mais ils ne sont jamais rassasiés. Aucun plaisir, aussi grand soit-il, ne suffit.

Légèrement humilié, David se réfugie de nouveau dans l'outrance.

— Bah t'es quand même un pisse-froid ! Un plaisir,

c'est un plaisir, point. Tu réfléchis trop, c'est toi qui gâches le plaisir !

— Bien, monsieur. Admettons que l'homme soit sage et qu'il poursuive le plaisir sans tomber dans l'abus, trouvant des joies simples dans le pain et dans l'eau, en bon épicurien. Même dans cette perspective, je dois bien dire que les plaisirs me laissent un goût amer. D'abord, je ne suis pas sûr qu'ils compensent exactement les souffrances, qui, elles aussi, sont nombreuses et inévitables. Au mieux, les plaisirs me font l'effet d'une consolation légèrement pathétique. Voyez-vous, on m'a fait naître dans ce monde sans que je ne décide de rien. J'ai tout de même pris la peine de l'explorer. J'ai goûté les plaisirs, et j'en suis fort aise. Mais ils ne constituent pas une raison suffisante pour rester. Je suppose qu'il est possible d'avoir des plaisirs en prison et cela ne rend pas le séjour plus digne ; si la porte est ouverte, il faut partir, avec courage. Rien, ici bas, n'a vraiment de valeur. Et rien ne dure. Cette réalité me déplaît et je préfère ne plus y participer.

Pour avoir le dernier mot, David grommelle une réponse inaudible où pointent quelques jurons. Il s'étonne de n'avoir jamais envisagé sérieusement la question du suicide. Il ne doute pas qu'il existe, quelque part dans l'histoire des idées, d'implacables raisonnements en faveur de la vie, ni que ces raisonnements soient déjà présents de façon toute naturelle au fond de lui-même. Mais, incapable de les entrevoir, il s'agace et s'en veut d'être dominé « par un simple serveur » – pensée scandaleusement élitiste qu'il réprime aussitôt.

— Quand j'avais votre âge, dit Juliette, j'étais paumée moi aussi ! C'est normal d'avoir des coups de blues, hein ? C'est OK ! Et ça va passer !

Le serveur, sans rien dire, fait un second tour avec la bouteille de champagne, mais les garçons scrutent à présent leurs coupes avec un certain dégoût. Juliette, elle, croit encore en son pouvoir de persuasion.

— Y a plein de raisons de vivre ! Y a l'amour !

— Il passe, madame.

— Et vos parents ? Vous pensez à vos parents ?

— Tout le monde doit partir un jour. En faisant leur deuil maintenant, mes proches n'auront pas à le faire demain.

— Et les enfants ? Hein ? Avant, moi, je vivais comme une égoïste, pour moi toute seule, au jour le jour. J'étais paumée, quoi ! Et puis je suis tombée enceinte. Et là, tout s'est éclairci. Je vis pour lui, pour mon petit bébé. Je comprends ce que disent les mères, maintenant.

— Je crains, madame, que vous n'ayez pris le problème à l'envers. C'est avant de faire un enfant qu'il faut savoir si la vie vaut la peine d'être vécue. Sinon, faire un enfant est immoral et vous rejetez simplement sur votre descendance le devoir de traiter cette question grave.

Les yeux embués, Juliette se lève, rassemble ses affaires et se presse jusqu'à la porte. « Viens, Guillaume, on se casse ! » Guillaume hésite. Il n'aime pas, surtout, obéir aux ordres de sa petite amie devant d'autres hommes. Il négocie « deux minutes », mais Juliette ne fléchit pas. « Discute pas avec ce taré, viens ! » Gêné, Guillaume dandine, puis fait mine de céder pour gagner du temps. « J'arrive, j'arrive. »

Youssef, le visage froncé, prépare une riposte. Cet amateur de palabres croit tenir une occasion de prouver l'utilité pratique de la philosophie en général, et la supériorité de sa philosophie particulière. Musulman déconverti, Youssef a trouvé chez certains écrivains une religion de substitut et ne manque jamais une occasion de se déclarer camusien – credo qui n'a de sens clair pour personne, même pas pour lui.

— Vous m'avez l'air cultivé. Si vous trouvez la vie absurde, alors je suppose que vous connaissez Camus et le *Mythe de Sisyphe* ?

Le serveur acquiesce d'un air entendu. Youssef poursuit :

— Camus nous dit de ne pas accepter l'absurde, mais de le transformer en énergie vitale, de le dépasser par la révolte, par l'expression de notre liberté, par la passion. L'absurde n'existe pas en tant que tel. Il indique seulement les limites de notre logique humaine.

— Ainsi, répond le serveur, Camus est encore l'idole de la jeune génération ? Je ne l'aurais pas cru...

Ne souhaitant pas être toisé plus longtemps, surtout par un serveur, Youssef se lève de sa chaise pour lui faire face, coupe de champagne à la main.

— Je n'ai pas de maître à penser ! Mais Camus a réfléchi au suicide. Il faut considérer ses arguments.

— Et quels sont ses arguments ?

À sa grande surprise, Youssef trébuche en voulant résumer des idées qu'il croyait si claires et si puissantes.

— Il pense que le suicide est, comment dire... Il pense que le suicide est lâche, et que le suicide est laid.

— Donc, ses arguments tiennent à la morale et à l'esthétique ?

Youssef acquiesce, sans être bien certain.

— Je crains, monsieur, que ces arguments n'aient pas

beaucoup de poids. La morale et l'esthétique sont des goûts. Les goûts changent d'une personne à l'autre et selon les périodes de la vie. D'ailleurs, quelques années après avoir écrit son livre, Camus lui-même ne croyait plus à ses propres idées. Il a fini gravement dépressif et parlait du suicide d'une manière glaçante. La chose est connue. Ses amis l'ont dit.

Le serveur est définitivement plus cultivé que ses quatre adversaires. Ses tirades sont d'un seul jet, comme si, près du sol, un souffleur lui rappelait son texte. Mais il ne semble pas tirer le moindre plaisir de la joute. Pas la plus petite revanche de classe.

Juliette se tient à l'entrée mais ne franchit pas le seuil ; furieuse, elle s'absorbe dans son téléphone. Les cuisines se sont éteintes. La salle est à présent complètement vide, presque sans consistance, entre le rêve de fièvre et le faux souvenir. Le serveur continue :

— Camus doit sa réputation au fait d'être mort trop tôt. Sinon, il se serait suicidé, lui aussi, et son œuvre aurait perdu de son aura. Voyez, messieurs, je crains que les philosophes ne soient tous des tricoteurs, des modistes dont le métier est d'habiller le vide existentiel. Même les soi-disant nihilistes étaient, dans le fond, de simples coquets. Jamais ils n'auraient pris le nihilisme au sérieux. Jamais ils n'en auraient fait un programme politique. Car si le nihilisme devient un programme politique, pardonnez-moi l'expression, messieurs, mais *c'est fini de rire*. Schopenhauer et Cioran pouvaient bien étaler leur pessimisme, livre après livre, cela ne les empêchait pas de mener des vies de jouisseurs, de courir les femmes et les dîners en ville. Ils portaient leur philosophie en écharpe.

Juliette claque la porte. Devant la fenêtre du restaurant, vapoteuse à la bouche, elle tape des pieds et fait les gros yeux à Guillaume.

— Le fait est que l'art de penser fut définitivement fixé dans l'Antiquité et, depuis, n'a jamais fait de progrès. Son unique but était, et reste, d'apprendre à mourir.

Il tire la bouteille du seau de glace, estime la quantité restante, puis la vide dans la coupe de Youssef, debout mais sonné. Guillaume voudrait partir mais craint aussi de manquer le meilleur, alors il essaye d'écourter la soirée.

— Bon, ça suffit. J'appelle la police.

Sans prendre la peine de commenter, le serveur débarrasse la bouteille, le seau de champagne, et les emporte derrière le bar. David, lui, se retranche dans l'humour.

— Mais pourquoi maintenant ? Pourquoi se presser ? Tu pourrais te suicider la semaine prochaine. On ne sait jamais. Peut-être que le Christ revient sur Terre demain ? Tu vas quand même pas manquer ça !

Le serveur revient et passe le ramasse-miettes sur la table.

— Je ne presse rien. La sagesse ne vient jamais trop tôt ni trop tard. Quand elle est présente en nous, que reste-t-il à attendre ? Qu'elle s'en aille ? On peut être sage à 20 ans et ne plus l'être à 60. Je veux partir simplement parce que je me sens prêt. Quand on est prêt, il faut sauter.

En entendant ces derniers mots, chacun voit l'image d'un corps écrasé sur le trottoir. Sauf David, qui se figure plutôt un noyé. Guillaume se lève, enfile son manteau et, voulant rester tout en donnant l'impression de partir, se met à vérifier le contenu de ses poches de façon méticuleuse.

— On devrait appeler le SAMU, dit-il en nettoyant ses lunettes.

Youssef comprend que la bande est vaincue. Un simple garçon de café vient de leur infliger une leçon de dialectique. Pour l'honneur, il croit encore à la possibilité de marquer un point, scolairement, avec une bête citation.

— Qui vous dit que nous sommes en vie pour être heureux ? Ou même pour être en paix ? Coubertin disait : « L'important dans la vie, ce n'est point le triomphe, mais le combat. »

Le serveur esquisse un quasi-sourire énigmatique.

— Eh bien ?

— Vous ne croyez pas ?

— Que devrais-je croire ?

— Qu'il faut se battre.

— Non, monsieur.

— Mais… Rah !

— Coubertin peut le penser. Le philosophe Hégésias ne le pensait pas ; les moines bouddhistes ne le pensent pas non plus. Qu'est-ce que tout cela peut bien prouver ? L'opinion des autres m'indiffère. Je sais ce que moi, je pense. Et vous, le savez-vous seulement ? Ne vivez-vous pas simplement par habitude ? Ou par peur de l'*autre choix* ?

Un vent griffu, pyrénéen, balayait les feuilles mortes sur les grands boulevards. David et Youssef trottaient en direction du faubourg Saint-Denis, frissonnant (d'extase ou de froid ?), cherchant une explication à la scène extraordinaire du restaurant. Youssef, surtout, insista pour que la soirée se prolonge.

— Mec ! Mais mec ! Tu te rends compte de ce que l'on vient de vivre ? C'est génial ! Ah ah ! Il faut que l'on débriefe. Prenons un dernier verre. C'est dingue !

Les deux amis s'accoudèrent au comptoir d'un rade où l'on ne servait pas de bières à la pression, mais seulement des Super Bock en bouteille avec des coupelles de cacahuètes un peu louches. Youssef y plongeait les doigts avec un abandon porcin.

— C'est quand même honteux, tu ne trouves pas ? On n'a pas réussi à défendre la vie, mec. La vie ! Quelque chose d'aussi simple que cela ! Mais qu'est-ce qui vient de se passer ?

Tout phénomène hors norme réjouissait ce vagabond qui ne connaissait pas le sérieux et ne respectait rien, sinon le principe esthétique. Au premier regard, pourtant, les inconnus se trompaient sur son compte et le confondaient souvent avec un marchand du sentier, croyant pouvoir se fier à ses manières sirupeuses, son léger embonpoint et les costumes impeccables (lin pour l'été, trois-pièces pour l'hiver) qu'il ne quittait jamais, pas même en soirée, passant chaque jour du travail à la soûlographie sans faire étape chez lui. Qu'il fût capable de mener une carrière pendant presque dix ans dans un cabinet d'audit était, même pour ses amis proches, un mystère, et la preuve qu'en plus d'être amateur de bons spectacles, Youssef était lui-même expert en masques. Ce fin embobelineur pouvait d'ailleurs enjamber toutes les contradictions ; celles de son discours, celles de sa propre personne, et si besoin par une voltige de mauvaise foi. « Si je suis un banquier, disait-il, c'est le banquier anarchiste de Pessoa ! »

David était d'un tempérament plus sourcilleux, plus impatient. Il n'avait pas abandonné ses ambitions infantiles et rêvait encore de vocations, de grands accomplissements, et pourquoi pas, de retourner la doublure du monde et découvrir la vraie trame du grand Tout... Une pensée, surtout, lui donnait des nuits blanches : qu'il soit possible de *rater sa vie*. Qui pouvait être certain qu'à son dernier quart d'heure, il échapperait à ce constat ? Qui, parmi ses amis, sa famille, serait frappé par cette horrible conclusion ? Et lui-même, qu'avait-il fait pour se croire à l'abri ? Rien. L'anniversaire de ses 33 ans, l'été dernier, fut l'occasion d'un bilan personnel assez cafardeux. Depuis la fin du lycée, David avait perdu son temps à poursuivre des chimères et à mener grand train sa vie de noctambule bavard et vain. La seule chose qu'il avait faite mieux et plus que les autres, c'était de boire.

— On vient de recevoir un signe, dit-il.

Du bout du doigt, Youssef tamponnait le sel au fond de la coupelle. Il ne comprit pas tout de suite.

— Quoi ?

— Le serveur, tout à l'heure. Ce n'était pas un hasard. C'était une sorte d'appel pour nous réveiller.

— Il se moquait de nous.

— C'était Dieu.

— C'était un gosse, mon petit David ! Un gosse lettré, je te l'accorde. Un gosse précoce et même légèrement tordu.

Ils se perdirent en conjectures, commandèrent une seconde tournée, puis quittèrent le bar en titubant carrément, avant de se séparer devant l'immeuble de David, au pied de la porte Saint-Martin. Youssef l'embrassa, lui serra les épaules plusieurs fois et monta dans le taxi sans tarir. « Quelle soirée, mec, quelle soirée ! »

David monta difficilement les cinq étages, longeant le mur d'un escalier plus entortillé, plus déclivant que d'ordinaire. Il était bientôt 1 heure du matin ; Diana ne dormait peut-être pas encore ? Pour une fois, elle ne lui reprocherait pas de rentrer saoul, puisqu'il rapportait du dehors une histoire fascinante. Il cherchait déjà les mots pour la raconter.

« Le serveur, c'était un grand dadais, un genre de Mephisto… Cette voix ! T'aurais dû l'entendre ! Une voix de ténor… Non… De contrebasse… C'est bien ça. Une voix de contrebasse mélancolique… »

Il entra dans l'appartement. Alex et Diana discutaient dans le salon, assises en tailleur sur le canapé, des tasses fumantes entre leurs mains. Alex était la colocataire – bien qu'Alex se définissait comme *gender fluid* et préférait dire certains jours « le colocataire ». La pénombre ouatée, les voix basses offraient un malheureux contraste avec le pachyderme qui faisait irruption.

— Chhhut ! fit Diana sitôt exaspérée. Tu fous le bordel ! Pense aux voisins.

Alex desserra les lèvres, imperceptiblement, pour concéder un minimal « salut ». De toute évidence, David les dérangeait. Mais cette sensation lui plaisait. Il ne pouvait s'empêcher de prendre un plaisir sadomasochiste en provoquant la répulsion, par des attitudes de charretier ou des paroles inconséquentes. Sans retirer son manteau, qui sentait fort la cigarette, il s'installa dans le fauteuil face aux filles. Il se fichait de son allure, car ce soir, il tenait une bonne histoire.

— Tiens, nouvelle tête, Alex ?

— Oui.

Alex changeait de coiffure une dizaine de fois par an. Tantôt c'était rose, tantôt c'était bleu ; un jour long, le lendemain tondu ; ce soir, Alex portait une coupe au bol d'où pendaient, sur le côté, deux tresses en forme de queues-de-rat.

David voulait être questionné sur sa soirée. Stratégiquement, il décida de se montrer courtois et curieux, mais ne parvint qu'à beugler :

— Alors, qu'est-ce que vous faites !?

Diana darda son œil noir. Alex répondit avec dédain :

— On boit ma tisane préférée. Gingembre, badiane, clou de girofle, citron.

— Bien… Très bien ! Et vous parlez de quoi ?

— On parlait d'endométriose, lâcha Diana comme une semonce plus qu'une invitation.

Mais David ne bougea pas, croisa les doigts et fit

un stupide « hmm » pour feindre son intérêt. Alex se tourna vers lui.

— Tu savais que le viagra était super efficace contre l'endo ? Non mais c'est un scandale ! Ils ont découvert ça et ils se sont dit quoi, à ton avis ? Ils ont préféré commercialiser le viagra pour les mecs avec leurs problèmes de bite. C'est révélateur !

Il n'était plus capable de soutenir un débat contradictoire. Aussi se contenta-t-il de plisser les yeux, en philosophe chagrin, puis de poser une question inutile :

— On est vraiment sûr, de ça ?

Alex poursuivit :

— Tu savais que la testostérone aussi était un super remède contre l'endo ? Mais ça, le patriarcat n'en veut pas ! On associe la testo à la masculinité, on veut pas que ça change, car ça permet de binariser les corps. Hommes dominants, femmes dominées. Alors ouais, la testo, ça fait pousser les poils, et alors ? C'est quoi le problème avec les poils ?

— C'est vraiment dingue, dit Diana.

— En fait, on veut pas s'intéresser aux femmes. On veut rien savoir de leur intériorité, de leurs souffrances. C'est pour ça que les règles sont entourées d'un tabou. Tu vois, dans les pubs, ils font croire que nos règles sont bleues, mais *what the fuck* !

David, qui connaissait cette rengaine par cœur, voulut en pointer les limites.

— C'est pas le patriarcat. C'est notre culture, on ne montre pas les déchets du corps, c'est de la pudeur.

De façon prévisible, Alex sauta sur place.

— Tu appelles ça des déchets ? Voilà ! Tu vois le problème ?

— On jette ça dans la poubelle, c'est des déchets… Dans les pubs pour mouchoirs, on ne montre jamais la morve. C'est pas la faute au patriarcat.

— Bon, t'es une femme ? Non. Tu ne peux pas comprendre, tu ne sais pas de quoi tu parles. Si tu veux être un bon allié, tu dois apprendre à écouter l'expérience des minorités.

C'était le cul-de-sac où se terminaient toutes les conversations avec Alex. Opportunément, le minuteur du four l'appela dans la cuisine. Elle se leva, laissant Diana seule face à son compagnon. Cette dernière siffla d'un air mauvais.

— Tu es bourré, va te coucher.

David comprit qu'il devrait attendre. Sans rien ajouter, il partit se déshabiller, se laver les dents, se mettre au lit, ne cessant d'être agité par cette question : pourquoi ne se suicidait-il pas ? Les fenêtres étaient là, prêtes à servir. Des générations de neurasthéniques avaient prouvé leur efficacité. Alors ? David croyait-il vraiment que le meilleur était à venir ? Il imaginait sans déplaisir la procession de son enterrement ; les femmes accrochées au cercueil ; les larmes coupables de Diana, comprenant trop tard qu'elle était restée sourde à sa détresse… D'un autre côté, le suicide présentait des difficultés techniques. La défenestration laissait le corps dans une posture indigne. Les révolvers étaient difficiles d'accès. Les médicaments trop incertains, trop efféminés. La pendaison demeurait un privilège rural ; personne, à Paris, ne vivait sous des poutres apparentes. Et puis, le cas de Chamfort était un avertissement pour tous ceux qui croyaient la mort facile à décrocher. Alors ?

Dans la pièce à côté, David entendait les dernières

messes basses (« Elles parlent de moi j'en suis sûr. »), les bruits du rangement, les *splash* du lavabo… Quand Diana passa finalement dans la chambre, l'âme de David chavirait en pleine tempête. Il était bien décidé à s'en ouvrir.

— Il faut que je te raconte notre soirée.

— Pas maintenant, David, je suis crevée.

— Il s'est passé quelque chose de dingue…

— David, je suis crevée.

— Mais…

— S'il te plaît, pas maintenant.

La tempête s'éloigna, laissant un crachin glacé sur une mer d'huile sans fin. Diana se mit sous la couette et tapota sur son téléphone.

— Tu me raconteras demain, d'accord ?

— Oui.

Peut-être par habitude, et pour augmenter ses chances de faire l'amour, David se montra curieux.

— C'était bien ce soir ?

— C'est toujours intéressant de discuter avec Alex.

— Vous avez parlé de quoi ?

— Je te raconterai demain. Tu sais, maintenant, elle essaye le polyamour. C'est intéressant, cette génération, elle se pose plein de questions qu'on ne se posait pas.

Elle éteignit la lumière et, dans le noir, expliqua ce nouvel art de vivre en quelques phrases. David, lui, n'entendit que des banalités sur les affres éternelles du désir. Il trouvait légèrement agaçant que Diana, d'ordinaire si parcimonieuse avec son admiration, se laisse envoûter par cette esbroufe.

Ils se dirent « bonne nuit » mais David ne trouva pas

le sommeil. Il se rappelait l'époque où tous les deux formaient un couple redouté, qu'ils conjuguaient leurs intelligences en d'interminables conversations politiques, hérissées de citations savantes… Tant de fois il avait battu le fer avec elle, tard la nuit, sous le regard intimidé de leurs amis. Comment Diana en était-elle venue à se passionner pour les menstrues ?

C'était elle, depuis le début, qui donnait au couple son lustre si particulier, parce qu'elle était belle et parce qu'elle était slave. Pour beaucoup, ces deux qualités allaient de pair et pouvaient excuser sa froideur apparente, car en toutes circonstances Diana réagissait calmement, avec des mots pesés. En vérité, son tempérament s'expliquait mieux par une enfance privilégiée, bercée de livres, d'une bonne qui faisait la cuisine et parlait russe, et de conversations feutrées entre invités (artistes ou diplomates) dans le grand salon.

Six ans, déjà, que David et Diana s'étaient embrassés pour la première fois… Elle n'était plus la même. « Tout le monde change, il faut l'accepter. » Mais immédiatement après cette pensée sage, David estima qu'Alex était coupable. Il ne la supportait plus ; elle, ses airs de supériorité, son maniérisme, sa façon d'exister à travers ses cheveux, ses tatouages, ses tisanes et, surtout, son progressisme obsessionnel, indécrottablement sérieux, jamais tempéré par le moindre sentiment humain, le moindre doute sur sa propre importance. Alex l'agaçait comme une pelote agace un chat. Il trouvait idiot son militantisme *body positive*, qu'elle mettait en scène avec des autoportraits de nus artistiques sur Instagram. Il voulait lui dire en face : « T'es moche. T'as un gros cul. » David s'énervait en pensant au cul d'Alex. Ce gros cul.

Gras. Souple. Cul de mie mouillée, piquant de vinaigre blanc ; pâton cru qui luit de sang rose acétique, plie sous la paume, la main qui serre et qui pétrit. La main qui malaxe la chair d'opale. Le cul pâle de cette conne.

David bandait.

Il ne l'emporterait pas sur son instinct. L'alcool le rendait vicieux. Tout en malaxant lentement son entre-jambe, il ourdit son stratagème masturbatoire : il attendrait que Diana s'endorme (elle avait le sommeil lourd et le ronflement léger), se glisserait hors du lit et se faufilerait dans la salle de bains pour « faire son affaire ». De tout l'appartement, c'était la seule porte équipée d'un verrou. Ce ne serait d'ailleurs pas la première fois que David ferait de cette pièce un tripotoir.

2 heures du matin. Il mit ses plans à exécution. Il quitta la chambre en caleçon, traversa le couloir sur la pointe des pieds pour limiter les grincements du parquet, et glissa dans sa cache. Il alluma la lumière. Son esprit se noircit d'un coup, voyant dans le miroir un enfant vieux de trois décennies ; ses cheveux blonds en bataille, ses joues pleines et pourpres, son torse sans vigueur, tous ces traits fragiles, qui lui valurent un temps la sympathie des filles et la tendresse des mères, viraient lentement au ridicule. David n'avait pas mûri ; il avait tourné.

Il baissa l'interrupteur. Son reflet disparut et, dans l'obscurité, les bords arrondis du lavabo prirent la forme d'Alex, son dos penché, ses fesses tendues. David avait le cœur qui s'accélérait. Le souffle court. Il imaginait Alex dire quelque chose comme : « On ne me l'avait jamais mise comme ça. » Il aurait répondu quelque chose comme : « Moins fort, tu vas réveiller Diana. » Il allait jouir…

Bruit de porte. Craquements. Quelqu'un s'avançait en direction de la salle de bains. David crut entendre la mort approcher. La poignée de porte descendit…

— Y a quelqu'un ?

C'était Alex.

— Ouais, c'est moi.

— Tu fous quoi ?

Ce qui s'apparentait à une opportunité se mua, chez David, en simple panique suivie d'une perte d'érection.

— Je… Je me sens pas très bien.

— Tu gerbes ?

— Un peu…

David se rendit compte à quel point sa réponse était étrange ; la gerbe n'est jamais peu.

— Pourquoi t'allumes pas la lumière ?

— Ah ouais… J'ai pas eu le temps…

Un long silence s'installa. David remonta son caleçon le plus lentement possible pour ne pas éveiller les soupçons.

— T'en as pour longtemps ? Je dois pisser.

— Non. Je bois un peu d'eau et je sors…

Alex ne bougeait pas. Elle attendait probablement avec les bras croisés. En tout cas, David l'imaginait avec les bras croisés. Il ouvrit le robinet et remua les mains sous le jet pour donner l'impression d'un rapide toilettage. Une fois son sexe entièrement dégonflé, il ouvrit la porte et regagna sa chambre sans même lever les yeux. « Salope », pensa-t-il.

Il se recoucha sur le dos, pensif et frustré. Mais rapidement un rayon de lumière se fit en lui. Il se souvenait d'une mission, d'un mystère que lui seul devait éclaircir.

« Qui était ce putain de serveur ? »

La matinée n'avait pas été si bonne depuis des années. David s'était levé tôt, d'humeur joyeuse, et trouva la vie différente de celle de la veille, plus tangible, plus colorée. Il avait fait l'effort de s'habiller avec une chemise et de la passer sous la ceinture. Diana s'étonna de le trouver dans la cuisine, appuyé contre la fenêtre, mains dans les poches, tandis que frémissait la cafetière italienne sur le feu.

— Tu ne dors pas ? Tu as rendez-vous quelque part ?

— Non. Au contraire. Je pense que je ne vais pas au bureau ce matin. Je vais profiter.

— Profiter de quoi ?

— Je ne sais pas encore.

Diana ne poussa pas la curiosité plus loin. Trente minutes plus tard, elle claquait la porte en criant : « Bonne journée, à ce soir ! » Puis ce fut au tour d'Alex de se préparer ; elle prit une tisane au salon, du granola, se brossa les dents et partit au travail en courant – en retard, comme tous les jours.

Enfin, David se trouva seul. Il se servit une tasse de café fumant, ouvrit la fenêtre et s'accouda à la petite rambarde en fer forgé pour sentir le frais. Il se passionna pour la besogne des derniers bourdons, circulant autour des géraniums accrochés au rebord. Un nid devait se cacher près de l'appartement, dans un square en contrebas, car on avait observé, l'été durant, le butinage insatiable de ces insectes. Apparemment les premiers gels d'octobre les avaient décimés. Seule une poignée de spécimens eurent la malchance de survivre, continuant vainement de servir une reine déjà rassasiée, prête à les abandonner pour fonder une nouvelle colonie de l'autre côté de l'hiver.

Devant leurs existences anonymes et serviles, David estima davantage la sienne. Quelle chance d'être un jeune homme, debout dans un appartement défraîchi mais décoré de moulures, silencieux et rempli d'objets familiers, d'anciennes boîtes à biscuits, de bibelots achetés lors de flâneries à deux ; quelle chance d'avoir la matinée pour soi, de faire le poète en contemplant les toits de Paris, de cultiver le souvenir des anciennes petites amies, des maisons de vacances, des dérives nocturnes, toute une vie de l'âme que les bourdons ignorent et nous envieraient sûrement.

Pour le moment, David n'avait qu'une seule chose en tête : retourner au *Grand Colbert* et voir le serveur de la veille. Mais rien ne pressait. La brasserie n'ouvrirait pas avant 11 heures et personne, au travail, ne l'attendait.

Il gérait encore une structure qu'il avait cofondée très jeune, avec Diana, sur les bancs de l'école de commerce. Share Academy n'était ni vraiment une entreprise ni vraiment une association ; pas tout à fait un lobby, plutôt un cercle de réflexion, parfois une agence de conseil et plus rarement une agence de communication. David lui-même ne comprenait plus le monstre qu'ils avaient engendré. Tout avait pourtant commencé de façon simple. Lui et Diana s'étaient pris de fascination pour les nouvelles technologies et la possibilité de numériser tous les services. Ils se crurent au seuil d'une nouvelle ère où l'usage des biens l'emporterait bientôt sur leur possession. Il était évident que l'*économie du partage* était sur le point d'éclore et que cette révolution toucherait tous les aspects de la vie, du travail, de la production, notre rapport aux choses et notre rapport aux autres. Le couple rêvait, sans le savoir, de l'Homme nouveau dont rêvaient les Soviétiques, un Homme meilleur au regard fier, la poitrine large, libéré des superstitions bourgeoises, prêt à tout partager (savoirs, objets, pouvoirs) à la force de son téléphone mobile. Prolétaires, paysans, jeunes cadres et milliardaires, tous unis par le covoiturage et le financement participatif.

« Tu te rends compte, disait Diana, il n'y aura plus d'employeurs ni d'employés, mais seulement des entrepreneurs indépendants liés par des contrats libres. C'est la fin du salariat. C'est la fin du capitalisme ! »

En fin de compte Internet n'avait rien aboli, ni l'exploitation des hommes, ni celle de la Nature… Au contraire, le fétichisme de la marchandise et l'isolement des individus atteignaient un pinacle. La « révolution numérique » fut seulement le nom d'un chassé-croisé, le remplacement d'une classe de dominants par une nouvelle génération de dominants – de la cravate au sweat à capuche.

Share Academy n'était plus qu'une organisation fantoche, une ruche hypertrophiée d'environ quatre-vingts collaborateurs (moyenne d'âge : 29 ans) collant des post-it, brassant des dossiers, proposant ici des accompagnements d'entreprises vers la transition digitale, là des ateliers de réflexion pour « une société plus inclusive et plus durable ».

David avait parfois l'impression que le monde entier avait suivi le même chemin. On ne comptait plus les forums économiques, les rencontres internationales, les séminaires, les think-tanks, les rapports, les commissions, les pétitions, les labels, les chartes d'engagement, les appels, les lettres ouvertes... Autant d'émanations de la mauvaise conscience bourgeoise. Les riches ne voulaient rien changer, sauf l'image qu'ils avaient d'eux-mêmes. La Share Academy n'était qu'un miroir embellissant, un divertissement parmi les autres, entretenu par des fonds d'investissement, des subsides publics et la complicité de multinationales payant pour ces « services » inutiles.

En tant que cofondateur, David bénéficiait d'un statut privilégié dans l'organisation. Personne ne le surveillait puisque personne (lui non plus) ne savait son rôle exact. Il était encore porte-parole quand il fallait répondre aux demandes des médias (de plus en plus rares). Il était de temps en temps sollicité pour une signature, une réunion protocolaire. On voulait parfois connaître son opinion sur un sujet, car malgré tous les efforts déployés pour mettre en scène une « gouvernance partagée et décentralisée », les décisions sérieuses (impliquant des dépenses) revenaient à David, monarque à vie, non-élu, fainéant et rongé par un ennui maussade.

« C'est terminé, se dit-il debout dans sa cuisine. À partir d'aujourd'hui, les choses vont changer. »

10 h 30. Le corps léger, il enfila sa veste, descendit dans la rue et prit la direction du 2^e^ arrondissement, presque en sautillant, agité tout du long par des

réflexions en pagaille. Il préparait son face-à-face avec le serveur.

« Ah ! Je te tiens ! Tu ne voulais pas te suicider, je le savais, je t'ai pas cru… Sinon, pourquoi t'aurais pris la peine d'argumenter avec nous ? Et puis pourquoi nous avoir offert le champagne, quel rapport ? Oh, ne dis rien, j'ai compris ! Tu es un genre de troubadour. Tu nous as fait ton meilleur numéro, bien joué ! C'est pour ta pub ? Celle du resto ? Pourquoi tu as choisi notre table et pas une autre ? Est-ce que tu fais ça tous les soirs ? Et puis, dis-moi, d'où tu viens, de quelle école – à moins que tu ne sois autodidacte ? »

Mais David n'avait pas que des questions à la bouche. Il avait aussi des réponses.

« Tu as gagné. Tu m'as fait réfléchir. Personne n'est obligé de vivre, mais on vit quand même… Alors pourquoi ? C'est simple. La vie, ce n'est pas juste ta vie, ma vie… C'est *la vie*. Tu comprends ? C'est une aventure qui nous dépasse. Tu ne sais pas ce que feront les générations futures, les prochaines évolutions du genre *homo*… Ta vie n'a pas de sens, mais peut-être que le grand fleuve de *la vie*, lui, il a du sens ! Nous coloniserons peut-être d'autres planètes. D'autres galaxies. Peut-être que nous trouverons des réponses. Et pourquoi pas ? Peut-être même que nous vaincrons la mort ? Que nous trouverons Dieu, tout là-bas, dans l'Univers ? Qu'est-ce que t'en sais ? »

Il venait de s'arrêter devant la porte fermée du *Grand Colbert*. Il était 11 heures. Il faudrait attendre.

David se retira mécontent puis, à grandes foulées, se dirigea vers la place de la Bourse au bout de la rue. Il entra dans un établissement quelconque, un de ces cafés parisiens qui se ressemblent tous, où l'on se sent maltraité comme en famille, où le tutoiement est facile et le service mal débourré. Il prit un expresso sur le comptoir d'inox et se pencha sur son passé.

« Rongé par la nostalgie avant 35 ans… C'est pas normal. Je devrais peut-être voir un médecin ? »

À l'exception de Youssef, la plupart de ses amis étaient devenus parents et ne se montraient plus que pour des brunchs où l'on ne disait rien, sinon sa fatigue. Diana, qui ne supportait pas le rire bruyant des enfants ni leurs jérémiades, avait réduit le cercle de ses fréquentations et ne consentait plus qu'à de rares sorties. Son travail de conseillère à la mairie de Paris occupait tout son temps, toutes ses pensées. En charge de l'innovation numérique, de l'égalité femmes-hommes, des droits humains et des droits LGBTQI+, elle préférait désormais travailler le dimanche plutôt que de flâner aux puces ou sur les bords du canal. Les soirées du couple se faisaient, le plus souvent, devant des ordinateurs et dans des pièces séparées.

David regrettait les années fastes. Dans leur vingtaine, en amoureux, ils couraient toutes les soirées, les cafés-philo, les librairies, les bars à cocktails, les squats et les restaurants miteux pour connaisseurs. Chaque jour était improvisé, les beuveries trois fois par semaine, les disputes et les réconciliations en alternance hygiénique… Au moins, les choses avaient l'air *de compter*. On n'attendait pas de la vie son simple déroulement. On voulait quelque chose de plus, d'insaisissable. Au sommet du bonheur, David avait même publié un livre : *L'Économie du partage – de 1789 à nos jours*. Profitant d'un relatif engouement médiatique, Diana avait également sorti un essai : *Tchao patron ! Bienvenue dans une société sans hiérarchie.* Malgré des ventes insignifiantes, le couple avait goûté le prestige éphémère que confère le statut d'auteur.

Et puis, imperceptiblement, la fièvre de la jeunesse retomba. Diana quitta la Share Academy pour une mission chez Microsoft, avant de travailler pour la ville de Paris. Derrière un soutien de façade, David ne pouvait pas s'empêcher de croire que son amour de jeunesse avait trahi. « Bon sang, mais tu as toujours détesté la communication politique ! »

Diana mit de l'eau dans son vin pour adopter le langage du pragmatisme et le parti du moindre mal. Il valait mieux, disait-elle, se rapprocher du pouvoir pour le comprendre et le changer de l'intérieur :

« On ne fera pas la révolution, David. Nous étions naïfs. Maintenant, au moins, j'agis à mon petit niveau. Toi, tu veux rester pur, tu veux rester parfait, mais c'est un privilège réservé à ceux qui n'agissent pas. Si tu veux avoir un effet sur la société, tu dois faire des compromis. »

David ne savait plus de quelle société il rêvait. Tous ses héros étaient morts. S'il soutenait encore, timidement, certains cadres marginaux du Parti socialiste, c'était par dépit… Aucun programme, aucun mouvement ne répondait à ses aspirations. D'ailleurs, en avait-il vraiment ? Car il fallait se regarder en face : lui, Diana et tous leurs amis n'étaient que des petits-bourgeois sortis de grandes écoles, fâchés avec leurs parents, s'estimant trop *haut-dessus* pour se salir les mains dans le monde du travail…

David regarda sa montre. Il était presque midi. Il

tendit le bras sur le comptoir et tira *Le Parisien* jusqu'à lui. La couverture titrait sur un énième rapport scientifique annonçant l'apocalypse climatique, illustré par une photographie de feu de forêt. On y affichait aussi des dividendes records. Les grands patrons venaient de doubler leur salaire en un an pour atteindre, en moyenne, plus de 7 millions d'euros. David feuilleta rapidement le journal et se demanda si, finalement, ce n'était pas Paris, la France et même l'Occident tout entier qui s'étaient lentement décalés vers la périphérie du monde. Les regards convergeaient maintenant vers les arrière-pays, parfois sablonneux et parfois enneigés, où se jouait le destin des grandes nations et d'où semblait partir tout le mouvement de l'époque. David en vint presque à se rêver soldat, résistant, arabe armé d'une kalachnikov en bandoulière… « Eux, au moins, ils se battent pour quelque chose. Ils veulent encore faire triompher des idées. » Puis il sourit de sa propre extravagance. « Voilà tout ce que j'ai trouvé ? Sortir de la léthargie grâce au djihad ? Je suis un grand malade. »

Il posa 2 euros sur le comptoir et repartit en direction du *Grand Colbert*. La brasserie venait d'ouvrir ; les premiers clients se mettaient à table. Debout dans l'entrée, David prit un air important pour faire appeler le chef. On partit le chercher en cuisine. En sortit un homme agité, chauve au front plissé, manifestement dérangé dans son travail.

— Qu'est-ce que je peux faire pour vous ?

— Je cherche l'un de vos serveurs. Il était là hier soir.

— Qui ?

— Je ne sais pas. Il était jeune, grand, roux…

— Il est pas là ce midi.

— Il n'est pas là ?

— Les gosses ils vont, ils viennent. Des fois, j'ai même pas leurs noms. Je les revois jamais.

David ne pouvait pas se résoudre à terminer son enquête ainsi, dans un cul-de-sac. Il insista :

— Vous ne savez pas comment je pourrais le contacter ?

— Mais qu'est-ce que vous voulez ? Le gosse dont vous me parlez, il s'est pointé hier matin, je l'ai mis à l'essai. Il n'avait rien à faire là. C'était un petit merdeux, avec ses grands airs, qui se prenait pour je-sais-pas-quoi… Je le soupçonne même d'avoir tapé du champagne dans la cave. Alors franchement, si vous le revoyez, vous lui mettez un coup de pied au cul de ma part.

— Mais comment l'avez-vous rencontré ?

— Je n'en sais rien je vous dis ! Des gosses dans son genre, j'en ai tous les jours qui se présentent, je les calcule pas… Je sais qu'il a bossé pour d'autres restaurateurs du quartier. Il habite sûrement dans le coin. Bon. C'est tout, monsieur. Je suis navré, je dois continuer mon service.

David se trouva les bras ballants, transparent sur le passage des commis qui couraient à chaque bout de la salle.

« Il s'est peut-être vraiment buté ? »

David en oublia de déjeuner. Il traîna des pieds jusqu'au métro, tenaillé par le plaisir et la frustration que nous laissent les questions sans réponses. Dans la rame, il consulta son téléphone et, compulsivement, de façon quasi perverse, il chercha sur le Twitter d'Alex le pain quotidien dont il nourrissait sa haine. Il ne fut pas déçu.

Hier soir, moment de sororité avec ma pote. On parle endo, sexisme, on se fait du bien. Et là, classique, son mec arrive bourré, nous coupe la parole, nous explique ce qu'on doit penser. Mansterupting insupportable. Et bien sûr, le mec se fait passer pour un allié pro-fem.

---

Vous savez le pire ? On était à peine couchées, le mec s'enferme dans la salle de bain pour se branler. Déso pas déso, mais la salle de bain c'est pas TON espace. Fais tes saloperies ailleurs.
Est ce que moi je me branle dans la cuisine quand tu manges ?
Same story bro.

D'autres messages coulaient du même tonneau. Alex en écrivait une vingtaine par jour. Infinis radotages sur un petit nombre de sujets : ses douleurs, ses insomnies, ses goûts branchés, mais surtout, sa répugnance universelle pour les mâles, sous-espèce parasite prête à surgir des égouts, toujours à sa poursuite, toujours à respirer son oxygène.

David ferma les yeux, médita, chercha le chemin du pardon, mais ne parvint qu'à s'imaginer noyer Alex dans la baignoire.

Il était 13 heures quand David entra dans les locaux de la Share Academy. C'était un bâtiment industriel reconverti, ouvert sur quatre « plateaux » de différentes hauteurs et liés entre eux par des escaliers en fer. On y trouvait également une salle de relaxation, divers canapés colorés, une kitchenette sans cloisons et même, au sous-sol, un espace pour les cours de sport et les événements festifs.

Sur le chemin de son bureau, qui se trouvait sur la plus haute mezzanine, sous la verrière, le regard de David s'arrêta sur une inconnue. La première chose qu'il remarqua, c'est qu'elle était seule et qu'elle lisait dans un coin. Cette vision charmante lui fit penser à la dispute de la veille…

« Voilà quelqu'un qui prend la lecture au sérieux. Elle préfère la compagnie des livres à celle des gens. »

La deuxième chose qu'il remarqua fut sa beauté. Grande, fine, elle avait des jambes idéalement proportionnées, mais luxuriantes si prises à part. Tout dans son visage était franc ; ses grands yeux, ses oreilles pointues, son nez volontaire et joliment trompetté, ses joues pleines et prolongées par une bouche large formant presque un mufle de brebis. Comme pour modérer ses traits, se faire oublier, elle portait une frange au niveau des sourcils – ce qui lui allait bien. Ni rousse ni blonde, sa chevelure hésitait, et cette couleur ineffable suffisait pour que David s'imagine un tempérament également exceptionnel.

La troisième chose qu'il remarqua fut son étonnant style de bric-à-brac et de bijoux de brocante, son châle à motifs cachemire, quand les autres collègues s'habillaient tous de manière anonyme, interchangeable.

Tandis qu'il la regardait, il trébucha sur la première marche de l'escalier. « C'est qui cette fille ? » Il se posait encore la question quand il s'assit à son bureau.

— Bonjour David ! Vous allez bien ?

Chaque fois qu'elle voyait son directeur apparaître, Elise ne pouvait pas contenir sa joie. Physiquement, elle était l'exacte opposée de la nouvelle au physique allongé. C'était une petite femme épaisse, méditerranéenne et plantureuse en diable. Elle travaillait sur le même plateau que David ; leurs bureaux n'étaient espacés que de trois mètres. Pourtant, il n'avait encore jamais percé la nature exacte du métier qu'elle exerçait. Que pouvait signifier concrètement *Head of Community* ? Tout le monde, à la Share Academy, portait un titre dépourvu de sens et presque uniquement honorifique.

— Oui, répondit-il, ça va.

— Vous avez l'air pensif, aujourd'hui !

Elise le vouvoyait encore après quatre ans de collaboration. Elle le vouvoyait même pendant les soirées d'entreprise, après minuit, quand elle était ivre et qu'elle faisait tomber sa tête, en riant, sur l'épaule de son patron. David la laissait faire. Il retrouvait chez sa collègue la candeur que Diana n'avait plus.

— C'est vrai, dit-il en ouvrant son ordinateur. Je suis pensif.

— Ah ! Vous aussi ?

— Je me pose des questions que je ne me suis pas assez posées…

— C'est normal. C'est notre esprit qui cherche à rester en phase avec le taux vibratoire de la Terre.

David leva le sourcil. Elise comprit que cette phrase méritait des explications.

— La Terre vibre, vous le saviez ? Elle vibre même de plus en plus vite. Il y a vingt ans, sa fréquence était de six mille hertz. Aujourd'hui elle doit être à cent vingt mille. Notre taux vibratoire n'est plus assez élevé. Nous ne sommes plus en phase avec notre environnement. C'est ce décalage que vous sentez, non ? C'est pour ça que nous ressentons le besoin de réfléchir, de nous accorder, je dirais, de nous ancrer. Vous voyez ?

— Je vois, répondit David, qui ne s'étonnait plus des croyances magiques de ses collaborateurs.

Un tel croyait aux pouvoirs de la Lune, son intrication mystérieuse avec les plantes et les femmes enceintes ; tel autre expliquait qu'il était possible de ne jamais manger solide et de se nourrir de lumière exclusivement. Chacun se voyait un peu guérisseur, un peu chaman, invoquait les esprits, revendiquait une connexion particulière avec des « énergies » omniprésentes mais indéfinies. Elise, elle, préparait quotidiennement des infusions pour ses collègues enrhumés, leur prescrivait des étirements, des méditations spirites, et mélangeait pour eux des huiles essentielles avec un aplomb d'alchimiste. « Tu verras, passe un peu d'orange amère sur ta lèvre supérieure et tu vas réussir ton permis de conduire. » Ses patients repartaient la mine réjouie, soulagés d'avoir été pris en charge par une véritable sachante.

David alluma son ordinateur et, se rendant compte qu'il n'avait rien à faire, se pencha pour demander :

— Dis-moi, Elise, c'est qui cette fille en bas ? La nouvelle, là, celle qui est un peu hippie ?

— C'est la *Program Manager* dans l'équipe « impact social ». C'est son premier jour. Elle ne parle pas beaucoup, on dirait...

— On avait pas déjà un *Project Manager* dans cette équipe ?

— Ce n'est pas pareil. Le *Program Manager* s'intéresse plus au contexte et le *Project Manager* plus au contenu... Vous voyez ?

— Je vois...

Elise trouvait adorable ce petit air d'enfant perdu que prenait David quand il semblait ignorer la différence entre son pied droit et son pied gauche.

— Mais comment elle s'appelle ? fit-il.

La curiosité de David commençait à devenir suspecte. Elle répondit sèchement « Je ne sais pas » puis se mit au travail. Alors David chercha divers stratagèmes pour accélérer le cours du temps, consulta les réseaux sociaux, la presse en ligne, et partagea des vidéos comiques avec Youssef. Quand il fut 18 heures, les minutes s'allongèrent, s'effilochèrent en tas, non discernables, jusqu'à donner l'impression de ne plus passer, ou de passer à l'envers... David décida finalement de répondre à ses e-mails (à peine plus de trois le concernaient directement). Enfin, quand il fut 18 h 30 et que son ennui devint insupportable, il se leva d'un air décidé, prit son manteau, puis quitta les bureaux comme s'il était attendu quelque part.

L'air frais sur son visage lui fit l'effet d'une douche. « Je vais rentrer à pied », pensa-t-il. Dans le ciel bleu menthe, au loin derrière la ville, de gros nuages pastel montaient comme une tempête de sable – décidément, les couchants d'automne étaient toujours des peintures.

La place de la Bastille était quasiment déserte. Sur les marges, des passants trottaient vers les bouches du métro. Quelques corneilles se disputaient le papier graisseux d'une boulangerie. Sur un banc, seule, une jeune fille lisait un livre. David reconnut la nouvelle...

« Elle ne peut pas le lâcher, son livre ! C'est rassurant. Notre génération n'est pas totalement lobotomisée par les écrans. C'est une petite intello, ça se voit... Elle ne va pas rester longtemps chez nous... Je parie qu'elle vient de terminer ses études. Elle ne sait pas encore à quel point la vie de bureau peut nous rabougrir, nous faire patauger dans un petit marécage de certitudes... »

L'épisode au *Grand Colbert* avait renouvelé son intérêt pour la Vie, la grande, avec une majuscule, celle qui flue cosmiquement depuis l'atome originel – et pour la jeune femme, son ambassadrice. Il voulait à nouveau plaire et désirer, considérant l'amour comme le meilleur dérivatif aux questions existentielles. Alors il s'approcha d'elle sans savoir ce qu'il allait dire. Tant pis. Il fallait essayer quelque chose.

— Bonjour.

Elle leva vers lui des yeux surprenants, clairs mais presque jaunes.

— Bonjour, répondit-elle, avec un sourire pudique.

— Je suis David, on s'est croisés à...

— Je sais. Je vous connais. Je m'appelle Sheyenne.

— Sheyenne ?

— C'est mon prénom.

« Quel prénom de merde », pensa David.

— C'est original comme prénom.

— Je viens d'une famille spéciale. Mes parents adorent la culture amérindienne.

Mis en confiance, David plongea dans l'indiscrétion.

— Qu'est-ce que vous lisez ?

Elle ne le quitta pas des yeux, presque avec un air de défi.

— Marc Levy. *Et si c'était vrai…*

David eut un mouvement de recul, croyant à une plaisanterie. Mais la couverture ne mentait pas. Sheyenne permuta ses jambes croisées, puis s'expliqua sans déplaisir :

— Les gens se trompent sur son compte.

— Marc Levy ?

— Il est beaucoup plus profond qu'on ne le pense.

Sheyenne n'ajouta rien, comme si tout était dit. Cette assurance, cette économie de mots firent une forte impression sur David qui, lui, ne parvint qu'à bégayer :

— Mais c'est pas le roman où… Le truc, l'histoire de fantômes, là ? Le type qui tombe amoureux d'un fantôme ?

— Si.

— Mais… Je veux dire, c'est du divertissement, non ?

— Tout esprit profond avance masqué.

Elle se moquait. Ou peut-être qu'elle initiait une sorte de jeu – qu'il suffisait à David de la suivre pour s'amuser un peu.

— Mais pourquoi « profond » ? Qu'est-ce qu'il dit de profond ?

— Vous ne trouvez pas étrange, ce besoin qu'ont les êtres humains de raconter des histoires ? Combien d'autres animaux passent leur temps à produire et à échanger des informations qui sont fausses ?

— Je ne sais pas. Les histoires sont des histoires… Il faut bien passer le temps.

— Les histoires sont faites de rêves et de souvenirs mélangés. Les histoires de Marc Levy sont familières, elles donnent l'impression d'être faites avec nos propres rêves et nos propres souvenirs.

Sheyenne s'exprimait plus lentement, en faisant des pauses, comme si son charabia méritait d'être examiné. David ne savait plus sur quel pied danser.

— Tu vas me dire qu'il est profond parce qu'il est populaire ?

Impassible, elle posa le livre sur ses genoux.

— Ce n'est pas aussi simple. Mais il y a quelque chose de particulier dans ses histoires. Elles sont habitées par un mystère. Le mystère des origines et le mystère des fins.

— Bah !

— L'avez-vous déjà lu ?

— Non, non… Mais bon, je vois bien. Je veux dire, je l'ai feuilleté. Enfin y a longtemps. Je vois le genre.

— Vous ne voyez pas.

Elle reprit sa lecture. David demeurait interdit, comme giflé, sur le seuil d'un monde aux portes closes. Il essaya de reprendre la conversation, lança deux ou trois plaisanteries, mais n'obtint de Sheyenne que des acquiescements de politesse, plus ou moins muets. Alors il lui souhaita bonne soirée, puis il reprit son chemin, le nez enfoncé dans le col de son manteau, les lèvres remuantes, agitées par la marée montante des ruminations intérieures.

« Elle se prend pour qui celle-là ? Je t'en foutrais, du Marc Levy… Dingue ! C'est une dingue ! Décidément, je ne sais pas ce qu'ils ont en ce moment, mais les gens deviennent fous. Merde ! Tout le monde me parle comme si j'étais le dernier des cons ! J'ai quand même écrit un livre, moi. Et toi ? Et puis j'ai ma maîtrise de lettres modernes ! Eh oui, cocotte. Je me suis pas contenté d'un diplôme en marketing, moi. C'est de la merde, ça. C'était juste pour faire plaisir à mes parents. N'importe qui peut le faire. Mais en parallèle, pendant des années, j'ai bûché sur du Joyce ! Du Cervantès ! J'ai fait un mémoire sur Kafka ! Et toi, merdeuse, tu viens m'expliquer Marc Levy ? J'en ai plein le cul de cette génération qui n'y connaît rien à rien. Marre des affaires, du jargon, les MBA, les RH, les PO, les PM, les DAF, les DG, la RSE, toutes ces conneries… J'aurais pu devenir professeur d'université, moi ! J'aurais pu écrire des livres ! Tiens, pourquoi pas ? Ma vie n'est pas finie. J'en ai encore sous le pied. J'écrirai un livre pour me venger de vous tous. »

Il arriva chez lui dans un état d'excitation proche du délire, passant en revue ses futurs possibles, toutes les manières dont il pourrait chevaucher la postérité. Il fuma même une cigarette (il ne fumait jamais seul) à la fenêtre de la cuisine et s'imagina qu'une foule, amassée sous la porte Saint-Martin, l'acclamait en le voyant. Devenir un grand homme… et pourquoi pas ?

Dans le pot de géraniums il constata la mort de deux bourdons supplémentaires et sentit, un instant, sa vie passer comme la leur.

Il prit alors une décision concernant son avenir. Il l'annoncerait à Diana pendant le dîner ; elle devait rentrer d'une minute à l'autre. Voulant lui faire plaisir, il descendit acheter des betteraves et du lard fumé pour préparer un bortsch, une recette slave qu'elle aimait et qui lui rappelait son enfance. Vers 21 heures, le potage était prêt. David écrivit plusieurs messages à Diana qui répondit tardivement :

Je suis désolée. Réunion de travail avec la cellule accueil-réfugiés. Je te tiens au courant.

Il baissa le feu sous la casserole, alluma sa seconde cigarette et marcha dans la cuisine, en rond, préparant sa grande annonce. Une heure plus tard, il reçut un autre message :

Désolée. Trop de boulot. Je ne sais pas quand je rentre. Dîne sans moi.

Rien ne pouvait entamer l'enjouement de David. Il prépara deux assiettes, en ajoutant à chacune une noix de crème et de l'aneth ciselé. Il en mit une en réserve et mangea l'autre seul à table, goulûment, avec de grands gestes rapides, sans remarquer qu'il tachait sa chemise de partout.

Diana rentra finalement sans prévenir, peu avant minuit. Elle avait déjà dîné. Elle mit donc sa part de bortsch au frigidaire et se prépara pour se mettre au lit. Tandis qu'elle passait de la cuisine à la salle de bains, de la salle de bains à la chambre, David la poursuivait avec détermination.

— Diana. J'ai pris une grande décision.

— Oui ?

— Je vais tout quitter. Le boulot, la direction de Share Academy. J'arrête.

— Oh non…

— Je ne suis pas fait pour ça. Je suis appelé, Diana, je dois faire autre chose. Je le sens.

— Pas encore… On en a déjà parlé.

— Cette fois, c'est différent. Je vais vraiment le faire. J'ai mon plan B.

— Tu ne veux pas en parler demain ? Je suis épuisée.

— Je vais reprendre les études. Je vais m'inscrire à la fac.

— David…

— Je vais écrire une thèse en lettres modernes. Je vais obtenir le doctorat. Ensuite, je verrai. Je pourrai faire plein de choses. Qu'est-ce que tu en penses ?

— C'est bien, David. Je suis contente pour toi. C'est juste que nous pourrions en parler demain, d'accord ?

— Mais qu'est-ce que tu en penses ?

— Mon avis n'est pas important. Ce qui compte, c'est ce que toi, tu penses.

Cette nuit, pour la seconde fois, David chercha longtemps le sommeil. Il s'imagina dans un amphithéâtre de la Sorbonne, assis nonchalamment sur le bureau de l'estrade, entouré d'étudiantes en fleur qui le pressent de questions en gloussant. Oui, c'était à sa portée.

Alors, peut-être que Diana l'aimerait de nouveau.

Samedi 20 octobre. Le jour ne se leva pas.

Un grand couvercle en fonte fixait sur Paris une averse interminable ; les caniveaux débordaient à gros bouillons et des ruisseaux couraient dans les petites rues en pente.

Depuis plusieurs heures Diana observait l'agitation fiévreuse de son conjoint. Dans le salon, celui-ci clamait tour à tour son amour-propre et la détestation de ses contemporains, prenait des renseignements sur ordinateur, écrivait aux universités et griffonnait sur des bouts de papier le plan d'évasion de sa propre existence. Diana sentait qu'elle avait vécu cette matinée déjà cent fois... Depuis qu'elle le connaissait, David fomentait des projets mort-nés : il avait voulu l'emmener vivre autour du monde, se reconvertir en menuisier-charpentier, déménager à la campagne, fonder une association de défense animale, se lancer en politique, apprendre la guitare électrique, reprendre le sport, arrêter la cigarette... Tous les six mois, une fantaisie chassait l'autre, sans qu'aucune prenne racine. Diana finit par penser que le succès de la Share Academy avait été purement circonstanciel ; elle et David s'étaient simplement trouvés par hasard au bon endroit, au bon moment, pour cueillir les fruits mûrs de l'époque. La même chance aurait pu sourire à n'importe qui d'autre.

Pendant longtemps, elle crut que David finirait par « percer », faire irruption dans une société supérieure et feutrée, les salons des hôtels particuliers aux grands rideaux de velours. Elle avait senti chez lui le germe d'un talent en dormance, que l'on devinait dans certaines de ses phrases, certains coups de folie... Rien ne pressait. Après tout, Flaubert ne publia son premier roman qu'à 35 ans. Jules Ferry ne remporta sa première élection qu'à 37.

Mais le germe avait molli, noyé sous l'activité dispersée du jeune homme... Incapable de se concentrer plus d'une journée sur une même tâche, toujours sollicité par des intérêts nouveaux, des plaisirs éphémères, il ne consentit jamais au travail nécessaire pour devenir autre chose que lui-même. Et Diana l'avait accepté.

Elle se serait contentée d'un homme ordinaire. Un bon compagnon, comme disent les grands-mères mariées sans amour. Un fonctionnaire qui range les factures, change les ampoules, vide les siphons ; une épaule pour les jours d'enterrements, une main pour les robes qui se ferment dans le dos – une autre main, plus savante, pour les nuits de chaleur...

Adolescent tardif, David ne partageait pas cette résignation et faisait encore la guerre contre des moulins à vent. Cet esprit romanesque, que Diana trouvait si charmant au début, devenait légèrement ridicule avec le temps. Jamais David ne lui parlait d'égal à égal, sans arrière-pensée, sans lui promettre l'absolu. Ni avec elle ni avec aucune autre femme, car il ne voyait le sexe opposé qu'à travers le prisme de son désir. La Femme était pour lui ce continent inexploré, plein de vallées obscures et de forteresses imprenables… David savait que les femmes, comme les hommes, avaient des muscles blancs et des muscles rouges, des os compacts et des os spongieux ; que leurs alvéoles pulmonaires étaient les mêmes et que leur appareil digestif mesurait également huit mètres de long. Mais il ne pouvait pas s'empêcher de croire qu'elles étaient radicalement *autres*, que leur chair possédait certaines propriétés transcendantes, quelque chose qu'il voulait serrer fort contre lui. Voyant une silhouette au loin sur la plage, il lui suffisait de se convaincre qu'il s'agissait d'une fille pour soudain lui trouver une grâce apte à réenchanter le monde en entier.

Diana voulait que David ne cherche plus à lui plaire. Son besoin de séduction devenait suspect. Repoussant. Elle le traitait de rêveur, d'orgueilleux et de paresseux, et elle avait raison. Il la disait vendue, rigide et malheureuse, et il avait raison aussi.

La pluie ne faiblissait pas. David quitta l'appartement en fin d'après-midi, tout entier tourné sur lui-même, déjà presque essoufflé d'avoir tant couru vers sa gloire inévitable. Il avait rendez-vous avec Youssef dans un bar à bières sur la colline de Ménilmontant. Diana n'avait pas souhaité l'accompagner, prétextant avoir du travail à terminer. Elle supportait de moins en moins la compagnie des deux garçons, leur admiration mutuelle de pédés refoulés, leurs manières de paons, leur bruyant étalage de culture…

Ils avaient déjà bu plusieurs chopes de bière belge, fortement alcoolisée, quand ils se mirent en quête d'un auteur, d'un texte suffisamment méritant pour servir de sujet à la future thèse de David. Mais celui-ci n'était pas tendre. Avec peu de mots et beaucoup de mauvaise foi, il rejetait toutes les propositions de son ami.

« Céline ? Pouah ! Vu et revu. Et puis je ne tiens pas à passer plusieurs années dans la secte des céliniens. Des fils à maman qui s'amusent à se faire peur, à jouer les méchants… Regarde-les, sur la tombe du maître, pour le cinquantenaire de sa mort, avec leurs costumes de mafieux couleur poussière, on dirait *la camorra* meudonnaise. Non. Ce qu'il me faudrait, c'est un auteur plus mondial, une merveille que personne n'ose toucher. »

« Goethe ? C'est chic, mais c'est chiant. Si *Les Souffrances du jeunes Werther* ont donné la fièvre à toute l'Europe, c'est vraiment que les soirées près du feu devaient être longues… Non. Ce qu'il me faudrait, c'est un auteur supérieur. Une icône, un créateur de religion. »

« Tolstoï, bof, on dirait une hallucination collective. Franchement, Anna Karénine, ça raconte quoi ? C'est une *telenovela*, ça n'en finit pas. Deux cents pages, ça suffisait… Et puis je trouve Tolstoï à moitié gâteux chaque fois qu'il parle des pauvres et des paysans – on dirait qu'il écrit d'une main et qu'il se paluche de l'autre. »

Quand ils finirent leur troisième bière, Youssef avait probablement listé tous les auteurs qu'il connaissait.

— Tu as raison d'être exigeant, mon petit David, mais il ne nous reste plus beaucoup d'options à part la Bible.

— Ah, ça, au moins, c'est un livre ! C'est du lourd ! Et pourquoi pas ?

— Tant qu'à faire, je te conseille plutôt le Coran,

qui est écrit par Dieu lui-même. Je suppose que c'est digne de toi ?

— Le livre des mormons aussi.

— Ah bon ?

— Oui. Joseph Smith l'a reçu de Dieu, mot à mot.

— Je ne savais pas que Dieu avait écrit une suite. Il faut que je la lise.

Ils se mirent à rire et commandèrent deux chopines de bourgogne des Flandres, s'échauffant de plus en plus, tapant sur le comptoir et se pinçant les épaules avec fraternité.

— Sérieusement, reprit David, ce qu'il me faut, c'est un livre que tout le monde croit connaître mais que personne n'a lu. Un livre intimidant, incompréhensible…

— Dans ce cas tu devrais chercher du côté de la philosophie.

— Qui par exemple ?

— Pourquoi pas Nietzsche ? Il a *l'air* accessible, on le revendique à droite comme à gauche, mais sans le comprendre vraiment.

— On a tout dit sur Nietzsche, non ? Et quelque chose me dérange. J'ai l'impression qu'il plaît aux frustrés, aux petites-bites énervées.

— D'un point de vue médical, il plaît aux diarrhéiques.

— *Diarrhéique* ?

— Bien sûr. Nietzsche a toujours chié liquide. Ses lecteurs aussi. Enfin, je parle en tendance ; c'est mon métier, je fais des moyennes statistiques.

David recracha sa bière qui moussa par ses narines.

— Mais qu'est-ce que tu racontes ?

— C'est une évidence, mon petit David ! Nous faisons toujours comme s'il y avait le corps d'une part, et l'esprit d'autre part, de manière indépendante. Ce sont des schémas dépassés. Personnellement, je crois que les idées nous viennent du corps, de la digestion, et plus précisément, de l'excrétion. Nous pensons comme nous chions.

Youssef était peut-être sérieux, peut-être pas, mais David était prêt à rentrer dans son jeu.

— Ah oui ? Dis-m'en plus.

— C'est le fruit d'observations minutieuses. Regarde, parfois, nous disons d'un homme qu'il est irascible, qu'il a des sautes d'humeur, et nous cherchons les causes dans son enfance ou sa mauvaise journée. Mais les causes sont dans ses intestins ! L'homme en question doit être travaillé par des gaz et des crampes anales ; peut-être que ça l'empêche de dormir. Autre exemple. Imagine une fille joyeuse, à l'aise avec son corps, qui aime se balader en culotte dans son appartement, qui peut faire l'amour n'importe où, n'importe quand, qui se laisse approcher le derrière, qui n'a pas peur de la sodomie… Tous les hommes voudraient expliquer ce miracle. Ils ont tous une interprétation. Mais la vraie raison est toute simple : cette fille a l'intestin silencieux et le cul propre.

— C'est original !

— Pas tellement. Tu sais, dans une correspondance de la duchesse d'Orléans, j'ai trouvé cette phrase admirable : *les femmes les plus belles sont celles qui chient le mieux*. C'était déjà bien connu dans les cours d'Europe au XVIIe siècle.

— Mais quel rapport avec Nietzsche ?

— Nous savons qu'il avait des douleurs aux entrailles.

Il triait ses aliments de façon maniaque, il condamnait l'alcool, le café, mais il affirmait aussi qu'un thé mal infusé pouvait incommoder toute une journée. Qui dit des choses pareilles ? Crois-moi, cet homme souffrait de diarrhées chroniques. Sans surprise, sa philosophie érige la digestion en idéal. Il compare l'esprit à l'estomac et nous exhorte à digérer nos expériences vécues, même les « morceaux les plus coriaces », tandis que l'esprit faible est justement celui qui rumine sans jamais digérer… Nietzsche vivait avec ses livres la digestion qui lui était refusée dans la réalité. On retrouve cette esthétique chiasseuse dans sa manière d'écrire, par jets brûlants, fiévreux. Ses livres n'ont pas de forme précise, ce sont des flux de mots, de pensées inarrêtables. Nietzsche éclabousse.

— C'est une théorie intéressante, fit David en essayant de garder son sérieux.

— Intéressante ? J'espère que tu plaisantes : c'est la théorie la mieux validée de toutes les sciences sociales !

— Est-ce que ça marcherait pour… Je sais pas… Disons, Marx ?

— Absolument. Tu sais certainement que Marx avait des problèmes de foie, de dents, mais surtout, qu'il était torturé par des crises d'hémorroïdes dès l'âge de 40 ans. Je n'explique pas autrement le sentiment d'injustice qui l'habite, la colère, l'envie de tout renverser, de changer la société *par son fondement*.

— Et pour Descartes ?

— Bien sûr. Descartes, Kant et tous les rationalistes sont des gens qui chient solide. Leur métabolisme est lent. Ils peuvent se concentrer des heures sur une même question dans un état proche du sommeil. Leurs écrits sont structurés, se découpent en bloc.

— Et les Grecs ?

— Je ne me suis pas encore assez penché sur leur cas, mais il semble évident que Socrate était constipé. Son entourage le disait frugal ; il ne mangeait presque rien. Il était aussi très proche de ses sous et condamnait la dépense. N'importe quel psychiatre te dira que ce sont des indices. Et puis, sa pensée méticuleuse vise le soulagement ; il affirme que chaque âme est enceinte et désire accoucher. Pour moi, c'est clairement la philosophie d'un chieur contrarié.

David plissa les yeux et releva la tête, comme pour mettre à distance, mieux voir de loin son ami devenu trop grand – l'incarnation du génie le plus pur et le plus parfaitement inutile.

— Tant que nous sommes dans l'Antiquité, continua Youssef, savais-tu que Pythagore avait fondé une secte ? Les disciples devaient observer de nombreux principes et l'un des premiers était de s'abstenir de manger des haricots. Je ne vois qu'une manière d'expliquer cela : Pythagore était flatulent. D'ailleurs, les gens qui pètent sont naturellement attirés par les activités abstraites et solitaires, comme les mathématiques. Je pense que tous les géomètres sont plus ou moins pétomanes.

Une crise de rire secoua les deux garçons qui retrouvèrent leur souffle dehors, sous l'auvent, quand ils s'allumèrent des cigarettes. Youssef continua d'improviser sur le thème défécatoire, en recommandant de se pencher sur le courant phénoménologique et surtout l'œuvre de Sartre, dont l'une des prémisses fut justement le rejet de la « philosophie digestive ».

— C'est un signe. Sartre n'était pas dérangé du ventre. Beauvoir le confirme : il mangeait de tout, n'importe quand, n'importe comment. Et puis il était bon buveur, comme nous. Je pense que pour un travail de thèse, Sartre serait d'agréable compagnie.

David se murmurait à lui-même en expirant sa fumée :

— Sartre, oui... *L'Être et le Néant*... C'est bien, ça... C'est sérieux...

Un frisson parcourut son échine. David ignorait presque tout du grand philosophe mais savait, de façon confuse, que son nom rimait plus ou moins avec le communisme. Pour David, qui s'était toujours défini comme étant « de gauche », le communisme était une idée morte mais encore scandaleuse. Il ne pouvait pas entendre ce mot sans voir les magasins vides, les Trabans et les prisons sibériennes, la neige sale et sans fin parsemée de ruines et de fonderies ; surtout, Staline se tenant droit sur un podium immense, les mains croisées, la moustache colère, observant avec délectation le défilé de son propre peuple marchant vers le goulag. Que des êtres raisonnables aient pu se rallier au communisme demeurait pour David un mystère aussi grand que celui de la Création. Un genre de fruit défendu.

Il s'exclama :

— Sartre, c'est une piste ! Une sacrée piste ! Je vais y réfléchir ! Viens l'ami, je te paye une tournée.

Ils demandèrent deux Saint-Bernardus ambrées, qu'on leur servit dans de beaux verres tulipe, et continuèrent à refaire le monde sous le regard dubitatif du gérant. L'incident du *Grand Colbert* vint dans la conversation. Youssef ne changea pas de version, considérant toujours que le grand serveur était un plaisantin raffiné.

— Le chef du restaurant avait raison. Tu attaches

trop d'importance à cette histoire. Le même serveur fera sûrement son numéro ce soir, à d'autres clients, dans un autre établissement.

— Même, admettons. Toi, ça ne t'a pas fait réfléchir ?

Youssef posa son verre et sembla chercher, à l'intérieur, une réponse toute faite. Il remua la boisson, l'inclina, puis, à défaut d'inspiration, dit simplement « non ».

— J'ai du mal à te croire.

— Tu sais, mon petit David, ma réponse est simple. La vie n'a pas de sens.

— Alors pourquoi est-ce qu'on ne se suicide pas ?

— Nous sommes des animaux. Nous avons de l'instinct. Tous les êtres vivants tendent à croître, à se multiplier, à consommer tout ce qu'ils peuvent. Voilà le grand principe universel. Il faut vivre selon la Nature, et c'est tout. Toi et moi, il faut qu'on devienne puissants. Il faut que les hommes nous craignent et que les femmes nous désirent. Il faut qu'on achète des propriétés et qu'on devienne gros, de plus en plus gros. Il faut qu'on travaille assez pour obtenir tout ce qui nous fait envie. J'ai toujours vécu de cette manière et je compte bien augmenter les doses.

— Tu veux dire qu'on a pas le choix ?

Youssef haussa les épaules. Puis il lança :

— On fume une cigarette ?

— Encore ?

Dans le lit d'une gouttière métallique, un bourdon paisible prend le soleil. Il est né le mois dernier. Pour lui, le monde est neuf. En cet instant, il découvre l'odeur, s'élevant d'une fenêtre en contrebas, de l'ail revenu dans l'huile. Il l'inhale, l'analyse, examine ses différents composants, mais ne se laisse point troubler. Sans désirs ni craintes, simplement, le bourdon *est.*

Une brise lève les poils fins de son dos, portant avec elle une odeur nouvelle, inconnue mais familière, attirante. Une ombre passe au-dessus de lui... Alors il *la* voit. Immédiatement il comprend. La reine bourdon s'est posée face à lui.

— Fais-moi l'amour, dit-elle.

— Je ne veux pas ! Je veux qu'on me laisse tranquille !

— Tu n'as pas le choix. Tu n'es qu'un mâle. Tu n'as jamais rien construit, jamais rien offert. Tu n'as fait que profiter du travail de la colonie. Cet accouplement sera ton unique mission. Estime-toi heureux d'avoir été mis au monde, d'avoir été nourri, d'avoir été protégé, quand ta raison de vivre est si pitoyable.

Le bourdon sent qu'une force invisible le pousse vers la femelle. Il tente de résister.

— Non !

— Ne sois pas une larve. Accepte ta destinée.

Il monte sur elle et la pénètre. Sans pouvoir se contrôler, il se cramponne à cet abdomen remuant et velu qui le dégoûte. Son pénis, à l'intérieur, se tord, se comprime, comme s'il s'était coincé dans un infernal mécanisme à succions, fait de pistons et de roues crantées. De longues minutes passent. Le bourdon voudrait oublier, ne plus voir le corps de la monarque obèse, trois fois lourde comme lui, qui semble se gonfler, respirer de plus en plus fort en frôlant l'éclatement... Il a mal. Il souffre. Mais enfin, c'est l'éjaculation. La femelle se retire. Pleine, digérante, elle entre en somnolence, vrombissant par à-coups – ses ailes sont prises de spasmes. Le mâle demeure prostré de douleur. Il tend une pâte à l'endroit de son sexe et sent des poils humides, collés par paquets...

Son phallus vient d'exploser. Sa mort est certaine.

Il ne reprend conscience qu'à la nuit tombée. La femelle est partie depuis longtemps. Le froid s'immisce à travers la chitine du pauvre insecte. Tous ses membres sont engourdis. Ses forces l'ont abandonné. Dans un geste de désespoir, il se hisse au rebord de la gouttière et se laisse choir, un étage plus bas, dans un pot de géraniums. De la fenêtre vient une lumière dorée. Le bourdon rampe jusqu'à toucher la surface du verre et voit, de l'autre côté, dans le confort ouaté d'un appartement, un jeune homme aux cheveux blonds, assis à son bureau, lisant un gros ouvrage de Jean-Paul Sartre et prenant des notes.

Dans un dernier souffle le bourdon s'exclame :

— Quel malheur de ne pas être humain !

Puis il meurt de jalousie.

David se réveilla dans un sursaut, la main cramponnée à Diana.

— Quoi ? Qu'est-ce qu'il y a ?

— J'ai fait un cauchemar.

— Oh… David… Il est 3 heures du matin…

— J'étais un bourdon.

— Tu me diras demain.

— Je mourais dans les géraniums.

— Hm…

— Je me voyais moi-même, mon futur moi…

L'incident fut clos et le couple se rendormit. N'importe quel psychologue débutant aurait trouvé dans ce rêve assez de symptômes pour justifier plusieurs années de thérapie, mais David, lui, conclut seulement que son sort était enviable et que celui des insectes était triste.

Le lendemain matin, sur le chemin du travail, il ne pouvait pas s'empêcher de sautiller de la route au trottoir, du trottoir à la route, lançant des regards de connivence à tous les passants, se retenant de dire à voix haute : « Bonjour monsieur, bonjour madame, je m'appelle David et je prépare une thèse sur Jean-Paul Sartre ! » Il se voyait déjà docteur. Une plaque en bas de son immeuble : *David Baumer, spécialiste de* L'Être et le Néant – *consultations sur rendez-vous.*

Sur le boulevard Beaumarchais, ni la saleté ni la misère n'apparaissaient plus à ses yeux. David se croyait propulsé dans le Paris des années 1950, sur le chemin d'un rendez-vous au Flore, où l'on boirait du café crème en débroussaillant quelques problèmes cruciaux pour l'avenir de l'humanité, comme celui d'évaluer précisément le degré de parenté qu'entretiennent l'existentialisme et le *dasein* heideggerien.

Cette fois encore, il arriva dans les bureaux à midi. Il salua tout le monde, et tout le monde le salua. Il se rendit à la machine à café, se servit une grande tasse et resta debout, sur place, l'air content de lui-même, s'attendant presque à ce qu'un collègue lui demande : « Est-ce que par hasard vous ne seriez pas en train de préparer la rédaction d'une thèse ? » Mais une seule personne vint s'adresser à lui, et ce fut Elise.

— Bonjour ! Vous allez bien ? Dites, vous nous manquez au bureau, on ne vous voit pas beaucoup ces derniers temps !

— Ah ?

— Je voulais juste savoir si vous aviez du temps la semaine prochaine ? Oui ? Parce qu'on doit amorcer un grand travail de réflexion. Nous devons préciser la raison d'être de la Share Academy sur les enjeux sociaux et environnementaux.

— Ah oui.

— Ensuite on déclinera la mission principale en missions secondaires, et nous verrons si ce travail implique de réaffirmer nos valeurs actuelles ou bien de s'engager sur de nouvelles valeurs.

— On n'a pas déjà fait tout ça au printemps dernier ?

— Ah ah ! Non ! Au printemps dernier, nous avons remis à plat tout notre modèle de gouvernance décentralisée et nos processus d'intelligence collective. Vous ne vous rappelez pas ?

— Ah si, c'est ça…

Elise regardait David en se mordant les lèvres, basculant de gauche à droite, un dossier cartonné serré contre la poitrine.

— Alors ? fit-elle.

— Alors quoi ?

— Vous avez du temps libre la semaine prochaine ?

— Oui, oui.

— Super, je vous envoie des invitations pour les ateliers. C'est vraiment une chance de vous avoir avec nous. Bon, j'y vais, à tout à l'heure ?

Elle s'éloigna, guillerette, et David replongea dans sa tasse de café. Se croyant à couvert, il balaya le rez-de-chaussée d'un regard périscopique. Car c'était *elle* qu'il cherchait. Sans surprise, il la trouva seule, avec son ordinateur, dans un fauteuil sous l'escalier. Elle avait cette fois une dégaine de *rancher* – chemise à carreaux et veston sans manches de cuir clair. Il trouva le courage nécessaire pour s'asseoir en face d'elle. Après tout, de quoi pouvait-il avoir peur ? Elle aimait la sous-littérature, quand lui trônait sur les genoux du plus grand philosophe français du XX$^{e}$ siècle.

— Alors, lança-t-il, on est toujours dans Marc Levy ?

Elle continuait de taper au clavier.

— Oui.

— Et ça avance ? Tu le termines quand ?

— Ce n'est pas le genre de livre qu'il faut terminer.

— Ah ? C'est si bien que ça ?

— Il faut s'imprégner du texte.

David s'empêcha de rire mais laissa fuser une pique (il était temps d'attaquer le vif du sujet) :

— Vraiment ? Je croyais que c'était des livres de plage ?

Sheyenne leva son museau pointu, ses yeux jaunes – couleur minérale.

— Vous avez raison, dit-elle. Ces livres tissent facilement des liens avec les gens. Ils tissent aussi des liens *entre* les gens.

Elle parlait si lentement, dans un état proche de l'hypnose, que David suspecta des complications psychiatriques. Sa curiosité grandit, comme sa taquinerie.

— C'est pas juste l'histoire d'un type qui tombe amoureux d'un fantôme ?

— C'est *aussi* cette histoire. Mais le sens des mots n'est pas exact. Il n'est pas figé. Sinon, tout le monde serait toujours d'accord sur tous les sujets. Les mots ne sont que des symboles.

Comme lors de leur première discussion, place de la Bastille, David eut l'impression qu'un vide se formait tout autour. Un rayon de soleil tombant par la verrière, filtré par les marches de l'escalier creux, fermait sur eux une cage d'ombre et de lumière.

— Tu te moques de moi. Ce livre, c'est du pur divertissement. J'y crois pas, à ton histoire de message caché. Ou alors, prouve-le-moi !

Cette pugnacité soudaine sembla plaire à la jeune fille, dont les lèvres esquissèrent pour la première fois une sorte de sourire.

— Je ne peux pas.

— Et pourquoi ?

— C'est comme une plaisanterie. Si je vous explique une plaisanterie, vous la comprendrez, mais vous n'en rirez pas. C'est étrange d'ailleurs, vous ne trouvez pas ? Pour qu'une chose soit drôle, elle doit passer seulement par le subconscient. En humour, la conscience gâche tout.

— Alors tu l'avoues, c'est une plaisanterie ?

Elle ferma son ordinateur et posa sur David un regard compressant. Pour se donner une contenance, il voulut boire du café, mais sa gorge se serra, bloquant le liquide au-dessus du cou. Il crut un instant se noyer, au sec, dans un fauteuil confortable. Elle chuchota presque :

— Je peux seulement vous dire une chose. Il existe un fil rouge dans l'œuvre de Marc Levy.

David parvint à déglutir bruyamment. Elle continua :

— Il nous apprend à guetter le bon moment, à l'attendre patiemment.

David toussa.

— Le bon moment pour quoi ?

— Si vous lisez Marc Levy, vous le reconnaîtrez.

Sur le visage de Sheyenne passa l'expression du doute. David était venu la mettre au défi, mais c'était elle, maintenant, qui semblait chercher en lui la preuve d'une intelligence. Puis, d'un coup, comme si son investigation venait d'obtenir un résultat, Sheyenne reprit une physionomie neutre en même temps que son travail. David se sentit mis à nu.

— Oh, allez quoi ! Dis-moi ? Non ? Je suis sûr que tu blagues...

Elle ne répondit pas. David la laissa seule.

Les jambes à moitié chancelantes, il monta l'escalier et s'assit à son bureau devant un ordinateur éteint.

— Vous allez bien ? demanda Elise qui remuait des papiers avec entrain tout en jetant des fleurs de badiane dans une théière.

— Tu la connais un peu, la nouvelle ?

— La grande asperge, là ? Pas trop. Elle ne parle à personne. Elle se prend pour je sais pas qui.

— Hum…

Elise se retourna, vérifia que personne ne pouvait l'entendre, et se pencha pour dire à voix basse :

— Je pense qu'elle est droguée !

Le visage de Sheyenne, sa bouche, ses oracles, son corps de liane, sa voix traînante, ses dissimulations, toutes ces choses irritaient l'imagination de David par griffures et par frottements. Il retourna le problème longtemps dans sa tête et conclut qu'il s'agissait « d'une sotte ou d'une folle », et surtout, qu'elle avait « besoin d'un bon coup de bite pour se détendre ». Heureux d'avoir compris ces vérités nécessaires, il quitta le travail à la tombée de la nuit et décida de marcher au hasard.

Il s'aventura dans les ruelles du Marais par pur plaisir esthétique. En passant devant un libraire, il se dit qu'il était temps de commencer sa nouvelle vie de doctorant. Il entra, descendit au rayon philosophie et chercha *L'Être et le Néant*, qu'il fut légèrement fâché de voir au ras du sol, au niveau des *S*, entre Stiegler et Saint-Simon. Il soupesa l'ouvrage de huit cents pages, caressa la couverture, l'observa par la tranche, comme s'il s'agissait d'un poisson sur un étal, et l'emporta fièrement avec lui.

Tandis qu'il s'approchait de la caisse, il aperçut les gondoles des meilleures ventes : Musso, Moix, Angot, de Vigan… Rien de tout cela ne le concernait plus – il planait à mille mètres au-dessus de la littérature contemporaine. Il remarqua que l'un des présentoirs était entièrement consacré à Marc Levy. « Décidément, il est partout ! » La photographie de l'écrivain patronnait l'étalage de ses propres livres. Avec son visage affable, sa veste en laine de couleur taupe, sa barbe de trois jours, Marc Levy ressemblait à ces médecins de village à qui l'on confie ses secrets, ses troubles érectiles et ses suspicions de polypes, en toute confiance. Son dernier ouvrage occupait les trois quarts du présentoir, mais David reconnut dans un coin la couverture d'*Et si c'était vrai…* – celle que Sheyenne tenait entre ses mains.

« Il est temps que je lui fasse un sort, à ce bouquin ! »

D'un geste coupable, il prit un exemplaire sous son bras et partit payer. Il s'attendait à ce que la caissière fasse une remarque, qu'elle soulève l'incongruité qu'il y avait à marier Jean-Paul Sartre et Marc Levy sur un même ticket de carte bancaire, mais elle scanna froidement les articles sans même voir les titres.

De retour chez lui, David se jeta sur le lit avec ses nouveaux livres et feuilleta sans attendre le plus gros des deux, prenant des pages dans le désordre, des morceaux de phrases qu'il abandonnait immédiatement pour les suivantes, comme un enfant viderait un coffre à jouets. Les concepts virevoltaient devant ses yeux. Page 529, il s'échina plusieurs minutes sur le passage suivant :

*Ce qu'il faut bien entendre, c'est qu'aucun organe délié, préhensif et relié à des muscles striés ne pouvait être un organe sexuel, un sexe ; le sexe, s'il devait apparaître comme organe, ne pouvait être qu'une manifestation de la vie végé-*

*tative. Mais la contingence reparaît si nous considérons que, justement,* il y a *des sexes et de* tels sexes. *En particulier la pénétration du mâle dans la femelle, bien que conforme à cette incarnation radicale que veut être le désir (que l'on remarque, en effet, la passivité organique du sexe dans le coït : c'est le corps tout entier qui s'avance et recule, qui* porte *le sexe en avant ou qui le retire ; ce sont les mains qui aident à l'intromission du pénis ; le pénis lui-même apparaît comme un instrument que l'on manie, qu'on enfonce, qu'on retire, qu'on utilise, et pareillement l'ouverture et la lubrification du vagin ne peuvent être obtenues volontairement), demeure une modalité parfaitement contingente de notre vie sexuelle. Et c'est aussi une contingence pure que la volupté sexuelle proprement dite. À vrai dire, il est normal que l'engluement de la conscience dans le corps ait son aboutissement, c'est-à-dire une sorte d'extase particulière où la conscience ne soit plus que conscience (du) corps et, par suite, conscience réflexion* de *la corporéité. Le plaisir, en effet – comme une douleur trop vive – motive l'apparition d'une conscience réflexive qui est « attention au plaisir ». Seulement le plaisir est la mort et l'échec du désir.*

« Putain ! » souffla David, comme étourdi, le souffle coupé par le défilement des mots. « J'ai rien compris, il est fort ; ça doit prendre tout son sens dans le contexte. » Il voulut s'expliquer certains effets typographiques. Pourquoi le mot « de » était-il en italiques dans l'avant-dernière phrase ? Et pourquoi le mot « du » était-il entre parenthèses[1] ? David se résigna vite et remit cette lourde tâche à plus tard.

1. Fait d'autant plus troublant que si l'on omettait la parenthèse, la phrase se lirait ainsi : « [...] une sorte d'extase particulière où la conscience ne soit plus que conscience corps [...] ».

« Il faudra le prendre par le début, mot à mot, crayon à la main. Pas le choix ! »

Il referma l'épais volume et le souleva, bras tendus, pour le contempler à distance, s'imaginant avec gourmandise toutes les aventures que Sartre et lui vivraient dans les prochaines années. Puis son attention glissa vers le tout petit roman posé sur la couette. *Et si c'était vrai...* David hésita, tendit la main, lut la quatrième de couverture d'un air vaguement dégoûté, puis l'ouvrit, sans intention précise, en commençant par la première phrase :

*Nous étions le 20 décembre 1965, aux premiers jours d'un hiver particulièrement froid. Les bras chargés de paquets enrubannés, les gens marchaient, le pas pressé, sur l'Union Square...*

Moins de deux heures plus tard, David tournait la dernière page.

« Bof, d'accord, ça se lit bien. Et alors ? »

D'un côté ses préjugés se trouvaient confirmés – sensation fort appréciable, comme chacun sait. De l'autre, il savait qu'une telle opinion mettrait le point final à sa relation avec Sheyenne. Il ne pouvait pas juste revenir au bureau, triomphalement, et lui lancer : « Je l'ai lue, ta merde, et je te confirme : c'est de la merde ! »

Non. David voulait que ce livre soit l'opportunité d'un rapprochement. Tant pis pour l'orgueil. Il fallait qu'il trouve *quelque chose* à en dire. N'importe quoi qui puisse prouver sa souplesse d'esprit. Incapable de forger lui-même plus de deux phrases d'analyse autour de ce roman, David prit son ordinateur sur les genoux et chercha sur Internet si d'autres lecteurs n'avaient pas déjà fait cet effort. Il parcourut des billets de blogs, par dizaines, presque tous les mêmes, véritables chapelets de poncifs écrits sans forme ni fond.

Dans l'ensemble, j'ai beaucoup aimé ce roman. Il se lit facilement, et de manière très agréable.

---

J'ai trouvé que l'histoire n'était pas toujours crédible mais les personnages sont très attachants.

---

Le dénouement est plutôt surprenant et il laisse la porte ouverte à plusieurs interprétations. Je recommande vivement !

David se massa les yeux en soupirant. « Mais qu'est-ce que je suis en train de faire ? » Il regarda l'heure et se dit que Diana pouvait rentrer d'une minute à l'autre. Il ferma son ordinateur, se leva, mais s'arrêta net, percuté par une dernière idée. Il se rappelait les paroles cryptiques de Sheyenne au sujet « du bon moment ». Il se rassit sur le lit et fit la recherche suivante :

Marc Levy Et si c'était vrai Attendre le bon moment

Il obtint une liste de liens hors de propos ou périmés, des sites de référencement, des articles de presse vieux de dix ans… David, suivant son intuition, chargea la seconde page de résultats. Puis la troisième. Et soudain, dans le défilement, son regard s'arrêta sur une ligne différente des autres. Le lien pointait vers un message, sur un forum inconnu pour littérateurs du dimanche. Intitulé « Théorie sur l'œuvre de Marc Levy », le message avait obtenu zéro réponse :

> Vous allez penser que je suis dingue mais je crois que les livres de Marc Levy ont un double sens, peut-être un triple, peut-être plus. Ce qui m'a mis la puce à l'oreille, c'est l'évolution du mec. Aujourd'hui Marc Levy publie des livres super engagés contre les géants du Web, les réseaux sociaux, les entreprises qui exploitent la data... Il compare Marc Zuckerberg à Goebbels, il fait tout le temps des références aux nazis, mais ça ne choque personne. Tout le monde le considère comme un chic type quoi. Mais quand on y pense il est devenu hyperradical. Son dernier roman, c'est genre une apologie du cyberterrorisme, c'est presque un tract de révolutionnaire. Et nos daronnes elles trouvent ça cool, même celles qui s'habillent en Chanel, elles l'acceptent, elles achètent ses bouquins. Vous avez remarqué ? C'est Marc Levy, le mec est sympa, il a forcément raison, il est modéré, pas vrai ? Du coup je me suis posé la question : vous croyez vraiment que Marc Levy est devenu gauchiste l'année dernière ? Ou en 2018 ? Le type a commencé sa carrière à la Silicon Valley. Il a connu Bill Gates et tout. Sa vision du monde est la même depuis des décennies. Il est malin, c'est tout. Il cachait bien son jeu. Il a gagné la confiance de l'opinion publique et pendant des années, il s'est fait kiffer en passant des messages en secret. Je peux le prouver. J'ai repris son premier bouquin *Et si c'était vrai...*, j'ai fait des recherches et j'ai trouvé des clefs de lecture, des

trucs chelous, ça s'explique pas, c'est trop gros pour être juste des coïncidences.
Bon en gros voilà l'idée. Le communisme, c'est quoi ? Si on revient à l'origine, le premier texte de Marx, le manifeste du Parti communiste ? « L'Europe est hantée par un fantôme, le fantôme du communisme. » Je suis parti de là, et tout le reste vient logiquement. Ce roman, c'est juste une grosse métaphore.
Le personnage principal s'appelle Arthur, il est architecte. C'est évidemment une référence à Arthur Penty, un Anglais qui était communiste... et architecte ! Arthur tombe amoureux d'un fantôme, vous comprenez ? Vous vous dites que je suis con, je fais des blagues, mais attendez, ça va devenir dingue.
Arthur Penty, c'est le père du socialisme chrétien. Il est super influent. Il s'opposait à Marx. Il s'opposait à la révolution brutale. Pour lui, le changement social devait passer par le spirituel, par une transformation lente, des petites victoires. Et comment s'appelle le fantôme ? Lauren Kline. Lauren, ça veut dire laurier. Kline, c'est une variante de *klein*, et ça veut dire « petit ». Donc petit laurier. Petite victoire. Donc Arthur tombe amoureux du communisme en tant qu'aventure spirituelle et progressive. Mais qu'est ce qui s'est passé ? Pourquoi Lauren est devenue un fantôme ? Parce qu'elle a eu un accident de voiture... Il y a toute une symbolique des voitures chez Marc Levy. Lauren s'est foutue en l'air au volant d'une Triumph. C'est clair, non ? Et le logo de la Triumph ? Une couronne de lauriers ! Et la bagnole s'écrase où ? Dans la vitrine d'un *Macy's*, et le logo de *Macy's*, c'est quoi ? Je vous le donne en mille : une étoile rouge ! Vous croyez vraiment que tout ça c'est du hasard ? On a l'histoire d'Ar-

thur Penty, qui tombe en amour du communisme, mais le communisme est mort après l'expérience soviétique, redevenu fantôme pour avoir voulu aller trop vite, trop fort, avec le véhicule du triomphe. Boum, c'est le crash.

Bon, ensuite, il se passe quoi ? Arthur tombe amoureux du « petit laurier », et veut lui redonner vie. Il fait comment ? Il la met dans sa voiture à lui, une Saab. Le logo de la Saab ? Un griffon, un putain de symbole chrétien du pouvoir divin ! Il l'emmène où ? Dans la maison de son enfance qui s'appelle « le Carmel », comme la montagne dans la Bible, celle qui donne accès à Dieu. C'est gros quand même, non ? Arthur l'emmène dans « le cœur du royaume », qui est une roseraie, et la rose est un symbole mystique pour le mystère de l'incarnation. OK ? Ensuite, grâce à l'amour, grâce à la volonté, la patience, l'imagination, Lauren reprend vie. Vous captez ?

Je résume. C'est l'histoire du socialisme qui s'autodétruit en Russie. Arthur Penty récupère le cadavre et lui rend vie grâce à la spiritualité chrétienne. Le fantôme devient une réalité durable à force de « petites victoires ».

C'est d'ailleurs exactement la stratégie que poursuit Marc Levy. Le mec agissait en secret. Il attendait juste le bon moment pour se révéler. Je pense que tous ses livres fonctionnent comme ça. J'ai travaillé sur son deuxième roman et je commence à comprendre le sous-texte.

Est-ce que certains ont déjà fait les mêmes découvertes que moi ? On pourrait créer un groupe de discussion et s'entraider pour aller plus loin.

David pouffa. Il n'avait peut-être jamais lu de message à la fois si créatif et si stupide. Il referma l'ordinateur, plissa les yeux, songeusement, et sursauta quand Diana fit irruption dans la chambre en jetant son sac à main par terre.

— Salut, tu vas bien ?

— Oui, oui.

— Tu es sûr ? Tu es tout blanc. On dirait que tu as vu un fantôme.

— Non, ça va.

Il s'efforça de sourire et, discrètement, cacha le roman de Marc Levy sous la couette.

## II

## UN MIRACLE DE NOËL

Depuis que le *Knowledge Manager* est devenu *Chief Information Officer*, ses interventions traînent en longueur. Chaque lundi matin pendant la réunion des chefs d'équipes, ce grand gaillard aux os lourds, imberbe et blond, livre un spectacle interminable, passe d'un bout à l'autre de la pièce à vives enjambées, torse bombé, voix claironnante et doigts virilement tendus vers ses diapositives, comme pour donner du crédit à leur galimatias – soit des banalités, soit des absurdités, toujours drapées d'anglicismes ou d'oripeaux de sciences molles.

Dans la salle, ils sont une quinzaine, avachis devant leurs ordinateurs et groggy du week-end. David, lui, trémule d'impatience ; ce midi, pendant la pause, il ira voir Sheyenne. La conversation promet d'être piquante.

— Vous aimeriez du café ?

C'est Elise qui fait le tour de la table en proposant de remplir les tasses. Il acquiesce. Elle se penche avec la verseuse et présente la chair supérieure de sa poitrine, blottie dans le fin débardeur. Elle surprend le regard de David. Elle rougit, imprime à ses reins des contorsions excédentaires et s'en va continuer la distribution. L'impatience de David se dédouble. Une dans la tête, une dans l'abdomen. Il se demande de quelle matière

Elise est faite et s'imagine une gélatine brûlante qui tremble sous la main. Au moins cette fille courte et dodue ne lui fait pas peur. Elle lui pardonnerait tout. David remue sur sa chaise, tire sur son jean pour permettre à l'érection de frayer son chemin.

Le *Chief Information Officer* n'a pas terminé. Selon son habitude, il présente comme des résultats personnels, hautement techniques, un petit fatras d'idées à la mode compilées dans ses lectures de seconde zone. En juillet, il affirmait que l'entreprise devait fonctionner « en mode projet ». En août, c'était le « mode agile ». En septembre, il préconisait la méthode *Scrum*, le mois suivant ne jurait que par la méthode *Kanban*. Depuis quelque temps, il veut généraliser les *morning meetings*, sortes de revues des troupes se pratiquant debout, où chacun doit déclarer publiquement ses accomplissements du jour précédent et ses projets pour le jour à venir. Heureusement personne à la Share Academy ne fait grand cas de ses gesticulations.

David bande à présent complètement et, comme à chaque fois qu'il bande, il devient sombre.

« J'aurais dû baiser plus dans ma vie. J'aurais pu. Je peux encore ! Il suffit que je lève le petit doigt. Je suis trop gentil. De toute façon, Diana s'en fout, ça fait deux mois qu'elle m'a pas touché, je suis un animal de compagnie pour elle. »

David fait des calculs avec le passé, compte ses occasions manquées, ses rares conquêtes. Tous ses amis masculins prétendent avoir baisé quantité de filles : vingt, trente, parfois plus… Tous peuvent se vanter d'un certain *nombre* ; David, lui, ne dépasse pas le simple *chiffre*. « Je suis un puceau, c'est terrible, je vais le regretter quand ce sera trop tard. » Il pense à ces auteurs romantiques, ceux qui font un thème des « femmes de leur vie », comme si chacune avait compté, comme si chacune avait été méritée, conquise de haute lutte.

Chez David, les femmes ne se complètent pas ; elles ne racontent aucune histoire. S'il a baisé, c'était toujours par hasard. Une poignée de copulations sans lendemain, dans les vapes éthyliques des soirées étudiantes. C'étaient toujours les filles qui l'avaient choisi. Pas les plus belles, ni les plus sobres. David, lui, n'avait jamais eu le courage d'approcher celles qu'il désirait vraiment, de tenter de les séduire. Il maquillait sa peur sous une philosophie spontanéiste, prônant le « coup de foudre » et se récriant de dégoût face aux artifices vulgaires des dragueurs. En fin de compte, il n'y avait eu qu'une seule femme dans sa vie. C'était Diana, et c'était trop peu.

Pendant ce temps, le *Chief Information Officer* continue sa présentation sans queue ni tête :

— Dans notre écosystème, les métiers traditionnels sont des forêts. Les métiers émergents sont des arbres. Les projets innovants sont des graines. Ce qu'on veut, c'est plus de biodiversité, donc faire monter toutes nos parties prenantes en maturité, en compétence, en exigence, sur leurs propres dispositifs d'innovations, et tout ça, grâce à des contenus hyperactionnables.

Elise a terminé son tour, mais il reste un fond de café dans la verseuse. D'un regard elle le propose à David, qui l'accepte, seulement afin de revoir un peu le décolleté. Elise se penche par-dessus la table et tend le bras pour verser les dernières gouttes, mais un faux mouvement fait basculer la tasse de David sur le côté ; le contenu s'échappe et gicle sur le nez du *Content Manager* assis à côté. Celui-ci ravale un cri – la surprise est d'autant plus désagréable qu'il s'était endormi, discrètement, le menton sur le poing. La pauvre Elise s'enfuit sur la pointe des pieds et revient avec un énorme rouleau de papier-toilette. Elle se jette à quatre pattes sous la table pour essuyer la flaque aux pieds des garçons, et David la rassure en chuchotant :

— C'est rien, c'est pas grave…

Le *Chief Information Officer* ignore ce petit remue-ménage et passe à la diapositive suivante. On y voit des cercles de couleur, des flèches qui ne vont nulle part, des mots qui surnagent sans but.

— Ce qu'on doit viser avec tous les acteurs de la transition, avec les entrepreneurs à impact, c'est toute une culture commune autour du changement systémique. On peut avoir une démarche d'*open innovation*, mais on doit en même temps favoriser l'intrapreneuriat à tous les niveaux. (Il mime les niveaux avec ses mains.) Notre métier, ce n'est pas le déploiement d'une solution, ni l'engagement des collaborateurs. Le vrai défi, et je dirais même que c'est un sujet de marque employeur, c'est de construire la confiance, de créer de l'engagement, dès l'*onboarding*, car il est là le frein à la performance et à l'intelligence collective.

David soupire. « Mais putain, qu'est-ce qu'il raconte ? »

Elise frotte encore à ses pieds. Elle s'applique, prend son temps et creuse le dos. Elle a le cul si tendu que son pantalon pourrait craquer. David bande encore, plus belliqueusement, le spongieux tout rempli de fiel.

« Je suis un branleur. Je ne fais rien que me branler. Je ne vis jamais mes fantasmes. Je suis un bébé, un trouillard, je préfère les remords plutôt que de me prendre le moindre râteau… C'est l'amour-propre, sale con ! Sors un peu de ta coquille ! Y a pas une seule fille dans ces bureaux sur laquelle tu ne t'es pas branlé. Tu t'es branlé sur la *Designer UX*, sur la *Designer UI*, sur la *Manager CRM*, sur la *DA*, sur la *Lead Dev Front*… Tu t'es branlé sur la rousse laiteuse de l'accueil et l'Ivoirienne qui fait le ménage. T'as rêvé de prendre la *Business Analyst* dans un escalier. T'es qu'un vieux dégueulasse. Assume-toi ! Elles aiment les hommes qui s'assument, mais elles fuient les vieux frustrés, ceux qui croupissent à l'intérieur, avec leur sueur, leur sperme rentré… Elise ? Oui. Pourquoi pas ?… Mais c'est le lot de consolation. Tu le sais bien. »

Le *Chief Information Officer* propose maintenant un petit exercice pour renforcer la cohésion du groupe.

— On va faire la météo de notre équipe, vous êtes prêts ?

Utilisant la technique du Photolangage®, il dispose des images sur la table. À tour de rôle chacun doit en choisir une qui correspond à son état émotionnel et la présenter aux autres. La *Growth Hacker* commence :

— Alors, euh… Voilà, moi j'ai choisi cette image d'athlète handisport parce que… j'ai une sœur handicapée. Euh… tous les jours, elle me prouve que c'est possible de se dépasser, que les seules limites sont celles qu'on s'impose.

« C'est officiel, pense David. Les cadres supérieurs sont retournés à l'école primaire et demain, nous retournerons dans le ventre de notre mère. Et dire que les smicards nous croient malins. »

Dans son esprit, il malaxe ces termes ésotériques :

« *Chief Information Officer... Chief... Information... Officer*... Aucun sens... »

Décidément, s'ils héritent de juridictions aussi vagues et minuscules, c'est que les fils de la bourgeoisie pullulent comme des rats. Jadis, on en faisait des militaires et des curés. Puis des banquiers, des ingénieurs, des journalistes, des publicitaires. Aujourd'hui, d'informes *bureaucrates*[1], loin des décisions réelles, loin de leurs applications concrètes : de simples passe-plats. Il faut bien que les classes moyennisantes se donnent de l'importance, qu'elles s'occupent, avec toute la gravité qui s'impose. Alors elles jargonnent, elles théorisent, elles se penchent sur des graphiques et des tableaux, tout pour oublier qu'on est un camelot, un vendeur d'éponges ou de limonades. On a le droit, quand on a payé son diplôme vingt fois le montant du salaire médian. Et tous les ans, les *Business Schools* du monde entier déversent encore sur le marché, par centaines de milliers, ces enfants incultes mais habiles dans l'art de ramper...

— Mesdames, messieurs, merci.

Enfin. Le *Chief Information Officer* retourne s'asseoir sous les applaudissements de convenance. C'est au tour d'Elise de prendre la parole. Elle fait un topo sur la bienveillance, sur la nécessité de former les salariés à l'art du « management empathique » et d'instaurer « de nouveaux outils de feedback ». Elle termine sa brève présentation :

— Je suis hyperheureuse de vous annoncer que nous venons de recruter Laura. Elle arrive le mois prochain !

---

1. Le bureaucrate ignore qu'il est bureaucrate. Il se dit *manager*.

Elle est consultante, facilitatrice et formatrice en communication non violente. Elle va nous aider à modéliser notre organisation et elle va proposer des outils pour augmenter le niveau d'engagement sur tous les projets en interne.

Applaudissements.

Le *Chief Strategy Officer* se lève à son tour et plaide pour une réforme générale des façons de faire et de penser, exhortant ses collègues à suivre désormais l'approche *community-based.*

Le *Content Manager* tape sur l'épaule de David.

— Tu prends quoi, quatre fromages comme la dernière fois ?

Le menu de la pizzeria passe de main en main. Chacun fait son choix. C'est Elise, comme d'habitude, qui passera commande pour tout le monde. Mais ce midi, David a d'autres projets.

— Non, pas ce midi.

— Pepperoni ?

— Non, je ne mange pas avec vous. Je dois parler à Sheyenne.

— Ah, donc elle s'appelle vraiment Chienne ?

— Non. She-yen-ne. Comment t'as pu croire que Chienne était un prénom ?

— Je sais pas. Sheyenne, c'est un prénom de merde aussi. D'ailleurs, c'est pas une race de cheval ? Le Sheyenne ?

— Non, je crois que tu confonds avec le Mustang.

— Pourquoi je confondrais avec le Mustang ?

— J'en sais rien.

— C'est deux mots carrément différents.

— C'est ce que je dis.

David s'imagine à quoi ressemblerait Sheyenne si elle était un cheval. Elle serait probablement une jument sauvage aux yeux jaunes, aux pattes galbées, libre et courant follement dans les Grandes Plaines de l'Ouest. Un animal dont la légende se raconterait dans les tribus locales, auprès du feu.

— Pourquoi tu veux la voir ? demande le *Content Manager*.

— Je dois lui parler de sa mission. C'est important.

Le *Content Manager* donne un coup de coude à David, en toute complicité.

— Elle est bonasse, hein ?

Puis le menu passe dans les mains du *Product Owner*, qui suggère à son voisin, le *Product Manager*, de partager une pizza végétarienne.

Pendant ce temps, le *Chief Strategy Officer* présente son plan. Sa première action sera de consulter un certain nombre de personnes sur un certain nombre de questions (ne rien faire). Sa deuxième action sera de synthétiser des recommandations dans un document partagé (ne rien faire). Sa troisième action sera d'organiser un atelier participatif pour mettre à l'épreuve ces recommandations et les affiner (ne rien faire). Dans la salle, le *Strategy Analyst* suggère d'acheter immédiatement, auprès d'une agence spécialisée, un « benchmark » pour mieux anticiper les « points bloquants » et les « fenêtres d'opportunités ». Tout le monde approuve. Ne rien faire.

Les bureaucrates ont le travail en horreur. Ils ne veulent rien faire. Ils veulent faire faire ; c'est ce qu'on leur a promis. Mais à qui donner des ordres dans une organisation sans fonction productive, ni sociale, entièrement composée de jeunes diplômés tous identiques et refusant de se salir les mains avec la moindre besogne pouvant aboutir à quelque chose de concret ? Ils préfèrent payer des inconnus pour disserter sur leurs propres concepts fumeux. Comme on paye des acteurs pour un petit théâtre où l'on occupe le premier rôle, celui du commandant.

Le *Chief Strategy Officer* déclare sa présentation terminée. David a désormais complètement débandé.

— C'est bon, fait Elise, j'ai commandé les pizzas. C'est l'heure de la pause !

La petite salle de réunion se vide. Les occupants laissent derrière eux une moiteur soufrée – l'haleine saumâtre des lundis matin. David passe devant les autres et se penche à la rambarde de l'escalier pour tenter de voir Sheyenne, mais il ne la trouve pas ; ni dans les marges, ni au centre, ni parmi l'attroupement du midi qui se forme autour de la kitchenette. Une inquiétude le prend… Peut-être que Sheyenne déjeune ailleurs ? Peut-être qu'elle travaille depuis chez elle aujourd'hui ? L'idée d'attendre encore vingt-quatre heures pour lui parler est insupportable. Le dédain de Sheyenne le gêne comme un aphte. Sa superbe l'obsède. Il faut s'en libérer. Il descend l'escalier et monte en température.

« Mais qu'est-ce que je fous… Qu'est-ce que je veux ? Je veux qu'elle me parle autrement que si j'étais un abruti. Voilà. Et puis je pourrais l'inviter à déjeuner, tiens. C'est bien ça. Je l'invite à déjeuner, et basta. Je vais lui montrer qu'elle ne m'impressionne pas. Que c'est elle, le caniche savant. »

Au rez-de-chaussée, David se faufile parmi ses collaborateurs, entre les tables, les groupes qui bavardent et ceux qui l'alpaguent :

— Ah, David, on pourrait te parler ? On a besoin…

— Je n'ai pas le temps ! Plus tard !

Sheyenne n'est pas ici, pas non plus sur l'un des fauteuils qu'elle affectionne pour ses moments de lecture. En désespoir de cause, il descend au sous-sol, où personne ne va jamais, sauf pour les cours de sport – yoga le mardi matin, boxe française le jeudi. Mais un lundi ?

Pourtant, c'est ici qu'il la trouve. Elle est assise au milieu de la pièce, en tailleur, les yeux clos, les mains à plat l'une contre l'autre : elle médite. Dans un canapé du fond, le *Chief Technical Officer* fait une sieste, allongé sur le dos.

À part eux, la grande salle est vide. Légèrement angoissante avec ses murs sans fenêtres, sa moquette aux couleurs pourpres et aux motifs rectangulaires, censée favoriser la détente, mais évoquant plutôt le lobby d'un vieil hôtel de montagne. Et pourtant, Sheyenne médite.

Pour se donner une contenance, David se dirige vers la table des encas sucrés en libre-service et fait mine de compter les pommes, les bananes et les sachets d'infusions, comme pour en dresser l'inventaire. Du coin de l'œil, il surveille Sheyenne. Elle se tient immobile. C'est la première fois qu'il la voit avec les cheveux attachés. Son étonnante forme en sablier est soulignée par un lycra moulant aux motifs tropicaux et fluorescents, de mauvais goût.

Tout à son rôle d'homme occupé, David prend la bouilloire, la remplit aux toilettes et l'enclenche sur son socle, avant d'observer la lente montée de l'ébullition, mains sur les hanches, comme si ce processus ouvrait sur tous les possibles et méritait une surveillance particulière.

— Tiens, vous êtes ici ?

Sheyenne vient d'ouvrir les yeux. Elle étire ses jambes au sol. David répond d'une manière un peu ridicule :

— Ah ! Tiens ! Toi aussi ?

— Je pratique la méditation deux fois par jour. Un quart d'heure chez moi, un quart d'heure ici.

— Ah, super, c'est bien ça… On m'a dit que la bouilloire ne fonctionnait plus, alors je venais vérifier.

— Pourtant je viens de boire un thé.

Ne sachant comment donner du sens à son propre scénario, David plisse les yeux d'une manière pénétrée puis répond à voix basse :

— Hum, je vois…

Sheyenne se lève enfin. Pour la première fois, elle et David se tiennent debout, face à face, et la dizaine de centimètres qu'elle possède en plus (pieds nus) attise la rage du jeune homme. Il attaque :

— Ah, au fait, j'ai lu Marc Levy !

— Vraiment ?

— Ouais, hier soir, j'ai lu *Et si c'était vrai*… C'est pas mal, ça se lit bien. C'est gentil quoi…

Sheyenne ne paraît pas surprise. Elle attend des preuves. David comprend que c'est le moment de saisir sa chance.

— Je vois ce que tu veux dire. La métaphore politique… Faire passer un message chrétien de gauche, avec une pilule fantastique et romantique, c'est astucieux.

Il choisit d'être évasif. L'interprétation trouvée sur Internet est trop fantaisiste, trop compliquée. Jamais une fille comme Sheyenne n'aurait pu s'inventer un tel jeu de piste. Mais elle s'assouplit. Un demi-sourire fendille sa face de marbre.

— Je suis agréablement surprise. Quand je vous ai vu, la première fois, j'avais du mal à vous en croire capable.

— Ah bah ! Merci ! J'ai l'air con, c'est ça ?

— Non. Vous avez l'air inquiet.

— Et alors ?

— Quand on est inquiet, on est pressé…

— Et alors !

— Le subconscient est toujours en avance.

— Quel rapport ?

— Les pensées naissent dans le subconscient et, après seulement, elles passent dans le conscient.

— Quoi ?

— Il faut accepter de faire travailler le subconscient en premier, pour qu'il infuse dans notre esprit. Mais les gens pressés vont parfois trop vite. Ils le dépassent et le laissent loin derrière… Vous croyez à l'existence des messages subliminaux ?

— Dans les… Dans les publicités ?

Réveillé par l'étrange conversation, le *Chief Technical Officer* entrouvre discrètement les yeux depuis le canapé du fond.

— En tout cas, fait David, j'ai l'impression que sa métaphore est très élitiste… Je ne dirais pas subliminale. Je dirais plutôt : un clin d'œil pour le public cultivé. Mais qu'est-ce qu'il y gagne ? Presque personne ne comprend les allusions.

— C'est ce que font les écrivains, pour se protéger, pour s'amuser, pour les générations futures. Diderot pouvait se cacher derrière la farce. La Fontaine, derrière ses animaux. Molière écrivait des pièces à clef, pour dénoncer des personnes réelles sans jamais les nommer. Et si le roi censurait, Molière retravaillait son texte pour le rendre encore plus hermétique. Le message était toujours là, mais dans l'obscurité.

David vacille. Celle qu'il prenait pour une oiselle vient d'empiler trois monuments des Belles Lettres. Lui-même n'avait jamais ouvert un livre de Diderot. Molière et La Fontaine ? De lointains souvenirs d'école, rangés entre *Le Bonheur des dames* et Marcel Pagnol… Il propose de continuer la conversation dehors.

— Nous pourrions déjeuner ?

Elle sourit avec grâce mais sans chaleur.

— Vous allez trop rapidement. Tout est question de rythme. Le bon moment… Vous vous souvenez ?

L'eau dans la bouilloire atteint cent degrés. L'interrupteur se redresse d'un coup sec et David sursaute. Sheyenne continue :

— Êtes-vous vraiment intéressé par Marc Levy ? Ou bien seulement par moi ? Voici ce que je vous propose. Lisez plus. Montrez-moi qu'il vous intéresse vraiment et que vous n'êtes pas un tricheur. Alors j'accepterai un rendez-vous.

Mégots. Cendres froides. Fouillis de papiers et de griffonnages. Depuis deux jours, sur la table du salon, David compulse nerveusement toute la documentation qu'il trouve sur Internet. Il parcourt les forums, les blogs, les articles de presse, cherchant le bon fil à dérouler, celui dont il brodera l'exégèse pouvant plaire à Sheyenne.

La fièvre s'accroche à lui. Cette nuit, il n'a dormi que quatre heures. *Où es-tu ?* – le second roman de Marc Levy – est caché près de lui sous un classeur. Par intermittence, David le feuillette par le coin, comme si des vérités occultes pouvaient surgir dans le défilement des pages. Mais rien. Non, rien n'émerge de cette romance affreusement plate…

C'est l'histoire de deux adolescents, Susan et Philip, qui se promettent un amour éternel. La vie les sépare. Susan part en Honduras et se consacre à des missions humanitaires. Philip choisit une vie rangée. Susan disparaît dans un ouragan. Sa fille, Lisa, survit et se fait adopter par Philip.

Fin. Point à la ligne. Trois cent vingt pages pour ça, bien sucrées, brut de mièvrerie. Une lenteur exaspérante. Susan, une tête à claques.

David avait tout de même ingurgité le livre d'une seule traite, un lundi soir, avant de se coucher la tête en effervescence. « Mais y a rien là-dedans… Rien, c'est vide ! » En arrivant au travail le lendemain, plutôt que de poser ses affaires, il était allé voir Sheyenne qui pianotait, jambes croisées, devant son écran d'ordinateur. Pour ne pas se ridiculiser auprès des collègues aux oreilles vagabondes, il s'était fait comprendre sans citer le nom de Marc Levy.

— Tiens, j'ai acheté *son* deuxième roman là… Je l'ai lu hier.

— Alors, qu'en avez-vous pensé ?

— C'est quand même longuet… C'est moins attachant que le premier…

Il avait senti qu'il décevait. « Il n'y a pas de sous-texte chez Marc Levy. C'est du flan. J'ai qu'à rester vague, elle imaginera ce qu'elle veut. » Alors il avait dit :

— C'est politique… Ce thème de l'ouragan, très présent, forcément, un thème écologique… Le réchauffement climatique, bien sûr… (« Dis n'importe quoi, vas-y ! ») On voit bien les rapports Nord-Sud, la captation de richesses, la destruction du tiers-monde… Lui qui fait de la pub à Manhattan, elle qui fait de l'humanitaire en Amérique centrale, on voit bien le parallèle.

David était persuadé de faire mouche. Il avait évoqué le pouvoir, l'argent, l'injustice – son interprétation ne manquait pas d'épices. Mais Sheyenne avait paru peu impressionnée, voire légèrement contrariée.

— Je ne suis pas certaine que vous ayez vraiment ouvert votre esprit aux idées qui vivent dans ce roman.

— Ah bon, et toi alors ? Comment tu l'interprètes ?

— Les idées n'ont pas de valeur en elles-mêmes. Il

faut les chercher. C'est parce qu'elles vous forcent à chercher que les idées vous changent... Suivez la fleur.

— Comment ça ?

— C'est un conseil. Suivez-la.

David avait regagné son bureau puis s'était rongé les ongles jusqu'au soir. Se pouvait-il que Sheyenne prenne ce pilpoul au sérieux ?

Tisonné par cette humiliation, David fait des recherches. Il prend des notes. Il s'est promis de ne quitter l'appartement qu'après avoir trouvé *son* interprétation. Et son interprétation serait profonde. Sheyenne serait épatée. Premier objectif : lui plaire. Et puis, dans sa quête, il oublie la grande question du suicide. On ne guérit d'un mystère qu'avec le secours d'un autre mystère. L'affaire Marc Levy fait un bon remède – au moins pour un temps.

David essaye de retrouver la personne à l'origine du message intitulé « Théorie sur l'œuvre de Marc Levy ». Mais le message a disparu. Quelqu'un l'a supprimé. Comment retrouver sa trace ? David ignore même le pseudonyme de l'auteur...

Alors il jette des bouteilles à la mer, poste le même appel sur des dizaines de forums plus ou moins liés à la littérature :

> Je crois qu'il existe un sens caché dans les livres de Marc Levy. Je cherche des personnes pour en discuter. Contactez-moi !

En guise de réponse il ne reçoit que des moqueries, alors il se lève, allume encore une cigarette et marche en cercles dans le salon.

La porte s'entrouvre. Diana passe la tête.

— Qu'est-ce que tu fais ?

— Je fais des recherches. Je suis sur une piste, là. Faut pas qu'je lâche !

— Pour ta thèse ?

David ne comprend pas immédiatement, puis répond comme un somnambule qu'on secoue :

— Hein ? Oui… Oui, c'est ça, la thèse…

— Tu ne devrais pas commencer si fort. Tu risques de t'essouffler. Tu t'es lancé dans un travail très long, tu sais ? D'ailleurs, tu n'as toujours pas trouvé ton maître de thèse ?

— Je trouverai…

— J'en suis sûre. Bon, je pars en courses. Tu sais ce que tu veux manger ?

— Non. Rien, ça ira.

Pour la première fois depuis des mois, en refermant la porte, Diana se laisse attendrir par cet éternel adolescent en flammes.

David se rassied. La concentration s'est perdue. Pour se délasser, il survole les actualités. On annonce la disparition progressive des oiseaux. La disparition totale des poissons pour 2050. Celle des gros mammifères pour 2100. La fonte de permafrost et la possible extinction de l'espèce humaine pour 2200. 2 000 milliards de dollars dépensés par les États-Unis pour moderniser son arsenal nucléaire.

David ressent un mal de cœur, un pic d'anxiété, sûrement à cause du café qu'il boit de trop. Il se frictionne les joues, fait craquer ses doigts puis se replonge dans le travail. Étant déjà sur YouTube, il en profite pour visionner des interviews de Marc Levy. Peut-être l'écrivain sème-t-il des indices devant les caméras ?

David en regarde une première. Une deuxième. D'autres encore. Pendant presque deux heures, il écoute cette voix, s'assied sur les genoux de cette voix, se fait caresser le dos par cette voix... David ne se sent plus triste. Il ignore tout de sa propre destinée, de l'existence en général – et puis quoi ? Des millions de personnes lisent Marc Levy. Eux non plus n'ont rien compris. « On se sent moins seul ! »

Devant chaque micro, Marc Levy raconte son histoire de la même manière. Fils de résistants, il commence sa vie comme entrepreneur à la Silicon Valley. Dans les années 1980, il développe avec des amis des logiciels précurseurs ; l'un des premiers traitements de texte, puis l'une des premières cartes graphiques. Mais des investisseurs le piègent et prennent le contrôle de sa société. Alors Marc Levy repart de zéro, se lance dans le secteur du bâtiment avec un certain succès, avant de connaître la consécration comme écrivain, dès son premier roman... Dans les interviews récentes, son discours devient plus politique. Sa critique se concentre sur les réseaux sociaux qu'il assimile à des projets totalitaires. Il multiplie les références au nazisme et glorifie la résistance – les hackers.

Est-ce qu'il adresse des signes aux spectateurs initiés ? David a beau chercher, dans les mots choisis, la gestuelle, l'étrange répétition vestimentaire (veste en laine systématique, noire, brune ou kaki), rien ne transparaît. Aucun double sens possible.

D'un coup, Alex fait irruption. Elle grimace, tousse, ouvre en grand les fenêtres du salon.

— Mais ça pue la clope ! Faut aérer, là…

David ne supporte plus de devoir partager son espace avec cette lointaine amie de Diana, dont il n'avait jamais entendu parler jusqu'à récemment. Il a même été contraint de céder sa pièce préférée, son petit bureau de travail désormais fait chambrette. Depuis qu'Alex est rentrée de Londres, l'été dernier, elle jure faire tous les efforts pour trouver un logement à la mesure de ses maigres moyens. Mais la colocataire de passage s'enkyste. Elle commence même à payer des pseudo-loyers en dédommagement. Diana l'a-t-elle invitée pour ne plus se retrouver en tête à tête avec David ? Quoi qu'il en soit, Alex se sent désormais chez elle.

— T'oublies que t'habites avec une meuf asthmatique en fait ?

Il est très difficile de connaître la liste complexe et mouvante des pathologies d'Alex qui, d'ailleurs, se montre bizarrement prolixe quand il s'agit d'en évoquer publiquement les symptômes les moins ragoûtants, de nature gastrique ou sécrétoire. Ce mois-ci, sur Twitter, elle a fait état de ses coliques, ses crises d'angoisse, son anxiété sociale, son syndrome dépressif, ses insomnies (quotidiennes), ses crampes utérines, son eczéma, ses lombalgies chroniques, ainsi que divers désagréments propres à sa condition de Haut Potentiel Intellectuel.

Une troisième personne apparaît dans le couloir. Elle attend devant la porte d'entrée. C'est un homme, chauve, tatoué sur le crâne. Démonstrativement, Alex vient se jeter dans ses bras, coller sa bouche à la sienne, baver un peu. Ils se sourient, minaudent, se disent « à plus tard ». L'homme s'en va. Puis Alex s'installe dans le canapé du salon avec une tasse de thé à la main.

— Tiens, fait David, nouveau petit copain ?

— C'est pas un petit copain.

— Plan cul ?

— Peut-être.

David a l'habitude de voir les conquêtes éphémères d'Alex passer à l'appartement. Tout un bestiaire de spécimens hybrides, indéfinis, aux proportions étonnantes, adeptes de modifications corporelles et de peintures à cheveux fluorescentes. Il fait mine d'être curieux mais, en vérité, cherche des noises.

— Il s'appelle comment ?

— Pourquoi tu supposes que c'est un homme ?

— C'est pas un homme ?

— C'est une personne. Elle s'appelle Sam. Elle est non binaire.

Alex jubile. Elle arbore enfin sur son plastron la médaille choque-bourgeois pour *hauts faits de progressisme*. Pour l'horrifier, David se jette sur le tabou des tabous.

— OK, mais… (Il désigne la zone pubienne.) Y a quoi, par en bas ?

— Vous êtes vraiment obsédés par ça, les mecs cis ! Déso, moi je classe pas les gens en fonction de leurs appareils génitaux.

Elle prend son téléphone pour signifier à David qu'il n'est pas plus important qu'un écran. Sans lever les yeux, elle ajoute :

— Pour toi, une bite, une barbe, ça veut dire masculin. Pour moi, ça veut juste dire une bite et une barbe. Rien d'autre, je m'en fous.

— Mais c'est précisément ce qu'on appelle un

homme ! On a toujours utilisé le mot « homme » de cette manière !

— Pas du tout. Dans le mot « homme », y a des attentes. Y a tout un imaginaire.

— Il y a aussi une bite.

Alex prend sa tasse de thé d'une manière ostensiblement virile, en gonflant le biceps, car elle tient à montrer qu'elle ne boit pas comme une femme, qu'elle n'est pas prisonnière de la société, ni des normes sexistes en termes d'hydratation.

— Tu captes pas. Tu veux pas capter. L'hétérosexualité est un régime politique. Les mecs cis décident de la norme, et la norme, c'est eux. Dès qu'on fixe une norme, on fixe un pouvoir. C'est *obvious.* Dans la nature, y a pas d'hommes ou de femmes. Comme y a pas de handicapés ou de valides, pas d'obèses, pas de races… C'est des constructions sociales.

— Si je t'écoute, j'ai l'impression que nommer une chose, c'est l'inventer *ex nihilo*, comme s'il n'y avait rien dans le monde avant qu'on en parle.

— Le langage est jamais neutre !

— Mais le monde existe, indépendamment du langage. Une certaine gauche se réfugie dans les batailles sémantiques parce que, justement, elle n'a pas réussi à changer le monde. On devient obsédé par la façon dont les gens parlent. Ce qu'il faut dire et ne pas dire.

Alex absorbe une gorgée volumineuse et l'accompagne d'un reniflement pour s'enlaidir, ce que l'on autorise, paraît-il, aux mâles uniquement. Sachant que ce stratagème place toujours David dans l'embarras, elle tisse un parallèle avec la pensée marxiste.

— C'est comme les classes sociales. Les femmes, c'est

pas une réalité biologique. C'est une classe dominée. C'est une construction.

— Tu peux pas comparer. On est pas prolo de naissance !

— Un peu quand même…

— C'est pas biologique !

— C'est ton point de vue, mais les bourges, ils pensent le contraire. Pour eux, les prolos sont faits pour obéir et c'est congénital. C'est la nature… Pas vrai ?

David se contente de grogner : « Hmrrf… »

Il abandonne la joute et reprend son travail. D'un regard diagonal, il parcourt *Marc Levy Fanpage* sur Facebook. Il s'arrête sur une image où l'écrivain porte une veste d'un rouge vif très inhabituelle. C'est l'uniforme de la Croix-Rouge, dont Marc Levy est ambassadeur. David enfile ses écouteurs pour écouter l'interview :

> Quand j'étais gosse, mon père m'avait appris une chose qui m'a marqué toute ma vie : « Avec la vie vous est confié une petite parcelle d'humanité. » Et le but de la vie, c'est de la garder, cette étincelle, tout au long de sa vie. Donc la solidarité, c'est toute une chaîne d'humanité qui nous relie les uns aux autres, qui nous donne un sentiment d'appartenance et aussi un sentiment d'utilité…

Les belles paroles ! David sent l'inspiration qui vient. Il prend quelques notes sur un papier, se relit et se déçoit. « Tant pis, pense-t-il. Il est temps de conclure. Je ne vais pas passer ma vie sur ce roman ! Je dois juste trouver quelque chose d'assez précis pour être crédible. »

Il regarde sa montre : 14 heures. C'est le moment de retrouver Sheyenne. Il se douche, s'habille, file au travail, et se rend immédiatement au bureau de la jeune fille.

— Ah, je te cherchais ! Je voulais te dire : c'est bon. J'ai compris le sens caché du roman. C'est évident quand on y pense. Je veux dire, il suffit d'avoir un peu de jugeote.

Sheyenne recule sa chaise et s'installe comme au théâtre. Il se lance :

— À travers le personnage de Susan, il raconte l'histoire de la Croix-Rouge. Il prend le cas particulier des interventions humanitaires en Honduras, mais c'est un prétexte pour illustrer le fait que l'on doive toujours recommencer, toujours retrouver l'espoir, même quand tout est détruit… C'est le cycle éternel. La solidarité, c'est une chaîne qui nous relie les uns aux autres, qui permet de garder l'étincelle, cette parcelle d'humanité qu'on a…

Il s'embrouille et reprend son souffle. Il sent malgré tout qu'il a fait bonne impression.

— Alors, on déjeune ensemble ?

Elle fait « non » de la tête tandis qu'un souffle moqueur dilate ses narines.

— Vous n'y êtes pas encore. Entre vous et moi, j'ai l'impression que vous êtes juste allé voir une interview pour me la réciter. Je me trompe ?

— Pas du tout !

— C'est ce qui me semblait.

— Non, je veux dire le contraire ! Tu te trompes carrément !

— David, je suis sur cette *Fanpage*. La vidéo date d'hier.

— Ah ah ! Mais quoi ? De quel groupe Facebook tu parles ?

Elle sourit. Ce pourrait être de l'affection. David aussi se surprend à sourire en pensant pour la première fois : « Tiens, elle m'avait manqué. » Pourtant sans rien dire, elle reprend sa place, en face de son écran, comme s'il n'était pas là.

Assis derrière eux, le *Head of Loyalty* demande benoîtement :

— Vous parlez de quel roman ?

— Aucun roman, répond David.

Les Parisiennes avaient ressorti leurs bérets et leurs grands manteaux, leurs trenchs en laine d'où s'élançaient de toniques bottines à talons. Sous les décorations de Noël, des chevelures impeccables coulaient comme des laques aux brillances mi-feu mi-sang, traînant des parfums mélangés aux vapeurs de vin chaud, aux fumées de marrons grillés, aux remugles d'égouts ; tout un spectacle olfactif et visuel qui faisait disparaître les mâles humains piétinant tout autour et les ravalait au statut d'ombres sans visages…

Pour David, seules les femmes comptaient. Il s'en voulait parfois de les suivre, de les déshabiller du regard, en place publique, comme un marchand d'esclaves. Il se demandait souvent : est-ce qu'elles savent ? Est-ce qu'elles savent à quel point, en fait, les hommes vont avec elles sur la pointe des pieds – *pizzicato* ? Est-ce qu'elles savent qu'un visage ovale, une mèche de cheveux replacée derrière l'oreille peuvent causer une gamme de symptômes allant de la rage au vertige ? Que les hommes pourraient vendre père et mère pour un cul modique ? Est-ce qu'elles savent, quand elles tournent le dos, que les hommes rêvent de leurs amies, leurs sœurs, leurs mères, et qu'ils n'en parlent jamais à personne ?

David avait honte de son sexe. Il se demandait comment celui-ci pouvait être encore licite.

« Si seulement elles savaient, peut-être qu'elles nous pardonneraient. »

Certes le mâle harcèle, viole et tue, mais David aimait croire qu'un Grand Être, au loin, prenait en pitié sa créature et s'étonnait de son admirable retenue.

Il avait retrouvé Guillaume et Juliette en fin d'après-midi. La nuit tombait. Le couple avait suggéré de faire une promenade dans le 7e arrondissement pour acheter des cadeaux avant de manger des churros au Champ-de-Mars. Seule Juliette, au neuvième mois de sa grossesse, avait manifesté de l'appétit pour les sucreries et de l'entrain pour les emplettes, s'extasiant dans les boutiques de jouets, de puériculture, caressant longuement chaque accessoire, bourrant son sac de liquettes et de bavoirs en multiples exemplaires.

David ne faisait qu'un effort médiocre pour maintenir à flot la conversation. Il reformulait paresseusement une paire de questions à propos du futur bébé pour que Juliette, intarissable, s'imagine mère et disserte sur les difficultés supposées de la parentalité.

Guillaume, lui, n'avait pas consenti plus de trois phrases depuis le début. Il marchait derrière, à plusieurs mètres d'écart, en tenant dans un cône de papier huileux les deux derniers churros que Juliette voulait « garder pour plus tard ».

Elle et David s'arrêtèrent devant la vitrine d'un magasin, s'amusant de voir un petit train circuler dans un décor autrichien. Elle se pencha vers lui.

— Tu sais, ça lui a mis un coup… Le truc de l'autre jour…

— Le truc ?

— Bah, tu sais ! Le serveur, là ! Tu te souviens quand même ?

— Oui, oui.

— Eh bah, Guigui, ça l'a sacrément chamboulé. Mon pauvre petit Guigui ! C'est un grand sensible, tu sais. Il n'arrive pas à comprendre que des gens puissent être méchants. Il a téléphoné au restaurant pour avoir son nom, son adresse. Personne ne savait rien, évidemment ! Mais il n'a pas lâché l'affaire. Tu le connais. Il a menacé le patron. Il a dit qu'il allait porter plainte. Du genre : « Oui, c'est un scandaâale, vous allez voir ce que vous allez voir, je suis pas n'impoôorte qui ! »

Le petit train venait de traverser un village miniature avant de disparaître dans un tunnel de montagne. Juliette vérifia si Guillaume était encore à bonne distance, puis elle dit :

— Entre nous, je crois qu'il nous fait une petite déprime… Il devient bizarre ! Il est obsédé par ce rouquin. Il veut absolument savoir ce qu'il est devenu. On s'en fout, non ? Il s'est mis à lire tous les avis de décès ! Les faits divers aussi. On dirait qu'il les collectionne. Je lui dis que ça sert à rien ! Tous les jours, il y passe des heures, j'te jure, ce n'est pas bon pour sa santé !

Elle se tut. Guillaume venait d'arriver à leur niveau. Sans se démonter, David lui fit une belle bourrade dans les côtes.

— Bah alors, mon gars, tu fais la gueule ? T'aimes pas Noël ?

— Bof.

David éventa le secret qu'on venait de lui confier.

— Paraît que tu pourchasses un mort ?

— Je veux savoir. Pas toi ? Je finirai par savoir. J'ai même appelé les morgues de Paris. J'ai demandé s'ils avaient retrouvé un corps non identifié dans la Seine. Ils ne donnent pas les infos si facilement.

Juliette tourna vers David un regard à la fois soucieux et complice.

Tandis que le trio remontait la rue Cler, à travers foule, David essaya de stimuler son ami, l'attrapa virilement par les épaules, évoqua le sujet du réveillon, compara les mérites de la dinde à ceux du chapon farci, sans jamais parvenir à lui soutirer plus de quelques mots tombant à plat. Il amena Guillaume à parler de sa carrière qui venait de prendre un tournant des plus gratifiants. Après avoir longtemps occupé des postes subalternes au sein de l'équipe « condiment » chez Amora et s'être cantonné à l'application des politiques promotionnelles, Guillaume avait désormais sous sa responsabilité l'analyse des performances, le développement et l'optimisation du packaging sur l'ensemble de la gamme « moutarde ». Mais même sur ce sujet, il se montra morne et blasé.

— Faut bien gagner sa vie.

Redoutant sûrement de se trouver seule avec son compagnon, Juliette invita David à prendre le thé pour prolonger les discussions, ce qu'il accepta, faute de projet plus excitant.

Le couple venait d'acheter, grâce aux subsides de leurs parents, un appartement de deux chambres, idéalement situé près de la tour Eiffel. L'intérieur présentait toutes les qualités d'ordre et de mesure, les symétries, les alignements et les associations de couleurs que dicte le bon goût officiel. À chaque photophore, sa bougie neuve. À chaque vase, un bouquet de fleurs fraîches. Chaque mur comptait la bonne proportion de cadres aux contenus abstraits – ni colorés, ni tristes, ni rien. Les livres étaient rangés dans l'étagère, à la verticale et par classement thématique. En comparaison, David avait l'impression d'habiter un dépotoir inlavable.

Les trois amis venaient à peine de rentrer que Guillaume s'enfonça dans le canapé du salon puis se mit à lire sur son téléphone.

— En général, fit-il, les adultes vraiment déterminés ne parlent pas de leur suicide à l'avance. Surtout pas de cette manière, quelques heures avant. Ce serait se tirer une balle dans le pied… Enfin, tu me comprends.

David ne répondit pas et rejoignit Juliette en cuisine. Elle rinçait les tasses.

— Tu vois ce que je te disais ?

— T'as raison, il devient chiant…

— *Miskine* !

Elle ouvrit les boîtes en fer alignées sur l'étagère, interrogea du nez leur contenu puis versa dans la théière un mélange de saison, porté sur le gingembre et la liqueur de cerise. David restait les mains dans les poches, appuyé contre le plan de travail. Ces deux-là n'avaient jamais rien à se dire. Consciente du fait que le silence durait depuis trop longtemps, Juliette se força tout de même à la curiosité.

— Et toi, au fait, comment ça va ? Je veux dire… Le truc du *Grand Colbert*, ça t'a troublé ?

— Non… Et toi ?

— Franchement ? Ouais, un peu ! Enfin… Tu vois je me posais déjà des questions, hein, je suis pas une débile non plus… Mais ça m'a reboostée. C'est vrai, quoi ! On a qu'une vie ! J'ai toujours voulu faire un truc qui ait du sens. J'ai toujours aimé les gens. J'ai envie de transmettre de la joie... C'est pas clair, hein ?

Elle tendit à David un sachet de madeleines Bonne Maman, la boîte à sucre, et tous deux regagnèrent le salon. Guillaume s'intéressait maintenant aux périodes de l'année propices aux idéations suicidaires (l'hiver) et celles propices à l'acte (le printemps). Il trouvait paradoxal qu'il faille attendre un regain de forme pour se tuer. La discussion continua sans lui :

— Tiens par exemple, fit Juliette, j'aimerais bien ouvrir un lieu pour les enfants. J'adore être entourée d'enfants, je m'entends trop bien avec eux ! Ou alors un élevage de chiens. J'adore les chiens. Enfin je sais pas... Mais du coup, je me suis dit : ma cocotte, t'as déjà 34 ans, c'est maintenant ou jamais ! Bref. Je me suis mis un bon coup de pied au cul, et j'ai décidé de suivre un coaching.

— Un coaching ?

— Ouais, un coaching ! J'ai huit séances en tout. C'est un coaching conçu pour les personnes qui veulent se réorienter dans leur carrière. C'est cool. Je parle à d'autres filles comme moi, on se donne des idées, on nous conseille des livres et tout ça.

— Comme quoi ?

Juliette agita son index en signe d'avertissement.

— Ah non, hein ! J'te connais ! Tu vas encore monter sur tes grands chevaux, nous expliquer que c'est pas de la litterratuûure, et blablabla.

— Promis, je dirai rien.

— Promis ?

— Juré.

— Je viens de lire les *Quatre Accords toltèques*, c'est hyperfort. Le mec raconte que tout est question de contrats. Des contrats que tu passes avec les autres, avec toi-même, tu vois… Et donc, il parle de la civilisation toltèque. C'était un peu des Mexicains, enfin des Mayas, t'as compris le truc… Maintenant on communique mieux avec Guillaume. Pas vrai mon Guigui ?

Guillaume posa son téléphone sur la table basse et confirma les propos de Juliette avec un mouvement liminal de la tête. Il semblait plongé dans un profond sommeil.

— Et du coup, fit David, pendant les séances de coaching, vous faites quoi ?

— C'est le début, hein ! Pour le moment, la coach nous aide à mieux nous comprendre, à mieux nous connaître, tu vois. Elle nous a demandé de chercher notre dharma. C'est un concept, c'est un peu… Le truc qui te… (Elle claque des doigts.) Le dharma, c'est le truc qui te guide, dans la vie, une…

— Une inclination ?

— Pas vraiment. C'est plus profond. C'est vraiment un truc qui te porte, qui te pousse à faire des trucs…

— Un appel ? Une passion ?

— Une évocation ! Voilà, c'est ça le mot !

— Tu veux dire une vocation ?

— Non, je crois que c'est une évocation.

Avec la rigueur d'une machine enregistreuse, David mémorisait toutes les paroles de Juliette. Il gardait cette matière clownesque pour plus tard. Il en ferait des théories sur le capitalisme. Ou peut-être qu'il ferait simplement sa langue de pute.

Le coaching lui apparaissait comme un nouveau

simulacre. Il y avait eu l'entreprise, où chacun met en scène sa puissance et son utilité sociale. Le foyer, où se cultive l'esthétique du bonheur et de la plénitude. Ne manquait que le coaching pour vampiriser le langage et les manières de la philosophie, de la psychologie et de la spiritualité mélangées. Mais le coaching n'était aucune de ces trois choses, car il était un simple produit. Et comme tout produit, il devait flatter son client, le divertir, le plaindre, le badigeonner avec ses propres préjugés ; ne jamais le décevoir, l'ennuyer, le bousculer ou se montrer trop exigeant avec lui. Si la vraie pensée rendait humble, ses produits dérivés poussaient à la crânerie. Ses consommateurs, comme hier les adeptes de la psychanalyse, finiraient tous par le commencement, redevenant bébés, boursouflés et geignards.

Lancée dans le récit de soi, Juliette parla d'avenir, de reconversion, tout en se caressant le ventre, radotant comme tout le monde sur la difficulté d'élever un enfant à Paris. David ne l'écoutait plus. Elle dut s'en rendre compte, car elle le rattrapa d'un coup.

— Et vous alors, le bébé, c'est pour quand ?

— Nous ?

— Bah oui, vous ! Toi et Diana, gros bêta, tu crois que je parle de qui ?

David sembla gêné, dodelina, téta bruyamment le bord de sa tasse à l'occasion d'une interminable gorgée, s'éclaircit la gorge et ne parvint qu'à bredouiller :

— J'sais pas... On, tu sais...

— Bah, vous êtes ensemble depuis combien de temps ? Dix ans, non ?

— Pas loin.

— Bah alors, il serait peut-être temps de se poser la question, mon petit coco !

Guillaume pinça les hanches de sa compagne pour lui faire comprendre qu'elle devenait indélicate. Elle se redressa.

— Oh, j'ai dit une connerie ?

— C'est juste que je sais pas…

— Vous êtes dans une mauvaise passe ?

— On a connu des époques meilleures.

— Mais ça vient d'elle ou de toi ?

Il n'en savait rien, mais il pensa distingué de répondre : « De moi. » Sur cette demi-vérité, il échafauda son analyse :

— C'est vrai, des fois j'hésite. Une partie de moi me dit que je devrais rester… Une autre partie me dit que c'est fichu, et…

D'un bond, Juliette se mit debout.

— Je sais ! On va faire un exercice !

Guillaume, qui n'aimait pas être au centre de l'attention, souffrait de manière équivalente quand sa petite amie prenait trop d'espace. Il tira sur son pull pour la rasseoir et pour la première fois desserra les lèvres.

— Arrête de l'embêter…

Juliette insista :

— Mais si ! Mais si ! C'est un exercice qu'on a fait en séance de coaching. C'est hyperefficace. Ça s'appelle l'exercice des deux chaises. Et c'est vraiment un truc super fort quand tu as un conflit intérieur, tu vois, ça permet de le matérialiser, ça donne une réalité à tes petites voix. Tu vas voir, c'est génial. Tu me laisses te guider ?

Elle prit deux chaises autour de la table et les positionna face à face, au milieu de la pièce :

— Fais-moi confiance, tu vas voir ! Dans une chaise, on va installer la partie de toi qui veut rester avec Diana. Dans l'autre chaise, on va mettre la partie de toi qui veut s'en aller.

— Attends, c'est un peu réducteur. Tu peux pas ramener un problème de couple à une histoire de petite voix.

Guillaume s'interposa de nouveau, mais sans vigueur :

— Juju, laisse-le tranquille. Tu vois bien qu'il n'a pas envie.

Elle était inarrêtable.

— C'est normal, hein ! Personne n'a envie de se foutre à poil ! Personne n'a envie de faire face à ses contradictions ! Allez mon coco, hop, au boulot !

Plus attiré par le burlesque de la méthode que par sa potentielle dimension thérapeutique, David accepta finalement de choisir une chaise. Il s'assit, soupira bruyamment pour signifier qu'il ne prenait rien de tout cela très au sérieux et fit un geste quand il fut prêt. Juliette prit alors la parole :

— Bon. Tout le monde se tait… C'est bon ? Bon. David, tu vas te concentrer. Ferme les yeux. Tu vas descendre dans ta chambre intérieure… C'est bon ? Alors, tu peux ouvrir les yeux. Sur la chaise en face, il y a cette partie de toi qui veut rester avec Diana. Dis-moi, qu'est-ce que tu vois ?

David ne voyait rien qu'une chaise. Ne voulant pas mettre Juliette dans l'embarras, il leva simplement les épaules d'un air circonspect.

— Regarde mieux, dit-elle. Concentre-toi, ça va venir.

L'œil de David fut attiré par un mouvement. Un point, sur l'assise… Une mouche ? Non. C'était un bourdon, qui battait des ailes en traçant des demi-cercles. On ignore généralement que ces créatures communiquent entre elles par la danse, à la façon des abeilles, mais dans un vocabulaire différent. Tandis qu'il observait les mouvements de l'insecte, David se rendit compte qu'il était capable de le comprendre.

— Alors, fit Juliette, c'est bon ?

— Oui.

— Comment tu te vois ?

— Petit.

— Ah ! C'est intéressant déjà… Bon. Et qu'est-ce que tu dis ?

David se mit à traduire la danse en langage humain – ce faisant, il appauvrissait le message, forcément.

— Je dis que… Je dis que… Je suis seul. Il n'y a rien de mieux dehors. Personne qui m'attend. La femelle a besoin du géniteur.

— Ah ! Clairement, c'est ton côté rationnel qui parle. On avance, c'est bien… On continue…

— Tous mes amis sont morts de froid. Moi non plus, je ne passerai pas l'hiver.

Juliette s'étouffa presque en avalant son thé.

— C'est joyeux ce que tu nous dis ! Allez, viens, on change de chaise. On va voir ce que ça donne.

David s'exécuta.

— Alors, dit Juliette, concentre-toi… Maintenant, dis-moi, qu'est-ce que tu vois ?

Cette fois-ci, David n'eut aucun effort à faire. Une apparition fantastique occupait tout son champ de vision. La pièce avait presque disparu dans une lumière éclatante. Au milieu se dressait une énorme main verticale et bleutée, de taille humaine. Au creux de la paume s'ouvrait un œil. Sans le moindre son, télépathiquement, la Main dit :

— TU M'AS NÉGLIGÉ TROP LONGTEMPS.

David croisa les bras, contrarié de voir ses hallucinations verser dans le fatras mystique. Cela ne lui ressemblait pas. Il s'était toujours décrit comme un athée, rationaliste et pourfendeur de superstitions ; son intransigeance avait d'ailleurs gâché d'innombrables fins de dîners. « Toute cette rigueur pour en arriver là ? »

— UNE AVENTURE T'ATTEND. ELLE IMPLIQUERA DE GRANDS SACRIFICES.

Juliette demanda :

— Alors, comment tu te vois ?

— Puissant.

— Ah, c'est intéressant... Qu'est-ce que tu dis, maintenant ?

La transmission mentale se poursuivit. David essaya de transcrire le message au fur et à mesure :

— Je dis que... dans l'amour, nous sommes unis. L'humanité tout entière. Même les morts. Nous sommes *un*.

— Ah, là, c'est ton côté émotionnel qui parle. C'est bien. C'est ton cœur qui voudrait quitter Diana... Mais pourquoi ?

— Il faut avoir une attitude amoureuse vis-à-vis du monde lui-même, s'élancer vers lui, de manière désintéressée. Je dis qu'il ne faut pas avoir peur, ne pas être offensé, ne pas vouloir servir ses intérêts ; il faut être prêt à tout perdre.

La Main donnait-elle à David licence de vivre son

adultère ? C'est alors qu'elle fit un signe étrange, repliant tous ses doigts sauf l'index et le majeur. L'œil, au milieu de la paume, sembla cligner en signe d'encouragement.

— CHERCHE-MOI. JE SUIS DERRIÈRE LA GRANDE HISTOIRE DU MONDE ET DERRIÈRE CHAQUE HISTOIRE PARTICULIÈRE.

David se demanda malgré tout si les romans de Marc Levy n'échappaient pas à cette affirmation. Mais la Main répondit avec autorité :

— AUCUN LIVRE N'EST ÉCRIT SANS ESPÉRANCE.

La Main disparut, laissant à sa place une chaise vide au milieu du salon. Se sentant presque saoul, David décroisa les bras pour agripper son propre siège. Il venait de chuter dans le réel comme dans un cercueil. Juliette, consciente d'avoir produit un fort effet, ne retint pas sa fierté.

— Waouh, c'était super, hein ? Qu'est-ce que je vous disais ! Hein ? Qu'est-ce que t'en penses, mon petit Guigui ?

Guillaume leva le nez de son téléphone, l'air narquois.

— Hm ? Je n'écoutais pas. Vous avez vu dans la presse ? Un enfant de 10 ans vient de se suicider. Du sixième étage.

Malgré les extraordinaires progrès de la science, les opinions religieuses des insectes nous demeurent à peu près inconnues. Pourtant, la finesse de leurs organes sensoriels, leur petite taille et leurs excellentes capacités cognitives (bien plus développées que nous ne le pensons généralement) les prédisposent à d'ambitieuses théories sur l'origine et le destin de l'Univers.

Les mouches, par exemple, sont capables d'apprécier les mets les plus délicats. Si leur choix se porte en tendance sur les matières putrides, c'est parce qu'elles croient (non sans raison) que Dieu est mort, et que le monde est une pourriture à la surface de son cadavre. Alors, elles s'élèvent spirituellement par de continuelles mortifications alimentaires.

Si les guêpes s'invitent à nos tables pendant le mois d'août en chipant le melon, le pain, les confitures, avant de se noyer dans nos verres de vin, ce n'est pas, comme le disent naïvement les biologistes, pour se nourrir. C'est précisément, au contraire, pour gâcher les repas ; c'est ainsi qu'elles manifestent leur mépris des choses matérielles et de leur existence terrestre.

Les moustiques, eux, voient la réalité comme un rêve, croient que le rêve est un privilège de Dieu, et qu'il est impie de rêver soi-même ; ils veillent, pour cette raison, à ce que notre sommeil ne soit jamais trop profond.

Ces idées peuvent paraître absurdes et compliquées. Ce sont pourtant ces mêmes idées qui passèrent un jour d'été dans l'esprit d'un bourdon méditatif, tout collant de pollen, ensuqué dans la chaude corolle d'une tulipe sauvage… Quittant soudain sa torpeur, il se dit : « Je viens de faire le plus bizarre des rêves ! Aurais-je tout inventé ? »

Ces visions lui firent l'effet d'une révélation. Il s'envola vers la colonie, le plus vite qu'il put, afin de partager son immense joie. Face à ses congénères, affairés à leurs tâches respectives, il dit approximativement ceci :

— Mes frères ! Mes sœurs ! Nous sommes libres ! Vous m'entendez ? Libres !

La colonie poursuivait son mouvement machinal.

— Vous devez me croire ! Je l'ai vu en rêve ! Nous ne sommes pas obligés de travailler jusqu'à l'épuisement ! Nous avons le pouvoir de l'imagination ! Nous pouvons inventer notre bonheur, changer l'avenir, penser à d'autres façons de vivre ensemble. Le royaume n'est pas ici dans la colonie ; le royaume est à l'intérieur de nous !

La reine estima que l'agitateur dépassait les bornes. Elle vrombit trois fois pour exprimer sa condamnation. Tous les bourdons, de concert, abandonnèrent leurs occupations, s'agglutinèrent sur le pauvre rêveur, saisirent ses pattes, ses ailes, et l'emmenèrent à l'extérieur pour l'empaler vivant sur un chardon. Le malheureux fut abandonné, seul, à son agonie, qui dura de longues minutes. Percé de toutes parts, sous le soleil cuisant, il se vida de son hémolymphe et mourut heureux.

David se réveilla dans un sursaut. Lit vide et draps mouillés de sueur. « Merde, 11 heures, déjà ? »

Il enfila rapidement les vêtements de la veille, en tas sur le sol, et passa dans le salon. Pour une fois, il fut content d'y voir Alex, sur le canapé, brodant l'image anatomique d'un clitoris sur un t-shirt. David avait besoin d'une présence familière. Besoin de parler.

— J'ai rêvé que j'étais un bourdon qui rêvait lui-même des autres insectes et de leurs opinions religieuses.

— T'es vraiment un *weirdo*.

— Merci...

Il s'assit à l'autre bout du canapé pour reprendre ses esprits.

— Et si c'était l'inverse ? fit-elle. T'es peut-être un bourdon rêvant qu'il est un homme ?

— Ce serait cool.

— Pourquoi ?

— Ça voudrait dire que tu n'existes pas.

Alex lui fit un doigt d'honneur :

— Bien dit, bâtard.

Elle posa le t-shirt sur la table basse, apprécia sa création sous tous les angles et prit un air satisfait. Alors reprit la discussion, qui manifestement l'intéressait :

— En vrai, tu ne sais pas. Peut-être que les insectes, ils font des rêves super *deep*. Peut-être que le monde est un rêve. *Why not?* Regarde, c'est ce que pensent les peuples aborigènes. Ils pensent que notre monde, c'est le rêve du Serpent arc-en-ciel.

— Et alors ?

— Alors c'est possible.

Avec son téléphone, Alex prit des photos du t-shirt qu'elle comptait vendre, ensuite, sur sa boutique en ligne. Elle sentit, dans sa vision périphérique, la moue railleuse de David.

— Pourquoi ça te fait marrer ?

— Tu crois vraiment que le monde sort de la tête d'un serpent géant ?

— Je dis juste que c'est leur croyance. Toi, tu crois peut-être dans le big-bang, les planètes, je ne sais pas... C'est pas mieux.

— Tu ne peux pas tout mettre sur le même niveau.

Alex, qui décidément adorait détester son colocataire, se tourna face à lui pour le défier.

— Ah ouais ? Et pourquoi pas ?

— Bah... D'un côté on a des croyances primitives et...

— Autochtones. Croyances autochtones.

— D'un côté, on a des croyances autochtones et de l'autre, on a une démarche sceptique, basée sur des observations, des raisonnements logiques...

— *So what?* Toi, tu attaches de l'importance à la logique, aux observations. Mais c'est pas des valeurs universelles. Tu peux pas les imposer aux autres.

David sentait la conversation glisser. Il revint au point de départ.

— Bon. Bref. Soit les aborigènes ont raison. Soit j'ai raison. Soit tout le monde a tort. Mais tout le monde ne peut pas avoir raison.

Alex éclata de rire, de façon démonstrative.

— Ah ah ! C'est complètement dépassé, mon pauvre ! Y a pas de vérité unique, il y a que des rapports de force.

— Mais dans ce cas, la vérité, c'est toujours la raison du plus fort. Celui qui tient le fusil, c'est celui qui a raison !

— C'est comme ça depuis toujours ! Depuis toujours, c'est les hommes blancs qui imposent leur narratif ! Mais forcément, comme tu fais partie du groupe dominant, tu t'en rends pas compte... Moi, je refuse d'utiliser les armes des dominants, genre, de discuter sur le terrain de la raison et de la logique, parce que ça vous donnera forcément de la légitimité. C'est terminé tout ça. Maintenant, on redonne de la valeur aux voix qui ont été marginalisées pendant des siècles. On leur donne même plus de valeur, parce que c'est juste. C'est un rééquilibrage.

Un soleil pâle et bas apparut à l'angle des boulevards de Strasbourg et Saint-Martin ; en un instant, David perdit tout intérêt pour le débat et leva les bras pour signifier qu'il battait en retraite. Il quitta la pièce en crachant de l'intérieur : « Faut quand même être givré pour croire qu'Auschwitz, la *Critique de la raison pure* et les macarons framboise sont le rêve d'un putain de serpent ! »

Il retourna dans sa chambre, ferma la porte, prit le second roman de Marc Levy (qu'il avait caché dans le placard entre deux pulls) et se recoucha pour l'étudier à nouveau. Ces derniers jours avaient été riches en émotions et David se sentait, à présent, capable de poser un regard neuf sur l'ouvrage. Il n'avait pas oublié les fortes sensations éprouvées pendant « l'exercice des deux chaises ».

Se pouvait-il qu'une énergie spirituelle anime ces pages ? Après tout, dans ses interviews, Marc Levy n'était pas chiche en allusions, évoquant les parcelles d'humanité, le but de la vie, l'étincelle intérieure... D'ailleurs, si David avait séduit Sheyenne la première fois, c'était en évoquant le christianisme implicite d'*Et si c'était vrai…*

Il se mit alors en quête de symboles, d'expressions bibliques potentiellement disséminées à l'intérieur d'*Où es-tu ?*. Il ne tarda pas à en trouver. Chaque découverte le menait à la suivante ; un rhizome d'interconnexions fertiles creva le voile des apparences, et le roman de gare s'épaissit d'une trame de références historiques, de double sens et d'allégories profondes.

En extase, David murmura sans s'en rendre compte :

— C'est bon, j'ai compris.

La beuverie commença dans un bar à cocktails italiens où l'on s'essayait aux variantes du negroni : blanc, *sbagliato*, boulevardier, cardinal… Il était à peine 9 heures qu'on était déjà bourré.

Passé l'apéritif on s'aventura dans un bouchon bourguignon, les jambes étendues sous les nappes à carreaux Vichy, goinfrant des assiettes de frites et de viandes rouges arrosées d'un petit brouilly – pas fameux, mais « honnête », selon Youssef. Il buvait et mangeait comme un ostrogoth, tapant sur la table chaque fois qu'un rire secouait son gros poitrail. Il sauçait encore son assiette quand il commanda les mousses au chocolat, les cafés et les verres de cognac. Depuis qu'il était entré dans le comité exécutif de son entreprise et qu'il touchait un salaire mensuel à cinq chiffres, son existence accélérait au pas de course. Il arrivait justement de l'aéroport et devait prendre un autre avion tôt le lendemain matin, pour auditer l'usine Michelin dans le Massif central. Ce programme chargé ne le dissuada d'aucun abus. Il s'en justifia :

— Tu te souviens quand je disais qu'il fallait vivre selon la Nature, en bon stoïcien ? Je le pense toujours. Mais je n'avais pas bien observé les lois physiques. J'ai mieux réfléchi et désormais, je suis convaincu que le grand mouvement de l'Univers, c'est la consumation.

— Tu veux dire, la consommation ?

— Les deux. Pense bien… Qu'allons-nous devenir, toi et moi, tous nos accomplissements, tout ce qui nous tient à cœur ? Refondus dans le grand brasier du soleil ! Lui-même brûlera sa propre matière avant de s'effondrer sur lui-même. Et puis, à la fin des fins, des trous noirs avaleront les dernières miettes du cosmos. L'Être s'autodévore. Pour vivre en harmonie, nous devons le dévorer aussi ! C'est ça, notre révolte contre le suicide. Et je m'y emploie. Depuis deux mois, avec le boulot, je dors dans les meilleurs hôtels, je mange et je bois tout ce que je peux, et je ne dors plus beaucoup.

Ogresque, Youssef vida son verre et d'un coup de serviette essuya la coulure de vin sur son menton.

— Tu n'as pas peur d'en demander trop à tes organes ?

— Mon petit David, le corps est une mécanique dont nous soupçonnons à peine les capacités.

— Tu vas me dire qu'on utilise seulement 10 % de notre cerveau ?

— Non, toutes les personnes cultivées savent que c'est une légende. Par contre, j'affirme que nous utilisons 10 % de notre appareil digestif. Et j'ai des preuves. Beaucoup d'hommes sont devenus célèbres grâce à leurs capacités d'absorption. Hdaji Hali pouvait boire cent verres d'eau d'affilée. Il buvait même des pintes de kérosène. Jacques de Falaise avalait des animaux vivants, des sabres et des pièces de monnaie. Michel Lolito a mangé un avion tout entier, un *Cessna 150*. Comme tu t'en doutes, les scientifiques ont étudié ces cas. Et les résultats sont formels : ces individus sont des hommes de spectacle, mais aussi des hommes comme les autres. Aucune particularité médicale n'explique leurs exploits.

La patronne apporta les desserts. Elle avait le cou flasque et des taches de beurre sur son tablier – un air de taverne chez Zola. Youssef se jeta sur le ramequin, délivrant sa conclusion la bouche pleine :

— Nos contemporains sont des mijaurées. Certains se plaignent de ne pas digérer l'ail, le gluten ou le poivron, alors qu'hier on mangeait des avions sans problème ! Mon vieux : ça, c'était des hommes ! Ce soir, on va s'en mettre une bonne. Je ne vais pas reculer devant une mousse au chocolat, ni devant un digestif. D'ailleurs, j'ai dans la poche une fameuse petite coke. On va la goûter juste après. Tu verras. J'en ai pris toute la semaine avec les collègues : elle sent le benzène et la soude, c'est un plaisir d'homme mûr, une vraie liqueur.

Ils payèrent l'addition puis s'éloignèrent dans les ruelles moins éclairées. Youssef prépara les *traces* sur le couvercle d'une poubelle pendant que David pissait dans l'angle, entre deux immeubles. Ils commirent le délit, repartirent sur le boulevard des Batignolles et Youssef, décidément en verve, continua son plaidoyer diabolique :

— L'humanité cherche la bonne direction depuis dix mille ans. Crois-moi, c'est peine perdue. Tout échoue car tout *doit* échouer. Nous sommes faits pour consommer et pour détruire. Le monde est en feu : profite ! Allez, viens, je t'emmène au *Moulin-Rouge*. Ils ont ouvert une terrasse sur le toit, nous pourrons fumer.

Chemin faisant, Youssef raconta comment il avait fait appel aux services d'une pute, un soir, dans un hôtel de Valence. « C'était génial, dit-il, je recommencerai. » Puis il déclara qu'il avait fait le choix du célibat à vie, préférant convoler de femme en femme, plutôt que de construire un foyer, de se regarder vieillir, de s'installer bourgeoisement dans le monde et devenir, un jour, intolérant au lactose.

Ils entrèrent dans le bar, commandèrent deux pintes d'IPA, s'en allèrent sur le toit et s'allumèrent des cigarettes. David se sentit d'humeur à faire des confidences.

— Tu te souviens de la nouvelle au bureau ?

— La belle gosse ? Celle avec un nom de cheval, là ?

— Pourquoi vous croyez tous… Non. Tu confonds sûrement. Elle s'appelle Sheyenne.

— Ah oui, je confonds avec le Mustang.

— C'est bizarre… Bref. Garde ça pour toi, mais elle a accepté un rendez-vous. On a prévu de se voir après les fêtes. Elle veut m'emmener dans un café littéraire ou quelque chose de ce genre…

— Ah ! Une intello, comme toi. Très bien. Mais qu'est-ce que tu vas dire à ta femme légitime ?

— Rien. Diana ne s'intéresse plus à ce que je fais. Au mieux, ça la rendra peut-être un peu jalouse, et sinon, ce sera la preuve que…

Youssef venait de se pétrifier, les yeux transpirants, la main fermée sur l'avant-bras de son ami. « Regarde ! » David ne comprit pas immédiatement. Il inspecta les tablées…

Et c'est alors qu'il le vit.

Le serveur du *Grand Colbert* était là.

C'était lui, ses cheveux roussâtres, sa face en forme de pied, sa silhouette amaigrie dans un manteau ballant. Il buvait une bière sur un banc avec deux autres hommes. David condensa mille pensées en un seul mot :

— Putain !

— On se cache, on se cache !

— Non, on va lui parler. C'est un signe. C'est le destin.

Youssef tirait encore sur la manche de David en voulant s'éloigner.

— Il va nous reconnaître ! On se cache !

— Attends, réfléchis... Attends. C'était il y a trois mois. C'est un serveur. Il voit des centaines de personnes comme nous tous les jours. Impossible qu'il nous reconnaisse.

— Alors, on fait quoi ?

— On attend.

Ils se turent, s'arc-boutèrent sur leur table et tendirent des cous de hyènes en chasse. David lapait nerveusement sa bière en tapant du pied, pensant à ces derniers mois, à tous les chamboulements que ce minable serveur avait produits dans son entourage. Il s'étonna de voir ce soir un homme comme les autres, surnuméraire, avec sa petite bière, ses copains quelconques... Comment un être aussi banal avait-il pu troubler David au point de lui faire reprendre les études de lettres ?

Youssef se leva brutalement.

— On va lui casser la gueule.

David le rattrapa.

— Attends ! Tu veux pas savoir qui il est ? Ce qu'il veut ? Si tu te jettes sur lui, ce type restera toujours un mystère. Ce sera pire ! Tu ne l'oublieras jamais ! Il faut que l'on soit plus méthodiques. Je te propose qu'on l'attende dehors, juste à l'entrée. On ne pourra pas le rater.

Tous deux sortirent dans la rue pour s'installer, à deux pas, sur la terrasse du pub *O'Sullivans*. Ils restèrent assis plus d'une heure, pintes de *Lager* à la main, les yeux rivés sur la porte du *Moulin-Rouge*, incapables d'expliquer leurs intentions, mais bien certains d'être sur le chemin de la justice.

Vers minuit, l'effet de la cocaïne commençait à se dissiper et le froid gagnait. David ne sentait plus la moindre différence de température entre la bière et la pulpe de ses doigts.

— On n'est pas obligés de faire ça, soupira Youssef. C'est n'importe quoi… Après tout, qu'est-ce que ça change ? On voit bien que c'est un type comme tout le monde. Il boit un verre avec ses potes et il ne pense plus à nous depuis longtemps.

Mais la voix feutrée du serveur, si singulière, venait de se rappeler à leurs oreilles. Il se tenait là, tout près. Il embrassait ses amis. Chacun d'eux partit d'un côté différent. David et Youssef n'eurent besoin que d'un léger coup de coude pour se comprendre. Ils se levèrent de table et prirent le jeune homme en filature, à quelques mètres sur le même trottoir. David envisageait le pire.

— Qu'est-ce qu'on fait s'il prend un taxi ?

— On l'empêche.

Le serveur marchait à grandes foulées, frayant dans la multitude, passant devant une épicerie de nuit, les néons rouge vif du *Sexodrome*, un falafel odorant, la vitrine des *Secrets de Pigalle* et ses mannequins froufroutés de polyester clinquant. Il traversa la route et prit l'entrée du métro aérien. David était de plus en plus perplexe.

— Qu'est-ce qu'on fait ?

— On le suit.

Ils montèrent l'escalier et se postèrent, à bonne distance, sur le quai. Ils feignaient l'innocence avec bien peu de talent, s'intéressant lourdement au plafond, à leurs chaussures, aux affiches publicitaires, mais se tournant de manière compulsive en direction du grand roux qui venait de sortir un livre de sa poche. Youssef se pencha vers David.

— À ton avis, qu'est-ce qu'il lit ? J'imagine un auteur dépressif, genre Marc Aurèle.

La rame entra dans la station. Ils montèrent dans le même wagon que l'inconnu, par la porte opposée, puis s'assirent de manière à pouvoir l'observer durant le voyage. L'homme s'installa sur un strapontin, croisa ses longues jambes et commença sa lecture. Les grosses lettres de la couverture apparurent nettement :

*L'Horizon à l'envers*
Marc Levy

David sentit son cœur bondir. Youssef, hilare, cachait son visage dans ses mains.

— Mais mec ! Tu as vu ça ? Dis ?

Le serveur lisait manifestement avec une attention soutenue, tournant les pages avec respect, prenant même le soin d'entourer certains passages au stylo.

— J'hallucine ! répétait Youssef. J'hallucine... Tiens-toi prêt. On le suit jusqu'à chez lui. On l'attrape quand il sort ses clefs. Comme ça, on saura même où il habite.

Le serveur descendit à la station Stalingrad et changea pour la ligne sept, en direction du Nord. Les deux espions se faufilèrent dans la rame à l'instant même où les portes se refermaient, puis s'assirent éloignés l'un de l'autre pour ne pas éveiller les soupçons.

Riquet, Crimée, Corentin-Cariou, Porte de la Villette... Plus le métro s'éloignait, plus David perdait l'intérêt pour ce jeu de piste. Le ressac de la drogue et de l'alcool découvrait en lui des rivages amers, une légère nausée.

Station Quatre-Chemins : le serveur descendit sur le quai, discrètement suivi par Youssef. Il fallut que David s'accroche, se hisse aux rambardes pour avancer contre son cœur. Il monta l'escalier jusqu'à la surface où la nuit froide, l'avenue large et vide, les immeubles bas de la banlieue renforçaient l'impression d'être embarqué dans une entreprise absurde. Pour autant il n'avait pas envie de rebrousser chemin tout seul, alors il gardait la silhouette de Youssef, plusieurs mètres devant, dans sa ligne de mire. Ils s'enfoncèrent dans les rues de traverse, les zones dépeuplées et dépourvues d'éclairage public, longèrent le grillage d'un terrain vague, un garage automobile, un hôtel aux volets baissés.

« Tout ça va mal finir », pensait David. Une angoisse commençait à sourdre... Et si le serveur les avait repérés depuis le début ? Et s'il les attirait dans un guet-apens où les attendaient des hommes armés de couteaux ? David voulut crier « demi-tour », se demandant s'il était aphone ou sourd.

Youssef s'arrêta net et fit volte-face.

— Il vient de rentrer là.

— Je croyais que tu voulais l'attraper dès qu'il sortirait ses clefs ?

— Il n'a pas sorti de clef ! Il a juste poussé ce portillon, là, c'était ouvert…

Le portillon donnait sur le jardin d'une étroite maison, de ces vieilles villas couleur de bistre qui pullulent en Île-de-France. Des lumières en mouvement passaient derrière la fenêtre du troisième étage, situé sous la toiture. Un velux était ouvert. Youssef et David tendirent l'oreille et distinguèrent une voix de femme. Elle s'exprimait seule, sans que personne ne lui réponde. D'en bas, on n'entendait pas assez bien pour comprendre. Après une minute ou deux, ce fut au tour d'une autre personne de discourir – un homme, cette fois. David estima qu'il était temps d'en finir.

— Qu'est-ce qu'on fait ?

— On attend ! Il se passe quelque chose ici. Des gens sont là, ils vont repartir. On pourra les attraper !

— Allez, ça fait chier…

— Voilà ce que je te propose, mon petit David. Il est seulement 1 heure. Je te prépare une nouvelle trace de coke sur le capot de cette Mercedes. On attend une demi-heure. Si notre rouquin n'est pas sorti d'ici là, c'est d'accord, je rentre avec toi. Marché conclu ?

Séduit par la perspective d'une deuxième dose, David accepta docilement. Mains dans les poches, il piaffait même d'impatience pendant que Youssef s'appliquait à former les lignes blanches en conciliant, par une savante utilisation de la carte de crédit, un double idéal de parallélisme et d'équité. Peaufinant son œuvre, le Marocain divaguait :

— Je suis sûr qu'il se passe des choses dans ce grenier. Des choses illégales. Un poker clandestin… Ou alors une orgie, comme dans *Eyes Wide Shut.*

Le billet de 50 euros, une fois de plus, remplit son office.

L'âcreté tant désirée coula dans la gorge. Les dents, la langue donnèrent l'impression de gonfler dans la gencive atone. L'euphorie regagna les deux amis.

— On entre, fit Youssef.

— Non !

— On rentre, on monte, et on lui casse la gueule !

— Arrête, à mon tour de te proposer un marché. On attend ici sagement. Et je te dis un petit secret.

Le visage de Youssef s'illumina.

— *Yes. Yes!* J'adore cette soirée, putain !

Ils allumèrent des cigarettes et s'adossèrent à la Mercedes. Après quelques bouffées, David se livra :

— Je crois qu'il existe un sens caché dans les romans de Marc Levy.

Youssef ricana, mais David tint sa position. Il avait besoin d'un avis honnête, extérieur, sur sa théorie. Il saisit donc l'occasion.

— Laisse-moi t'expliquer. Bon... Prenons son deuxième roman. Tu ne connais pas ? Je te résume. Susan fait de l'humanitaire en Honduras. Philip construit une vie rangée en France. Susan disparaît dans un ouragan. Philip finit par adopter Lisa, la fille de Susan. On pourrait croire que c'est une bête histoire d'amour entre Susan et Philip. C'est cucul. C'est chiant. Mais ce n'est pas tout. Il faut savoir que Marc Levy se passionne pour les premiers socialistes du XIX$^{e}$ siècle. Les socialistes utopistes et chrétiens. Partant de là, l'histoire prend une autre dimension.

— Je suis tout ouïe, mon petit David.

— Bon. C'est une allégorie. Susan n'est pas une

personne, c'est une idée. En hébreu, Susan, ça veut dire « fleur de lys ». C'est bien sûr un symbole de la monarchie, de la présence française en Amérique. Mais c'est aussi un symbole de la marine portugaise à partir de 1504. C'est à partir de ce moment qu'on retrouve la fleur de lys sur toutes leurs cartes… Par exemple sur celles de Christophe Colomb, qui découvre le Honduras en… ? Devine : en 1504 ! Ce n'est pas un hasard. Et ça nous aide à comprendre que Susan, c'est l'Ancien Monde qui pénètre le Nouveau Monde. C'est le monde européen qui s'invite chez les Amérindiens, dont la culture n'est pas matérielle mais spirituelle. Nous, on les colonise, on leur impose l'État-nation, le capitalisme… Susan incarne l'hubris occidentale ; elle a de bonnes intentions, elle croit pouvoir aider, mais se heurte à plus fort qu'elle, à la réalité, aux lois cosmiques. Dans le livre, c'est très clair, dans une scène où elle essaye de sauver une petite fille gangrenée… La petite fille meurt et Susan s'en veut. Alors les autochtones condamnent son orgueil. Ils lui disent qu'elle ne peut pas aller contre la volonté de Dieu. Ils lui disent de rentrer chez elle. Susan pensait qu'on l'accueillerait à bras ouverts, mais elle reste une étrangère – d'ailleurs on l'appelle *Doña Blanca.* Susan exprime notre mauvaise conscience, notre rapport tordu à la souffrance. Dans une lettre, elle dit tout son mépris pour les sans-abris de New York qui meurent de froid pendant l'hiver. Susan n'est pas capable de régler ses propres problèmes, alors elle fuit sa détresse grâce à la détresse des autres, éloignée de son propre pays. En fait, à plusieurs endroits, on comprend que Susan n'a pas la capacité d'aimer. Elle s'en vante, même. Elle refuse d'aimer pour éviter de souffrir. Et Susan, c'est nous, le monde déchristianisé. Dans les dernières pages du roman, on comprend qu'elle meurt dans une ultime tempête. Le déluge, c'est l'instrument préféré de Dieu pour nettoyer la Terre quand les humains le déçoivent trop.

— Mais quel est le rapport avec les premiers utopistes ?

— Je pense que le personnage de Philip fait écho à Philip Snowden, l'auteur du *Christ qui doit Être*. Il associait le capitalisme au mal absolu et son projet, c'était d'accomplir le royaume de Dieu sur Terre. Surtout, il était farouchement opposé à l'impérialisme. Tu sais, à l'époque, il y avait un vrai débat entre les pro- et les anticolonialistes. Beaucoup de socialistes pensaient qu'il fallait exporter ce modèle dans les colonies. Mais sur place, comme Susan, ils ont souvent été troublés par le racisme, l'exploitation des locaux par les Blancs, le capitalisme qui prend le dessus et qui ruine les bonnes intentions… La suite de l'histoire, on la connaît. Susan, hubris de l'Occident, finira châtiée par Dieu. Sa fille, Lisa, c'est Philip qui l'élève. C'est Philip qui triomphe. Lisa, ça veut dire « Dieu est plénitude » – le royaume sur Terre. C'est clair, non ? Voilà…

Ce dernier mot tomba comme une pierre dans un puits. Le temps, suspendu, s'étira dans le silence. Et Youssef éclata de rire.

— Ah ah ! Sacré David ! Ah ! Tu as de l'imagination. J'adore ! J'adore…

Il fit une chiquenaude et sa cigarette plongea dans le caniveau.

David n'avait pas été pris au sérieux. Pourtant, la veille, Sheyenne avait approuvé cette lecture mystique…

« Est-ce que je deviens fou ? » Il n'eut pas le temps d'approfondir la question.

La porte d'entrée de la maison venait de s'ouvrir. Un homme couvert d'une capuche traversa le jardin, sortit de l'ombre et s'éloigna rapidement dans la rue. Il portait sous le bras un éclairage de chantier.

— J'en étais sûr, dit Youssef, c'est juste une bande qui rénove un grenier.

Un petit groupe apparut ensuite sur les marches du perron. Peut-être une dizaine de personnes, discutant à voix basse. On entendait qu'elles étaient jeunes. Surtout des filles, de 16 ou 17 ans. Elles s'échangeaient des amabilités. Des : « C'était super ce soir. » Des : « Comment tu rentres ? » Le groupe approcha, poussa le portillon, remarqua la présence incongrue de Youssef et David au milieu de la route, s'arrêta quelques instants puis se dispersa sans faire de remarque. Certains partaient à pied. D'autres regagnaient leur voiture.

Youssef pointa son doigt.

— Le rouquin, il est là !

Effectivement : il venait de quitter la maison en dernier. Sur le trottoir, il faisait des bises et serrait des mains. Tout le monde avait l'air de le connaître. Deux femmes montèrent à bord d'une Peugeot 206 et mirent le moteur en marche. La portière arrière était ouverte. Le rouquin s'apprêtait à traverser la rue pour les rejoindre.

Youssef le prit en travers et l'arrêta d'une main ferme.

— *Hey!* Tu te souviens de nous ?

Il ne sembla ni surpris ni inquiet. Il dévisagea les garçons puis répondit avec son air détestablement moelleux :

— Je regrette, messieurs, mais je ne vous reconnais pas. Que puis-je faire pour vous ?

David chancelait sur ses jambes, peut-être à cause du froid. L'une des deux femmes dans la Peugeot s'enquit de la situation, mais le serveur la rassura :

— Attendez-moi juste un instant. J'arrive. Tout va bien.

— Nous, dit Youssef, on se souvient de toi. Tu nous as fait ton petit manège au *Grand Colbert*. Tu nous as offert le champagne. Tu nous as fait l'éloge du suicide.

— Ah, c'est donc cela…

— Et ça t'amuse ?

— Vous vous méprenez.

David souhaitait en finir le plus vite possible.

— Alors explique-toi mieux ! Et fais simple.

— Bien. Je n'ai jamais voulu prendre le parti de la mort. J'en veux pour preuve que je suis encore là, devant vous. Je voulais simplement poser *la question du suicide*. Ne trouvez-vous pas que cette question provoque des effets inattendus ?

Youssef et David se regardèrent comme deux enfants fâchés d'apprendre une leçon de morale.

— Aucune question n'est plus essentielle que celle du *sens de la vie* ; tragiquement, aucune question ne nous paraît plus éculée, plus enfantine et plus vaine. *Pourquoi* sommes-nous là ? Cette question n'émeut plus personne… Et pourtant : jaillir du néant pour se divertir, jouer aux cartes, courir après les femmes et faire bonne chère, avant de mourir, de se putréfier, sans raison, pour l'éternité, comme si nous n'avions jamais existé, c'est intolérable, n'est-ce pas ? Nous savons bien qu'il *doit* y avoir *quelque chose de plus*. Les grands sages et les fondateurs de religions n'ont jamais posé d'autres questions que celle-là. Et pourtant… Si j'évoque le sens de la vie, dans le Paris du XXI^e^ siècle, je sais que l'on me rira au nez. Alors je crois qu'il faut trouver de nouvelles manières de poser cette question, lui redonner son sens originel, toute la gravité qu'elle mérite. C'est pourquoi j'essaye d'ébranler la somnolence de notre époque. Je cherche la méthode la plus efficace. Parfois je frappe trop fort, parfois trop mollement.

Youssef tenta de reprendre le dessus par l'ironie :

— C'est Marc Levy qui t'inspire tout ça ?

— Vous m'avez donc suivi ? Je me disais bien que notre rencontre n'était pas fortuite…

Youssef insista :

— C'est ton philosophe préféré ?

Un sourire algébrique passa sur le visage du serveur.

— Je lis Marc Levy pour me détendre. Comme tout le monde, n'est-ce pas ?

David crut un instant que la question s'adressait à lui. « Il m'a regardé, non ? » Une sueur gelée trempa soudain le creux de son dos. Alors il voulut changer de sujet :

— Mais t'es qui, toi ? Ton métier, c'est de jouer les prophètes ?

— Je ne suis personne. Je ne vis que de petits métiers. Cela ne vous surprendra pas si je vous dis que je ne garde jamais bien longtemps le même emploi. Il faut croire que mes méthodes déplaisent. Sur ce, messieurs, je dois vous quitter. Je ne peux pas faire attendre mes amies plus longtemps. Je vous souhaite une bonne soirée. Qui sait, peut-être nous reverrons-nous un jour ?

Il fit une sorte de révérence puis monta dans la

Peugeot. Quand celle-ci disparut à l'angle de la rue, Youssef et David se trouvèrent idiots et désemparés.

— Sacrée soirée, mon petit David. On ne peut pas s'arrêter en si bon chemin. Viens, je te paye un taxi. On va au *strip club* !

## III

## « TU CROIS VRAIMENT ÇA ? »

Les fêtes de fin d'année passèrent, comme toujours, avec de gros morceaux adipeux et force vin sucré. Mais en plus des traditionnels dégoût de soi, fatigue et mélancolie gastrique, ces derniers jours avaient imprimé sur l'âme de David un sentiment d'urgence anxieuse. L'instinct de fuite.

Il avait passé le réveillon chez ses parents, à Joinville. Jamais il ne les avait trouvés si vieux ni si différents de lui. Curieusement il se sentit vieillir aussi, devenir eux, c'est-à-dire devenir sur place – rester lui, le même, le temps en moins. Il se sentit prendre leurs manières, pantoufles et composantes démographiques, les pousser vers le rebord de l'oubli. Ou peut-être que c'étaient eux, par le cordon, qui l'attiraient dans l'abîme ? En cortège, alignées, les générations marchent au tombeau. De la poussière à la poussière.

Fut une époque où David adorait Noël et n'en faisait qu'une affaire de papiers satinés, de feux de bois, de pralines. Étrange, comme les années rendent amer.

Cet hiver, son père et sa mère n'avaient fait qu'évoquer les plaisirs de la bouche, les restaurants étoilés récemment découverts, les petits fours que l'on sert à la mairie, les verrines que l'on sert au club de golf, entrelardant leurs récits gourmands de cancans mondains et de conflits de voisinage, confits de parlages, sans fil conducteur. Cette famille n'avait-elle jamais appris à converser ? Ou bien n'avait-elle simplement rien à se dire ?

David était rentré chez lui l'estomac lourd et poursuivi par un impératif lancinant : *s'extraire de la boue*. La boue quintessentielle. Naître par voie basse, éclore dans un couffin, dans les baves et les déjections, manger les fruits de la terre et du fumier, puis décatir, faire le terreau des maladies cutanées, des conspirations du cancer et, tout compte fait, se rendre au sol, redevenir boue, sur laquelle l'herbe poussera... C'était absurde. Horrible. Zéro.

Mais comment renverser la table, vers où diriger nos efforts quand la boue nous submerge et que l'Être est un devenir-boue ? En révolte contre l'univers, David se laissait gagner par le désespoir jusqu'à la noyade.

Il était d'ailleurs en train de lutter assez vaillamment contre les remontées acides qui le brûlaient aux amygdales. C'était peut-être à cause des excès, des alcools et des nourritures ingérés pour l'anniversaire de Dieu-fait-homme. Peut-être, également, à cause du stress que lui causait le rendez-vous. Car Sheyenne devait apparaître d'un moment à l'autre. C'est elle qui avait décidé de l'heure et du lieu.

David se tenait à l'angle du pont d'Arcole et du quai de l'Hôtel-de-Ville. Pour se donner bonne contenance, il contemplait, tel un peintre frissonnant, les remous de la Seine et les reflets d'or, au fond, de la ville renversée. Il remonta la fermeture Éclair de son manteau.

Il consulta sa montre : Sheyenne avait désormais cinq

minutes de retard. Quelle idiotie de se trouver là, paniqué, guettant l'arrivée d'une fille qu'il voudrait séduire sans vraiment savoir pourquoi ni comment – une subordonnée, de dix ans sa cadette ! Et pendant ce temps, Diana l'attendait à la maison…

« Est-ce que tu gâches tout ? T'en sais rien. Peut-être que c'est un nouveau départ. Dix minutes de retard. De toute façon, elle ne viendra pas. Elle se fout de toi… »

Pourquoi les rencards nous mettent-ils au supplice ? Notre héros s'imaginait déjà comment il saluerait la jeune fille, ce dont il l'entretiendrait, les réponses qu'il ferait à ses réponses… Qu'un silence puisse s'installer entre eux lui paraissait pire que la mort. Il estimait pourtant, d'un point de vue rationnel, que deux individus pouvaient légitimement suspendre un dialogue, et même, prendre plaisir à ces pauses. Mais si d'aventure, et surtout lors d'un premier rendez-vous, la conversation butait sur un vide, un bégaiement, alors David perdait ses moyens : sa gorge gonflait, sa langue séchait, son cœur trépidait et la certitude que la fille d'en face en avait conscience, qu'elle constatait évidemment ces désordres somatiques, et qu'elle en concevait elle-même de la gêne, faisait plonger notre homme dans un cercle vicieux d'anxiété sociale conduisant à l'apoplexie.

Soins médicaux s'ensuivent.

Il traversa la rue, caressant l'espoir d'être renversé par une voiture et de se casser la jambe ; alors, le rencard serait annulé. Mieux, peut-être que Sheyenne serait la première à lui porter secours sur le bitume ; ainsi David agirait naturellement, comme on le fait avec une jambe cassée, sans cogiter à l'excès, prenant plaisir à leur premier échange extraprofessionnel.

Mais la voilà, venant sur le pont depuis l'île de la Cité. Elle lui souriait. Sourire tout en lèvres, insaisissable. Les cheveux attachés en bulbe d'oignon (cette pièce montée, seulement pour lui ?), le pantalon de cuir noir, un débardeur pailleté rouge sang… Elle était à la fois plouc et superbe. Elle dit :

— Vous allez bien ?

— Ah non ! Tu me dis « tu », hein !

— C'est d'accord. Je t'emmène quelque part. Je ne dis rien de plus. Tu es prêt ?

— Ah ! Merveilleux ! Une surprise ! D'accord, d'accord… Mais on prend un verre avant ?

C'était un aveu. David avait besoin de se calmer les nerfs.

— Un seul, dans ce cas. Nous n'avons pas beaucoup de temps. Suis-moi, je connais une adresse que tu devrais aimer.

Elle le guida vers la nuit vaste et vide du 1er arrondissement. David n'avait quasiment jamais mis les pieds dans ce quartier pourtant central, centrifuge à la façon d'un trou noir, dont le décor finissait par être plus inquiétant que tous les faubourgs du Paris pauvre.

Les talons de Sheyenne tapaient le sol avec vigueur et métronomie. Elle n'avait pas fait l'effort de mettre des chaussures plates pour se contraindre à des proportions plus humaines et permettre à David de se sentir moins outragé, moins comme le mâle d'une araignée tigre, escaladant l'abdomen immense de sa partenaire pour s'accoupler avant d'être dévoré vivant.

« C'est peut-être un signe. Elle ne vient pas pour me séduire. D'ailleurs pourquoi ce serait le cas ? C'est une collègue. Elle prend un verre avec son patron. En toute amitié. Ou même pas. C'est du réseautage. C'est professionnel. Voilà, tu te calmes. »

Dans le désert d'Haussmann, à l'angle d'un croisement, apparut une vitrine étroite et verdâtre, partiellement occultée par une affreuse dentelle. David ne pouvait pas croire qu'on l'emmenait dans un tripot pareil. Et pourtant. Sheyenne poussa la porte et salua la mémé rabougrie derrière le bar en formica :

— Bonjour Paulette !

La tenancière parut ravie de voir une habituée.

— Ouïe ! Ma p'tite... Comment que tu vas ?

— Je te présente David, un ami.

L'établissement faisait la taille d'un cagibi. Petite faïence ocre et blanche au sol, peinture écaillée, deux tables seulement – pas de client. Depuis l'arrière-cuisine, à travers le rideau de perles, se faufilait une odeur de daube un peu vinaigrée. Typiquement le genre de bistrot qui devait rugir de populos hier. Ne restaient plus que l'écume jaunie des Trente Glorieuses et le coquillage de Paulette accrochée sur son comptoir...

— Tu nous sers un verre de ton fameux porto ?

— Mais bien sûr ma p'tite ! Le porto... Où c'est donc qu'il s'est niché, c'lui-là... ?

La main tremblante de Paulette chercha la bonne bouteille sur l'étagère, à tâtons parmi les tord-boyaux poussiéreux aux formes étonnantes (à longs cous, à ventres mous, en slips de paille) au milieu desquels trônait la photo d'un épagneul décédé.

Paulette remplit deux petits verres sur le comptoir.

— À vot' santé, les jeunes !

David trempa ses lèvres. Oppressé par le plafond bas

et le regard inquisiteur de la taulière, il estima qu'il était temps de parler, quitte à dire n'importe quoi.

— C'est quand même drôle qu'on se soit rencontrés grâce à Marc Levy !

— Pourquoi ce serait drôle ?

Décidément, Sheyenne n'entrait pas facilement sur le terrain du badinage.

— C'est pas banal… Je l'avais jamais lu.

— Alors c'est vous qui n'êtes pas banal.

Elle s'était déjà remise au vouvoiement.

— T'es pas banale non plus, t'en as conscience ? D'ailleurs, je me demande si ta façon de lire ces romans n'est pas franchement délirante. Je sais bien, la *Ferme des animaux* ne parle ni d'une ferme ni d'animaux. La *Divine Comédie* ne parle ni de forêts ni d'enfers. OK. Mais quand même… La surinterprétation, ça existe, non ?

Sheyenne hocha la tête sans rien céder.

— Pensez-vous vraiment qu'il soit possible d'interpréter *trop*, d'extraire *trop* de choses d'un livre ? Pensez-vous qu'il faille fixer des limites ?

— Si tout le monde comprend quelque chose de différent, oui, ça ne rime à rien. Un livre, ça doit nous permettre d'entrer en contact avec une autre conscience. C'est un moyen de communication, pas juste un miroir pour nos obsessions.

Paulette avait repris son journal (*L'Humanité* du jour) pour y plonger sa face toute veinée de bleu. La conversation devenait plus étrange.

— Les livres les plus importants, fit Sheyenne, sont les livres qu'on ne comprend pas. Les grands textes sacrés sont-ils des allégories ou des récits factuels ? Et si ce sont des allégories, que veulent-elles dire ? Ces questions occupent nos esprits les plus intelligents depuis des siècles.

— Tu ne vas quand même pas comparer la Bible et Marc Levy !

— Non. Je pose simplement une question. Demandez-vous : pourquoi les choses arrivent ? Croyez-vous vraiment que la vérité soit le moteur de l'Histoire ? Si c'était le cas, l'Histoire n'aurait jamais connu le moindre soubresaut. Les fausses croyances sont des moteurs bien plus puissants.

— Sois plus précise.

— Nous pensons que l'Histoire s'explique par la politique, par l'économie, par la volonté des peuples ou par celle de certains hommes exceptionnels… Mais la plupart des événements surviennent à cause de malentendus. Quand les gens croient se comprendre, il se passe des choses. Que votre interprétation soit vraie, qu'elle soit fausse, qu'elle soit unique ou qu'elle soit partagée, quelle importance ? Il faut chérir les malentendus car ils font tourner le monde.

Un picotement saisit David aux membranes inférieures et les plus fines qui, par un jeu de vibrations insolites, chauffèrent ses fluides internes et produisirent des vapeurs montant jusqu'à ses joues cramoisies.

— Tu fais toujours autant de mystères quand tu parles de livres ?

— Je vais vous dire une chose que vous ne devrez pas oublier : les lecteurs de Marc Levy n'aiment pas s'étendre sur le sujet. Ils ont l'habitude que l'on se moque d'eux. Leur rapport au texte est intime et c'est justement pour cette raison qu'il est si puissant.

Toutes ces simagrées poussaient David à quitter l'habit professionnel. Il vida son verre et se fit plus intime.

— Bon. Mais tu es qui, toi ? Parle-moi de toi…

— J'ai vécu dans beaucoup d'endroits. Mes parents étaient forains.

— C'est drôle ça. Ils étaient dans les manèges ?

— Mon père s'occupait d'une attraction, oui, une sorte de grand pendule avec des nacelles à chaque extrémité. Cela s'appelait le *Booster*. Et ma mère vendait les sucreries dans notre camion.

— Vous êtes gitans ?

— De façon très lointaine… Certains de mes cousins sont gitans. En tout cas, nous étions nomades. Je ne suis jamais restée plus d'un an dans la même école. Je n'ai pas beaucoup d'amis. Je me suis entourée de livres.

— Et tu ne veux pas reprendre l'affaire familiale ?

Elle posa son verre et se montra de profil – à moins qu'elle n'ait pas souhaité répondre les yeux dans les yeux.

— Non. J'ai trouvé ma passion… Disons que j'ai trouvé ma voie.

— Laquelle ?

— Le recrutement.

— Ah, les RH…

David éprouva la différence d'âge entre eux. Il fallait être jeune et naïve pour attacher une espérance à la vie d'employé de bureau. « Dans dix ans, pensa-t-il, elle verra comment le ridicule triomphe de chaque vocation. »

Ils quittèrent le bar dix minutes plus tard en promettant à Paulette de revenir vite.

Ils entrèrent, une rue plus loin, dans un hôtel particulier reconverti en théâtre de quartier. Au fond de la cour intérieure, une porte ouverte donnait sur l'accueil. Personne ne travaillait au comptoir ; il ne se jouait pas de spectacle ce soir. « Suis-moi », dit Sheyenne, qui contourna le guichet et s'engagea, par-derrière, dans un passage bas et voûté. De là partait un escalier raide, en bois, descendant vers une cave mal éclairée, meublée d'un piano droit, une banquette au velours un peu râpé, deux tables de bistrot et quelques chaises plus ou moins orientées vers une scène minuscule – un promontoire. Une vingtaine de personnes se serraient là dans la pénombre et tenaient des messes basses, avec chaleur et familiarité. Tout le monde sembla reconnaître Sheyenne qui s'annonça d'un grand geste. Elle et David étaient visiblement les plus jeunes.

Ils s'assirent au fond, sur une sorte de coffre. David était proche de s'inquiéter. « Dans quoi je me suis fourré ? »

Elle lui fit comprendre que « ça » allait commencer. À 21 heures précises, un barbu blanchâtre prit la parole pour énoncer les règles de la soirée, se tournant plus volontiers vers David qui, de toute évidence, était le seul à les ignorer : chaque personne monterait sur scène au moment qu'elle choisirait et partagerait quelques vers ou lignes de prose. Tous les textes, tous les auteurs étaient admis. David trouva le programme charmant et se pencha vers sa voisine.

— Un club littéraire ?

Sheyenne chuchota :

— Un cercle privé.

On entendit effectivement, ce soir-là, tous styles et toutes époques. Un homme à la voix ténébreuse déclama par cœur *Bierstub* d'Aragon et tout le monde en conçut des frissons. Un genre de soixante-huitard lut une page des *Shadoks*, mais sur un air de tragédie. Une petite femme à choucroute et lunettes en culs-de-bouteille (genre bibliothécaire scolaire) partagea le *Geai gélatineux* d'Obaldia. On entendit Hikmet, Michaux, Bonnefoy, toute une chorale d'esprits délicats que David ignorait mais qui le portèrent au comble du plaisir – lui qui se sentait si pesant ces derniers temps…

Un participant plus louche décida de s'exprimer en musique, s'assit face au piano, joua cinq notes puis s'arrêta net, abattu, déclarant qu'il n'avait pas assez bu. Dans la salle, on l'étrilla, mais avec affection :

— Tu fais chier Roger !

— Oooh ! Arrête un peu !

— Comme d'habitude, faut qu'il fasse pitié…

Sous la réprobation publique, Roger courba le dos et reprit sa place au coin de la banquette face à son verre de vin rouge.

Ce fut le tour de Sheyenne. Elle tira de son sac le *Livre de l'intranquillité*, monta sur scène et lut trois pages avec une superbe assurance. « Maintenant, c'est à vous, dit-elle à David en se rasseyant. C'est la règle, vous êtes le dernier. »

David s'était préparé. Par autodérision, il avait choisi un texte bizarre, sans métrique ni rime, qu'il avait lui-même écrit dans sa chambre de Joinville au pic de la puberté. « Ce n'est pas un chef-d'œuvre », dit-il en préambule, avant de déclamer :

Sur le caractère boueux des choses

Le vénérable Aristote nous dit que le monde est fait
de quatre éléments.
Mais si les êtres et les idées s'ankylosent, si tout devient
irrespirable et pesant, c'est que l'air vient à manquer.
Si chacun se fait trop prudent, si la jeunesse mollit et
la fatigue gagne les esprits, c'est que le feu s'en est allé.

Ne restent alors que la terre et l'eau.
Et le monde tourne à la boue.

Sa prestation fut reçue par des sourires tendres et des applaudissements. Il se rassit à côté de Sheyenne, qui posa sa main sur la sienne. « Vous vous en êtes très bien sorti ! »

La soirée touchait à sa fin. Le président se leva, proposa la scène une dernière fois aux volontaires potentiels, puis remercia les participants avant de leur donner rendez-vous la semaine suivante. L'assistance bruissa ; certains se reculèrent dans les coins pour bavarder, d'autres enfilèrent leurs manteaux et prirent l'escalier. David se leva, mais Sheyenne posa de nouveau la main sur lui.

— Attendez. Ce n'est pas terminé.

Il était presque 23 heures. David ne s'attendait pas à de nouvelles surprises. La soirée devait-elle se poursuivre par un verre entre bibliophiles ? Un débat ?

La cave se vida partiellement. Ne restèrent que huit personnes, dont le président, la femme à la choucroute et le protopianiste. Il y eut un moment de flottement.

On s'observait sans rien dire, l'air de guetter ; on s'interrogeait en levant les sourcils... Puis il y eut des signes, discrets, d'acquiescement. On se mit en mouvement sans parler. Les chaises furent disposées en cercle au milieu de la pièce. Chacun la sienne. Le président prit à nouveau la parole :

— Nous allons pouvoir commencer... Si personne n'y voit d'inconvénient, j'aimerais ouvrir la séance de ce soir.

Tout le monde le pria de le faire. Alors il glissa la main dans la poche intérieure de sa veste pour en sortir un livre :

*Toutes ces choses qu'on ne s'est pas dites*
Marc Levy

David se frotta les yeux. Y avait-il un club dans le club, un cercle de « levysiens » secret, se retrouvant derrière des portes closes pour assouvir leur goût populaire, comme ces confréries mangeuses d'andouillettes ou de boudin noir ? Brûlant de curiosité, il se pencha vers Sheyenne, mais celle-ci fit signe de se taire, l'index tendu sur la bouche. Un soupçon de fierté malicieuse passa sur le visage de la jeune fille – l'expression d'une personne qui venait de réussir son coup.

Le président tourna les pages en se léchant les doigts, s'éclaircit la gorge et commença la lecture :

« Knapp » ! C'était le nom de l'ami que tu cherchais.

Dès qu'il entendit ces mots, David eut le sentiment qu'ils furent écrits pour lui ; quelqu'un, quelque part, essayait de l'atteindre.

> Alors, Antoine, pour te faire comprendre que ce n'était pas après toi qu'il s'énervait, s'est mis à hurler à son tour « Knapp, Knapp ». Pris d'un fou rire, Mathias s'est joint à lui et moi aussi j'ai crié « Knapp, Knapp ». Tu nous as regardés, comme si nous étions fous et tu as ri à ton tour et à ton tour tu as repris « Knapp, Knapp ». Nous dansions presque, en chantant à tue-tête, le nom de cet ami que tu cherchais depuis dix ans.

Les membres du cercle écoutaient religieusement. La plupart fermaient les yeux, pour s'imprégner. Néanmoins, David eut l'impression que, par instants, certains relevaient la tête pour le regarder, comme si quelque chose était attendu de lui ; peut-être une émotion spéciale, une forme de compréhension. Puis, il en fut certain, quand le président prononça cette dernière phrase en le fixant :

> Comme deux loups séparés de la horde et qui se retrouvent au détour d'une forêt, vous êtes restés immobiles à vous observer. Et puis Knapp a prononcé ton prénom.

Le président referma le livre. On murmura des remerciements. Le rituel continua. Les volontaires se succédèrent pour déclamer des morceaux choisis dans l'œuvre de Marc Levy, une œuvre dont David n'avait pas soupçonné l'ampleur. Il découvrit ce soir-là pas moins de dix romans, des milliers de pages signées par le même homme. *L'Étrange Voyage de Monsieur Daldry*, *Toutes ces choses qu'on ne s'est pas dites*, *Sept Jours pour une éternité*… Face à ces titres imposants, David se sentit presque inculte. « Je suis passé à côté d'un auteur énorme. » Sans qu'il ne sache pourquoi, les dernières phrases du président résonnaient encore en lui telles des incantations : « Comme deux loups séparés de la horde… »

Chaque lecteur faisait tout pour apporter au texte un maximum de relief ; ils gesticulaient debout, jouaient des voix différentes, transpiraient des tempes et des aisselles. David n'avait jamais entendu Marc Levy de cette manière. Il n'avait même pas soupçonné qu'il soit possible de le lire ainsi, possédé par tant d'émotions. Puis il fut frappé par la récurrence avec laquelle apparaissait la figure du loup. Tel personnage avançait « à pas de loup » ; tel autre avait « une faim de loup » ; un troisième se plaignait du « froid de loup ». Récemment encore, il aurait pris cela pour des facilités d'écriture. Mais ce soir il suspectait quelque chose de plus. Une sorte de communication codée, par citations interposées, entre les membres du cercle. Une inexplicable jubilation montait en lui. « Personne ne me croirait si je racontais un truc pareil ! »

Une heure s'était écoulée. Peut-être deux. David ne regardait plus sa montre. Les membres du cercle demandèrent à Sheyenne si elle voulait bien chanter une chanson. Elle accepta. Le pianiste aviné proposa de l'accompagner. Ils s'installèrent. Debout à côté de son musicien, Sheyenne fit l'annonce du programme :

— Je vais vous chanter *Pour toi*.

Une chanson de Jenifer, écrite par Marc Levy.

Cette fois-ci, les doigts du pianiste se délièrent sans difficulté. L'interprétation fut limpide et juste. Sheyenne révéla une tessiture plus aiguë que dans les conversations, ouvrant une bouche étonnante, qui pouvait à la fois sourire et prononcer chaque mot de manière irréprochable. Le duo n'en était sûrement pas à son coup d'essai.

Dans la pièce, chacun balançait doucement la tête en rythme. David, lui, cherchait à comprendre les paroles un peu cryptiques. Surtout lors du refrain, quand Sheyenne décochait sur lui des regards pénétrants :

Je sais qu'un jour tu reviendras
À pas de deux, de toi
Mettre ma vie entre tes bras
Pas à d'autres pour tuer ça
Je sais tu reviendras
Laissez-moi penser ça
Je serai là
Pour toi

Sur le piano reposait un petit loup de bronze. David ne l'avait pas vu jusqu'à maintenant.

La chanson terminée, Sheyenne et son pianiste regagnèrent leur place, accompagnés par des remerciements appuyés, prononcés les mains jointes. Une vieille dame insista même pour embrasser la chanteuse sur le front – Sheyenne se pencha, à bonne hauteur, pour recevoir l'hommage.

Tout le monde avait participé, sauf David. Il craignait qu'on le sollicite, mais le président reprit la parole et proposa de clôturer la séance :

— Chers camarades, je vais lire un dernier passage avant de vous souhaiter une bonne nuit. Ce passage, je l'ai trouvé page 434, dans les *Enfants de la liberté*. Il aborde un thème cher à Marc Levy, qui est celui de l'attente, l'attente du moment opportun. Dans ce passage, Marc Levy nous raconte comment son père, membre de la Résistance, s'est échappé du train qui le conduisait vers les camps de la mort.

Dans un silence de catacombe, David ferma les yeux pour se laisser envoûter, recueillir les dernières transmissions de cette nuit-frontière, qui depuis longtemps voguait entre le rêve et la réalité.

Il est 2 heures du matin et le convoi s'ébranle. Le cœur de Walter ne tambourine plus dans ses mains mais dans sa poitrine. Il secoue ses copains et ensemble, ils attendent le bon moment. La nuit est trop claire, la lune presque pleine qui brille dans le ciel les dénoncera trop facilement. Walter guette par la lucarne, le train roule à belle allure, au loin, un sous-bois se dessine. Walter et deux copains se sont évadés du train. Après être tombé dans le fossé, il est resté longtemps accroupi. Et quand la lanterne rouge du convoi s'est effacée dans la nuit, il a levé les bras vers le ciel et a crié « maman ».

— RÉVEILLE-TOI.

Alex entrouvrit l'œil et se roula dans la couette, essayant de se convaincre qu'elle n'avait rien entendu.

— DEPUIS COMBIEN DE TEMPS N'AS-TU PAS SCRUTÉ TON ÂME ?

« Oh, non… » Alex s'assit au rebord du lit et se frictionna les cheveux. Son radio-réveil indiquait 3 heures du matin. La tête basse, elle considérait avec angoisse l'ordinateur portable, éteint, sur son bureau. Elle soupira.

— Pas maintenant…

Elle n'attendait pas de réponse. Les négociations étaient vaines – et parfois sanctionnées. Résignée, barbouillée, elle se leva, prit sa chaise et se connecta sur Twitter.

— CONFESSE-TOI.

— J'ai tout dit… J'me suis couché à minuit… J'ai rien fait, j'suis pas sortie de l'appartement aujourd'hui…

— CROIS-TU POUVOIR ME MENTIR ? NE TROUVES-TU PAS LA MOINDRE TRACE DE MALICE DANS TON CŒUR ?

Obédiente, elle s'efforça de penser contre les brumes du sommeil qui voilaient encore sa conscience.

Elle se remémora la journée passée, déconstruisant ses réflexions intimes, ses agissements, en quête d'impuretés. Après plusieurs minutes, elle décida finalement d'écrire le tweet suivant :

> Ma première expérience de jeûne est un fail monumental ! J'ai craqué avec du houmous après seulement 24h. J'avais pas la force. J'aime trop manger. Santé mentale first.

Elle s'adossa, relut son message et, le jugeant paresseux, rédigea le complément suivant :

> Si vous faites un jeûne, préparez-vous bien. Renseignez-vous surtout. Prenez soin de vous. Je suis partie trop confiante. J'ai cru que c'était facile. Total respect à ceux qui tiennent plusieurs jours.

Alex actualisa la page plusieurs fois. Malgré l'heure tardive, son intervention suscita trois likes, trois retweets, et deux réponses – des conseils pratiques pour mieux réussir sa prochaine tentative. Elle se sentit soulagée.

— FAIS PÉNITENCE.

Alex était maintenant bien éveillée. Elle savait exactement quoi faire. Elle s'y conforma, même, avec un certain plaisir. D'une seule traite, elle rédigea ces trois messages successifs :

> Devinez qui est encore en train de choper une otite ? Le premier jour des vacances ? WTF ! Mon corps c'est du carton !

---

Les crasseux, je vous attire ou quoi ? Encore un mec qui s'est touché dans le métro en me regardant. Personne a réagi. Big up aux agents @RATPgroup, qui sont partis du wagon et m'ont laissée seule avec ce porc.

---

Ce soir je suis rentrée, j'ai pleuré sous la couette sans savoir pourquoi. Spoiler : c'est faux. Je sais pourquoi. Manque de comfort-food, l'endo et mon putain d'ex toxique qui m'a contactée par DM ce soir.
Bienvenue dans ma life !

Les réactions furent chaleureuses. Il y eut des encouragements, des consolations sous forme de gifs animés représentant des chatons ou des acteurs célèbres se prenant dans les bras.

« Prends soin de toi », dirent les uns.

« Courage sister, t'es badass », dirent les autres.

« Cœur sur toi, je te comprends grave ! »

Une étreinte d'amour enveloppa progressivement Alex. Elle voulait poursuivre, s'enfoncer plus avant dans cette chaleur humaine, alors elle s'agonit davantage, se rapetissa, se jeta des tombereaux d'ordures sur la tête. Prise de frénésie, elle posta cinq messages supplémentaires pour mettre en scène sa souffrance, évoquer son « syndrome de l'imposteur », ses relations conflictuelles avec sa mère et les violences systémiques subies lors de sa dernière consultation chez la gynécologue.

Puis elle souffla, transpirante, et s'enfonça dans sa chaise, comme repue d'autodépréciation.

— TU ES PARDONNÉE.

— Merci…

— MAINTENANT, PORTE LE GLAIVE.

C'était le moment qu'elle préférait. Celui qu'elle attendait chaque fois comme un dessert.

— FAIS-LEUR CONNAÎTRE MON NOM.

C'était le moment de transe, quand elle se ruait dans la forêt, torche à la main, pour combattre les ennemis du siècle, les ombres de l'intolérance et de la discrimination, tapies derrière chaque arbre, tapies dans les ombres elles-mêmes, à l'infini… Dans ces contrées dangereuses mais familières, le Mal essentiel était à sa mesure. Pour Alex, l'humanité ne souffrait pas pour des raisons économiques, religieuses, ni de la politique internationale ou de la maladie. Non. L'humanité souffrait à cause des mots. Du langage-pouvoir. Du pouvoir qui s'affirmait dans chaque phrase, dite ou pensée. D'ailleurs, Barthes l'avait dit : la langue est fasciste. Et Barthes était un homme sage. Et c'était, par coïncidence, un Mal qu'Alex pouvait combattre avec ses propres armes. Deux cent quatre-vingts caractères seulement.

Tchack ! Poum ! La guerre était déclarée ! Elle dénonça le « suprémacisme blanc » de la cuisine française et particulièrement le racisme intrinsèque des pommes frites. Crack ! Elle transperça la « domination masculine » nichée dans les termes faussement neutres « utérus » et « vagin ». Schling ! Occis, les fachos ! Consciente du fait qu'une guerre ne se gagne pas seule, Alex prêta main-forte aux cobelligérants, partagea des cagnottes, des vindictes, des appels à boycott… Finalement épuisée par la lutte, elle estima qu'il était l'heure de se recoucher et jugea le moment propice pour un acte de charité pure. Elle offrit à ses ouailles quelques conseils de valeur :

> J'ai fait une dépression il y a quelques années. J'ai beaucoup appris. Voici mes tips à la con. 1) Se forcer à faire son lit tous les matins, même à l'arrache. 2) Quitter son pyjama, même si on reste chez soi.

---

> 3) Faire la liste des choses qu'on aime et s'en offrir au moins deux par jour. Dans mon cas par exemple : découvrir une série, la bouffe, la sieste, la céramique, une tisane. Prenez soin de vous.

Alex se sentait vidée, purifiée, prête à regagner son lit. Quand tout à coup, elle tressaillit. Venait-elle d'entendre… un rire ?

Elle en était sûre maintenant. L'écho d'un rire puissant lui parvenait. Un rire plein de méchanceté. Elle actualisa la page de son navigateur.

Ses derniers tweets étaient largement partagés. Alex n'avait jamais atteint une telle audience. Mais c'étaient des blâmes qu'elle recevait, des condamnations. Des réactions en cascade, empoisonnées à la source.

— Mais… Mais pourquoi ?

— AH ! AH ! PARCE QUE JE LE PEUX !

— Mais c'était… Non ! Non ! C'était juste bienveillant, je…

— J'EXIGE DES SACRIFICES.

Les tweets s'accumulaient sur l'écran d'Alex. Des injures et des coups. Le miroir de son écran lui renvoyait l'image d'un·e oppresseur·e nazi·e :

C'est bon, tranquille le validisme ? Les neuro-atypiques ne t'ont rien demandé ! Nous ne sommes pas handicapés. C'est vous qui nous rangez dans cette case.

---

La maladie mentale est une construction sociale. Je m'identifie comme dépressif et je t'emmerde. Tes impératifs normatifs qui viennent de la médecine occidentale, tu peux te les garder.

---

Marre de devoir éduquer les neuro-conformistes. Ils ne changeront jamais. Il est grand temps de se faire entendre : à quand la Mad Pride et #disabilitypridemounth en France ?

---

On a littéralement génocidé les fous au siècle dernier. Eugénisme, chambres à gaz... ça te parle ? Et maintenant, y'en a qui continuent de nous invisibiliser, nous donnent des conseils pour disparaître, trahir notre communauté. STOP !

Le monde se mit à tourner. Alex tituba jusqu'à sa fenêtre et l'ouvrit pour se remplir les poumons, mais sa poitrine constricta ; comme un gobelet, Alex s'écrasait sur elle-même. Elle aurait vendu son âme pour seulement revenir quelques minutes en arrière et ne pas commettre son erreur.

— AAAH AH AH !

Les subsannations résonnaient dans l'étroite courette servant de local à poubelles et de garage à vélos. Durant un instant, Alex voulut sauter. Elle se ravisa.

Craignant défaillir seule dans sa chambre, elle sortit dans le couloir et longea le mur en direction de la salle de bains. « De l'eau… » À mi-chemin, elle fut arrêtée par un gémissement. David et Diana faisaient l'amour dans leur chambre. Elle ne les avait pas entendus depuis longtemps. Elle s'étonna de s'en réjouir, bêtement, comme on se réjouit d'entendre nos parents s'aimer encore.

Elle resta debout, dans le noir, écoutant jusqu'au bout les frottements sensuels de ses colocataires. Sans qu'elle y pensât, les battements de son propre cœur ralentirent. Sa respiration reprit de l'amplitude.

Elle fit marche arrière et retrouva son lit – sans retrouver le sommeil.

David et Diana passèrent le dimanche matin dans le lit.

Aux débuts de leur couple, une demi-journée sous la couette relevait de l'évidence. Dans ce temps, ils ne cherchaient rien à faire, tant il leur plaisait de musarder, de se rendormir, de frôler leurs jambes, de se confier les petits riens qui viennent à la bouche. La fenêtre entrouverte, une assiette sur les draps défaits… Avec les années, ces moments devinrent plus rares, se révélant pour ce qu'ils étaient : des moments vides. Il faut un cœur amoureux pour goûter au vide ; une âme silencieuse pour écouter avec plaisir le temps qui fuit.

Depuis quelques jours cependant, leur relation gagnait en vigueur. Diana trouvait son compagnon moins visqueux, plus salubre et vivace. Elle attribuait ces améliorations au travail de thèse, qui sûrement le stimulait de la bonne façon, par le cerveau.

David, en effet, s'était redressé naturellement, surtout grâce au regard de Sheyenne, qu'il supposait désirant. Les pérégrinations intellectuelles l'avaient aussi rajeuni sur le plan psychologique, le plan de l'espérance et d'au moins quinze ans. Il avait acheté tous les livres de Marc Levy (plus d'une vingtaine) et les avait cachés dans une caisse en plastique sous le lit, avec ses anciens cours de faculté.

Depuis le « club de lecture », David avait établi des connexions nouvelles entre les romans et la réalité pour accéder à une compréhension plus profonde. Il s'était rendu compte que tous les indices, toutes les bribes du sens convergeaient vers un même point, à savoir un cercle d'influence anglais du XIXe siècle nommé la Fabian Society. Le sujet obsédait David depuis maintenant une semaine…

Buvant son café, dans le lit, l'ordinateur posé sur ses genoux, il faisait défiler les pages d'un document numérique. Diana finit par être piquée de curiosité.

— Tu avances dans tes recherches ?

Notre héros attendait depuis longtemps cette innocente question.

— Je lis le manifeste de la Fabian Society. C'est dingue… Pourquoi personne ne parle jamais de ça ?

Diana posa son livre.

— Vas-y, raconte-moi.

— C'est un cercle de penseurs, d'artistes, d'écrivains… C'était dans les années 1880… Ils étaient socialistes mais, tu sais, socialistes à l'ancienne. Ils rêvaient d'accomplir « la société socialiste » (il avait mimé les guillemets avec les mains), sans État, sans classes sociales. En même temps, ils n'étaient pas marxistes. Ils s'opposaient au programme autoritaire, à la dictature du prolétariat, tout ça…

— Alors c'étaient des anarchistes ?

— Pas vraiment. Ils ne croyaient pas à la révolution. Ils n'y croyaient plus. Il faut se remettre dans le contexte. À l'époque, les révolutions, c'était tous les deux jours. Nous, on connaît la Commune de Paris, mais y avait aussi la Commune de Lyon, de Marseille, de Brest, de Toulouse, de partout ! Les ouvriers, les pauvres, ils voulaient reprendre le pouvoir, et bien sûr, à chaque fois, ils se faisaient écraser, ça finissait dans le sang, la poudre à canon. Le bordel a continué jusqu'au xx^e^ siècle. Y a eu la Catalogne de 1936, mais qui nous parle de l'Alsace-Lorraine de 1918 ? Là-bas, les prolos ont gagné pendant quelques jours : le drapeau rouge flottait sur la cathédrale de Strasbourg ! Les usines en autogestion ! T'imagines ? Pourquoi on ne nous dit jamais ça à l'école ? Peut-être parce que les magouilles, les revanches du gouvernement, ça ne fait pas très propre, pas très « républicain », quand on cherche à te vendre la démocratie.

— Et la Fabian Society dans tout ça ?

— Oui, donc… Dès la fin du xx^e^, ils se disent que la révolution violente est vouée à l'échec. Alors ils cherchent une autre stratégie. Ils décident d'infiltrer l'élite intellectuelle. Ils placent leurs pions dans les médias, dans l'université, dans la politique… En fait, ce sont les pionniers de l'ingénierie sociale. Ils attendent juste le bon moment, et quand ils seront prêts… Bam !

— Quoi, « bam » ?

— Bah, tu vois… Bam ! Ils pendront les patrons et les curés, j'en sais rien !

Voilà des mois que David n'avait pas aiguillonné Diana. Incrédule, amusée, celle-ci fronçait les sourcils.

— Mais tu as des preuves, de tout ça ?

— Tout est public ! C'est pas une histoire secrète, hein… Tu sais pourquoi ils ont choisi ce nom ? C'est en l'honneur de Quintus Fabius, un général romain.

Pour Fabius, c'était possible de battre un ennemi plus nombreux et plus puissant ; il suffisait d'attendre le bon moment. Regarde, ça, c'est la première déclaration faite par la Fabian Society. Ils sont très clairs. Je cite…

Il lut, à voix haute, le passage suivant :

*For the right moment you must wait, as Fabius did most patiently, when warring against Hannibal, though many censured his delays; but when the time comes you must strike hard, as Fabius did, or your waiting will be in vain, and fruitless*[1].

David comprenait enfin les multiples allusions faites par les lecteurs de Marc Levy sur les questions relatives à l'attente, la patience, le « bon moment ». Il avait également établi des liens entre Arthur Penty (le socialiste représenté de manière allégorique dans *Et si c'était vrai…*) et Philip Snowden (celui dont la vie servait de trame pour *Où es-tu ?*) ; les deux hommes s'étaient fréquentés dans la Fabian Society et partagèrent globalement le même projet politique, celui d'un socialisme chrétien, mettant l'accent sur le développement spirituel des individus et de la société dans son ensemble. Et ce n'était pas tout.

— Tu sais, fit David, la Fabian Society ne se cache pas, elle revendique carrément sa roublardise. Tu connais leur emblème ? Un loup camouflé dans une peau de mouton ! Véridique ! Ils ont même fait fabri-

1. « Vous devez attendre le bon moment, comme Fabius l'a fait très patiemment, lors de la guerre contre Hannibal, bien que beaucoup aient condamné ses retards ; mais le moment venu, vous devez frapper fort, comme l'a fait Fabius, ou votre attente sera vaine et stérile. »

quer un vitrail, un truc de cathédrale. On y trouve leur emblème, le loup camouflé. En dessous, tu as Sydney Webb et Edward Pease qui font littéralement fondre la planète, pour la couler dans le moule fabien, forger le Monde Nouveau. Dans la partie basse du vitrail, tu as les membres fondateurs à genoux, en train de prier. (Il lui montra l'image sur son écran.) Regarde, là, tu as même H. G. Wells. Et là, tu as Emmeline Pankhurst, celle qui a mené le mouvement des suffragettes. Et là Graham Wallas, qui a créé la London School of Economics…

— Ce n'est pas une institution socialiste, la London School of Economics.

Il fallait bien admettre cette faille dans le raisonnement. Alors David se contenta d'une plaisanterie.

— Peut-être qu'ils jouent un rôle et qu'ils attendent le bon moment pour se révéler ? Comme le loup…

Diana se mit à rire.

— Tu crois vraiment ça ?

— Non. Enfin, peut-être que c'était le projet au départ. C'est vieux tout ça… Je dis juste que c'est une histoire fascinante et j'ai l'impression qu'on nous a coupés de cette histoire. Je pensais que le socialisme, c'était le Parti socialiste ; une façon d'adoucir le marché, de redistribuer par l'impôt… Une version *soft* du capitalisme. Mais le socialisme, au départ, c'était littéralement une religion. Une religion laïque. Les pionniers voulaient mener le programme politique du Christ, mais sans Dieu, ni plus ni moins.

— Et c'est grâce à Sartre que tu découvres tout ça ?

— Hm ? Oui… C'est ça…

L'évocation du grand phénoménologue provoqua

chez David l'effet d'une soudaine gueule de bois. Il n'avait pas ouvert *L'Être et le Néant* depuis le mois de novembre. Il en avait de moins en moins envie.

— Tu as contacté des professeurs ? poursuivit Diana. Tu devrais trouver rapidement un maître de thèse, pour ne pas partir dans une mauvaise direction. Je t'ai donné le contact de mon ancienne prof de littérature : tu lui as écrit ?

— Oui. Enfin, non. J'avais prévu de m'en occuper cette après-midi.

Prise d'un accès de gaieté, Diana s'agenouilla sur le lit. Son visage était grand ouvert.

— Je vais préparer le déjeuner, d'accord ? J'ai très envie d'une salade russe, pas toi ? Tu pourras juste acheter de la mortadelle en bas ?

David hocha la tête et Diana trotta jusqu'à la cuisine, en pyjama, pour commencer sa recette. Dès qu'il entendit le tintement des couverts, David glissa la main sous le lit et tira discrètement le troisième roman de Marc Levy : *Sept Jours pour une éternité*...

Il l'avait terminé la veille et souhaitait s'y replonger. Le livre racontait apparemment l'affrontement de Dieu et de Satan, décidés à régler leur querelle millénaire en envoyant chacun, sur Terre, leur ange favori pour faire triompher son camp. Sauf que les anges tombent amoureux, qu'ils font un enfant et que l'histoire se termine par une scène stupide où le Prince des ténèbres et le Roi des cieux se penchent sur le berceau, s'attendrissent et se font des niches, en bons copains. La morale pouvait être que l'homme tient en lui du bon, du mauvais, et que Dieu lui-même était imparfait, à son image. Mais comme toujours chez Marc Levy, les choses n'étaient pas si simples...

Il suffisait de remarquer que l'ange du bien s'appelait Zofia (Σοφία). Chez les premiers chrétiens, et les gnostiques, Zofia était une entité centrale, parfois considérée comme la part féminine de Dieu, comme l'Esprit saint, ou comme l'Église elle-même. Si Zofia symbolisait l'Église, c'était l'Église des commencements, celle des pauvres et des laissés-pour-compte. La Zofia de Marc Levy, d'ailleurs, s'engageait dans toutes sortes d'activités caritatives et passait du temps à l'hôpital près des enfants malades. Elle incarnait certainement la sagesse, le projet initial de la Fabian Society. Par ailleurs, elle ne vivait pas seule, mais très étrangement logeait chez une vieille femme appelée Reine. C'était elle qui poussait Zofia dans les bras de l'ange luciférien. En même temps, Zofia devait rendre des comptes en secret à une institution nommée *Centrale de l'intelligence des anges* – un jeu de mots grossier sur les lettres « CIA ». Le roman pouvait alors être compris comme l'histoire du projet chrétien, récupéré par le pouvoir anglais (la royauté) puis américain (les renseignements), détourné, manipulé, sali dans la couche du Mal, engendrant un enfant impur...

David se demandait s'il n'allait pas trop loin, mais plus il réfléchissait, plus il trouvait des éléments pour appuyer son interprétation politique. Par exemple, Zofia travaillait à la sécurité des dockers, qui préparaient une grève afin d'améliorer leurs conditions de travail. Lucas, l'ange du mal, avait pour mission de briser le mouvement social, allant jusqu'à provoquer un accident grave impliquant un responsable syndical. Parmi l'infinité des situations que pouvait imaginer Marc Levy, pourquoi celle-ci ? La référence au mouvement ouvrier, aux grèves historiques était trop évidente. L'une des plus grandes grèves de l'histoire française fut la grève des dockers, en 1949. Elle fut, entre autres, brisée avec l'aide de la CIA qui poussa à la création de Force ouvrière, provoquant la scission de la CGT. Alors ?

« La boucle est bouclée », pensa David en refermant le livre.

Il le remit en sécurité, dans sa boîte, sous le lit. Il s'habilla puis descendit à la supérette pour acheter la mortadelle. Entre les rayons, il remâchait sa lecture. Marc Levy pouvait-il être membre de la Fabian Society, ou bien simplement sympathisant ? Et si ce troisième roman critiquait justement le mouvement fabien, son échec, ses compromissions avec le pouvoir ? Diana n'avait pas tort de dire que la London School of Economics s'était éloignée de ses principes fondateurs, tout comme le Labour Party… En rentrant à l'appartement, les méninges de David étaient encore toutes palpitantes de questionnements.

Il trouva Diana dans la cuisine, fredonnant en mélangeant le contenu d'un saladier : pommes de terre, oignons, cornichons, petits pois, liés par une mayonnaise maison. Le moment d'intimité fut rompu par Alex qui venait d'entrer dans la pièce. Hagarde, elle ouvrit le frigidaire et contempla l'intérieur, ne sachant plus ce qu'elle était venue chercher. Diana s'en inquiéta.

— Tu vas bien ?

— Twitter se moque de moi…

Les tourments obligatoires d'Alex n'intéressaient plus David. Il remarqua seulement qu'elle arborait une coupe au bol de garçonne et du noir sur les lèvres. Il s'étonna de sentir un léger gonflement du pénis à la vue de ce nouveau style qui, pourtant, enlaidissait la colocataire sans équivoque ; vertiges et prodiges de l'érection masculine…

— Elle est bonne cette salade ! dit-il pour confisquer la parole. Je la préfère encore avec des câpres. Le côté vinaigré…

Diana fit les gros yeux. Elle ne souhaitait pas trivialiser. Se retournant vers Alex, elle demanda :

— Tu cherches quelque chose ?

— Ils se foutent de moi…

— De qui tu parles ?

Toujours debout, devant le frigidaire ouvert, Alex prit son visage dans ses mains, sans parvenir à pleurer. Tous les sanglots dont elle était pourvue l'avaient quittée pendant la nuit.

— J'ai parlé sans réfléchir, putain… Faut s'éduquer avant de parler, pas vrai ? J'ai confisqué la voix des personnes bipolaires et dépressives… Qui je suis, moi, pour imposer mon ressenti ? C'est des cultures, des identités. Vous saviez que dans certaines traditions, la dépression, c'était un moyen d'atteindre un plus grand épanouissement ?

Sans maîtriser le fond de l'affaire, David reconnut une antienne qu'il connaissait par cœur : la revendication du chacun chez soi, calfeutré dans son identité, de plus en plus petite, jusqu'à n'être plus rien qu'un point, singulier, détaché de tout. Il voulut parler au nom du bon sens :

— C'est normal de se mettre dans la peau des autres ! C'est nécessaire. C'est ce qu'on appelle l'empathie.

Alex tituba jusqu'au plan de travail pour s'y appuyer, comme atteinte d'une crampe à l'estomac :

— Non, tu… Fausse objectivité de merde…

— On fait tous des erreurs, mais ça ne prouve pas que l'empathie est une mauvaise chose. Il en faut pas moins. Il en faut plus !

Alex respirait difficilement, probablement étranglée par une haine que David s'imaginait avec gourmandise. Comme elle se tenait devant le tiroir à couverts, il estima possible qu'elle prenne un couteau pour le lui planter dans la gorge – lui qui trônait au sommet d'une chaîne de pouvoir dont l'appropriation culturelle, le viol, les règles douloureuses et la mortadelle n'étaient que des symptômes. Mais à sa grande surprise, Alex dit simplement :

— Tu peux pas savoir… Je peux pas savoir… Ma réalité, la réalité, quelle différence ? Oui… Voilà… Y a rien à savoir, je vais noter ça… C'est bon. J'ai capté.

Elle quitta la cuisine sans commettre de meurtre. Pantois, David et Diana se retrouvèrent seuls. Elle demanda tout bas :

— Pourquoi tu viens toujours l'embêter ?

— C'est elle !

— Ne fais pas le bébé. Tu sais bien qu'elle est fragile.

— Mais toi, pourquoi t'es si indulgente ? On dirait que ça t'amuse, les conneries qu'elle raconte.

— Je l'écoute. C'est tout.

— Moi aussi ! D'abord, j'écoute, ensuite, je critique.

— Ça ne sert à rien.

— Mais si, les idées, c'est comme des microbes. On peut les porter, même passivement, les emmener plus loin. On peut aussi les bloquer avec un peu d'hygiène mentale. C'est un choix.

Diana craignait qu'on ne les entende.

— Chut... Tu exagères...

— Je n'exagère pas du tout, fit David qui s'efforçait tant bien que mal de respecter la consigne de discrétion. Toute son idéologie, là, c'est la ruine de notre civilisation. Je le pense. C'est, c'est...

Diana sentait la journée sur le point d'être gâchée. La seconde d'après, David lui donna raison.

— C'est typique de notre époque !

Elle leva les yeux au ciel. « Nous y revoilà... » Le point de non-retour était atteint. David s'emportait :

— C'est le triomphe de Nietzsche !

— De quoi tu parles ?

Il posa ses couverts et se lança dans le genre d'exposé que ses proches redoutaient, mais qu'ils savaient inévitable, sitôt qu'un débat grattait le bubon de ses obsessions reconfites.

— Nietzsche, c'est le point de départ des anti-Lumières. Tout vient de son rapport tordu à la vérité. Des fois, il dit que la vérité est une chimère ; à d'autres moments, il dit qu'elle est accessible au surhomme, mais il ne dit pas comment, il parle seulement d'illuminations... Le surhomme ressemble drôlement à un gourou. Chez Nietzsche, la science et la logique sont juste des fictions qui servent à nous orienter dans le monde, à survivre, bref, la vérité est pour les faibles et les esclaves. C'est pas son truc.

Il se servit un verre d'eau pour se rincer la gorge. Le cours promettait d'être long. Diana croisait les bras.

— Quel rapport avec Alex ?

— J'y viens ! Dans les années 1970, la gauche française abandonne le marxisme. Le socialisme utopique aussi. Le socialisme libertaire. Le socialisme tout court en fait. Alors qu'est-ce qu'il reste de la gauche dans ces conditions ? Certains rejoignent le camp d'en face, ils deviennent atlantistes, publicitaires, ils font des croisades pour les droits de l'homme. Les autres font comme si rien n'était perdu, rien n'était vrai, comme si tout était question de point de vue. Ils abandonnent le rationalisme pour la psychanalyse, le verbiage, la déconstruction façon Derrida, bref, le grand n'importe quoi.

— Je ne crois pas qu'Alex lise Derrida. Je crois que personne ne le lit en fait.

— Mais les idées sont des microbes ! On ne sait jamais d'où elles viennent, mais elles passent, elles changent nos façons de parler, de penser…

— Je sais ce que tu vas dire, mais je n'y crois pas. Pourquoi t'arrêter avec Nietzsche ? Pourquoi ne pas remonter plus loin ? Tu pourrais dire que le problème vient du romantisme, ou de l'idéalisme, ou qu'il vient des Grecs, ou qu'il vient du premier homme ayant prononcé le premier mot. Ta quête de responsables est une quête sans fin.

— Mais c'est eux qui le revendiquent ! Deleuze, Barthes, Foucault, tous ces penseurs à la mode, ils se sont tournés vers Nietzsche. Ils ont fabriqué un Nietzsche de gauche.

— J'ai l'impression d'écouter un journaliste de *Valeurs actuelles*.

— La philosophie soixante-huitarde était désespérée, mais ludique. Ces gens voulaient tout remettre en question. Mais on a fait l'erreur de la prendre au sérieux.

D'en faire un programme politique ! En commençant par jeter un soupçon sur toutes les disciplines : l'art, les sciences molles, les sciences dures… Plus de savoir, que des pouvoirs !

Diana se détourna de la conférence pour vider la fin des assiettes à la poubelle. Elle aimait l'intelligence curieuse, gratuite, riant d'elle-même et de sa propre vanité, mais pas l'intelligence laborieuse, voulant comprendre, agir – celle-là lui semblait pesante et suspecte. Elle constatait d'ailleurs chaque jour la défaite de l'intelligence à son travail. Elle voyait comment des personnes instruites pouvaient accoucher de projets alambiqués, aboutir à des compromis si décevants, fournissant à leurs opposants politiques assez de matière pour des moqueries quotidiennes. L'intelligence était peu de chose. Elle ne suffisait pas. Et puis, en tant que fille d'immigrés russes, Diana fut éduquée dans le mépris des grands récits. Elle connaissait trop bien le cul-de-sac où le marxisme avait conduit tout un peuple. Ironie du sort : elle avait quitté Moscou pour s'accointer d'un Lénine en miniature.

Le doigt tendu, David repoussait à coups de sabre ses ennemis philosophiques invisibles qui, manifestement, se bousculaient en nombre dans la cuisine.

— Aujourd'hui, le postmodernisme revient chez nous par l'Amérique… La première fois, c'était la tragédie ; maintenant, c'est la farce. C'est devenu banal de dire que tout est discours, que tout discours est une forme de pouvoir. Du coup, tous les rapports humains sont viciés. Chaque seconde, on est soit l'oppressé, soit l'oppresseur. Évidemment, personne ne veut se trouver dans la deuxième catégorie.

— Tu caricatures…

— Non ! Regarde, tous les concepts sont flous, diffus. C'est quoi le patriarcat, le racisme systémique ? On les définit comme des discours inconscients, des représentations… Des oppressions qui sont partout, invisibles et pour l'éternité. C'est pratique, ce genre de fourre-tout.

Diana fit un geste intimant à David de parler moins fort, mais un seul coup de frein n'allait pas suffire à stopper la locomotive d'un tel monologue. Rougi, tachycardisant, David se tortillait pour extraire de lui-même quelques dernières gouttes de fiel.

— Ils disent que le langage est politique ; l'amour, le sexe, tout est politique… Mais c'est précisément ce qu'on dit quand on a plus aucun pouvoir politique ! On s'amuse à faire la révolution, mais à faire semblant. Mais moi, ce que je vois, c'est juste l'éternel retour du même. Dans les années 1970, les gays ou les féministes croyaient déjà que leur façon de parler, leur façon d'être, c'était de la subversion, la guerre aux bourgeois… On a vu le résultat. Le capitalisme se nourrit de nos approximations. Ce qui ne le tue pas se transforme en produit.

Diana prit la main de son compagnon, comme pour apaiser un patient en plein délire.

— Tu as fini ?

— Mais tu comprends ce que je veux dire ?

— Je comprends surtout que tu t'enfermes. Alex est extrême, mais on a besoin d'extrêmes. Et puis c'est trop facile de focaliser tes critiques sur les extrêmes. Dans le vrai monde, à la mairie, nos problèmes, c'est la voirie, les lignes de bus, le tracé des égouts. C'est de dédommager financièrement un couple de retraités, qui sont délogés à cause de l'extension de la ligne quatre. Et je ne sais pas si les gays sont anticapitalistes, mais je peux te dire qu'on en accueille tous les jours dans les structures spécialisées parce qu'ils sont chassés de leurs familles. Il est là, le vrai monde.

Le téléphone de David sonna. Sur l'écran s'afficha : MAMAN. Diana saisit l'occasion pour s'éclipser dans le salon. Reprenant son souffle, il décrocha :

— Allo…

— Bonjour mon chéri, ça va ? Bon. J'ai une mauvaise nouvelle. Ton grand-père a fait un malaise. Il est à l'hôpital.

Mon petit David. Je suis en gueule de bois, je ne suis même pas allé travailler ce matin. Je t'écris quand même rapidement pour te faire part d'un événement. Hier, pour la première fois, j'ai couché avec une vraie Française, une stagiaire. Elle coche toutes les cases : blonde, les yeux bleus, fille de militaire et catholique...

Il existe des liens forts entre le fond religieux et les mœurs sexuelles. Et je peux le confirmer maintenant : les catholiques sont les plus cochonnes. Ce n'est pas une légende, c'est une vérité. Je n'ai pas d'explication, seulement des hypothèses.

Un collègue en Allemagne me dit que les protestantes sont dichotomiques : les calvinistes sont froides comme des portes de prison mais les luthériennes sont de vrais garages à bites. Il doit y avoir une raison.

J'ai bien connu les musulmanes et crois-moi, sexuellement, elles se ressemblent. Avec elles, tout baigne dans l'interdit et la culpabilité. Pour connaître ce genre d'extase, un Français doit se marier, faire des enfants, puis tromper sa femme. Ou bien s'adonner à l'inceste. En tout cas, faire

quelque chose que Dieu réprouve. Moi, j'ai connu ce piment fort dès 18 ans. C'est peut-être pour ça que je suis détraqué : tout le reste me paraît fade. Enfin, ça, c'était avant que je connaisse une vraie catholique !
Au fait : comment va ton papy ?

.........................

Salut !
Je suis dans le train. Je vais en Touraine, dans la maison du vieux. Il n'est pas resté longtemps en observation. Les médecins ne disent pas grand-chose, c'est mauvais signe. Ils l'ont renvoyé chez lui. Mes parents seront là aussi, tout le week-end. Je reviens dimanche soir.
Concernant les filles et la religion, j'ai la même intuition que toi. Le catholicisme est érogène. Mais seulement le catholicisme à particule, celui qui possède des chevaux et qu'on croise au rallye Chambord.
Il faudra qu'on aille voir la sortie d'une messe, un jour. Parfois je fais exprès, je vais flâner aux alentours des églises. C'est charmant ! Et ça sent le propre ! Les daronnes ont les jambes fines, parce qu'elles sont inscrites au club de danse, au club de voile, ou parce qu'elles ont un grand domaine à la campagne.
Et leur style ! Les jupettes, les serre-têtes, les rubans, on dirait des pâtisseries. Si c'est pas la preuve que le démon les habite... Mais pourquoi ? La science à ce sujet reste incomplète. Peut-être que cette tâche nous revient.

.........................

Je suis heureux, mon petit David, de voir que tu prends le problème au sérieux. J'ai beaucoup réfléchi et je pense être en mesure de faire des suggestions.
Sujet de notre enquête : pourquoi les catholiques sont-elles des gourgandines ?
D'abord, elles grandissent souvent au milieu de grandes fratries. Elles ont des petits frères pour se chamailler, des grands frères pour veiller sur elles, et des cousins éloignés pour jouer au docteur. Par conséquent, elles n'ont pas peur des garçons.
Ensuite, même si le sexe n'est plus vraiment considéré comme un péché, il reste tabou, et comme tu le sais, les tabous sont érotiques.
Enfin, la dernière raison tient au culte lui-même, à mon avis. N'oublions pas que les catholiques s'agenouillent chaque semaine devant un métèque hirsute et dénudé, transpercé de clous, saignant par une plaie vaginale ouverte sur l'abdomen. Je dirais que la symbolique est plutôt chargée. On a pas ça dans l'islam. C'est plus sec chez nous, plus cérébral, et ça se ressent au lit.
Si Jésus s'était fait empaler, ce qui était aussi une forme d'exécution répandue à l'époque, les Marie-Christine du monde entier formeraient une nation de sodomites acharnées. Dommage. Voilà pour mes analyses.

..........................

Je te donne un point pour l'originalité. Mais à mon avis, t'es à côté de la plaque. Le plus probable, c'est que les cathos soient coquines parce qu'elles rêvent de se marier. Une fois la bague au doigt, elles ferment boutique ! Ou alors c'est juste qu'elles ont appris à se gougnotter sous la tente chez les scouts.

Des lambeaux de brumaille et de nuit flottaient entre les arbres. Sur les chemins oubliés, repris par les orties, chaque pas était suivi par les craquements des branches et du givre.

David n'avait jamais beaucoup aimé le domaine de ses grands-parents.

Voulant s'infliger un soupçon de mélancolie, comme on boit une absinthe forte, il refit le « tour classique » par la berge de l'étang, poisseuse de feuilles mortes, avec ses bords imprécis fondant vers l'eau brune. Il se remémora les étés de son enfance, ces mois d'ennui durant lesquels il tentait vainement de se fuir en cherchant des objets d'émerveillement dans la nature – une clairière, une ruine, un nénuphar habité par une fée, des ossements, une jolie cueilleuse de champignons, un mille-pattes géant sous une pierre… Las ! Le domaine n'avait jamais offert de nourriture à l'imagination. Le manque d'entretien dont il souffrait à présent ne lui conférait aucun surplus de mystère. David pensa juste qu'il serait bientôt temps de le vendre. Ses parents avaient déjà soulevé le problème en calculant les coûts d'entretien – trop chers.

David avait l'esprit ailleurs. Il avait lu, dans le train,

le quatrième roman de Marc Levy : *La Prochaine Fois*. Toute l'histoire gravitait autour d'un personnage fictif, un artiste russe nommé Radkin, présenté comme « l'un des peintres les plus importants de son siècle ». Peintre politique, aimant représenter les souffrances du peuple, Radkin s'attirait l'inimitié du tsar qui, pour se venger, assassinait sa femme. Voyant le sang maculer sa robe, Radkin décidait de ne plus jamais peindre de rouge. Pourtant, sur la fin de sa vie, l'artiste aurait peint une ultime toile, *La Femme à la robe rouge*, pour laquelle il aurait inventé une nouvelle sorte de rouge, en tout point « exceptionnel »... Mais la peinture disparut à Londres en 1868.

L'allégorie, cette fois, était évidente ; et puis David était passé maître dans l'art du décryptage. Radkin était le peuple russe ; sa femme était la Révolution, durement réprimée par la police tsariste au XIX^e^ siècle. Contraint d'innover, le peuple produisit une nouvelle « nuance de rouge » ; référence à Bakounine, à l'anarchisme, qui firent irruption dans l'Internationale (dont les bureaux sont à Londres) en 1868, lors du III^e^ congrès. Ce fait mena l'organisation à une scission puis à sa dislocation. L'anarchisme disparut en tant que force politique. Ainsi le lecteur semblait devoir s'identifier au héros et à sa quête du « rouge oublié »...

D'ailleurs, si Marc Levy faisait ici référence à la « robe rouge » (la répression sanguinaire, fruit de l'excessive témérité des marxistes), il avait déjà lourdement insisté dans le roman précédent sur le parfum de Lucas, l'ange du mal : *Habit rouge*. Tous les personnages savaient bien qu'*Habit rouge* était une exclusivité de chez *Macy's* (le commerce à l'étoile rouge) et ne manquaient pas une occasion de le mentionner.

Un corpus de références communes liait tous les livres de Marc Levy. Il ne s'agissait pas de romans séparés, mais d'une œuvre globale. Une seule.

Quand le train s'était approché de la gare, David avait refermé *La Prochaine Fois*, traversé par un sentiment de gratitude et d'humilité ; si, pendant toutes ces années, il avait mal jugé Marc Levy, combien d'autres lecteurs s'étaient fourvoyés comme lui ? « Peut-être moins que je ne le pense. » Deux rangées plus loin, le long de l'allée centrale, une femme sans âge et sans atours lisait un autre roman de Marc Levy : *Le Crépuscule des fauves*. Elle et David s'étaient échangé un bref sourire de connivence.

Il était 18 heures quand il acheva sa balade autour de l'étang. Le bois devenait si sombre qu'on y voyait plus à vingt mètres. Le spleen tant recherché ne vint que tardivement, sur le chemin du retour, quand David pensa qu'au-delà des nuages s'étendait forcément un coucher de soleil inaccessible mais paré de couleurs vives.

À l'intérieur de la maison, son père et son grand-père étaient avachis dans le canapé face au poêle ; le premier, dolent, accompagnait les bougonnements du second, qui, depuis plusieurs années, avec les mêmes mots, menait un réquisitoire sans nuance contre l'époque, les Hommes et le Monde.

— Les hivers sont froids maintenant. On gèle, dans cette maison ! C'est pas croyable, quand même…

— Ooh, oui… Peut-être que tu deviens frileux avec l'âge ?

— Quoi ?

— Je dis : peut-être que tu deviens frileux avec l'âge ?

— Frileux !? Allons bon ! Tu m'en diras des conneries. On dirait mon médecin, qu'il y connaît rien, que j'lui ai dit d'aller se faire voir. Frileux ! Et puis quoi ? Il fait pas froid comme avant, je te le dis ! Quand j'étais gamin, c'était pas comme ça, je m'en rappelle très bien.

— Ooh oui... Peut-être bien...

La mère de David rinçait une salade verte dans l'évier de la cuisine. Voyant son fils entrer dans la pièce, avec son air d'opiomane, elle ne put s'empêcher d'être encore étonnée. Comment avait-elle engendré un être si soucieux, imperméable à l'hédonisme, et pour tout dire, presque verdâtre sous certains éclairages ? En un mot : comment, de son ventre, avait pu naître un *gauchiste* ? Elle et son mari, pourtant, ne lui avaient-ils pas transmis le sens de l'effort et du mérite ? Le gauchisme n'était pour eux qu'une maladie des nerfs infantile, un genre de varicelle. Chez leurs amis, tous les fils et toutes les filles en étaient guéris... Pas David, qui pouvait encore défendre des *thèses extrémistes*, les trente-cinq heures, les éoliennes ou la taxation du patrimoine. Sa mère en concevait une certaine culpabilité. Elle cherchait, dans son éducation, des explications à cet échec. Peut-être que ce fut une erreur d'avoir inscrit David aux cours de sport municipaux, quand il avait 12 ans. Elle aurait voulu qu'il fasse du muscle et gagne en esprit de compétition ; il avait seulement développé le goût du peuple et de la bière.

Elle demanda :

— Tu as fait le tour du domaine ?

— Oui.

— C'est pas terrible, hein ?

— C'est un peu la friche.

— Que veux-tu… Ton grand-père, il est plus capable… Depuis que mamie est morte, il ne gère plus rien. En plus, il se fait arnaquer… La semaine dernière, des manouches lui ont pris 1 000 euros pour couper un arbre. Un seul !

Le dîner fut servi à 19 h 30. Laitue, pommes de terre bouillies, baguette et fromage pasteurisé, comme à midi, car le grand-père ne tolérait plus que les aliments sans goût. Ne s'intéressant à rien, sauf à lui-même, il passait les repas à conter ses faits de guerre, ses voyages et les bonnes finances de son entreprise, dont il n'était plus qu'une sorte de membre honoraire. Son usine de thermoformage plastique avait perdu les trois quarts de ses employés depuis les années 1970 ; malgré tout, on pouvait dire qu'il avait « réussi dans la vie ». Il le savait. Il en tirait un orgueil venimeux, plein de piqûres pour les plus pauvres que lui, pour les plus riches aussi ; pour son entourage, ses frères, ses sœurs et ses propres enfants, qu'il suspectait de courir après l'héritage. Toute une vie de labeur pour en arriver là, si près de la fin, si loin des autres.

« Si c'était que pour l'argent, disaient les parents de David, ça ferait longtemps qu'on lui rendrait plus visite, à ce connard ! »

Il avait suffi à David de grandir dans la petite bourgeoisie pour détester l'argent et devenir un contestataire à vie, plus structuré que bien des pseudo-radicaux se forgeant dans les livres mais dont les convictions restent à vendre. Pendant son adolescence, ses parents avaient évoqué chaque jour avec angoisse le problème de l'argent, parce qu'il pouvait manquer ou donner cette impression ; parce qu'il excite le désir qu'il prétend soulager. Et puis les ragots qui couraient sur les notables de Joinville prouvaient bien que l'argent n'offrait ni réponse ni consolation. Coucheries, menteries, dettes, alcoolisme, suicides, anxiolytiques et somnifères, déceptions familiales et déchirements en tout genre... Les riches avaient des problèmes de pauvres, mais se donnaient beaucoup de peine pour le cacher ; l'esthétique du bonheur les occupait plus sûrement que le bonheur – c'est tout ce que l'argent pouvait acheter.

Il faut dire qu'on ne change pas après 30 ans. David lui-même savait bien qu'il ne renierait plus ses convictions, que celles-ci s'étaient déjà pétrifiées. Ses parents, eux, étaient les fils de la guerre froide et leur vision politique fut structurée par un dualisme de la Lumière et de l'Ombre. D'un côté, l'Amérique, le marché libre, la démocratie, la joie, les catalogues de décoration, toutes ces choses intrinsèquement liées par une même essence indéfinissable. De l'autre côté, la Russie, les fonctionnaires, les impôts, les fonctionnaires, l'OMS, l'ONU, France Inter, les fonctionnaires, les écrivains sociaux, la couleur grise, le Chinois. Depuis quelque temps, le Chinois surtout était devenu l'incarnation de la saloperie, de l'homme fourbe et gluant ; le type même du fonctionnaire. D'ailleurs les parents de David, qui tenaient un cabinet de podologie dans le centre-ville, luttaient vaillamment contre l'alliance de ces forces obscures. Tous les soirs en rentrant du travail, ils apportaient de nouvelles preuves d'un complot mené contre eux par les jaloux, les ratés, les Chinois, les fainéants, les inspecteurs médicaux. Tous cherchaient à freiner leur réussite.

Triomphe de Nietzsche.

Il devait y avoir quelque chose de plus… David s'était mis à croire en la grande amitié, la possibilité d'une concorde universelle et de l'amour désintéressé. Il ne transcrit cet idéal qu'assez médiocrement dans sa vie personnelle en votant Ségolène Royale en 2007 et François Hollande en 2012. Le Parti socialiste avait mis en œuvre le contraire de ce qu'il avait promis. Mais quoi ? Il fallait bien que le peuple s'exprime.

— Bon, papy, et vous pensez quoi de notre président ?

La mère de David préférait dégoupiller une grenade plutôt que de subir les radotages du vieux encore une fois.

— Que… Hein ?

— Notre président, papy. Vous en pensez quoi ?

— J'en pense que c'est un imbécile ! Qu'est-ce que c'est que cette époque ? Tout le monde se plaint, mais personne fout rien ! Pourquoi qu'il remet pas de l'ordre, le président ?

Nonobstant les regards paniqués de son mari, Mme Baumer plongea la tête la première dans un débat politique s'annonçant par avance infructueux.

— Mais papy, vous trouvez pas qu'il fait de son mieux ? Il a pas de chance, ce président. Il a eu un mandat pourri. Il a quand même essayé de faire les réformes.

— Non ! Il fait rien du tout !

— Oui mais bon, fit le père, c'est compliqué tout ça…

« Faire les réformes, pensait David. On dirait qu'elle parle du linge. »

D'aussi loin qu'il se souvienne, tous les gouvernements avaient mené la même politique, après des campagnes électorales dramatisées, présentées comme des affrontements paroxystiques pour la survie de notre civilisation. Quel ennui ! Quelle monochromie ! Sa génération n'avait jamais acquis de nouveaux droits. Jamais entrevu l'aube. Peut-être un impôt réduit ici pour une taxe ajoutée là. Mais la politique n'existait plus ; plus d'actions, de visions, de chantiers menés par un peuple qui veut emmener ses enfants quelque part. Il faut dire que les projets demandent de la préparation, des années de travail, tandis que supprimer, raturer, rogner, renommer, décaler d'un pouce, affiner d'une virgule, cela ne demande qu'une signature. Il faut des décennies pour mener une politique industrielle, créer des infrastructures, hisser la population jusqu'au savoir et à la culture ; il suffit d'une seconde pour vendre nos turbines nucléaires et nos aéroports, privatiser nos écoles et nos hôpitaux, rapetisser notre système social et notre sens de la fraternité... Des candidats perpétuels, ne préparant que leur prochaine élection, ne peuvent pas mener de projets.

Depuis trente ans, la politique se résumait aux négociations européennes, bilatérales, multipartites, tractations commerciales et transatlantiques, rapports de commissions, parlottes incompréhensibles, infiniment nulles, avec les « territoires » et les « partenaires sociaux », les instances bruxelloises et les lobbys planétaires. Qui pouvait avoir goût à cette vase bureaupathique ? En même temps, David avait eu l'opportunité de faire société avec la Share Academy, mais celle-ci était devenue comme la France. Coincée dans la stase. David n'avait pas fait mieux et ne croyait plus que la démocratie puisse se corriger elle-même. Il était simplement né trop tard. Les membres de la Fabian Society étaient morts. Et tout cela le mettait en colère. Combien de temps faudrait-il encore attendre ?

« Il faut que ça bouge ! » pensa-t-il en sauçant la vinaigrette au fond de son assiette. Sa mère débarrassa la table et rapporta de la cuisine une corbeille de fruits. Malgré les suppliques faciales de M. Baumer, elle relança le débat.

— Mais vous allez voter pour qui, papy ?

— Et pourquoi que je voterais, moi ?

— L'année prochaine, c'est l'élection présidentielle.

— Mais qu'est-ce que j'en ai à fiche !

Mme Baumer sema de nouveau quelques paroles élogieuses à propos du président actuel et David, bien malgré lui, s'entendit répondre :

— Il faudrait le buter…

Il y eut un silence. On était pas sûr d'avoir bien entendu. Sa mère fit répéter, mais David lui-même avait pris peur.

— Non, rien, je dis juste… Il faudrait le dégager. Il détruit la France. Il revend tout. Il veut vendre la SNCF.

— Mais c'est mal géré, les entreprises publiques ! La France est en grève toute l'année !

Les marées noires, les ateliers de misère, la thalidomide, l'évasion fiscale, le médiator, l'épidémie d'obésité, la crise des opioïdes (cinq cent mille morts), Enron, les *subprimes* et le renflouement des banques par centaines de milliards… Chez les notables de Joinville, ces petits couacs n'avaient jamais soulevé de débat sur la « mauvaise gestion » des entreprises privées. Tandis qu'une grève... Pensez donc : une grève !

— Un peu de concurrence, ajouta Mme Baumer, ça ne peut pas faire de mal. Ils seront obligés de faire des efforts.

— La guerre de tout le monde contre tout le monde, ça, c'est efficace, *la guerre* ?

— Il faut toujours que tu exagères...

Mme Baumer ne désespérait pas de voir son fils retrouver la raison. Une mère ne désespère jamais.

— Tu verras, plus tard. C'est bien de pleurer sur le sort des cheminots. Mais tu seras plus inquiet pour le sort de tes gosses. Le monde ne sera jamais parfait, il faut faire des choix.

David se terra dans le silence en épluchant rageusement sa clémentine. Voulant apaiser les esprits, le père conclut par ces incantations sibyllines :

— C'est compliqué tout ça... Personne ne sait...

Mais son épouse, qui décidément préférait les explosifs à la morosité, glissa vers un autre sujet dangereux avec un sourire pervers.

— Bon, à ce sujet... Avec Diana, ça va ?... C'est pour quand, le bébé ?

David rougit et se contenta de marmonner quelques esquives en déchirant la peau du fruit en confettis. Sa mère aimait le voir rougir. Au moins, il reprenait des couleurs.

Quinze minutes plus tard, David et ses parents se retrouvèrent au salon près du poêle. Le grand-père était monté se coucher avec une dernière amabilité : « J'espère que vous restez pas déjeuner demain ? » Dans le canapé, les époux Baumer établirent un sombre diagnostic.

— Il est devenu pire qu'avant.

— Ooh oui…

— Ça lui a fait un choc, l'hôpital. Il devient zinzin. Je pense qu'il n'en a plus pour longtemps.

— On ne peut pas savoir…

Depuis le fauteuil, David avait érigé *L'Être et le Néant* comme un mur entre ses parents et lui. Ces presque mille pages lui donnaient un peu raison ; tout l'argent du monde n'expliquait pas un tel monument de philosophie. Celui-ci venait d'un lieu reculé, inachetable et pur de l'âme humaine. Mais passé le sentiment de prestige, il fallait avouer que la lecture était pénible. On progressait chez Sartre comme dans une ronceraie, sans cesse ralenti par des mots pointus, des trous argumentatifs, obligé de revenir sur ses pas et de refaire un chemin que l'on croyait défriché… Au coin du feu, David aurait préféré lire du Marc Levy. Mais il n'offrirait pas cette image à ses parents.

À force de persévérance et d'annotations, il commençait à percer le sens des premiers chapitres de *L'Être et le Néant*. Sartre ne s'abaissait jamais à définir ses propres termes de manière univoque, mais l'Être semblait plus ou moins correspondre aux propositions positives, et le Néant, aux propositions négatives. De là, le philosophe tissait des réflexions linguistiques, et quand l'envie lui prenait, quand la métaphore le permettait, il en tirait des conclusions métaphysiques sur la nature de l'univers, le temps ou le libre arbitre. David ne se laissait pas éblouir :

« Il confond l'objet et le sujet, comme Bergson qui confond le souvenir avec le passé. C'est enfantin comme erreur… D'accord, c'est poétique. C'est joli de dire que le néant *irise l'être*, qu'il *le hante* ou qu'il s'épanouit *en son cœur comme un ver*, mais tout ça reste confus. »

Dépouillée de son style, de ses pompons, la pensée sartrienne se réduisait à des jeux d'esprit pour gendelettres ; à ce titre, le passage où l'auteur s'imagine dans un café, attendant Pierre qui ne vient pas, était symptomatique. Sartre écrit des tartines sur le fait que Pierre est « néantisé », puisqu'on le cherche et qu'il est absent. Ensuite il dit que le café, lui aussi, est « néantisé », qu'il devient un décor auquel on ne fait plus attention, car on y cherche Pierre.

« Quel est l'intérêt d'écrire des banalités pareilles et d'appeler ça *la double néantisation* ? Pourquoi faire si compliqué pour dire des choses si simples ? Assez de ces conneries ! »

Fatigué des amphigouris, David jeta le livre sur la table basse et souhaita bonne nuit à ses parents.

— Bonne nuit mon chéri !

Il s'enferma dans sa chambre, se jeta sur le lit, enfila ses écouteurs et se blottit dans la couette avec la voix cajolante de Marc Levy. C'était une interview qu'il avait trouvée sur Internet et qui durait près de deux heures... Le romancier revenait sur ses années d'entrepreneuriat à la Silicon Valley, ses rencontres avec Bill Gates et leur « envie de changer le monde pour le mieux ». De là, le ton devenait plus obscur et menaçant. Marc Levy, le bon père, le mari modèle, la figure même du divertissement consensuel tenait des mots particulièrement tranchants :

> Tu vois, s'il y a vraiment quelqu'un que je considère comme un individu extrêmement dangereux pour la

société, c'est Zuckerberg. Et j'ai été parmi les premiers à dire : Facebook est une entreprise extrêmement nocive, dangereuse, et menée par des gens qui n'ont en réalité aucun idéal humain. On se trompe très rarement là-dessus. On se trompe sur plein de choses dans la vie. Mais à mesure que les années avancent, la moralité d'un être humain est quelque chose que tu perçois assez vite et sur laquelle on se trompe assez rarement. J'ai fait partie de ceux qui se sont méfiés très vite de ce jeune homme au sourire d'enfant.

David aurait voulu que sa mère entende cela. Qu'elle comprenne que l'époque avait changé. Que les tyrans pouvaient venir de l'Ouest. Que les riches pouvaient nous réduire en esclavage.

Si quelqu'un vient te dire : je vais prendre les fesses de ta fille et ses seins, sans lui demander son consentement, et je vais les vendre. Et moi je vais gagner de l'argent, mais en contrepartie je lui offre une ligne de téléphone et la possibilité de communiquer avec ses copines, et je vais lui envoyer des images pour la distraire, et des bouquins à Noël… Tu vas regarder ce type et tu vas dire : tu t'es pris pour un maquereau et t'as pris ma fille pour une pute.

David se sentit impressionné. « Il est fort ! » Voilà quelqu'un qui dénonçait les faits et nommait les coupables. C'était net et précis – le contraire de Sartre. Le reste de l'interview coula du même tonneau.

Voilà une entreprise dont le modèle économique consiste à voler des données personnelles et la vie privée de millions de gens… Tout ça dans une logique pire qu'orwellienne. On dit que c'est pour mieux définir la publicité qu'on va vous asséner. À cela près que c'est aussi un mensonge. En réalité c'est faux, on leur vend des idées, de la politique, de l'influence sociale…

David s'endormit avec les écouteurs et des images de révoltes. Il rêva d'un peuple qui se soulève et reconquiert son destin. L'égalité devenant réelle. Les milliardaires et les traîtres du Parti socialiste conduits à la guillotine. David présentant la tête de Zuckerberg à la foule…

Il n'avait pas dormi si profondément depuis longtemps.

## IV

## L'HOMME LE PLUS HEUREUX DE TOUS LES TEMPS

Il y eut cette année deux printemps.

Celui de la Nature et celui de l'Esprit. Chacun sortit du sommeil en avance, mi-février, et David se mit à croire en l'existence de rapports secrets liant son âme aux éléments, qu'à son tumulte intérieur répondait la succession des redoux et des vents glacés, des rayons de pluie et de soleil, que les robes diminuaient pour son plaisir et que c'était lui, le marionnettiste, qui faisait s'agiter des jambes nues à l'intérieur… Au sommet de l'égocentrisme, il fut tenté de voir le climat et les femmes comme pur effet de ses humeurs.

Ces derniers temps, il s'était surpris lui-même en sautant du lit dès la première sonnerie du réveil. Diana l'avait aussi remarqué.

— Tu as mangé du lion ?

S'il retombait parfois dans ses travers, ses lourdeurs doctorales, il fallait reconnaître que David était désormais favorablement entouré d'une aura de mystère… Pourquoi rentrait-il si tard, si son travail ne l'intéressait plus ? Quelles réflexions pouvaient expliquer ses absences ? Car David était absent, de l'appartement, des conversations. De sa propre tête. Le travail de thèse n'expliquait pas tout ; *L'Être et le Néant* n'avait pas quitté son sac de voyage depuis qu'il était rentré de Touraine.

En vérité, l'existence de David était rythmée par le rendez-vous du lundi soir ; le souvenir du précédent, l'attente du suivant suffisaient à son bonheur. Ils ne se cachaient plus, avec Sheyenne, pour partir ensemble du bureau. Chaque semaine, ils passaient au bar miteux de Paulette, buvaient le porto puis rejoignaient le club littéraire pour assister aux deux assemblées successives. La seconde, plus intimiste, entièrement dédiée à Marc Levy, était celle que David attendait avec le plus d'impatience. Ce club dans le club, il l'avait appelé « Le Levy's Club ».

Sa connaissance de l'écrivain faisait des progrès. Il s'était caché dans le fond d'un café du faubourg Saint-Denis, trois matinées d'affilée, pour lire *Toutes ces choses qu'on ne s'est pas dites*. Dans cette métaphore de l'ère numérique, Julia, l'héroïne, mène une vie paisible et prépare son mariage, mais son père décède à quelques jours de la cérémonie. C'est seulement une fois mort qu'il parvient à communiquer avec sa fille, sous la forme d'un robot, une « parfaite réplique », symbole de l'avatar. Sous son influence, Julia replonge dans ses souvenirs de jeunesse et regrette son véritable amour, un dénommé Tomas, lui-même disparu dans un accident. Allemand de l'Est, Tomas était fier de son pays et de ses concitoyens, qui possédaient tous la « même automobile pour ne jamais rivaliser avec celle de leur voisin ». Ainsi s'articulait évidemment l'opposition d'un Ouest technologique et virtuel, incapable d'amour, et d'un Est communiste faisant appel au meilleur des sentiments humains. Le roman filait également un thème qui parcourt toute l'œuvre de Marc Levy : celui du revenant. Le père de Julia revenait sous la forme d'une machine, incarnant le rêve occidental du transhumanisme. Vers la fin, ce projet apparaissait comme un mensonge doublé d'un échec – après six jours, la machine cessait de fonctionner. Le contrepoint nous était donné par le meilleur ami de Julia, un homosexuel caricatural et veuf, dont l'ancien amant demeurait en un sens présent par la force de l'amour : « Ce n'est pas parce que l'homme que j'aimais est mort qu'il m'a quitté pour autant. » Sur ce point, la fin du roman était explicite : seul l'amour véritable pouvait ramener à la vie Tomas comme le père de Julia. Résurrection par l'amour, thème chrétien par excellence.

Ce roman poussa David dans ses retranchements et le conduisit à de nouvelles recherches historiques. Il apparut que la résurrection, les fantômes et les communications d'outre-tombe étaient des thèmes présents chez Marc Levy, mais aussi chez les premiers socialistes et surtout les premiers fabiens[1]. David avait toujours cru que la gauche puisait ses racines dans l'athéisme et la raison raisonnante. Il découvrait à la place des nécromanciens adeptes des tables tournantes.

De tous les fabiens précoces, Frank Podmore était sûrement le plus intéressant. Cet original avait d'abord rejoint la Phasmatological Society d'Oxford pour étudier les phénomènes paranormaux, avant de devenir un membre éminent de la Society for Psychical Research. Terre à terre mais ouvert d'esprit, Podmore aimait exposer les mensonges et les trucages des médiums, tout en

1. Les membres de la Fabian Society sont appelés les « fabiens ».

croyant la télépathie possible, dans certains cas rares. Il expliquait, d'ailleurs, les apparitions de fantômes comme des « hallucinations télépathiques ». Cette étrange hypothèse fut développée dans un livre en 1909, intitulé *Telepathic Hallucinations: The New View of Ghosts.* David l'avait lu d'une seule traite et dans un état proche de la transe. Podmore commençait son enquête par un fait auquel les scientifiques n'ont certainement pas porté suffisamment d'attention : les fantômes n'apparaissent jamais nus, mais toujours habillés. Fallait-il en déduire que les vêtements possèdent une dimension spirituelle ? Podmore y voyait plutôt la preuve que les fantômes ne sont pas des êtres qui reviennent de l'au-delà, mais des échos du passé, amplifiés et perçus par les vivants. Podmore en tirait des conclusions intéressantes sur le phénomène télépathique et le comparait au phénomène de gravitation. Selon lui, les étoiles sont liées entre elles par la force gravitationnelle comme les âmes sont liées par la force télépathique – chaque cerveau ayant une influence subtile sur le tout, c'est-à-dire sur l'ensemble de l'humanité.

« Après tout, pourquoi pas ? » pensait David. La conscience demeurait un grand mystère ; toutes les conjectures étaient autorisées.

Si la vie du jeune homme devenait moins obscure, moins monochrome, elle devenait aussi moins solitaire. Les membres du club de lecture étaient tous des personnages surprenants et tous étaient devenus ses amis.

Le président du club, avec sa barbe moutonnante, était en fait un immigré roumain ; biologiste de formation, mais fervent critique du lyssenkisme, il avait dû fuir la dictature dans les années 1970 pour s'installer à Paris.

La petite femme aux lunettes en cul-de-bouteille avait fait carrière dans le monde du théâtre à des postes d'arrière-boutique (secrétaire, caissière, ouvreuse, entre autres). Elle y cumula suffisamment d'anecdotes sur le showbusiness pour pouvoir devenir chroniqueuse à succès – ce qu'elle se refusait à faire, gardant ses meilleures histoires pour le cercle des intimes.

Il y avait aussi quelques retraités aux regards malicieux ; un jeune aristo du 6e arrondissement, en écharpe de soie, qui venait une fois sur trois pour lire toujours le même extrait de *Et si c'était vrai...* ; des curieux qui passaient en couples, entre amis, et restaient silencieux ; un étrange quadragénaire en costume-cravate, à la voix douce et rare, qui préférait taire sa profession (bien que tout le monde eût sa théorie sur le sujet)... Et puis il y avait le préféré de David, le pianiste imbibé de vin, clochard céleste irrésistible, ne s'exprimant que par aphorismes et vers boiteux avant de s'endormir à table tous les soirs, en tas sur lui-même.

En général, le rendez-vous du lundi se prolongeait par un souper tardif, dans l'une de ces brasseries parisiennes qui restent ouvertes toute la nuit. David se sentait alors transporté, ramené chez lui, dans sa vraie patrie. Il n'avait jamais imaginé de vie plus accomplie que celle-ci, refusant le sommeil avec musique et palabres, entouré d'iconoclastes, avalant des pieds de cochon et de la piquette couleur grenadine comme si le monde devait finir au petit matin.

En dehors de la cave et des séances de lecture, le groupe évoquait peu Marc Levy. Surtout, on ne disait pas exactement ce que l'on percevait *derrière* ses textes ; c'était à la fois une forme de bienséance, de jeu, mais aussi de respect pour le joyau qu'on protégeait. Il fallait maintenir fermée la porte du sanctuaire ; les gros sabots de la plèbe et des faux savants auraient tôt fait de le salir… Il arriva tout de même que David aborde le sujet et qu'il obtienne des réponses aimables. Il s'était inquiété, notamment, de ne rien comprendre à *Vous revoir* : « J'ai l'impression qu'il fait un copier-coller de son premier roman, c'est la même chose, on dirait une pure opération commerciale et ça ne lui ressemble pas ! » On lui conseilla de changer sa manière de lire ; comme beaucoup d'auteurs, Marc Levy avait connu différentes « périodes » et ce roman pouvait marquer (même si ce point faisait débat) un point de bascule dans son œuvre.

« Plusieurs périodes, hm, plusieurs périodes… », répéta David en oxygénant un verre de vieille poire entre ses doigts.

Au milieu de cette troupe, Sheyenne tenait la place de protégée, d'égérie. Jamais on n'évoquait la Jeunesse ou la Beauté sans lui rendre hommage, sans solliciter son avis, comme si ces qualités étaient non pas données, mais bien le fruit d'un effort ou d'un savoir difficile dont elle faisait profession. David était son premier client. Il aurait aimé la regarder dormir pendant un an. Entrer dans son esprit, à la dérobée, sous la forme d'un rêve. Il voulait que tout le monde voie Sheyenne, sache qu'elle existe et qu'elle était son amie. Il voulait la présenter à sa mère et s'était imaginé cette scène ridicule avec volupté. Quand il la raccompagnait sur le quai du métro, David espérait toujours que le panneau d'affichage donne le chiffre le plus élevé possible ; quand, au contraire, la rame était déjà là, les au revoir précipités le plongeaient dans une morosité pouvant durer jusqu'au lendemain.

Au début du mois de mars, pour la première fois, David se porta volontaire devant ses amis du Levy's Club. Il avait choisi un passage de *Toutes ces choses qu'on ne s'est pas dites*, quand le personnage de Tomas défend avec nostalgie la RDA, le plein-emploi, le sentiment de sécurité, de confort intellectuel, rappelant que si la plupart des hommes aspirent à la liberté, « ils ne savent pas comment l'employer ». Par cette tirade, Marc Levy nous rappelait que la liberté n'a pas de valeur en soi, que l'humain doit être entraîné, éduqué pour en faire un usage raisonnable. L'auteur posait de fait la question de la liberté dans un système capitaliste : de quoi serions-nous vraiment libres, dans une société ne valorisant que l'égoïsme et le matériel ?

Deux jours plus tard, David partit du bureau vers 17 heures en compagnie de Sheyenne. Ils vagabondèrent jusqu'à la place de la République, se réjouissant de l'allongement du jour et du recul de l'hiver. Ils passèrent la soirée sur les bords du canal Saint-Martin dans un petit bar d'angle, malfamé, que tenaient deux Algériennes – fille et mère.

— Votre lecture de lundi était sobre, dit Sheyenne. Elle était juste. Et c'était un beau passage.

David se redressa, clignant des yeux comme un chien que l'on flatte et que l'on masse au poitrail. Il lui rendit la politesse.

— Et toi, c'était une très belle chanson que tu as

chantée. Je ne savais pas que Marc Levy avait écrit pour Johnny Hallyday. C'est fou, cette voix que tu as.

— Quand j'étais petite, je voulais devenir choriste. Mais chez les forains, la vie est très fermée sur la famille. Les enfants n'ont pas vraiment d'activités extérieures. Ils travaillent pour aider leurs parents.

— Ah ouais ? T'étais aux commandes du manège ?

— Non. Les manèges sont pour les hommes. Moi, j'ai passé des années avec ma mère à faire des beignets et des gaufres. J'ai aussi vendu des tickets, j'ai fait du nettoyage. Et puis il fallait s'occuper des loups...

— Des loups ?

— Mon père était un homme excentrique. Il avait adopté deux loups de manière illégale. Les pauvres bêtes étaient malheureuses. Elles nous empoisonnaient la vie. Il fallait les nourrir, les sortir, nettoyer leur cage ; avant tout, il fallait les cacher loin des regards.

— Ce n'était pas dangereux ?

Sourire en coin, Sheyenne prit une gorgée dans sa bouteille de Heineken.

— Si.

— Ils t'ont mordue ?

— Moi, jamais.

Ils commandèrent deux nouvelles bières accompagnées d'un ramequin de biscuits salés, difficilement identifiables sous l'unique et faible néon rose fuchsia dont disposait la pièce. « Quel endroit étrange, pensait David. On dirait un bordel à la frontière belge. »

— Si tu ne rêves plus de chanter, de quoi tu rêves aujourd'hui ?

— Je ne sais pas... Peut-être de la même chose que vous ?

David sentit son cœur défaillir, hésita l'espace d'un instant à se jeter sur la bouche de Sheyenne mais se ravisa. « Pas ici, pas maintenant. » Une odeur de détergent s'échappait des toilettes à la turque, au fond, derrière le flipper. Pris de malaise, il amena la conversation sur le terrain désérotisé de la politique :

— Tu sais de quoi je rêve ? Je rêve d'une révolution. Je ne sais pas d'où ça viendra. Mais ça vient, je le sens, c'est pour bientôt. Les gens sont prêts. Avant, j'étais un réformiste, je croyais que ça faisait de moi un type intelligent et raisonnable… J'étais juste un lâche.

Il tira vers eux le journal humide qui gisait sur le comptoir. Visages de scientifiques en pleurs sur la couverture ; le Giec publiait un nouveau rapport inaudible. Ailleurs on apprenait qu'en deux ans, les milliardaires avaient doublé leurs richesses – assez pour financer l'adaptation au changement climatique, la protection sociale et la santé dans le monde entier. Page 2, les ministres dénonçaient la « montée des populismes » et rappelaient à quel point nous devions chérir la démocratie, parce qu'elle était fragile et qu'elle était notre cadeau fait à l'humanité, même si l'humanité ne voulait pas le reconnaître et, dans sa majorité, nous détestait précisément parce que nous étions en démocratie, ce qui ne manquait pas de logique aux yeux de nos gouvernants et de nos journalistes.

David posa son index sur le papier.

— Regarde. On arrive au bout du chemin, non ? Bientôt, quelques personnes auront tout et, devant leurs palais, les autres n'auront rien. Alors on fera quoi ? On entrera chez eux par les fenêtres, le couteau entre les dents !

— Et à quoi ressemblera le jour d'après ?

— Ce sera l'an un ! Les propriétaires jetteront leurs clefs dans les rues ! Y aura plus d'écoles, plus de police, plus d'armée, plus d'État… Mais si ! Je le sens. C'est la seule solution ! Et nous serons unis. Nous aurons des cœurs grands ouverts. Nous ferons l'amour tout le temps !

Cette poussée d'optimisme gamin faisait rire Sheyenne.

Sur la ville, un orage éclata.

La complicité de David et Sheyenne déliait les langues. Les plus vipères affirmaient que la jeune fille cherchait une promotion. Les sportifs, les bas du front complimentaient David pour avoir « attrapé un si gros poisson », quand les esprits technocratiques s'inquiétaient de le voir batifoler sur son lieu de travail et perdre la distance requise avec ses employés.

Elise était particulièrement contrariée. Ses tenues les plus courtes n'avaient plus d'effet, quand l'année précédente encore il suffisait d'un minishort ou d'un décolleté pour capter le regard de David. Comme leurs bureaux se touchaient presque, elle avait pu l'observer changer de jour en jour, presque d'heure en heure. Elle l'avait vu gagner en vigueur et guérir de ses crises existentielles, ses maux de tête, qui jadis lui donnaient tant d'allure. Il arborait désormais le même sourire invincible, imbécile, en toutes circonstances, et répondait toujours avec légèreté, comme s'il n'écoutait rien mais se moquait de tout.

Elise continuait de croire qu'il était possible de ramener son supérieur à la raison. En passant devant son bureau, des dossiers serrés contre la poitrine, elle s'arrêta pour lui montrer qu'elle aussi cachait un jardin secret.

— J'ai fait un cercle shamanique, ce week-end. Vous connaissez ?

— Ah oui ? Un peu…

— C'était entièrement féminin. L'ambiance était incroyable ! On a fait des danses, des chants, des cercles de parole, et puis… Je suis un peu sorcière, vous voyez… Mais si ! J'ai appris à canaliser mes énergies.

Elle posa ses dossiers puis positionna ses mains l'une en face de l'autre.

— Quand je fais ça, je sens quelque chose, au milieu, comme une boule d'énergie, là, qui se condense… Vous voyez ? Ne riez pas ! C'est super fort. C'est une énergie lumineuse. Elle me permet de soigner le corps et l'esprit des gens.

— Tu peux soigner les maladies ?

— Oui ! Toutes les maladies viennent d'un déséquilibre énergétique. Vous le saviez ?

David avait appris à se taire pour ne plus endosser le rôle ingrat du sceptique. Pendant des années, chaque fois qu'il avait voulu soulever une critique à l'encontre du *new age*, de l'écologie mystique, de l'homéopathie, des doux délires de la théosophie, de l'agriculture biodynamique, il s'était toujours entendu dire : « Laisse les gens croire ce qu'ils veulent, ils ne font de mal à personne ! » Chaque fois qu'il avait voulu défendre la démarche scientifique contre le primat de l'intuition, contre les superstitions ou les remèdes de grand-mère, on lui avait opposé « le droit » de penser autrement – sans jamais que ce soit précisé *comment* il fallait penser autrement, selon quels principes et dans quels buts. Par fatigue, par souci de concorde, David avait fini par se résigner. De même qu'il se résignait, aujourd'hui, à voir la petite bourgeoisie citadine et la gauche progressiste retomber en plein Moyen Âge. Tant pis. Il se fichait de la bourgeoisie, de cette gauche, et surtout, il se fichait d'Elise. Ce genre de fille crédule, facilement fascinée et faussement libre, courait derrière les shamans comme hier les pimbêches s'en remettaient au curé du village. Les bigotes de Jacques Brel étaient toujours là, parmi nous. Cruellement modernes. Elles étaient seulement devenues « de gauche ». Au moins, les curés, c'était gratuit.

David eut un sourire sans méchanceté.

— Et donc, tu es devenue sorcière ?

— Je ne suis pas *devenue* sorcière. Je l'étais déjà. J'ai toujours senti cette force en moi… Pas vous ?

— Mais si tu peux guérir des maladies avec les mains, le monde doit savoir ! C'est un événement important ! C'est mesquin de pas en faire profiter… Des millions de gens ont besoin de toi.

Elle s'assit sur le coin du bureau, de telle manière que ses fesses épousèrent la forme exacte du meuble. Singulière ductilité du corps féminin, tout de courbes incarnées, mais capable d'orthogonalité si les conditions l'exigent.

— En fait, dit-elle, ça ne marche pas comme ça… La science, c'est un dogme, vous voyez ? C'est l'expression de l'énergie masculine, qui consiste à tout analyser, tout décomposer en petites parties, pour pouvoir tout comprendre, tout contrôler. Mais la médecine holistique c'est tout l'inverse, ils en ont peur. Ce qu'ils veulent, c'est vendre des médicaments, des vaccins. C'est du business.

— Ah ! Dans ce cas…

— Tout ça, c'est des histoires d'argent. Je suis pas complotiste, hein. Vous me connaissez. Mais si vous regardez qui se trouve derrière les laboratoires pharmaceutiques...

— Qui se trouve derrière ?

Elle se pencha puis murmura :

— Derrière il y a toujours les mêmes...

— Ah oui.

— Faites vos propres recherches.

Elise trouva son interlocuteur un peu trop réceptif. C'était la preuve de son indifférence. D'ordinaire, David aurait grimacé, soulevé des litiges, défendu les statistiques et la médecine moderne – ces marottes qu'Elise jugeait archaïques mais adorables.

Elle avait raison : David se détachait de tout. Le ridicule et l'artificiel de son ancienne vie devenaient plus évidents à bonne distance. Mauvais guignol et décor en papier mâché. David ne voyait plus, autour de lui, que des acteurs, jouant de grands airs, faisant semblant d'avoir un rôle, d'être utiles, dans un pays qui faisait semblant d'être souverain, dans un monde qui faisait semblant d'être autre chose qu'un chaos, qu'un grouillement sans direction. Ce monde pouvait bien partir aux égouts. David, lui, pensait aux lendemains qui chantent. Aux nécessaires destructions qui précèdent la création. « Il faudrait commencer par les milliardaires, les grands patrons du numérique. » Sur Internet, il avait cherché l'adresse de Mark Zuckerberg, par curiosité, puis avait passé de longues minutes à regarder les photos disponibles de sa propriété californienne – un immense *lodge* en bois sur les bords du lac Tahoe.

Pour précipiter la chute de son propre empire,

voir jusqu'où ses équipes seraient prêtes à le suivre, David s'amusait à prendre des décisions qu'il jugeait absurdes. Il avait par exemple fait installer un nouveau logiciel censé mesurer, en temps réel, l'état d'esprit de chaque salarié. Ces derniers se trouvèrent contraints de répondre, toutes les heures, à des questions « scientifiquement élaborées » concernant leur humeur, leurs désirs, leur appréciation des choses et des personnes… Au départ, certains trouvèrent cette mesure intrusive, mais David réussit à les convaincre.

— Nous avons des ressources humaines et des ressources matérielles. Mais l'avenir appartient à ceux qui maîtriseront les ressources mentales. Et pour les optimiser, il faut d'abord les mesurer.

Les salariés atteignant les meilleures performances émotionnelles furent mis en avant comme des exemples à suivre. On leur confia même des responsabilités particulières d'encadrement, pour que leur psychologie positive infuse dans les équipes. La méthode porta ses fruits en quelques semaines, car l'état psychologique autodéclaré de tous les salariés s'améliora magiquement pour atteindre une sorte de plateau, homogène et très élevé. « C'est l'effet de la bienveillance au travail », murmurait-on dans les couloirs.

Elise, de son côté, partageait des explications plus techniques.

— C'est prouvé par la mécanique quantique, vous saviez ? Si on a des pensées positives, on attire le positif. Nous pouvons créer notre réalité. Les sorcières savent ça depuis toujours.

À la Share Academy, les mesures novatrices se succédèrent. Il était déjà bien connu que dans les entreprises en pointe, les salariés bénéficiaient des services d'un coiffeur, d'un entraîneur sportif ou d'un psychologue. Mais David suggéra que le monde du travail engloutisse un peu plus le domaine de l'intime et proposa l'intervention de coachs en développement spirituel. Chaque salarié fut donc évalué selon des critères précis : connaissance de soi, connaissance métaphysique, degré de libération, dissolution de l'ego… Des progrès mesurables étaient attendus. Ceux qui stagnaient se voyaient prescrire des lectures ou des exercices de méditation ; au contraire, les salariés les plus éveillés étaient récompensés par un système de points cumulés, convertibles en divers *goodies* estampillés aux couleurs de la Share Academy (serviettes de plage, sweat-shirts, gourdes en plastique).

Quand il la croisa dans un couloir, David retint Sheyenne par le bras.

— Ils ne voient pas que je me moque d'eux ?

— Non. Personne ne croit cela.

— Ils ont peur de moi, alors ?

— Non… Ils ont peur d'eux-mêmes. Peur de se retrouver seuls face à la vérité.

— Je devrais leur demander de marcher à cloche-pied pour voir.

Il en fallait plus pour précipiter une révolte. David gardait espoir et nourrissait en même temps sa propre rage. Il lut un article de l'*Economic Times* sur les passe-temps de Mark Zuckerberg. Planche à voile, escrime, musculation, lancer de javelot… David s'imagina l'affronter en duel à l'épée. Puis il se pencha vers Elise pour lui demander :

— Dis, tu ne penses pas que nous sommes néfastes ? Que toutes les institutions sont néfastes ?

— Monsieur. Nous sommes en réunion.

Étonné, David releva la tête pour constater, en effet, qu'une dizaine de personnes étaient assises à la table autour de lui.

— Quel est le sujet de la réunion ? fit-il tout bas.

— Vous plaisantez ?

— J'ai une absence.

— Nous sommes en train de choisir les nouvelles valeurs de la Share Academy.

— Nous n'avons pas déjà fait ce travail en septembre ?

— Nous avons *commencé* en septembre.

Sur le grand tableau blanc, des incantations étaient écrites aux feutres colorés. Des mots comme : « Audace ». Comme : « Esprit d'équipe ». Comme : « Curiosité »… La *Chief Happiness Officer* proposa plutôt d'exprimer les choses en anglais (« pour asseoir notre dimension internationale ») avec les valeurs suivantes : *be humble*, *be bold*, *fail harder* et *always learn*. La *Country Manager* rappela qu'un choix de valeurs devait permettre à l'organisation de se distinguer.

— Des entreprises qui font des glaces, il y en a plein ! Mais ce que l'on veut savoir, ce que les clients veulent savoir, c'est : comment se positionne Ben & Jerry's sur les enjeux de société ? C'est là qu'ils ont fait fort. Leurs valeurs sont vraiment impactantes : *human rights and dignity*, *social and economic justice*, *environmental protection*, *restoration and regeneration*.

Elise surenchérit :

— Et puis il ne faut pas oublier la dimension RH ! C'est super important de recruter des talents qui soient alignés sur nos valeurs. Qu'ils ne viennent pas travailler juste pour l'argent, mais pour s'accomplir, pour devenir vraiment eux-mêmes.

Les membres de l'assistance approuvèrent. En quête d'inspiration, tout le monde se pencha sur son ordinateur et chercha, sur Internet, les meilleures professions de foi du monde des affaires. Quelqu'un lut sur son écran qu'Apple avait choisi : *helping people grow their own direction*. Quelqu'un d'autre dit que Google avait trouvé mieux : *great isn't good enough*. David plissa les yeux d'un air pénétré, puis profita d'un relatif silence pour soumettre sa propre idée :

— Et si notre valeur, c'était... le positif ?

Il avait écarté les mains comme si le mot devait apparaître, en toutes lettres, au-dessus de sa tête. Les premières réactions furent mitigées. La *Chief Operating Officer* souligna que le terme était vague. Alors David tapa du poing sur la table.

— Mais justement ! Tout le monde mettra ce qu'il veut derrière ! Regardez... *La Share Academy soutient le positif*, ça parle à tout le monde ! C'est fort, non ?

Les salariés se regardèrent en se dodelinant. Certains répétèrent le mantra pour se l'approprier : « Le positif, oui... C'est pas mal... La positivité... Nous défendons la positivité... » Le doute céda la place à l'engouement, et « le positif » fut finalement adopté comme valeur officielle du groupe.

Le lundi suivant, les investisseurs américains annoncèrent un déplacement à Paris. David s'attendait à des remontrances, voire à un limogeage. Mais il n'eut droit qu'à des poignées de main chaleureuses et des sourires orthodontiques. « *Great job, David!* » Les décisions récentes furent considérées, outre-Atlantique, comme des prises d'initiative courageuses et rafraîchissantes, la preuve d'un renouveau dans la gestion de la Share Academy. David était même pressenti pour l'obtention d'un prix récompensant, au niveau mondial, les entrepreneurs les plus avant-gardistes.

Du côté français, cette nouvelle gouvernance suscitait également des réactions puisque deux médias nationaux avaient contacté le secrétariat pour obtenir des interviews. La Share Academy, qui n'intéressait plus personne depuis quelques années, revenait manifestement sur le devant de la scène.

En quittant les investisseurs, David se sentit particulièrement déboussolé.

« Quoi que je fasse, la Révolution ne fait que s'éloigner… Les gens sont prêts à tout pour ne pas la voir… Elle est inévitable ! Mais ils se cramponnent… Je suppose que c'est pareil dans les entreprises de pétrole chaque fois qu'on lance un nouveau forage. Tout le monde sait que c'est idiot, que c'est l'apocalypse, et tout le monde fait son travail quand même… Tout le monde coche les cases, rentre chez soi, ferme sa gueule. »

Encore une fois, il avait retrouvé son appartement désert. Diana l'avait prévenu : elle dînerait au bureau. Ces derniers temps, la cellule accueil-réfugiés la mobilisait plusieurs soirs par semaine. Alex, elle, était invisible depuis plusieurs jours ; on la croisait de façon sporadique sur le chemin des toilettes, ou celui de la cuisine, où elle prenait un bol de crudités, un morceau de pain, avant de retourner s'enfermer dans sa chambre. Depuis que Twitter s'était retourné contre elle, elle avait supprimé tous ses comptes sur les réseaux. À l'entendre, elle travaillait désormais « sur un grand projet » d'écriture. David attendait avec impatience de pouvoir dénigrer le résultat.

Il avait prévu ce soir-là, pour se détendre, de lire le neuvième roman de Marc Levy : *Le Voleur d'ombres*… Il l'avait déjà commencé, mais s'était arrêté vers la page 50, légèrement rebuté par la mièvrerie, le caractère enfantin de l'histoire. Le texte se présentait comme l'autobiographie fictive d'un personnage doté d'un certain pouvoir de divination, capable de voir à travers le temps, l'espace, mais aussi à travers les âmes, ce qu'il parvenait à faire en « volant leurs ombres » de manière littérale.

David s'était confortablement installé dans son lit, le livre ouvert sur les genoux, prêt à s'y replonger, quand il vérifia ses messages une dernière fois sur son téléphone. Il venait de recevoir la réponse d'une professeur de l'université Paris Diderot :

> Cher monsieur Baumer,
> Votre projet de thèse sur L'Être et Le Néant me paraît très intéressant. J'ai bien connu Diana, qui était une élève brillante, et je suis sensible aux recommandations chaleureuses qu'elle fait de vous. Nous pourrions fixer un rendez-vous pour en parler ?

L'après-midi chez Guillaume s'était annoncée maussade. Elle fut pire.

Ils s'étaient mis devant la PlayStation sans trouver l'amusement et vidaient quelques bières sans trouver l'ivresse. S'étant rencontrés sur les bancs du collège, ils pouvaient communier avec peu de mots – comme tous les amis d'enfance. Mais cette fois-ci, le mutisme du jeune père prenait des dimensions maladives. Depuis une heure, il n'avait consenti qu'à trois monosyllabes. Et puis d'un coup, il eut cette remarque en porte-à-faux :

— Tu connais le *sokushinbutsu* ? C'est un suicide extrêmement lent, par déshydratation et dénutrition. Certains bouddhistes font ça. C'est comme une momification, mais de ton vivant.

La discussion teuf-teufait décidément dans les côtes. Guillaume essaya d'amener un nouveau sujet.

— Et sinon, vous ? Le bébé, c'est pour quand ?

— Avec Diana ?

— Bah oui. Qui d'autre ?

La porte d'entrée claqua. C'était Juliette, encombrée par les sacs de courses et la poussette. David en profita pour s'échapper. « Je vais l'aider. » Ils se mirent à ranger les provisions dans la cuisine pendant que Guillaume continuait de jouer, seul, dans la pièce à côté.

— Alors, fit-elle, tu lui as parlé ? Tu lui as fait du bien ?

David eut un rictus désolé. D'épuisement, elle se laissa tomber sur une chaise et s'étira le dos.

— Je sais plus quoi faire avec lui, franchement ! J'ai l'impression d'être une mère seule, quoi ! Pire, j'ai l'impression d'avoir à m'occuper de deux gosses ! J'ai tout essayé pour le bouger. Je pense qu'il doit se prendre en main, alors je lui ai dit : « OK, tu vas te prendre un coach, mon petit coco ! »

— Et ça marche ?

— Il a commencé la semaine dernière. On verra bien. L'important, c'est de faire des percées, tu vois, de mieux se connaître. Faut faire un travail sur soi-même, à un moment.

David avait terminé de vider les sacs. Ne restait plus qu'un bouquet d'hortensias roulé dans le papier. Juliette se releva d'un bond.

— Ah ! Je l'avais oublié celui-là !

Elle glissa le bouquet dans un vase qu'elle recentra sur la table, et prit un instant pour vérifier que le bleu des fleurs correspondait exactement à celui du mur, auquel répondaient les manches des couteaux comme les poignées des placards. Puis elle souffla d'un air satisfait avant de se rasseoir.

— Tu ne crois pas que le problème vient de là ? fit David.

— De quoi ?

— Tu ne crois pas qu'on s'intéresse trop à nous-mêmes ? Je veux dire, on n'est pas si intéressants… Plus on se regarde, plus on se triture et plus on se trouve minables, limités... Plus on se regarde et plus on voit quelqu'un qui se regarde, c'est comme une machine qui tourne à vide... Vaut mieux se nourrir de ce qu'il y a dehors, c'est ça qui nous enrichit.

Elle haussa les épaules.

— Tu te moques mais la dernière fois, l'exercice des deux chaises, ça t'a pas fait comme un déclic ? Avoue.

Il fallait admettre que cet épisode avait chamboulé le sceptique, ouvrant en lui l'accès vers à espaces insoupçonnés. Il s'adoucit et s'assit en face d'elle, de l'autre côté des hortensias.

— Je ne sais pas, dit-il. Peut-être. C'était marrant, en tout cas.

— Au fait ! J'ai trouvé mon *dharma*. J'ai bien réfléchi, tu vois, j'ai compris que j'étais faite pour aider les gens, les écouter... Du coup, tu vas rire : je vais devenir coach !

Les orwelliens redoutaient une société de contrôle où la moitié de la population surveillerait l'autre, et *vice-versa*. Ces dystopistes n'avaient pas entrevu l'avènement du coaching et la possibilité d'un monde où chacun serait coach en étant coaché soi-même, tous courant derrière un mirage de soi. Domestication parfaite. David leva le sourcil.

— T'es sûre qu'on a besoin de ça ? Encore plus de coachs ?

— Attends, attends, je fais les choses bien. Je me suis inscrite à une formation à HEC, c'est un vrai diplôme. J'ai des cours en présentiel, une fois par mois. Et puis y a des cours à distance. Je découvre plein d'outils super utiles, des théories, tout ça. Tiens, tu connais le test

Myer Briggs ? C'est super puissant pour connaître tes valeurs, tes moteurs, tes forces dans la vie. C'est rapide. C'est très scientifique. Tu veux essayer ?

David, qui s'était profondément ennuyé depuis le début de l'après-midi, entrevit la possibilité d'un divertissement ; et puis il se sentait perdu, sans savoir comment employer son récent regain d'énergie (sa « montée de sève », comme il aimait le dire). Il avait la force de déplacer des montagnes, mais lesquelles ? Il était prêt à n'importe quelle suggestion, par simple curiosité.

Il accepta donc de passer le test. Juliette, en joie, se munit d'un papier, d'un stylo, puis traça les lignes d'une sorte de matrice. Elle posa quelques questions binaires et vaporeuses (« Tu trouves ton énergie dans l'extraversion ou dans l'introspection ? »), noircissant des cases et dessinant des flèches à chaque réponse. Après une minute environ d'intenses gribouillages, elle fut en mesure de livrer ses conclusions.

— Déjà ?

— Oui ! C'est super puissant je te dis ! Alors, tu veux savoir ? Bon. Tu es du type ISTJ. En fait, c'est le type le plus courant.

Bien que David n'accordât pas le moindre crédit à cette expérience, il ne put s'empêcher d'être un peu déçu, puérilement, de ne pas occuper les marges les plus extrêmes du nuancier psychologique. Juliette ajouta :

— Les personnes du type ISTJ sont des personnes logiques, organisées et sensibles. Ce sont des gens responsables et réalistes. Parmi les ISTJ célèbres, tu as Angela Merkel et Hillary Clinton par exemple, c'est pas mal, hein ! Les ISTJ sont aussi surnommés : les administrateurs.

David répéta le mot comme s'il s'agissait d'une sentence : « Administrateur... » Puis il se renfrogna, les bras croisés.

— C'est pas du tout moi !

— Eh, mon coco, tu sais, en général, on se voit pas comme on est vraiment ! C'est la base de mon travail. J'aide les gens à s'accepter.

Il estima qu'il était temps de rentrer. Il prit ses affaires, salua Guillaume (qui ne se leva pas du canapé) puis Juliette sur le pas de la porte.

Le trajet du retour fut très désagréable. David avait en permanence l'impression d'avoir oublié quelque chose, sa cravate ou son porte-documents, comme dans ces rêves où l'on se découvre soudainement nu dans un lieu public ; alors il se rappelait qu'il ne possédait ni cravate ni porte-documents, puisqu'il n'était administrateur de quoi que ce fût.

En arrivant à l'appartement, il trouva les filles au salon, sur le parquet, toutes rougies et collantes. Elles pratiquaient leurs étirements après le jogging.

— Coucou ! fit Diana. On parlait de toi, justement !

David se sentit mieux, mais la sensation ne dura pas.

— Je lui racontais comme c'était difficile pour toi d'écrire. Tu te rappelles, ton livre ? C'était long, je me souviens. Alors qu'Alex, elle, a déjà presque terminé son projet !

— Je travaille sur un livre important, confirma l'autre.

Blessé, le jeune homme pouffa :

— Un livre sur le clito ?

Mais Alex ne répondit pas à la provocation. Faisant durer son plaisir, elle se leva, prit sa tasse de tisane, souffla dessus, but lentement, avant de répondre avec une certaine superbe :

— J'écris le livre définitif sur le solipsisme.

David crut glisser dans une réalité parallèle.

— Un livre sur quoi ?

— Le solipsisme. Je suis en train d'écrire le livre total qui mettra tout le monde d'accord sur le sujet. *Wait and see.* Demain, tout le monde sera solipsiste. C'est une révolution politique.

David se palpa le visage pour confirmer sa propre existence, en tant que personne, et dit en soupirant : « Je crois que je deviens fou. » Il se réfugia dans sa chambre, voulut jeter son porte-documents sur le bureau, constata que ses mains étaient vides, et se jeta donc lui-même tout entier sur le lit, pris de vertiges… Diana le rejoignit.

— C'était bien chez Guillaume ?

— Le solipsisme ? Vraiment ?

— Tu prends ça trop au sérieux. Alex est drôle. Elle écrit pour elle-même, pour se faire du bien. Elle ne sera jamais publiée.

David, alité, demanda sur un ton de supplique :

— Diana, tu me vois comme un administrateur ?

— Pourquoi un administrateur ?

— Il paraît que c'est mon profil psychologique.

Elle s'assit sur le rebord du lit et lui prit la main.

— Je te vois mieux que tu ne te vois toi-même. Je te vois comme tu es.

— Mais qui je suis ?

Cette nuit-là, David eut un rêve des plus perturbants.

Il marchait sur les boulevards. C'était une heure ambiguë ; ni vraiment le jour, ni vraiment la nuit. Une sensation désagréable se précisait. Son corps, son esprit donnaient l'impression de remuer, de n'avoir aucune consistance et de chercher la bonne forme.

En arrivant au travail, tandis qu'il saluait ses collègues, il se rendait compte qu'il avait un porte-documents dans les mains et, pire, une cravate fantaisie autour du cou – du synthétique, un motif à canards jaunes. Saisi d'horreur, il repartait en courant et téléphonait immédiatement à Youssef : « Il faut qu'on se voie ! »

Les deux amis se retrouvèrent dans un bar indéterminé. David, en sueur, demanda :

— Dis-moi ! Comment tu me vois ? Tu me vois comme un administrateur ? Un patron sympathique et légèrement farfelu ?

— Un administrateur ? Mais non, mon petit David ! Sûrement pas…

— Alors comment ?

— Je te vois comme mon pote.

David sentait à nouveau son Être fondre, épouser d'autres lignes de contours avant de se figer. Il réalisait qu'au lieu d'être assis sur une chaise, il enfourchait un âne cagneux au regard triste. Relevant la tête, il voyait que Youssef le toisait d'en haut, à califourchon sur un cheval vigoureux.

— Quoi ? s'étonnait David. Tu me vois comme ton écuyer ?

— Toi et moi, nous fonctionnons en duo, tu ne l'as pas remarqué ? J'ai l'intelligence et tu as la sensibilité.

— J'ai l'intelligence aussi.

— Je te parle de nos personnages. Pour les autres, nous sommes un duo. L'arabe et le blond. L'homme d'affaires et l'artiste. Don Quichotte et Sancho ; sauf qu'entre nous, c'est toi l'idéaliste qui se bat contre des moulins. Moi, je ne crois en rien et je m'amuse de tout.

— Je suis juste ton faire-valoir !

— C'est vrai que tu fais ressortir le meilleur de moi-même. Avec toi, j'ai de bonnes conversations et de bonnes idées. C'est rare. Tu n'as pas remarqué comme la plupart des gens nous rendent médiocres ? Ils nous font dire des banalités. Ils nous retiennent au ras du sol. Je leur en veux, mais je sais qu'ils n'y peuvent rien ; nous sommes juste des couleurs mal assorties.

— Je ne pourrais pas avoir un cheval, moi aussi ?

— Je suis navré, mais personne ne se donne le second rôle dans sa propre vie, mon petit David.

Vexé, David quitta le bar au galop sur son baudet pathétique. Prenant la direction de son appartement, il traversa la ville en zigzaguant à travers les embouteillages. Un instant suffit pour atteindre le bas de son immeuble. Il attacha l'animal au pied d'un lampadaire, se précipita jusqu'au cinquième étage et croisa sa colocatrice au milieu de l'escalier. De nouveau, David accomplissait sa métamorphose. Sa première pensée fut pour son pénis : il chercha l'organe entre ses cuisses et comprit que celui-ci venait de disparaître. David était devenu femme, devenu Alex elle-même.

Il protestait :

— C'est n'importe quoi ! Je ne suis pas toi, je suis moi ! Je *sais* que tu te trompes : j'ai une conscience, tu dois me croire !

— C'est exactement ce que dirait une personne qui n'a pas de conscience et qui n'existe que dans ma tête.

David riait jaune et montait jusqu'à l'appartement. Il y trouvait Diana dans la cuisine en train de nettoyer une salade sous le robinet.

— Salut ! faisait-elle.

Il sentait alors son corps s'alourdir et se rigidifier, ses membres se changer en bois, ses articulations devenir métal. Son thorax et son crâne étaient partiellement constitués d'un verre transparent, qui laissait voir à l'intérieur un mécanisme d'engrenages et de poulies, certes ingénieux, mais tout à fait dépourvu de mystère. Il se sentait profondément abattu.

— Alors, c'est comme ça que tu me vois ?

Elle s'approchait de lui, plissait les yeux pour examiner son intérieur, puis ouvrait une petite porte située sur son flanc pour passer la main dans le dispositif. Elle appuyait sur un bouton, tirait un levier, remontait des poids, avant d'inspecter ses doigts tachés par une substance brune.

— Tu perds de l'huile, disait-elle.

— Ah bon ?

— Oui, tu devrais aller voir le docteur. Tu ne

fonctionnes plus normalement. Je vais te prendre rendez-vous.

Ainsi David se présenta sans délai (comme toujours dans les rêves) dans un cabinet médical indéterminé, quelque part en ville.

Dans une pièce aux murs couverts de livres jusqu'au plafond, le spécialiste attendait, derrière un bureau noyé sous les monticules d'ordonnances et de notes manuscrites, les empilements d'encyclopédies médicales et de radiographies. C'était un homme qui était laid. Ses yeux globuleux se tournaient vers des directions contraires et ses lèvres tombantes, crapaudes, suçotaient le bec d'une pipe en bois. David s'exclama :

— Vous ? Non… Jean-Paul Sartre !

— C'est bien moi. Je vous en prie, asseyez-vous et dites-moi de quoi vous souffrez.

David s'installa, timidement.

— Voilà, docteur, je suis coincé dans un cauchemar philosophique. Je n'arrête pas de changer, je deviens comme les autres me voient. C'est l'enfer.

Jean-Paul Sartre auscultait brièvement son patient, prenait sa tension, lui pressait la langue avec une spatule, scrutait ses orifices oculaires avec un otoscope. Son diagnostic était sans équivoque.

— Réification.

— Quoi ?

— Réification. Vous êtes chosifié par autrui. C'est courant, surtout en ce moment, à la fin de l'hiver.

— C'est contagieux ?

— Non. Le plus souvent, c'est le symptôme d'une crise de mauvaise foi. Je vais vous prescrire quelque chose.

Jean-Paul Sartre fouillait dans les tiroirs de son bureau puis sortit une boîte de médicaments, qu'il tendit à David.

*EXISTENTIALISME©*
*Voie orale.*
*Composé phénoménologique indiqué chez l'adulte dans le traitement de l'angoisse et/ou de la nausée.*
*Excipients à effet notoire : brumes, verbiages.*
*Tenir hors de la portée des enfants.*
*Effets indésirables possibles : passivité, fatuité, diminution des relations sociales, parisianisme, aggravation du tableau clinique.*

David examinait la boîte sous toutes ses faces d'un air peu convaincu.

— Vous n'auriez pas quelque chose d'autre ?

— C'est-à-dire ?

— J'ai déjà essayé celui-là, ça passe mal... Je ne sais pas, je digère pas... L'époque a besoin d'autre chose. Vous n'auriez rien de plus fort ?

— Qui est le spécialiste, ici : vous, ou moi ? Vous prendrez trois comprimés par jour, matin, midi et soir. Sur ce, bonne journée monsieur.

Actant la fin de non-recevoir, David salua le bon docteur et se retira. Dès qu'il fut sur le trottoir, il avala trois comprimés d'un coup (espérant que la dose fasse le remède), puis décida de faire une promenade pour se changer les idées. Mais, passant devant une vitrine, il vit son reflet et changea de nouveau pour devenir un bourdon.

David s'envola.

Il partait loin, quittait la ville par-delà les zones industrielles, les banlieues pavillonnaires et les nœuds d'autoroutes. C'est là, dans le fond d'une forêt, en secret, qu'il trouva un petit espace coupé du monde, emmuré par les arbres, comme une cathédrale végétale. Face à lui trônait cette main dotée d'un œil sur la paume et qu'il avait déjà rencontrée dans certaines visions passées… Assise à sa droite, sur un rocher, se trouvait Sheyenne.

— TU VEUX SAVOIR QUI TU ES VRAIMENT ?

La main replia deux doigts et tendit l'index, le majeur et le pouce. David sentait qu'il reprenait consistance. Ses larges épaules et son torse puissant pesaient sur son bassin, ses jambes, jusqu'à ses pieds solidement ancrés dans le sol. Il se découvrit kaki, mitraillette à la main, béret sur la tête – le marteau et la faucille cousus devant.

Sheyenne avait un sourire empreint de malice.

— TUE-LES TOUS.

David s'est parfois demandé qui, de tous les hommes, avait connu le plus grand des bonheurs. Il est probable que ce fut le sultan d'Istanbul en son palais parmi ses trois cents femmes, qui nues dans les piscines, qui morfondues sur les matelas, qui langoureuses au bord des fontaines, attendaient d'être sollicitées pour un conseil, une caresse, une flânerie galante aux jardins… Peut-être qu'au contraire, la félicité suprême fut touchée par un homme dont l'Histoire n'a pas retenu le nom ; une personne simple, cultivant sa terre, nourrissant ses bêtes, avant de s'éteindre au lit, veillé par ses nombreux enfants – une vie paisible à l'intérieur d'un Pissaro. Ou peut-être Épicure, après tout, car il faut une aptitude spéciale au bonheur pour être capable de se réjouir, s'occuper du courrier, tout en saignant de l'urètre et sachant devoir mourir dans la même journée.

Ce soir, pourtant, David est certain de connaître l'homme le plus heureux de tous les temps. Et cet homme, c'est lui.

Il se tient à l'arrière d'un van aux vitres teintées. Sur la banquette en face, Sheyenne croise les jambes. Ce qu'il ressent est difficile à décrire ; c'est un mélange d'euphorie, d'hilarité muette, d'impatience qui cotonne les jambes et danse le tango poitrinaire… Un bonheur plus puissant, d'un millième de degré, provoquerait des palpitations, voire des vomissements, et se changerait en autre chose que le bonheur. On n'est pas heureux quand on vomit.

Quel privilège de vivre au XXIe siècle et de connaître le chemin d'une connaissance véritable, un contact intime avec les choses ! Ce soir, David s'apprête à faire un pas de plus. Il ne sait pas encore où se dirige le taxi. C'est Sheyenne qui l'a réservé, sans rien dire. Elle prend manifestement plaisir à ces cachotteries. Elle multiplie les sourires indéchiffrables. Quand le véhicule s'est garé devant les bureaux, qu'elle et lui sont montés à l'intérieur, tous les collègues observaient aux fenêtres et bruissaient de conjectures.

« Je suis sûr qu'ils vont à l'aéroport pour prendre l'avion. Ils vont faire un week-end en amoureux. »

« Tu parles ! C'est pas le genre du boss ; j'te dis qu'ils vont à l'hôtel. »

« Ils vont à l'*Ibis Budget* alors. T'as vu comme elle est sapée, la Texane, avec sa jupe en jean toute déchirée ? »

Sur les boulevards, le van avance lentement. La circulation est mauvaise.

— Rassure-moi, fait David, on ne sort pas de Paris quand même ?

Pas de réponse. De ses mains légèrement tremblantes, il écrit un message sur son téléphone. Il s'excuse auprès de Diana. Il rentrera plus tard que prévu. Il fait au plus vite. Immédiatement elle répond :

Fais un effort stp. C'est prévu depuis longtemps. On t'attend pour le repas.

Elle non plus n'a pas très envie de ce dîner, mais elle a cédé face à l'obstination de ses collègues (« Bah alors, tu nous présentes pas ton mec, tu nous le caches ? »). Elle a finalement invité quelques amis de la mairie, notamment de la cellule accueil-réfugiés dont elle s'est beaucoup rapprochée récemment.

Elle a passé l'après-midi dans la cuisine à préparer les traditionnels zakouskis. Pour le simple mangeur, il ne s'agit que de hareng fumé, de chaussons à la viande et de concombres aigres-doux. Mais pour elle, il s'agit de beaucoup plus : de rattraper David, le ramener au souvenir, au creuset dormitif d'une vie conjugale, publique et rythmée par les obligations. Toute la semaine, elle s'est imaginée cette soirée avec une certaine angoisse. Elle craint que David lui fasse honte, qu'il passe pour un cuistre et, surtout, qu'il boive et se lance dans un monologue sur la décadence contemporaine.

David regarde l'heure et serre les dents.

— Il faudra que je sois rentré pour le dîner, on a des invités.

Sheyenne sourit comme le chat du Cheshire.

— Vous êtes libres de faire demi-tour. Personne ne vous retiendra.

— Tu ne veux toujours pas me dire où on va ?

— Ce n'est pas la question que vous devriez me poser.

Cherchant à vider son trop-plein de tensions, il se froisse les mains et les frotte sur son pantalon.

— Pourquoi tu m'y emmènes maintenant ?

— J'ai compris que vous étiez prêt la semaine dernière, quand vous m'avez raconté ce rêve…

— Ah ! Il était débile ce rêve. Je rêve d'être un Che Guevara, comme les gamines rêvent d'être des princesses.

— Les rêves sont des fictions, n'est-ce pas ? Et les fictions nous libèrent, car pour s'extraire de la ligne droite, il faut entrevoir les autres mondes possibles.

David voit passer le panneau d'Aubervilliers et calcule mentalement. « J'en ai minimum pour une heure au retour, je vais forcément rater l'apéro, mais je peux encore arriver pour le repas. »

— Tu me vois vraiment comme un révolutionnaire ?

— Nous en aurons le cœur net ce soir.

Elle semble vouloir ajouter quelque chose mais se ravise.

Il n'avait pas soupçonné que Sheyenne puisse placer des espoirs en lui. C'est une impression qu'il savoure, mais, une fraction de seconde après, qui l'affole. Décevoir Sheyenne serait une première mort. Le retour à sa non-vie d'avant, sa condition de mort-parlant qui dîne en ville. Car depuis six mois, tout son bonheur et toutes ses pensées ne procèdent que d'elle.

— Quoi ? On va faire quoi ? Tu ne m'as rien dit. Je me suis préparé à rien du tout !

— Ne vous inquiétez pas. C'est comme… aller chez le médecin. Vous avez besoin d'être vous-même, rien de plus. Ne vous inquiétez pas. Parlons d'autre chose. Dites-moi : vous avez fait des progrès dans votre appréciation du *Voleur d'ombres* ?

Il se donne l'air dégagé.

— Je l'ai relu deux fois, mais je continue de penser que… Je ne sais pas, c'est une œuvre mineure. On dirait presque un livre pour enfants. Le héros vole des ombres, ça lui permet de lire dans l'esprit des gens, d'accord, et ensuite ? Il fait quoi de ce pouvoir ? Il pourrait devenir riche, devenir puissant, devenir fou… Mais non, il tombe amoureux. Et puis ce n'est pas clair. Comment ça marche, les ombres ? À certains moments, il peut voir l'âme des gens. À d'autres moments il peut voir le passé. Dans une scène, il voit à travers les murs… C'est confus je trouve.

Le van s'engage dans une rue typique de la banlieue résidentielle, un alignement de meulières détrempées et coude à coude, retranchées derrière leurs jardinets rectangulaires. Sheyenne colle son nez à la fenêtre.

— Nous sommes presque arrivés. Je dois vous prévenir : les gens que vous verrez ce soir sont jeunes, beaucoup plus jeunes que dans le groupe du lundi. Mais ils sont pleins d'imagination. Ils prennent la fiction très au sérieux. Leur approche est rafraîchissante et je crois qu'elle vous permettra de faire des progrès.

David n'en peut plus. Il veut vivre l'instant pleinement, mais à la fois souhaite en finir le plus vite possible. Le van se gare et le chauffeur descend pour ouvrir la porte arrière. David sent son cœur lui remonter au bord des lèvres. Il connaît ce muret, ce portillon, cette maison de trois étages. C'est là qu'un soir, avec Youssef, ils ont suivi le rouquin. C'est dans cette rue qu'ils se firent humilier une seconde fois par cet inconnu. Le taxi repart et David se met à tituber.

— Vous allez bien ?

— Juste un petit vertige, dit-il en s'appuyant sur elle. C'est le transport, ça me rend parfois malade… Dis-moi. Tu es déjà venue ici ?

— Je suis venue seulement deux fois. Ce n'est pas

un cercle hebdomadaire. Ici les rassemblements sont plus rares.

— Mais c'est quoi cette maison, qui habite là ?

— C'est juste une maison. Venez.

Ils traversent la pelouse. Ils montent les quatre marches du perron. Ils entrent. Depuis le couloir d'entrée, David jette un regard aux pièces du rez-de-chaussée. C'est une maison familiale ordinaire, aux murs couverts d'affreux papiers peints à rayures, cloutés de cadres photo, de porcelaines décoratives et d'horloges donnant la mauvaise heure. Cette banalité l'étonne. « En même temps, à quoi je m'attendais ? »

Les vêtements s'entassent aux crochets du portemanteau mural.

Des voix étouffées viennent d'en haut. Sheyenne dit : « Suivez-moi. » Ils montent jusqu'au palier du troisième étage, sous les combles. Le plafond est si bas que David le sent frôler certaines de ses mèches. Le rassemblement se tient derrière une porte en bois brut. Sheyenne saisit la poignée.

— Vous êtes prêt ? On y va ?

David remue la tête en diagonale, d'une façon qui ne veut rien dire. Tant pis ; elle n'attendait pas vraiment de réponse. Elle ouvre et le pousse à l'intérieur.

Dans le noir épais, il devine un grenier aménagé sous une cage de poutres apparentes – presque une cale de bateau. D'ailleurs, ça tangue, non ? En cercle sur la vieille moquette sont disposés des fauteuils, des coussins, un matelas en guise de banquette, autour d'un coffre où brûlent quelques bougies. Une dizaine de personnes se trouvent là, diversement étendues.

L'arrivée de Sheyenne et David ne surprend personne. On les salue. Il répond un timide « bonsoir ».

Elle le prend par la main et l'emmène sur un gros pouf en velours côtelé, dans l'angle, contre un morceau de charpente. Ils s'installent et se serrent l'un contre l'autre. Il sent les os de Sheyenne. La clavicule de Sheyenne. Ses côtes. Son iliaque. Ils n'ont jamais été si corps à corps. Enfin, David se fait au manque de lumière et peut examiner les personnes autour d'eux…

Il distingue une majorité de jeunes filles et les suppose réparties en deux groupes. D'un côté se trouvent trois nymphettes de 16 ou 17 ans, fruits verts aux cuisses roses, potelées comme des saucisses à l'intérieur de vêtements criards et trop courts. Elles ne peuvent pas s'empêcher de remuer, de s'asseoir sur leurs genoux puis leurs fesses puis leurs genoux, de se jeter les unes vers les autres avec des cancans gloussés. L'autre groupe est plus disjoint, plus silencieux. Elles sont quatre et probablement majeures (guère plus). Elles ressemblent à ces bonnes élèves renfermées, ni belles ni laides, perdues dans ce no man's land qui sépare l'adolescente ingrate de la femme en fleur. L'une d'elles patiente avec le dix-huitième roman de Marc Levy ouvert sur les genoux : *La Dernière des Stanfield.*

David remarque aussi la présence de deux garçons visiblement mal dans leur peau. Celui-là se cache derrière un rideau de cheveux cireux. Celui-ci lance des regards de bête apeurée dans toute la pièce ; il est pâle et gras comme un eunuque, presque piriforme, le derrière aplati sur le matelas, tout au bord, pour y prendre le moins de place possible.

Tout semble préparé pour une cérémonie de sorcellerie postiche, peut-être une séance de *ouija*. La peur a quitté David, au profit d'une gêne, l'impression désagréable de s'être introduit illégalement dans une soirée pyjama. Il regarde l'heure. « Je vais sûrement rater le plat principal, mais je serai rentré pour le dessert, je me rattraperai. »

La séance n'a pas encore commencé. Dans la pénombre, une silhouette se distingue, celle d'un homme qui rôde autour du groupe. Il déplace un trépied, tire sur un câble. Il est grand et maigre. C'est lui. Le serveur du *Grand Colbert*.

David prend de nouveau peur. C'est comme si quelque chose de fatal, d'immense et d'impossible à saisir planait sur son destin, comme si tout était écrit là-haut. Il s'approche au plus près de Sheyenne pour lui susurrer :

— C'est qui, le gars, là ?

— Lui ? C'est l'organisateur. Je crois que cette maison appartient à quelqu'un de sa famille…

— D'accord, mais c'est qui ?

— Comment ça ?

— C'est qui ? Comment il s'appelle ?

— C'est le Rouquin.

— C'est comme ça que vous l'appelez ?

— Tout le monde l'appelle comme ça.

— Ce n'est pas possible. C'est comme ça que *moi*, je l'appelle.

— Vous pensez vraiment avoir inventé ce surnom ?

— Non, mais je veux dire… C'est comme ça que *nous*, on l'appelle.

— Vous l'avez déjà rencontré ?

— Dans un restaurant… Il nous a parlé du suicide… Il a fait tout un numéro…

Sheyenne se recule. Une bouche si proche de son oreille la dérange. Mécaniquement elle se met à parler plus fort :

— Je ne suis pas étonnée. Il aime provoquer. C'est un personnage… Dans cette vie, nous jouons tous un rôle, n'est-ce pas ?

Les trois nymphettes ont cessé leurs gesticulations. La conversation de Sheyenne et David commence à les intéresser, bien qu'elles prétendent assez mal le contraire. David essaye de parler le plus discrètement possible :

— Tu vas pas me dire que je le croise ici par hasard ?

— Vous suivez certainement le même chemin, sans le savoir.

Le Rouquin se tient à quelques mètres, de l'autre côté de la pièce, près de la porte. Il visse un éclairage de chantier sur le trépied. Il entend forcément.

— C'est un vagabond, dit-elle. C'est aussi un savant. C'est un peu notre Raspoutine, un orateur, un éveilleur de consciences. Dès qu'il trouve une tribune, il en profite pour faire un scandale. C'est sa philosophie de vie. Mais… chut… nous allons commencer…

Le Rouquin se place debout à l'extérieur du cercle, à la manière d'un chef, et pose un regard attentif sur chaque invité, l'un après l'autre. Quand vient le tour de David, il s'arrête plusieurs secondes. Il le reconnaît et lui fait comprendre avec un changement de physionomie si discret que le reste du groupe ne remarque rien. Une fois le passage en revue terminé, le Rouquin prend la parole :

— Qui se sent prêt à passer en premier ?

Plusieurs mains se lèvent. Deux filles sont choisies parmi le trio des cadettes. Elles se lèvent et sortent du cercle. L'une s'assied sur une chaise qui tourne le dos au luminaire de chantier. L'autre s'agenouille en face de la première, à deux mètres environ. David se rappelle ce soir d'hiver, quand il était là, mais dehors, sur le seuil, bouillonnant de désirs et de questions... « Peut-être que Youssef avait raison. Peut-être que ces dingues font des orgies. »

Le Rouquin se baisse pour mettre en marche le projecteur. Les poussières en suspension donnent au faisceau lumineux une forme précise, rectiligne et bleutée, qui se dirige en biais vers le sol. La fille qui est assise découpe une ombre parfaite ; son amie, qui est agenouillée, se tient tout entière à l'intérieur, dans ce vide à contours humains. Un silence de catacombe s'impose. David peut entendre son propre pouls, sentir les pulsations dans sa carotide. Le Rouquin fait quelques pas en largeur, d'un mur à l'autre, en tenant ses mains dans le dos. Et puis sa voix douce, grave, donne une consigne étrangement ferme :

— Vous êtes amies. Je ne veux pas entendre quelque chose de superficiel. Je veux quelque chose que personne ne sait déjà...

Il se recule et s'efface dans le noir. Quelque chose, entre le ridicule et la solennité, donne à l'air ambiant une épaisseur irrespirable. David se sent écrasé. Il chuchote dans le dos de Sheyenne :

— C'est un jeu de rôle ? Ils refont des scènes, comme dans *Le Voleur d'ombres* ?

— C'est plus que ça.

— Ce n'est pas mon truc, ce rapport au texte… J'ai pas envie de vivre à l'intérieur d'un roman…

— Connaissez-vous Ron Hubbard ? Il était auteur de science-fiction. Certaines personnes ont pris ses livres comme des manuels de conduite, et ce mouvement est devenu la scientologie.

— Mais c'est de la merde, la scientologie…

— N'oubliez pas ce que nous disions dans le taxi, à propos des fictions…

« Chut ! »… Tout le groupe se tourne vers eux et fait signe de se taire. Depuis l'obscurité monte la voix conciliante du Rouquin :

— S'il vous plaît, elle a besoin de se concentrer…

Le silence revient, plus froid, plus étranger qu'avant. Les secondes gèlent. Les regards sont tendus vers la jeune fille à genoux, suspendus à ses lèvres, à ses moindres mouvements. Elle incline son corps vers l'avant, se referme sur elle-même, et finalement prend la parole :

— C'est bon, ça vient… C'est bon…

Plus un souffle. Avec un effort considérable, David se retient désormais de penser, de peur que cela fasse du bruit.

— J'entends… Que tu ne m'aimes pas… Tu… Tu n'aimes personne… Mais je t'obsède… Tu fais semblant d'être mon amie… Tu parles dans mon dos… Tu parles dans le dos des autres… Tu mens à tout le monde…

Celle qui est dans l'ombre s'adresse manifestement à celle qui est assise. La seconde réagit fortement. Les mots sont des épines. La fille recroquevillée reprend son effort de divination.

— Parce que tu es amoureuse de mon mec… Tu

penses que je le mérite pas… Tu penses à lui chaque soir dans ton lit et ça te serre le cœur…

Celle qui est assise gémit :

— Mais qu'est-ce que tu racontes ?

— Silence, dit le Rouquin. Tu n'as pas le droit de parler.

Son autorité n'est pas discutée. David commence à trouver toute la situation légèrement grotesque. « Pour un jeu de rôle, ça manque d'humour. »

— Tu tombes toujours amoureuse des mauvaises personnes… En fait tu sais pas vraiment si tu l'aimes lui ou si tu m'aimes moi… Des fois tu te demandes et tu veux pas savoir… C'est impossible, c'est tout… Tu détestes ces émotions, que tu peux pas contrôler… Tu voudrais les ravaler…

Celle qui est assise respire plus difficilement. Ses yeux deviennent humides. Elle veut se relever, mais la main du Rouquin se pose fermement sur son épaule. Celle au sol continue, la voix fébrile :

— Tu voudrais disparaître… Avant de venir tu as mangé… Tu as ouvert le frigo et tu n'as pas réfléchi… Tu as mangé tout froid, tout d'un coup… C'était des restes, de la viande, un vieux morceau de fromage… Et tu as vomi… Tu fais ça toutes les semaines…

L'autre pleure complètement à présent.

— Arrête.

— C'est pour ça, sur ta main droite… La corne sur tes doigts, les cicatrices… Tu dis que c'est des allergies, mais c'est faux… Tu mens à tout le monde…

— Arrête !

Celle sur la chaise s'effondre. Elle prend son visage dans ses mains et court s'asseoir dans le coin le plus éloigné de la pièce. Elle entrecoupe le silence de ses sanglots. La fille au sol reprend lentement conscience, se redresse et s'assied sur la chaise vide.

— C'est bien, fait le Rouquin. C'est très intéressant. Qui veut prendre la suite ?

Des mains se lèvent à nouveau. Le garçon gras est choisi. Il traverse le cercle en roulant du derrière et se pose en tailleur, à son tour, dans l'ombre projetée.

David est perdu. « C'est qui ces gens ? Ils ont l'air de trouver tout ça normal… C'est écrit ? C'est répété ? En tout cas, ce n'est pas dans le roman. » Il faut bien l'admettre : ces jeunes filles qu'il a d'abord prises pour des bécasses viennent de le troubler. Leur douleur était palpable. Elles en ont irradié la pièce, retourné les tripes à chacun. Personne ne pense plus à la triste banlieue parisienne qui pourrait subsister derrière les murs. Le grenier pourrait se trouver n'importe où désormais. Flotter dans le vide. Ce pourrait être un lieu secret, coupé du monde, où des dieux affaiblis s'ennuient et rivalisent de pouvoirs inutiles. Mais le gros garçon tout mou va prendre la parole. Écoutons-le.

— Je l'entends… Elle me parle… C'est… Je sais pas si je peux le dire… Je suis désolé, c'est gênant… Je devrais peut-être…

— On ne choisit pas, fait le Rouquin.

— D'accord… D'accord… (Il cherche ses mots, se frotte les cheveux.) La personne en face de moi… Elle a triché… Elle n'entend pas les ombres… Elle savait tout avant de venir… Parce qu'on lui a dit… Parce qu'elle a lu le journal intime de son amie… Le journal était dans un placard… Un soir, pendant une fête, c'était facile… C'est facile d'ouvrir un journal intime… Le petit cadenas, il suffit d'un trombone…

Elle remue sur la chaise.

— Stop, c'est bon, ça me saoule, là.

— En fait, c'est toi la relation toxique… Tu as fait venir ta copine ici pour l'humilier, devant tout le monde… Tu avais tout prévu… Je suis désolé…

— Oh stop, c'est bon là j'ai dit !

Le Rouquin réclame le silence une fois de plus, mais la jeune fille s'exaspère.

— Nan, c'est bon, ça me saoule j'vous dis ! Et puis c'est qui ce mec ? C'est pas un gros lard qui va m'expliquer la vie, là !

Les joues pourpres et le regard dément, elle se lève et rassemble ses affaires.

— Je me casse, OK ? Bande de tarés. Vous faites pitié, là, avec vos jeux de gamins. Votre spiritisme de débiles, là. Bande de…

Elle claque la porte. Le silence revient. L'esclandre ne fait aucune vague, ne provoque aucun commentaire. Le garçon fessu se lève et prend la place libre sur la chaise. Le Rouquin fait appel aux volontaires et les mains se lèvent encore une fois. Une fille du second groupe est choisie, de celles entre deux âges, insignifiantes et mal fagotées. Elle s'agenouille dans l'ombre, le dos droit et les yeux fermés. Son apparence est sereine. On dirait qu'elle prie. David oublie tout et commence à prendre du plaisir, à prendre conscience du caractère inouï de cette soirée.

— C'est un papier, dit celle à genoux, un papier dans un tiroir… Le papier contient des formules… Oui, je comprends, ce papier t'angoisse énormément… Tu voudrais savoir ce qu'il contient… J'ai compris, c'est un devoir de mathématiques ? Le sujet du bac ? Cette année, ce sera les probabilités. Tu dois réviser le schéma de Bernoulli. La loi binomiale. Entraîne-toi. Tu rentreras en prépa. Ta mère sera fière de toi.

— Merci, dit-il, merci…

— Et tes amis ont tort. Michael Jackson est vraiment mort.

— Merci, tellement…

David lève les sourcils. Il est déçu. Il ne pensait pas que l'intensité de la soirée puisse retomber si vite. Il consulte Sheyenne :

— Je ne comprends pas, qu'est-ce qu'ils sont censés voir ?

— Ils voient ce qu'ils peuvent voir…

— Elle peut voir dans les tiroirs de l'Éducation nationale ? Ça n'a pas de sens.

— Oubliez ce que vous croyez savoir… Dans le roman, pendant l'incendie de l'école, quand le gardien perd son ombre et que son ombre vient chercher le héros pour le prévenir, vous trouvez que cela a du sens ? Ce que vous appelez la logique n'est rien d'autre que l'habitude. Certains phénomènes sont plus rares, c'est tout. Maintenant, taisez-vous, et soyez réceptif.

C'est la première fois que Sheyenne lui parle sur ce ton, légèrement cassant. Il se redresse et compose un visage méditatif en gage de bonne volonté.

— Qui veut prendre la suite ? demande le Rouquin.

Les volontaires sont encore plus nombreux, mais le Rouquin ne se précipite pas. Il observe les mains levées, comme s'il cherchait un candidat d'exception… Il s'arrête sur le visage de David.

— Pourquoi pas vous ? C'est votre premier soir, n'est-ce pas ?

David croit défaillir. Il s'était installé dans la position d'auditeur passif, mais les paroles de Sheyenne lui reviennent comme une gifle (« nous en aurons le cœur net ce soir »). Il voudrait fuir. S'excuser, remettre à plus tard. Il se tourne vers elle, mais ne voit que le profil d'une femme indifférente.

« Je vais me ridiculiser. Devant elle, devant tout le monde. »

— Ne vous inquiétez pas, dit le Rouquin. Il suffit de laisser venir. Pour certaines personnes, ça vient. Pour d'autres, non.

— Je pourrais... Je pourrais passer sur la chaise en premier ? Pour me préparer ? J'ai besoin de me concentrer.

La fille à genoux accepte de faire l'exercice, une seconde fois, dans cette position. David doit prendre place. Il soulève sa chair pantelante, sa carcasse de caoutchouc, traverse le cercle et se dirige vers la chaise. Il tourne le dos au faisceau de lumière et s'installe. « Si ces gens jouent la comédie, je vais le savoir tout de suite. » Il refuse d'imaginer d'autres explications. Toutes seraient absurdes.

Celle qui est à genoux commence à parler :

— Je vois un livre... C'est un livre secret... C'est le dernier livre... Tous les livres mènent à un seul... Et c'est celui-là... C'est celui-là que vous cherchez... Il est caché parmi d'autres... Il est un, parmi un million... Je vois l'intérieur mais je ne comprends pas... C'est un manuscrit... Il y a des formules mathématiques...

Vous, vous comprendrez… C'est le livre qui mène à tout… Qui mène à la fin…

David s'assouplit un peu. « C'est du charabia. Elle nous refait le même coup. Un tiroir, des formules, des mathématiques… Elle invente. » Lui-même commence à préparer son propre monologue. Quand ce sera son tour, il devra puiser dans un réservoir de mots souples, évocatoires, sans en dire trop, ni trop clairement, pour ne pas se trahir.

Elle continue :

— Votre ombre grandit… Hier, c'était celle d'un insecte… Un insecte ailé… Vous aviez quelque chose en commun…

David tressaille, il s'agrippe à sa chaise.

— Mais votre ombre s'étend… Ce n'est déjà plus une ombre d'homme… Elle s'étend sur demain… Sur ailleurs… Vous apprenez à maîtriser cette puissance… Cette force de lien nous unit… vous unit aux femmes que vous aimez… Car vous aimez deux femmes… Je vois… L'une d'elles va mourir. Je suis navrée… Dans quatre mois… Vous comprendrez… Ne pensez pas que c'est de votre faute… Je suis navrée de vous dire des choses pareilles… C'est très flou… C'est très flou pour moi aussi…

— Non, c'est très bien, fait le Rouquin. D'ailleurs, à voir le teint blême de notre ami, je crois que vous avez visé juste… Si certaines paroles n'avaient pas de sens pour vous, elles en avaient peut-être pour lui… N'est-ce pas ?

David voudrait dire quelque chose de léger, prouver qu'il surnage, mais rien ne sort de sa gorge. Sa tête s'est vidée de son sang ; celui-ci gargouille dans la poitrine et ruisselle jusqu'aux orteils. Et pourtant son crâne est lourd, il penche comme une boule d'acier, impossible à redresser.

— Vous pouvez échanger de place, dit le Rouquin.

La fille se lève et passe dans le faisceau du projecteur. David la voit distinctement pour la première fois, et la découvre aussi peu inspirante dans la lumière qu'elle ne l'était dans le noir. Elle est *moyenne* ; ses cheveux emmêlés lui tombent dans le dos, son corps est gommé par une ample robe à fleurs et sans formes. David se ressaisit : « Je ne peux pas m'effondrer. Je dois dire quelque chose… Regarde-la… On dirait quoi ? On dirait une fille simple… Peut-être qu'elle aime la campagne… Oui. La nature, tout le monde aime la nature… Pense aux médiums, c'est leur métier. Ils décodent les signes. Ils sont forts pour tromper leur monde. »

Il prend place dans l'ombre et s'agenouille. À contre-jour, la propriétaire de cette ombre devient plus intimidante. Faucheuse auréolée sur son trône.

David se concentre. Il sait que les premiers mots seront décisifs. Il faut une impulsion. Quelque chose qui lui donne de l'élan. Dans la pièce, pas un murmure, pas un frottement. Toute l'attention se porte sur lui, le transperce, le bloque dans sa réflexion. Sa cervelle est comme vitrifiée. Rien ne se passe. L'image de Sheyenne lui revient. Il sent son regard sur sa nuque. « Dis quelque chose, allez. » La fille sur la chaise porte des chaussures abîmées en cuir marron, qui remontent aux chevilles – des « godillots », comme on dit dans la famille Baumer. « Je ne vais quand même pas parler de ses chaussures ? Bon, dis quelque chose, ça ne peut pas être pire… »

— On vous écoute, fait le Rouquin.

— Oui… Oui… Je… C'est bon… Je vois quelque chose…

David respire un peu, gagne quelques secondes. Il reprend le contrôle sur ses tremblements. Il se lance :

— Je vois un champ de blé… (« Sois pas trop spécifique. ») Un champ, peut-être un pré, je ne sais pas… Ou juste de l'herbe… Enfin bref… Tu cours dans le champ… Oui, tu cours dans le champ car tu aimes la nature… (« Sois plus spécifique. ») Tu es enfant. Tu cueilles des fleurs, tu fais un bouquet… (« C'est nul, on dirait une publicité pour du savon. ») Oui, c'était un soir d'été, tu faisais un bouquet pour ta maman, et… (« Respire ! Respire ! ») Je… Ce n'est pas facile, les choses se brouillent…

Depuis là-haut, derrière les rayons lumineux pailletés de poussière, la voix du Rouquin descend et console notre homme en souffrance :

— Détendez-vous. C'est normal la première fois… Fermez les yeux… Laissez venir.

David s'exécute. Il roule des épaules, s'étire le dos, comme s'il se préparait pour un effort corporel – une lutte, une ascension. Une chute.

— Je vois le bouquet… Tu offres un bouquet à ta mère parce que… Tes parents sont divorcés… (« Pas de risque, tous les parents sont divorcés. ») Tu voyais ça comme une façon de redonner le sourire à ta mère… Parce qu'elle pleurait beaucoup… Et ça te rendait très triste aussi… Et donc… Je… Non… Je suis désolé, c'est ridicule, je n'y arrive pas…

David ouvre les yeux. Il fait de grands gestes appelant à l'aide.

— Je suis désolé. C'est pas contre vous. C'est pas mon truc, voilà…

Le Rouquin s'approche et le force à rester assis dans l'ombre.

— Attendez… Peut-être que ce n'était pas un mauvais début ? Qu'en pense la propriétaire de l'ombre ?

La fille sur la chaise hoche la tête avec un air affligé.

— Non… Mes parents ne sont pas divorcés. Et puis nous n'allions jamais à la campagne.

— Je suis désolé, répète David.

Il s'apprête à regagner sa place, mais le Rouquin l'arrête sèchement.

— Vous ne pouvez pas rester.

— Quoi ?

— Vous n'avez pas le don. C'est la règle.

David se tourne vers Sheyenne. Dans le fond du grenier si sombre, elle se réduit à deux jambes sans corps, éloquentes, immobiles et sévères, croisées comme un refus.

Humilié, David quitte la pièce avec fracas. Il dévale les escaliers, pousse la porte d'entrée, saute par-dessus les marches du perron puis se précipite sur le trottoir ; il ne serait pas allé plus vite en étant poursuivi par des tueurs. Il fait complètement nuit désormais. David sent l'air frais comme s'il sortait de terre.

« Ils sont cons. Ce n'est pas possible d'être aussi con, de se prendre au sérieux… Des gosses ! Putain mais dans quoi je m'embarque ? J'ai 33 ans ! »

Il prend machinalement la direction du métro. Une fois assis à l'intérieur de la rame, les imprécations cèdent place au dénigrement de soi.

« Je suis trop con. Ce n'était pas dur de faire semblant. Sheyenne va penser que je suis une merde. Que je me crois au-dessus, que je les méprise… Il faudra que je lui dise demain que… Diana ! »

Il vient de se rappeler qu'il était attendu chez lui pour le dîner. Il regarde son téléphone : minuit. « Putain ! J'ai tout raté ! » Décevoir Sheyenne, c'était déjà beaucoup. Mais décevoir en plus Diana dans la même soirée ? Des larmes lui montent aux yeux. Il ne pense plus qu'à rentrer pour s'expliquer. Surtout, rentrer pour dormir, tout oublier. Il maudit le métro de ne pas circuler plus vite et de marquer des arrêts si longs à chaque station. « Allez ! Allez ! » Dire qu'il était encore, deux heures plus tôt, l'homme le plus heureux du monde…

Il arrive enfin sur les Grands Boulevards. Il court, à présent. Il monte les cinq étages qui mènent à son appartement. Il entre à bout de souffle et sent immédiatement une atmosphère étrange ; la soirée doit être terminée car le calme règne, mais certaines lumières sont encore allumées et les portes sont grandes ouvertes… Diana n'est pas couchée. Sa voix résonne faiblement dans le couloir. Elle n'est pas seule. David effectue quelques gestes de réassurance : il ajuste sa veste, passe la main dans ses cheveux, prend une grande inspiration. Il ouvre la porte du salon.

Diana est là. Un autre homme aussi. Sur la table restent quelques assiettes, deux bouteilles de vin – l'une à moitié pleine. Diana fume une cigarette, menton sur le poing, l'air très las. Peut-être aussi légèrement ivre. Elle soupire :

— Tout le monde est parti. Merci, David, vraiment, merci.

L'homme en face d'elle doit avoir la quarantaine. La

maturité plisse avantageusement les commissures de sa bouche et de ses yeux. Son impeccable col roulé noir, sa barbe légère aux contours nets et ses mèches blanches assumées lui confèrent ce type d'allure sursignifiante, et trop étudiée, que David désigne généralement sous le nom de « parfait connard ».

— C'est Patrick, dit Diana.

— Enchanté, répond Patrick avec un soupçon d'arrogance.

Il se lève.

— Bon, je crois que je vais partir. On se voit demain à la mairie ? Allez, bon courage.

Il fait la bise à Diana, prend son manteau sous le bras et, passant près de David, s'adresse à lui sur un ton paternel :

— Tu devrais prendre soin d'elle. C'est une fille extraordinaire.

Il quitte l'appartement. David se retrouve pantois. « Est-ce que ce fils de pute vient de poser sa main sur mon épaule ? »

— C'est qui ce mec ?

— Un collègue. Il a eu la gentillesse de pas me laisser seule.

Diana écrase son mégot dans une assiette. Ses yeux rougis sont bas. Elle refuse de regarder David, de considérer ne serait-ce que le bout de ses pieds… Elle se lève.

— Je rangerai demain.

Elle part se coucher. Il veut la retenir. Il tend une main trop courte.

— Attends ! Excuse-moi, je vais t'expliquer…

— Bonne nuit.

## V

## POUVOIR ET RÉSISTANCE

Le groupe du lundi s'était mis d'accord pour dîner *Chez Denise*, près des Halles. Passé les terrines, les asperges vinaigrette et les plats de choux farcis, la troupe commandait encore des alcools et des cafés, en ordre dispersé, pour faire durer le plaisir d'être ensemble. Toute une partie de la tablée s'écharpait au sujet d'un poème, *Le Grand Combat* de Michaux, que David avait lu sur scène en première partie de soirée – celle où tous les auteurs ont encore droit de cité.

Pour certains, ce poème était d'autant plus terrible qu'il exprimait la violence avec des mots inventés, offrant plus de latitude à l'esprit pour imaginer les sévices qu'un personnage faisait subir à l'autre.

— *Emparouiller*, disait l'ancienne ouvreuse, tu te rends compte de ce que ça peut bien vouloir dire ? Em-pa-rou-iller !

Par taquinerie, David répondit que le poème révélait seulement la perversité des lecteurs, et qu'il pouvait tout aussi bien décrire un combat à la loyale, la lutte symbolique d'un personnage avec lui-même, ou encore un rapport amoureux.

— Un rapport amoureux ? Pff ! Alors un truc de sagouin ! Écoute bien : *il le roupète jusqu'à son drâle* ! Ça t'évoque des câlins, toi ? Moi je voudrais pas me faire roupèter jusqu'à mon drâle, ni jusqu'à rien d'autre !

— Mais c'est parce que tu le prononces comme ça, aussi.

— Comment, *comme ça* ?

— T'éructes, on dirait un cerf qui brame ! Regarde, si tu le dis doucement… Genre : imagine un couple, c'est le mois de juin, les cerisiers sont en fleur… Elle cueille des pissenlits… Le gars lui caresse la joue… Et puis, fébrilement, il la roupète, du bout des doigts, jusqu'à son drâle…

— Non, c'est pas comme ça qu'on roupète… Roupè-ter ! Déjà, dedans, y a péter ! Y a roupettes ! Et ça ressemble à rouspéter !

David trouva du soutien chez le pianiste qui, comme souvent, était trop ivre pour deviner l'intention purement ludique de la conversation.

— Le David a raison ! Moi je dis que si le Michaux il utilise des mots qui existent pas, c'est pas pour dire des trucs qui se disent pas avec les mots qu'on a déjà… Il veut dire des trucs nouveaux, des trucs qu'on peut presque pas penser… Peut-être que *roupèter*, ça veut dire, heu… C'est quand tu reluques un mec, que tu lui trouves une bonne gueule, mais qu'il t'énerve en même temps, et que tu te demandes si t'es jaloux, si c'est un rival, ou si t'es pas un peu pédé sur les bords…

— Et le drâle ? fait David.

— Bah, le drâle, c'est… c'est le parfum de la peau juste après la douche, quand c'est la canicule, et que tu transpires tout de suite sous les bras. C'est l'odeur de la sueur propre, un peu savonneuse, ouais, voilà…

Du coup, le mec, il croise l'autre, et il le roupète, de la tête aux pieds, jusqu'à son drâle…

Chacun prit d'abord un air poliment pénétré, pour montrer que la théorie méritait qu'on s'y arrête, qu'elle ne pouvait pas être rejetée sur-le-champ comme la divagation d'un grand buveur, puis la tablée partit dans un éclat de rire. Le pianiste agita son verre en grognant :

— Bande de nuls ! Vous connaissez rien à la littérature ! Allez, viens, sers-moi du pinard là !

La conversation reprit son galop cacophonique. Seule Sheyenne restait à l'écart. Depuis quelques semaines, elle s'était assombrie, peut-être à cause de soucis personnels ; peut-être, surtout, parce que son protégé l'avait déçu. D'ailleurs, elle faisait tout pour ne pas croiser David, prétextant des réunions au travail ou des rendez-vous en ville. Ils ne se retrouvaient même plus chez Paulette pour prendre un verre avant d'aller à la cave. Par conservatisme et par superstition, David s'y rendait encore, seul, pour boire le porto.

Les cachotteries de Sheyenne, ses manières éthérées, qui lui conféraient tant de charme quand elle était gaie, finissaient par la rendre agaçante maintenant qu'elle était méchante. David avait essayé de la faire parler, par différentes sortes d'approches et de ruses, mais chaque fois elle disait aller bien, n'avoir aucun secret, ce qui devenait risible puisque tout, dans son attitude, indiquait le contraire.

David brûlait d'envie de lui confier ses derniers progrès – car il avait franchi des paliers capitaux. Il avait enfin compris quelles étaient, chez Marc Levy, ces fameuses « deux périodes » dont on lui avait parlé. En fait, le point de bascule s'opérait avec *Vous revoir.*

Il ne s'agissait pas d'une suite à son premier roman, pas même d'une variante sur le même thème. Il s'agissait d'un métaroman, d'un commentaire portant sur l'œuvre et la carrière de Marc Levy lui-même.

On aurait pu croire que l'auteur avait choisi la facilité, réécrivant son premier succès, mais à l'envers, puisqu'ici, c'est Arthur qui se trouve dans le coma, et Lauren, l'infirmière, qui tombe amoureuse de lui. Mais ce que Marc Levy voulait vraiment dire, c'est justement cela : qu'il reprenait son œuvre par le début pour la retourner tête en bas. Désormais, il ne serait plus question de cacher des vérités sous la fiction, mais d'introduire la fiction politique au sein du réel. Il n'attendait plus de ses lecteurs qu'ils découvrent le socialisme du passé, mais qu'ils agissent pour le socialisme du futur. D'ailleurs le livre se terminait sur cette phrase : « Et Arthur entra enfin dans le placard… » Le message était clair. Le projet socialiste fabien, qu'incarnait Arthur, devait à présent mûrir à couvert, loin des regards. « Dans le placard… »

Une fois que l'on adoptait cet angle de lecture, le sens profond des romans suivants se donnait de lui-même. *Le Voleur d'ombres* était une autobiographie, de toute évidence. Marc Levy racontait ici sa propre enfance, quand il découvrit son don d'empathie, lui permettant de ressentir les moindres mouvements d'âmes, même les plus ténus passant inaperçus à leurs propriétaires. Cette aptitude expliquait son succès, car aucun écrivain ne peut faire carrière sans un certain pouvoir de pénétration psychologique… Ce pouvoir était-il surnaturel ? La question méritait d'être posée. Frank Podmore, le fabien chasseur de fantômes, l'avait prise au sérieux. La télépathie n'était-elle pas, justement, ce que voulaient exercer certains jeunes gens, le soir, dans un grenier de la banlieue parisienne ? Marc Levy ne cherchait-il pas à nous transmettre certaines connaissances anciennes, que les premiers socialistes auraient affinées, puis transmises, à demi-mot, de génération en génération et jusqu'à nos jours ?

David comprenait qu'il avait certainement vu trop court. Marc Levy ne se contentait pas de citer la gauche spirituelle, celle des cryptes et des capuches, des rites et des flambeaux. Son univers plongeait plus loin dans le XIX$^{e}$ siècle, jusqu'aux racines du socialisme utopique en France. Par exemple, si Charles Fourier n'est aujourd'hui plus connu que pour son phalanstère, c'est qu'une forme habile de censure a gommé les aspects les plus puissants de sa philosophie, ses filiations avec le spiritisme, ses découvertes concernant la réincarnation des âmes (illustrées par Marc Levy dans *La Prochaine Fois*) ou sa cosmogonie si particulière (décrite par Marc Levy dans *Le Premier Jour* et dans *La Première Nuit*).

Mais Marc Levy puisait surtout sa doctrine à la source la plus ancienne du socialisme, la plus primordiale, c'est-à-dire dans le mouvement saint-simonien (dont la Fabian Society n'était, en fait, qu'une résurgence anglo-saxonne et tardive).

L'un des grands prêtres de la secte saint-simonienne s'appelait Prosper Enfantin. Les historiens que David avait pu lire attribuaient à ce personnage d'étonnants pouvoirs s'apparentant à de la voyance. Jean-Pierre Callot releva notamment qu'Enfantin avait, par écrit, fait de nombreuses prédictions qui finirent par s'avérer exactes. Au point que les certitudes de Callot vacillèrent.

> Si je n'étais affligé d'un esprit aussi étroitement cartésien, j'aimerais à penser que l'alchimie saint-simonienne élaborée sur les pentes de Ménilmontant avait permis aux membres de la secte de rejoindre les grands initiés qui voient « l'univers dans un grain de sable et l'éternité dans une heure[1] ».

Les dons de Prosper Enfantin n'échappèrent pas non plus à ses contemporains, et Victor Hugo le qualifia, dans une lettre, de « voyant de la vie universelle ». Pour autant, il n'était peut-être pas nécessaire d'abandonner le cartésianisme pour comprendre les étonnantes capacités des saint-simoniens, car leur objectif principal fut toujours de prévoir l'avenir. Ils développèrent à cet effet des techniques savantes, des formules mathématiques, dont la plupart avaient sombré dans l'oubli... Ces techniques auraient-elles survécu dans quelques cercles clandestins ? Devinrent-elles une arme au sein d'un mouvement révolutionnaire secret ?

Marc Levy, porte-flambeau des saint-simoniens : l'hypothèse était si folle que David lui-même ne pouvait qu'en sourire. Et pourtant, un coin du grand-voile se levait.

Les indices étaient partout. David avait déjà vu, dans la cave du Levy's Club, un bronze de loup posé sur le piano. En faisant plus attention, il vit une autre sculpture, assez semblable, mais en porcelaine, au-dessus d'une vieille armoire. Deux loups tournés dans la

1. Jean-Pierre Callot, « Les polytechniciens et l'aventure saint-simonienne », Bulletin de la Sabix, 42 | 2008, p. 40-51.

même direction : exactement l'armoirie de la famille Saint-Simon (dont l'un des ancêtres fut « grand louvetier de France », c'est-à-dire chargé par le roi d'organiser les chasses aux loups). Quant au roman *Mes amis mes amours*, il faisait assez clairement référence à l'expérience communautaire saint-simonienne, dite « épisode de Ménilmontant » ; comme Prosper Enfantin et Michel Chevalier, les deux personnages principaux du livre sont des hommes qui choisissent de vivre sous le même toit, de cultiver leur jardin, et surtout, de s'appliquer une règle particulièrement austère : « Pas de femme à la maison »… Et que penser de la chanson *Je t'écris*, de Grégory Lemarchal ? Un soir, Sheyenne l'avait chantée d'un air absent, *a capella*, pour satisfaire aux demandes répétées du groupe qui l'encourageait en tapant des mains. Les paroles, signées par Marc Levy, ne décrivaient-elles pas l'idéal humaniste des saint-simoniens, et leurs efforts de prédication menés « aux quatre coins de la terre » ?

La doctrine saint-simonienne était l'une des plus étranges qui soient, mélange de scientisme et de religion dont la saveur particulière mijotait dans l'aube industrielle, quand on respirait des nuages de charbon mais qu'on croyait sentir approcher l'Éden. Le plus souvent possible, sur ses heures de loisir comme sur ses heures de travail, David s'échappait à la bibliothèque et lisait tout ce qu'il y avait à lire sur le sujet. Et voici ce qu'il comprit.

Les saint-simoniens n'existèrent, officiellement, que dans la première moitié du XIX^e^ siècle. Ils vouaient un culte aux réseaux : transport, information, énergie, argent… En se développant, en se densifiant, les réseaux devaient « féconder la Terre » jusqu'à l'abolition des hiérarchies et des classes sociales. L'objectif des saint-simoniens était digne des alchimistes : l'humanité tout entière, en s'interconnectant, devait ascensionner pour devenir un seul et même organisme, une même conscience unifiée.

Les saint-simoniens ne se passèrent pas complètement de Dieu, pensant l'avoir trouvé dans la loi de la gravitation ; cette force mathématisable, poussant les corps les uns vers les autres, créant les planètes et les étoiles. Tous les socialistes qui suivirent creusèrent cette veine mystique, de Proudhon jusqu'à Robert Owen, en passant par John Barmby qui fonda même « l'Église communiste ». Quelques années plus tard, Marx mit un couvercle sur ce bouillonnement primordial, que les fabiens tentèrent de raviver.

Comment le socialisme avait-il pu naître dans un tel feu de visions glorieuses pour aboutir, deux siècles plus tard, à ce parti politique dont les ambitions rachitiques comptent les congés menstruels et les « fresques du climat » ?

Depuis trop longtemps les pouvoirs privés s'arrogeaient le contrôle des réseaux, poursuivant des objectifs contraires à ceux des saint-simoniens. Magnats d'Internet, actionnaires d'aéroports, propriétaires de péages, gestionnaires de flux financiers, constructeurs de pipelines et d'*hyperloops* : tout un camp s'organisait pour détourner le sens originel du réseau, s'en servir comme un moyen d'exploiter la Nature et d'exploiter l'Homme ; un moyen de nous atomiser, de nous isoler les uns des autres ; un moyen de vendre des tickets.

David connaissait son camp. L'heure n'était plus aux

demi-mesures. Le recours à la violence était inévitable. D'ailleurs, Marc Levy ne cachait pas sa sympathie pour les résistants, en interview (« J'aime les résistants des temps modernes ») comme dans ses romans. *Les Enfants de la liberté* faisait l'éloge des résistants communistes ; *Une autre idée du bonheur* mettait en scène une militante des droits civiques, emprisonnée pour un attentat à la bombe… Dans le camp du pouvoir, le résistant est toujours perçu comme un terroriste ; dénoncé, persécuté comme tel. Voilà, en substance, le message porté par le plus célèbre des écrivains français. Message libérateur mais explosif.

David s'enfermait dans une tour d'idées grandioses, surplombante et plongée dans un orage perpétuel. Il s'y trouvait de plus en plus seul.

Un midi, cherchant Sheyenne dans les bureaux, il la trouva dans la pièce du sous-sol avec Elise. Depuis quelque temps, la seconde s'était mise au yoga sous l'influence de la première. Elles pratiquaient toutes les deux, de manière quasi quotidienne. David ne s'étonnait plus de cette amitié nouvelle et l'expliquait, comme souvent, par des mécanismes dont il était le centre. « Elle se rapproche de Sheyenne pour se rapprocher de moi, c'est une triangulaire classique. »

Il observa ces deux corps si différents. Ces quatre jambes offertes en lycra. La méridionale courte et joufflue ; la reptile aux yeux citron. Deux rivages inaccessibles à David – d'autres hommes, sans doute, s'étaient déjà couchés là.

Quand elles se mirent à quatre pattes et firent *uttana shishosana*, David se réveilla comme en sursaut, horrifié par son propre voyeurisme. Il remonta l'escalier, s'assit à son bureau puis se mura toute l'après-midi dans une concentration fiévreuse, parcourant des articles de presse et des forums internet pour tout apprendre sur les différents moyens d'acheter des armes.

Paris s'était glissé dans le mois de mai comme sous une couette de ciel bleu, bâillant au soleil, considérant soudain les affaires sans importance et les remettant à juin. Les bourgeois avaient regagné leurs maisons de campagne et les étudiants s'étendaient sur les terrasses des cafés, les pelouses et les berges du canal.

David avait suivi le rythme de la foule. Il se promenait le torse fier, n'allant nulle part et s'émerveillant de tout : l'odeur des poulets rôtis rue de Belleville, le crépitement des langues orientales à l'entrée des bazars, les nouvelles adresses à la mode et leurs concepts idiots qui seraient oubliés dans moins d'un an – bar à madeleines, bar à cupcakes, restaurant-friperie, cave à bière et vieux vinyles, glaces en forme de spaghettis, dégustations d'eaux venues du monde entier… Qu'un peuple s'enlise à ce point dans une quête de plaisirs futiles pouvait être un motif de mélancolie pour les esprits chagrins, ceux qui se faisaient une certaine idée de la France et de sa grandeur, qui s'accrochaient aux vieilles lunes nationalistes et pour qui le mot « révolution » sonnait comme « apocalypse ». Mais David n'était pas de ceux-là. Pour lui, la France comptait autant que le canton de Langogne. Il voyait plus grand. Il avait des plans.

Il emportait sous son bras *Le Nouveau Christianisme*, de Saint-Simon. Quand une table en extérieur et en pleine lumière lui paraissait accueillante, il s'installait, s'étirait les jambes et patounait dans le vide jusqu'à ce qu'un serveur le remarque ; alors il commandait une boisson (jamais d'alcool avant 14 heures), ouvrait son livre ostensiblement, lisait une phrase ou deux, puis le reposait, comme pour digérer la prose, se calmer l'esprit grâce au spectacle infini des passants et des passantes.

La pensée saint-simonienne l'exaltait :

« Ce mélange de spiritualité, de politique, d'espoir, c'est plein de vie, ça frappe l'imagination, ça touche au bon sens… C'est le médicament pour toute une génération qui croit exister pour rien… C'est le remède contre le spleen ! »

Il lui arrivait de ressortir *L'Être et le Néant* avec une certaine répugnance. Face à Saint-Simon, dont le texte incarnait l'idéal de concision, de clarté, d'exhaustivité, Sartre avait l'air d'un vieux birbe sénile un peu dégueulasse, un graphomane entassant les mots poisseux. David avait particulièrement étudié le passage intitulé « L'écueil du solipsisme », espérant y trouver des arguments pour contredire sa colocataire, mais les phrases défilaient devant ses yeux sans accrocher sa conscience. Il relut la conclusion du chapitre une dizaine de fois sans rien y comprendre :

> *[…] En un sens, l'existence d'une pluralité de conscience ne peut pas être un fait premier et nous renvoie à un fait originel d'arrachement à soi qui serait le fait de l'esprit ; ainsi la question métaphysique : « Pourquoi y a-t-il* des *consciences ? » recevrait une réponse. Mais en un autre*

*sens, la facticité de cette pluralité semble être irréductible et si l'on considère l'esprit à partir du* fait *de la pluralité, il s'évanouit ; la question métaphysique n'a plus de sens : nous avons rencontré la contingence fondamentale et nous ne pouvons répondre que par un « c'est ainsi ». Ainsi l'ekstase originelle s'approfondit : il semble qu'on ne puisse faire au néant sa part*[1]*. [...]*

Fallait-il apprendre ce baragouin par cœur ? Cette « conclusion » pouvait-elle ébranler les convictions d'une solipsiste ? Car les idées d'Alex faisaient leur chemin.

Elle avait publié sa « grande œuvre » (quatre-vingt-cinq pages) sur un blog. Le texte avait été téléchargé plusieurs milliers de fois et suscitait, sur les réseaux sociaux, une poignée de commentaires intrigués. Certains allaient jusqu'à dire qu'Alex traçait une voie nouvelle, et prometteuse, pour les mouvements d'émancipation et toute personne soucieuse de la justice sociale.

Un dimanche, elle s'était pavanée dans l'appartement, en culotte, agitant un paquet de feuilles agrafées sous le nez de David.

— Un contrat, mec ! Un contrat chez un éditeur ! T'es dans ta jalousie, je suis dans mon jacuzzi !

David ne s'étonnait plus des merdouilles grandiloquentes que l'on publiait au nom de « la gauche ». C'était devenu banal.

La bande de Tarnac venait justement de faire scandale avec le *Manifeste conspirationniste*, où l'on défendait une fois de plus le droit (le devoir ?) de croire et de dire n'importe quoi. En 2007, les mêmes avaient écrit

1. Jean-Paul Sartre, *L'Être et le Néant*, Gallimard, 2017, p. 411.

*L'Insurrection qui vient* et toute la gauche, à l'époque, avait applaudi. Le petit opuscule condamnait le progrès (« synonyme de désastre »), guettait l'effondrement de la société, l'appelait de ses vœux, et souhaitait préparer le monde d'après ; un monde primitif, opaque, ultra-morcelé, où chacun devrait apprendre à « se battre, crocheter des serrures, soigner des fractures aussi bien que des angines, construire un émetteur radio pirate… » Mais apprendre à soigner des fractures ou à construire des émetteurs, cela ne revient-il pas à former des médecins et des ingénieurs – ce dont le progrès, lent, tumultueux, nous a permis de bénéficier dans le monde d'hier ?

*Idem* dans *Constellations*, petite brochure d'un collectif anonyme, Mauvaise Troupe, qui reprenait sans le savoir tous les arguments réactionnaires des romantiques du XVII^e^. Chez Mauvaise Troupe, on était *gendegauche*, mais contre la science, la raison, les Lumières ; pour le retour de l'intuition, du sentiment, de la tradition, des rituels, de la phytothérapie… France Culture et Libération approuvaient. Comment ne pas approuver cette gauche qui s'oppose à toute forme de norme ou de projet collectif – forcément aliénant ?

> Je crois que la vérité est produite, comme Foucault, Nietzsche ou Deleuze. Qu'elle est une construction. Qu'elle a ses rituels et ses conditions académiques de validité, qui sont parfois moins pertinents qu'une intuition authentique[1].

---

1. Alain Damasio, *Coronavigation en air trouble*, Socialter, 14 avril 2020.

Au comptoir d'un bistrot, David avait lu ces quelques lignes dans un magazine. Elles étaient signées Damasio. Tout le monde adorait Damasio. Tout le monde le trouvait cool. Coco. Rebel. L'important, pour l'écrivain, n'était pas de dire quelque chose de vrai. L'important, c'était qu'il use de son pouvoir créateur, qu'il affirme des choses contradictoires et surprenantes – qu'il soit nietzschéen. Ainsi parlait Zarathoustra, prophète des zadistes et de la gauche CSP+.

Quand David croyait ce monde devenu fou, il se réfugiait dans les pages du *Nouveau Christianisme* et s'abreuvait à cette langue limpide, lumineuse entre toutes. D'ailleurs celle-ci n'était pas sans rappeler le style de Marc Levy, dont David venait d'acheter le seizième roman : *Elle et Lui*.

« Seize déjà ! Pourvu que ça ne s'arrête jamais ! »

Il ne se cachait plus pour lire son auteur préféré. Même au travail, il pouvait s'asseoir dans un canapé, sans la moindre gêne, et surligner des passages pendant toute une après-midi. Certains de ses collègues s'en étonnaient, voire étaient déçus. D'autres, au contraire, trouvaient que ce goût populaire donnait au directeur un air plus accessible et sympathique.

Elise appartenait à cette deuxième catégorie. Un jour, en passant devant lui, elle trouva le courage de l'interrompre :

— Tiens, vous aimez Marc Levy ? Moi aussi ! Je suis en train de le découvrir. C'est génial, non ?

— Hm hm…

— C'est Sheyenne qui m'a conseillé de le lire.

— Sheyenne ?

Elise sentit qu'elle venait d'éveiller l'intérêt du jeune homme. Elle en profita pour s'asseoir à son côté.

— C'est vrai qu'au début j'avais plein de préjugés sur elle… Vous savez, nous les filles, on est un peu comme ça des fois. (Elle mima les griffes de chat.) Mais en fait elle est super sympa. On s'entend bien. Elle est un peu sorcière comme moi… Ce week-end, je l'ai même emmenée faire un stage éco-féministe. C'était super *empouvoirant* !

— J'ai rien compris.

— La domination de la nature, la domination de la femme, c'est pareil. Tout ça vient du patriarcat, qui est l'essence du capitalisme.

— Y a pas de femmes capitalistes ?

— On essaye de survivre dans un monde d'hommes, c'est tout. Mais si on était au pouvoir, on aurait fait les choses différemment.

— Depuis cinquante ans, les femmes gagnent du pouvoir, mais le capitalisme devient pas plus tendre.

— C'est parce qu'elles sont emprisonnées dans des schémas patriarcaux. Elles agissent et pensent comme des hommes pour se faire une place. C'est super profond, ça fait dix mille ans que ça dure… Vous voyez ?

Dans la bouche d'Elise, « patriarcat » signifiait plus ou moins « toutes choses mauvaises ». Comment discuter à propos de concepts si vagues et mouvants ? David choisit de revenir sur un sujet qu'il connaissait mieux et qui l'intéressait beaucoup.

— Mais alors… Tu lis Marc Levy ?

— Oui ! J'ai commencé il y a deux mois. Je les dévore ! Les uns après les autres ! Pas vous ? J'aime bien sa simplicité… C'est simple et c'est complexe à la fois. Et puis y a… Je ne devrais pas vous en parler, je crois que c'est un truc un peu secret, entre Sheyenne et moi…

Elle se mordait la lèvre inférieure. David referma son livre sur ses genoux. Il était désormais tout disponible.

— Dis-moi ?

— Bon, d'accord… (Elle s'approcha de lui pour parler plus bas.) Elle m'emmène voir des trucs de dingue… Y a des fans qui se regroupent… Le troisième mardi de chaque mois, dans un appartement…

— Le mardi ?

— Oui… J'y étais… On rejouait des scènes, comme dans *L'Étrange Voyage de Monsieur Daldry*… Vous l'avez lu ? Vous voyez, cette scène, quand Alice, la parfumeuse… Oui ? Quand elle va chez la voyante et qu'elle la surpasse, parce qu'elle a un nez incroyable ? On faisait ça. Il fallait deviner des trucs avec les odeurs… Certaines personnes ont un vrai don, vous savez ?

David peinait à croire ce qu'il venait d'entendre. Il ressassa tout le reste de la journée, les yeux rivés sur le hall d'entrée (qu'il pouvait surveiller depuis les hauteurs de son bureau). Quand il vit Sheyenne passer la porte, il se rua dans les escaliers et la rattrapa sur le trottoir.

— Dis-moi, à quoi tu joues !

Elle se retourna, prise de peur. David comprit qu'il serrait un peu trop fort le bras de la jeune fille et lâcha sa prise.

— Je rentre chez moi, dit-elle.

— Tu sais ce que je veux dire… Tu me snobes. Et maintenant t'emmènes Elise dans des clubs que je connais pas ? C'est quoi ce truc du mardi soir ?

— Je ne contrôle rien. J'aime passer du temps

avec Elise. Nous nous sommes rapprochées. Elle est prometteuse.

David grimaça, comme écœuré.

— Prometteuse ?

— Chacun doit jouer son rôle…

— Arrête avec ton blabla ! Dis-le, je t'ai déçue l'autre soir, dans le grenier, avec les ombres…

— Vous devriez vous concentrer sur l'avenir et pas sur le passé. Qu'allez-vous faire demain ?

— On ne pourrait pas prendre le temps de se parler, un soir ? On pourrait sortir, comme avant…

— Je ne sais pas.

Elle avait dit ces mots en s'éloignant, déjà. Le frappement de ses talons résonnait sur les façades et revenait sur David comme des coups de marteau l'enfonçant sous terre.

« Qu'est-ce que je vais faire demain ? »

Guillaume faisait avancer la poussette comme un wagonnet de mine ; comme, certainement, il faisait avancer son caddie rempli de couches et de lait dans les allées des supermarchés. Exsangue et froid, il avait achevé sa métamorphose en cadavre ambulant. Il répondait par phrases minuscules, atones, et David avait l'impression de le questionner au scalpel, d'extraire de lui des indices pour déterminer les causes de sa mort.

— Tu dors encore mal ?

— Le suicide est génétique.

— Quoi ?

— J'ai fait des recherches. Dans ma famille ça va.

C'était l'Ascension. Le parc des Buttes-Chaumont s'était recouvert d'une populace hétérogène, où les nounous ivoiriennes et maghrébines côtoyaient les adolescentes en sous-vêtements jouant à la « bataille d'eau ». Il fallait zigzaguer sur les allées pour traverser la foule, les touristes au nez relevé, les attroupements d'oisifs léchant des glaces ou jetant du pain pour les canards.

Quand Guillaume ne parlait plus du tout, Juliette parlait en son nom. Elle raconta que les derniers mois avaient été difficiles pour lui, car Amora préparait le lancement d'un produit innovant mais risqué : la moutarde goût mojito. Guillaume avait sué sang et eau pour respecter les délais, pressurant ses collaborateurs et ses prestataires, et provoquant même deux arrêts maladie. « Y a des gens qui sont pas faits pour l'entreprise, conclut-elle. Ils ne supportent pas le stress. » Puis elle frotta les épaules de son compagnon comme pour lustrer un objet précieux. « Mais mon p'tit Guigui, c'est le plus fort ! »

Consciente du fait qu'une conversation ne pouvait pas se faire à sens unique, elle questionna David par politesse :

— Et toi, la Share School ?

— Share Academy.

— Oui, voilà. Tu veux toujours te barrer ?

David ne voulait plus se barrer. Il essayait encore de provoquer l'implosion du groupe. Puisque la vie professionnelle devait être une parodie miniature de la vie publique, il avait décrété que la notion même de « vérité » serait abolie dans les bureaux, car on « savait bien depuis Foucault » qu'elle n'était qu'une construction sociale. Ainsi plus aucun employé n'était autorisé à critiquer le point de vue d'un autre. Toute référence aux *faits* était bannie. N'importe qui pouvait donc « ressentir », à sa manière, son but et sa place dans l'organisation, selon les jours et les circonstances. On pouvait avoir « l'intuition » de commander, d'obéir, de réussir ou d'échouer. Si l'on vous demandait d'accomplir une tâche, il était parfaitement possible de répondre qu'elle était déjà terminée, ou même de prétendre qu'elle revenait à d'autres.

Contrairement à ce que pourraient croire les gens sous-instruits, ces nouveaux principes ne conduisirent pas la Share Academy au chaos. Bien au contraire, celle-ci continua de fonctionner, ni mieux ni moins bien, comme fonctionnerait un générateur de nombres aléatoires. Le grand public et les médias suivaient cette « expérimentation » avec la plus grande sollicitude. Une journaliste du *Monde* avait même téléphoné pour faire une interview de David illustrée de son portrait – l'article devait occuper une pleine page dans les feuilles économiques.

Juliette écoutait ce récit avec intérêt.

— Waouh ! Bravo mon coco ! T'as changé !

— Changé ?

— Ouais t'es plus ouvert… Comment dire… Avant t'étais un peu nazi.

Satisfaite d'avoir posé ce diagnostic, elle proposa de trouver refuge dans un quartier moins bondé pour prendre un verre. David suggéra quelques adresses qu'il avait en tête, dont celle d'un bal populaire organisé dans une friche urbaine à Place des Fêtes. Guillaume ricana.

— Les trucs de babos…

— Et l'ancienne miroiterie ?

— C'est pire.

Il y avait quelque chose d'irritant à le voir traîner sa misère, sa nostalgie, tel un petit épicier d'illusions perdues, soignant si peu sa cervelle que celle-ci s'enrhumait désormais au moindre courant d'air. Il refusait de se rendre dans un endroit qu'il ne connaissait pas déjà car, pour lui, le monde s'était arrêté avec la fin de ses années étudiantes. Guillaume abhorrait la jeunesse mais, dans le fond, la jalousait. Avec Juliette ils proposèrent de marcher jusqu'à la Villette pour se rendre à l'*Indiana Café* – un pub aux dimensions de hangar, où les trois se retrouvaient quand ils avaient 20 ans parce que la bière était peu chère et le bruit si fort qu'il dispensait d'avoir une vraie conversation.

Tenter de revivre cet âge d'or mettait visiblement le couple en joie. David ne voulut rien gâcher : il ravala ses soupirs.

Sur le chemin, Juliette se mit à sautiller en parlant de carrière. Elle venait de signer son premier contrat avec une entreprise, pour coacher une salariée volontaire souffrant d'anxiété. Cinq séances d'une heure, 800 euros en tout. David ne put s'empêcher d'y voir une forme de manœuvre conspiratoire.

— Mais si cette fille est simplement détruite par son cadre de travail ou sa hiérarchie, tu ne dépolitises pas son anxiété ?

— Eh, je ne fais pas de politique, moi ! Je vais lui apprendre à mieux se connaître, à mieux gérer ses émotions... C'est quand même chouette si l'entreprise propose des solutions pour ça.

Juliette expliqua toutes les étapes qui lui permirent d'obtenir enfin son diplôme de coach. Il avait fallu rédiger un « mémoire » de vingt pages, dont dix d'autobiographie psychologisante. Puis il avait fallu passer un examen final, au cours duquel Juliette avait coaché trois camarades de classe en direct.

— J'ai fait pleurer les trois, dit-elle en rayonnant de fierté. Les trois ! Oui moôossieur !

— Pourquoi elles ont pleuré ?

— Si tu pleures, c'est que tu fais une percée. C'est bon signe.

— On dirait une secte.

— Pff ! Mais non ! OK, dans le coaching, t'as pas mal

de gens un peu fragiles. C'est des nanas sensibles, genre, avec deux-trois soucis persos… Mais c'est logique, c'est pour ça qu'elles s'intéressent au développement personnel. Tu te fous de moi, mais je me souviens bien de nos discussions ! Avoue que je t'ai aidé la dernière fois. Avec le test Myers-Briggs.

Le trio franchissait le canal de l'Ourcq par une écluse.

— Bof, fit David, j'ai l'impression que ma vie devient un gros bordel… Diana me parle presque plus… C'est comme si j'avançais vers un gouffre… Je ne sais pas pourquoi mais j'ai l'impression qu'un drame va bientôt arriver.

Juliette observait le visage du garçon de manière insistante. Il s'en étonna.

— Quoi, qu'est-ce qu'il y a ?

— C'est marrant, tu parles de l'avenir, mais tu penses au passé.

— Hein ?

— Tes yeux. Ils sont tournés vers la droite quand tu parles. Tu ne t'en rends pas compte, mais moi je le vois. Et ça veut dire qu'en fait, tu parles d'un souvenir. Un souvenir auditif. Tu as entendu des mots et ces mots te trottent dans la tête… C'est ça, la racine de ton conflit intérieur. Tu dois chercher ça pour te libérer.

— D'où tu sors ça ?

— C'est de la programmation neurolinguistique. C'est une théorie hyper*actionnable* pour le coaching.

— Mais c'est prouvé, ça ?

— Oh là là ! Prouver, prouver… T'es obsédé, mon pauvre vieux ! Crois-moi, ça marche, je l'ai testé des dizaines de fois !

Tandis qu'ils traversaient les pelouses de la Villette,

David se retrancha du monde pour écouter en lui-même. Était-il habité par un traumatisme, un « souvenir auditif » ? Il saisit un écho ténu… C'était une voix, baladant entre ses deux oreilles. C'était la voix si particulière du Rouquin (« Madame, messieurs, accepteriez-vous que la maison vous offre le champagne ? »). Cette voix n'avait pas quitté le subconscient de David ; elle hantait probablement ses rêves. Ce n'était pas étonnant car tout avait commencé là. Sans cette rencontre, David aurait continué de dérouler le fil des jours, sans y regarder deux fois. C'est à cause du Rouquin qu'il s'était rapproché de Sheyenne ; c'était encore à cause de lui qu'il s'en était éloigné.

« Il faut que je le retrouve », pensa-t-il.

« Je vais le retrouver. »

Le trio venait de s'asseoir à l'intérieur de l'*Indiana Café*, sur une grande table en fer glacé par les climatiseurs. Guillaume proposa d'aller commander les pintes au comptoir et Juliette se pencha sur la poussette avec un sourire de déséquilibrée, secouant une girafe en plastique et gazouillant des questions stupides sur la possibilité d'une couche sale :

— On a fait un gros caca ? Hein, alors ? Oui ? Gros caca ? Oh mon bébé !

Elle prit l'enfant et l'emporta dans les toilettes. Guillaume revint avec les boissons. Les deux garçons commencèrent à parler de Youssef, qui devait les rejoindre d'ici quelques minutes. Guillaume avait reçu des nouvelles. Selon lui, Youssef traversait une période de vie particulièrement satisfaisante ; il atteignait des cimes professionnelles et salariales, mais surtout, il vivait un amour passionné.

— Il m'a dit qu'elle était blonde et catholique. Il en parle comme si c'était la première merveille du monde. C'est tout ce que je sais.

L'intéressé fit son apparition dans la salle, avec un costume beige sur une chemise froissée – des allures de lendemain de mariage. En voyant David et Guillaume, son visage s'illumina. Il vint à eux, les bras grands ouverts.

— Alors mes petits loutrons ! Comment ça va ? Je suis tellement content de vous voir !

Il s'assit et se lança d'emblée dans les confessions, au grand soulagement de David qui n'en pouvait plus de faire l'animation tout seul. Les informations dont disposait Guillaume s'avérèrent déjà périmées, car le grand amour de Youssef avait tourné court, et pour des raisons peu claires. Il avait d'ailleurs revu ses critères.

— Je me fiche que les femmes soient catholiques, juives ou qu'elles croient aux dieux de l'Olympe. Maintenant, je ne désire que les femmes invisibles.

— Invisibles ?

— Oui, mon petit David. C'est évident. Il suffit d'y réfléchir. Quand les femmes sont belles, elles sont névrosées. Elles ont la vie trop facile. Elles ne développent aucune de leurs facultés ; elles croient avoir de l'autorité quand elles ont juste un cul… Et puis avec la trentaine, elles deviennent angoissées, parce qu'elles savent que la beauté ne dure pas ; elles se découvrent vides, elles se fâchent avec leurs mères et veulent devenir artistes. Les jolies filles sont irrécupérables ! D'un autre côté, la femme laide n'est pas plus recommandable. Elle a trop souffert, elle est devenue méchante, jalouse et possessive… Non. La femme parfaite, mes amis, se trouve précisément entre ces deux extrêmes, au point zéro d'un axe de beauté physique. (Il sortit son téléphone.) Tenez, regardez cette photo... Vous voyez cette fille d'une banalité confondante ? Cette perfection s'appelle Fanny. Elle est professeur d'anglais au collège. Je l'aime. Elle m'aime.

Juliette revenait à table. Elle souleva son t-shirt pour allaiter. David n'avait jamais vu ses seins ; il ne les pensait pas si replets.

— De quoi vous causez, les mecs ?

— Je dis que les gens moyens vont sauver le monde. Dans tous les domaines tu as des gens nuls et des gens excellents. Ils se méprisent les uns les autres et ils ont raison. Ce qu'il nous faut, c'est une classe moyenne existentielle.

— Je ne comprends rien à ce que tu dis !

— Tiens, regarde cette photo. Tu ne trouves pas cette fille parfaitement banale ?

— Moi, je la trouve un peu mimi.

Un voile d'inquiétude passa sur le visage du Marocain, qui tourna le téléphone pour réexaminer la photo. Guillaume remua les narines et prit son air le plus puant.

— Elle est un peu grosse, non ?

— Mais ça va pas ? fit Juliette en lui tapant sur la main.

David s'interposa :

— Non, moi, je la trouve plutôt bonne.

— Oh, mais ça va pas ? Vous parlez comme des marchands de bestiaux !

Youssef rangea le téléphone dans sa poche de veste.

— Nous parlons de la laideur et de la beauté. C'est vieux comme le monde.

La discussion devenait trop polémique alors Juliette, comme toujours, trouva l'échappatoire dans sa voix bouffonne :

— Moi moôossieur je ne maâange pas de ce pain-là, je m'intéresse juste à la boôoté intérieure !

Puis elle changea de sujet et questionna Youssef sur ses nouvelles prérogatives en tant que vice-président de son entreprise.

— J'ai été viré.

David était choqué.

— Quoi ?

— Viré, mon petit David. Je n'ai plus de travail.

— Mais pourquoi ?

— C'est compliqué. Ma supérieure me reproche des retards, enfin des absences… C'est vrai qu'un matin je ne me suis pas réveillé, j'ai loupé l'avion, mais… Disons que c'est volontaire. Voilà. Je suis contre le travail.

— Je comprends rien.

— C'est fini ! Je ne travaille plus ! Ici, le travail n'a jamais de fin. C'est qu'on travaille sans but. Sinon, on arrêterait de travailler une fois le but atteint. C'était compris dans l'Antiquité ; les hommes méprisaient le travail et le laissaient à leurs esclaves. Dans l'Ancien Régime, l'aristocratie voulait seulement chasser le renard et jouer aux cartes. Alors, que s'est-il passé ? Pourquoi de nos jours, pour se faire respecter, on aime avoir l'air débordé, finir tard et travailler le week-end ?

Il leva la main pour interpeller un serveur et commanda sa bière d'une voix légèrement trop puissante pour être tout à fait cordiale.

— La productivité augmente. La technologie dépasse des niveaux dont on ne rêvait pas il y a cent ans. Tout devrait être possible, non ? Et pourtant, nous travaillons toujours autant. Ce devrait être l'inverse. Voilà ce qui s'est passé : nous avons réinvesti tous les bénéfices de l'industrie dans l'industrie elle-même, alors, au lieu d'avoir plus de temps libre, nous avons plus de travail et plus de consommation. C'est un cercle infini. L'industrie est devenue une fin en soi. Nous avons confondu les fins et les moyens, comme tous les empires en déclin.

Le serveur déposa sèchement la pinte devant Youssef. Il en but la moitié d'une traite, en trois amples gorgées, souffla de bien-être, essuya sa bouche d'un revers de manche et continua :

— Les civilisations suivent des cycles. D'abord, elles formulent des fins. Ensuite, elles inventent les moyens d'atteindre ces fins. Au dernier stade, par inertie, par manque de réflexion, elles confondent les fins et les moyens, alors elles s'effondrent. Toutes les civilisations meurent de cette manière, en croyant que la guerre, ou la politique, ou l'économie est une fin en soi.

— Mais sans travail, fit Juliette, comment tu vas gagner ta croûte ? Faut bien payer le loyer, non ?

— Pour l'instant, j'ai des économies. Ensuite, je verrai. La priorité, c'est de sauver ma peau. Une civilisation qui s'effondre est dangereuse pour les personnes comme moi. Je gagnais trop d'argent… Nous sommes déjà entrés dans une phase de surproduction d'élites. Nous produisons des armées de jeunes diplômés sans aucune raison. La société leur promet monts et merveilles, mais ils se retrouvent parqués dans des postes absurdes ou subalternes. Il y a des milliers de jeunes hommes légitimement déçus, en colère, qui vont bientôt couper des têtes.

Après quoi, Youssef rota.

David, lui, se demandait si son ami prolifique en théories bizarres n'avait pas, pour une fois, visé juste.

Pensées suicidaires ?
Un Français sur dix n'a personne à qui parler.
SOS Amitié – 09 72 39 40 50

Depuis quelque temps, des publicités étranges apparaissaient sur le téléphone de David. Il s'était cru débarrassé de la tentation de la mort, mais depuis peu, finissait par douter même de cela.

Il paraît que les algorithmes connaissent leurs cibles mieux qu'elles ne se connaissent elles-mêmes ; qu'ils anticipent nos désirs d'achats, de voyages, ou devinent, par exemple, qu'une femme est enceinte avant qu'elle ne le sache. Alors David se triturait l'âme, à tout hasard, à la recherche d'un embryon de fantasme morbide.

« Non, se dit-il, c'est de la manipulation. »

« Ils veulent me décourager… Je suis leur ennemi. Ils veulent me faire croire que je suis fou. »

À l'arrière du bus, il cherchait sur Internet s'il existait des recettes permettant de fabriquer des bombes artisanales. Des plaisantins parasitaient les forums avec de fausses informations, mais des pistes prometteuses apparaissaient dans les marges, impliquant du polystyrène, de l'essence et des engrais nitrités. Un article de presse évoquait deux adolescents britanniques, blessés grièvement après avoir tenté de fabriquer du peroxyde d'acétone, à partir d'acétone et d'eau oxygénée. S'ils avaient perdu leurs mains, c'était la preuve que leur formule était efficace *a minima*.

Dans ses recherches, David fut interrompu par une autre campagne de communication :

Tristesse. Isolement. Tension. Angoisse.
La santé mentale, c'est l'affaire de tous.

« Déstabilisation psychologique… Décidément ils sont forts. Mais je serai plus fort qu'eux. »

Le bus approchait de la destination. La fébrilité gagnait le jeune homme – d'abord par les mains, comme toujours, par petites secousses désordonnées.

Il avait obtenu le numéro du Rouquin par une tierce personne, dont il avait obtenu le numéro par Sheyenne, qui le lui avait donné de mauvaise grâce, sans comprendre pourquoi David insistait autant. Le Rouquin avait répondu, dans son style cérémonieux, et donné rendez-vous le matin suivant au *McDonald's* de Marx Dormoy.

« Il veut qu'on se parle en lieu neutre, pensa David, qu'on passe inaperçus. »

David descendit du bus, chercha son rencard sur le trottoir, celui d'en face, et ne le trouvant pas, entra dans le restaurant. Comme il était tôt, les tables étaient encore vides. Juste une poignée de clients, au comptoir le long de la fenêtre, buvait des cafés et mangeait des beignets. Le Rouquin n'était pas là.

David ressortit pour surveiller toutes les arrivées d'où

le Rouquin pouvait apparaître : la bouche de métro, l'arrêt de bus, l'angle de la rue… Il consulta son téléphone : l'heure était dépassée de vingt minutes. Il ne connaissait pas vraiment l'homme qu'il était venu rencontrer, mais pensait instinctivement que ce retard ne lui ressemblait pas.

Il retourna dans le *McDonald's* pour une inspection plus approfondie. Il s'approcha du comptoir où s'affairaient les équipiers. L'un d'eux portait une casquette. Son corps de phasme, ses mouvements lents et déliés rappelaient quelqu'un… C'était lui. Stupéfait, David se posta juste devant la caisse comme s'il voulait commander.

— Tu me reconnais ?

— Vous voilà. Je vous attends depuis vingt minutes.

— Tu bosses ici maintenant ?

— Je travaille où je peux, et le moins possible. Dites-moi plutôt : que puis-je faire pour vous ? Nous avons peu de temps, car à midi, les étudiants se presseront ici par dizaines. Je n'aurai, à ce moment-là, plus le plaisir de discuter avec vous.

David acquiesça gravement. Il s'exprima sans détour et fut presque étonné de s'entendre, comme s'il découvrait le fond de sa propre pensée.

— Vous manigancez quelque chose. Toi et Sheyenne, vous vous connaissez… Vous m'avez repéré. Elle faisait la rabatteuse pour votre espèce de secte.

— Monsieur, je regrette mais je ne comprends pas de quoi vous parlez.

— Pourquoi est-ce qu'on n'arrête pas de se croiser, toi et moi ? Ce n'est pas un hasard !

— Vous avez raison, mais c'est vous, chaque fois,

qui êtes venu jusqu'à moi. Je n'ai joué aucun rôle dans nos rencontres.

Le Rouquin se tourna vers les cuisines, empila des gobelets, pressa des boutons sur la machine à soda, puis revint face à David, qui ne se laissait pas déstabiliser.

— Bon, mais Marc Levy…

— Auteur sous-estimé, n'est-ce pas ?

— Vous en faites une espèce de culte.

— Encore une fois, je crains que vous ne parliez de vous-même en croyant parler de moi.

— C'est vous qui m'avez fait décoder les signes… Et puis, l'autre soir, dans le grenier, chez toi…

— Ce n'était pas chez moi.

— C'est ce qu'on m'a dit.

— J'ignore qui vous a dit cela, mais cette personne était mal renseignée. J'étais simplement invité dans cette maison, comme vous. Parfois j'endosse le rôle d'organisateur. Parfois pas.

— Bref, on s'en fout. C'était quoi, cette soirée ? Du théâtre ?

Le Rouquin dissimula mal un sourire et caressa gracieusement les touches de la caisse enregistreuse.

— Un magicien ne doit jamais révéler ses tours, n'est-ce pas ? Vous croyez, monsieur, que la réponse vous apporterait du bonheur. Mais le doute en apporte bien plus.

— Arrête un peu les conneries… Toi, dis-moi, tu crois vraiment que ces gosses avaient un don ?

— Nous avons tous nos croyances. Il est impossible de survivre sans une forme de religion personnelle. Sans ce précieux soutien, nous basculons dans la folie.

David agita l'index comme un essuie-glace.

— Je n'ai pas de religion, même personnelle.

— Personne ne vit de raison pure. Il nous faut marcher sur deux jambes : la logique d'un côté, la mystique de l'autre. La mystique veut embrasser le monde avec l'intuition, donner un but à l'existence et se fondre dans quelque chose de plus grand que nous-même. Notre tendance mystique a soif d'idées, de valeurs et de grands récits.

Tandis que David cherchait ses mots en piétinant, le Rouquin se tourna vers la machine à glace et remplit un pot en carton.

— Je vous l'offre. Quel coulis vous ferait plaisir, caramel, chocolat ou fraise ?

— Euh... Fraise...

— Tenez. J'ai mis des éclats de cacahuètes.

David accepta la glace et se mit à manger avec une insouciance puérile, ponctuant le mouvement de la cuillère par de stupides *hmm*...

— Alors, cela vous réconforte, n'est-ce pas ?

— Oui...

— Avec le retour des beaux jours, c'est le produit que nous vendons le plus au cours d'une journée.

— Hmm, j'imagine...

— Qu'étions-nous en train de dire ?

Contorsionnant la mâchoire à cause du froid, David articula comme il put :

— On 'arlait des g'and 'écits.

— Voilà. Le grand récit, l'idéologie, la religion, ce sont des phénomènes qui se ressemblent. Ce sont simplement des sentiments qui nous aident à vivre. Dans ce sens, ce que vous appelez un « culte » est une chose très banale. En fait, cette notion pourrait tout englober, y compris nos structures économiques et politiques.

— Mais c'est 'ini tout ça. On 'eu vivre sans 'eligion.

David aurait voulu dire quelque chose de pertinent sur la crise spirituelle contemporaine, mais sa langue et ses facultés mentales étaient engourdies par la sucrerie. Bêtement il dit encore : « Hmm… »

— Je crains, fit le Rouquin, que les cultes ne fassent partie de notre condition humaine. Permettez-moi d'expliquer. Nous savons que le fascisme ou le marxisme étaient des formes de religions. Mais les choses ne sont pas si différentes aujourd'hui : voyez comme l'ordre économique a remplacé l'ordre divin. Combien de fois avez-vous entendu dire qu'il « fallait s'adapter » (il mimait les guillemets avec les mains), que nous n'avions « pas le choix », que nous devions « vivre avec notre temps » ? Les vrais libéraux peinent à l'assumer, mais ils font sans cesse référence à des réalités supérieures, un ordre surnaturel, alors même que le libéralisme se fondait sur l'autodétermination des sociétés et des individus. Cela peut sembler paradoxal, sauf si l'on admet que le libéralisme est passé de la théorie politique à la religion totale.

David ne se laissa pas impressionner. Il trouvait ce parallèle un peu réchauffé. Presque une vulgate.

— Oh, c'est 'anal de 'ire ça.

— La vérité, monsieur, est banale. Mais rien n'est plus dangereux qu'une Église ne disant pas son nom, car on ne se libère d'une aliénation qu'en apprenant à la nommer.

— On se 'ibère a'ec la 'iolence.

— Non. La religion tombe si les gens cessent d'y

croire. Mais ce jour est encore loin. Essayez d'imaginer l'ancien temps. Vers quoi se concentraient toutes les pensées des Hommes ? Hier, nous méditions sur nos péchés ; aujourd'hui, le sentiment de culpabilité s'attache à nos performances et l'enfer n'est plus qu'une classe sociale. Nous vénérions les saints qui marchaient vers Dieu, aujourd'hui les entrepreneurs qui marchent vers le succès. Nos icônes sont des chanteuses et des sportifs millionnaires. Nos vies sont traversées par des forces invisibles que nous appelons croissance, crise, volontés du marché ; hier, nous parlions d'anges, de démons, des volontés du Seigneur… Le libéralisme est la religion dominante, et néfaste, justement, parce que dominante.

Rien, apparemment, ne pouvait diminuer le pouvoir d'attraction qu'avait le Rouquin. Qu'il puisse dénigrer l'ogre du Capital depuis son ventre même, affublé d'une casquette et d'un badge sur lequel était écrit « manager », ne le rendait pas ridicule mais plus fascinant au contraire, plus nécessaire, comme un trou d'air pur et de vérité percé dans la friture du grand Veau d'or.

David racla le fond de son pot avec une pointe de mélancolie, se tamponna la bouche avec une serviette en papier, et demanda :

— La religion répond à la question du sens… Quel sens apporte le libéralisme ?

— Il promet la même chose que les Évangiles : le paradis sur Terre, quand l'humanité n'aura plus de frontières ni de conflits. Mais sur la méthode, il prône l'exact contraire. Le libéralisme pense que le paradis est une somme d'égoïsmes et qu'il faut d'abord chercher sa propre jouissance. Un chrétien pense que le royaume de

Dieu s'accomplira par le dévouement et l'abnégation, et qu'il faut d'abord chercher à se perfectionner soi-même.

— Mais c'est fini, tout ça. Plus personne n'y croit *vraiment*.

— Vous avez raison, le grand récit libéral s'effrite de toutes parts. Beaucoup de gens comprennent qu'il s'agissait d'une fantasmagorie, d'ombres et de fumées agitées par les personnes puissantes pour justifier leur position. Mais une fois que le voile est déchiré, nous nous trouvons dans un champ de ruines, sans structures collectives ni repères ou valeurs sur lesquelles s'appuyer, car le libéralisme a ponctionné tous nos efforts à son profit. Alors nos contemporains se retrouvent seuls, ils errent et refont partout des chapelles minuscules et désespérées. Vous ne l'avez pas remarqué ? Notre époque est prête à croire n'importe quoi. N'importe qui peut devenir chef de secte. Les temps sont mûrs pour un véritable nouveau messie. Car quelqu'un finira par imposer son propre récit, c'est inévitable…

Un groupe de quatre collégiennes venait d'entrer dans le restaurant. Le Rouquin fit signe à son collègue de prendre leurs commandes.

— Ils arrivent. Je ne pourrai pas les retenir très longtemps.

— Et Marc Levy alors ?

— Il propose d'autres façons de penser, d'autres grands récits. C'est le rôle d'un artiste, vous ne croyez pas ? Il n'est pas le seul.

— J'ai l'impression qu'il veut faire passer un message. Il tient un secret du socialisme et des saint-sim…

— Chut ! fit le Rouquin. C'est encore trop tôt. L'important, c'est d'entretenir cette flamme en vous.

Tenez, avant de partir, je voudrais vous offrir quelque chose.

Il partit en cuisine, secoua le panier à frites, enveloppa rapidement un sandwich et remplit un carton qu'il apporta sur le comptoir.

— Tenez. Prenez cela.

— Un *Happy Meal* ?

— Vous aurez besoin de réconfort. Bonne route.

David prit la boîte rouge vif et quitta le restaurant avec des sentiments mélangés ; il était à la fois désarçonné, revigoré, mais aussi très impatient à l'idée de manger un cheeseburger.

Il s'installa plus loin dans la rue sur un banc public et piteux. Il commença son repas, piocha quelques frites et découvrit que le « jouet » traditionnel devant accompagner le menu, ce mois-ci, était un livre.

Un livre de Marc Levy.

Les éditions Hachette avaient conclu un partenariat avec *McDonald's*. Il s'agissait, selon le président du fast-food, de « donner le goût de la lecture aux enfants en France ». Il en résulta neuf petits livres illustrés, chacun présentant une période historique en quelques pages... David prit dans ses mains la couverture cartonnée : *Les Jeux d'Olympie*.

Le livre mettait en scène quatre enfants remontant le temps pour visiter la Grèce antique, en quête d'une couronne de lauriers (encore ce symbole de la victoire politique, de la marche à suivre). Ce même laurier que l'on trouvait, abondamment, dès le premier roman de Marc Levy. Alors David comprit que, depuis le début, le laurier était le « lapin blanc » qu'il fallait suivre jusqu'au fond du terrier. Et dans *Les Jeux d'Olympie*, ce laurier se trouvait caché dans le temple d'Hestia, déesse de la famille…

« La famille, pensait David en mastiquant son cheeseburger, c'est le nom que se donnaient les saint-simoniens pendant la retraite de Ménilmontant, sous l'égide du père Enfantin. »

Il quitta son banc la bouche pleine et se mit à courir.

David retrouve un Youssef des bas-fonds, en équilibre, et de biais contre un lampadaire. Il sent l'alcool et la cendre.

— T'es déjà bourré ?

— N'oublie pas. Je suis un disciple du grand Sénèque.

— Il est 16 heures, mec.

Le temps est bon sur le boulevard Henri-IV, à l'ombre percée des tilleuls, mais Youssef porte un épais manteau d'hiver – il n'est pas rentré se coucher depuis hier. Il pose une main sur l'épaule de son ami, plus par souci d'équilibre que d'amitié.

— J'ai repensé au serveur… Tu sais, le serveur du *Grand Colbert*. J'y pense souvent… Pas toi ?

David ment, sans raison : « Jamais. » L'autre écarquille les yeux et révèle d'inquiétantes pupilles dilatées.

— J'ai enfin compris ce qu'il voulait dire. Il faut vivre selon la Nature, tu te souviens ? Mais je n'avais pas fait le tour du problème… Regarde bien la Nature. L'énergie se perd, toujours. Le chaud devient froid. Le composé se décompose. L'univers court vers sa fin, par sa faute. C'est ça, le grand mouvement cosmique. Toute chose conspire à sa propre mort. Le serveur avait raison : on se suicide, parce qu'on ne peut rien faire d'autre. Mais notre suicide est lent. Il dure toute une vie. L'existence *est* un suicide.

— Tu me fais peur.

— L'autodestruction, mon petit David ! La Nature ne vise pas la conservation, mais l'autodestruction ! Il faut s'autodétruire ! Et pff… T'as déjà essayé le GHB ?

David attrape son ami par l'épaule et le secoue pour évaluer son degré d'ivresse. Youssef tient encore bien debout, mais ses yeux roulent comme des billes à l'intérieur des orbites.

— J'ai besoin de toi sur ce coup ! J'ai besoin que tu aies les idées claires.

— Pas de souci… J'ai des ressources ! Explique-moi tout.

David lui montre la bibliothèque de l'Arsenal, de l'autre côté du square.

— On doit récupérer un livre.

— Tu ne peux pas simplement l'emprunter ?

— Ce n'est pas ce genre de livre… C'est un manuscrit inachevé. Un tas de feuilles, de brouillons, ça n'a jamais vraiment été publié. Tu connais les saint-simoniens ?

— Ce sont des royalistes, non ?

— Non. Tout le contraire, des révolutionnaires. Ils ont fait scandale. On les a mis en prison. Ils ont fui la capitale, puis la France. Mais avant, ils se sont réunis plusieurs mois, à Ménilmontant, pour écrire leur grande œuvre, et ça s'appelait *Le Livre nouveau.* C'est presque un livre révélé. Ils voyaient ça comme la suite des Évangiles. Ils y ont mis des formules mathématiques censées décrire les mouvements sociaux et prédire l'avenir… C'est tout un art qu'on a perdu. C'est volontaire. La doctrine devait rester secrète, ils l'ont dit.

— Mais pourquoi tu tiens tellement à ce livre ?

David hausse les épaules, entreprend une esquive un peu floue. Youssef accepte la part de non-dit.

— Écoute, je m'en fiche. Je suis ton pote et je te fais confiance. Quel est le plan ?

— C'est le problème, je n'ai pas de plan. Le livre est quelque part dans ce bâtiment. Les gens comme nous n'ont pas le droit de le consulter. Encore moins de le ramener à la maison. Il va falloir improviser.

— Tu as choisi le bon équipier.

Il sort de sa poche un petit sachet de poudre blanche, y trempe une clef par la pointe, et la porte à ses narines.

— Je suis chaud. On y va !

Ils prennent la direction de la bibliothèque. David se rappelle soudain les prophéties qu'on lui fit un soir, dans un grenier, à partir de son ombre. « Tous les livres mènent à un seul… »

Il se dit : « C'est maintenant. »

Ils entrent dans le hall. L'air est froid derrière les murs de pierre. David effectue ses repérages : un grand escalier, un portique de sécurité, un comptoir, et derrière, un homme noir, seul, qui surveille les allées et venues. David se présente et dit vouloir consulter « le fonds saint-simonien ». L'homme lui répond que ces documents ne sont accessibles que pour les chercheurs accrédités, alors David essaye de négocier, de faire pitié, jure d'être le plus soigneux possible, mais l'homme refuse. Youssef vient au secours de son ami.

— Écoutez, vous avez devant vous l'un des plus grands chercheurs de notre temps… Le premier spécialiste mondial du saint-simonisme ! Il est de passage à Paris et n'a pas le temps d'effectuer les démarches qui…

Le gardien rabroue, robotiquement. Pour accéder aux archives historiques, il faut en faire la demande, remplir un formulaire, justifier ses diplômes et son sujet de recherche. C'est toute une procédure. Cela prend des mois. Désolé, messieurs.

Les deux garçons ressortent un instant sur le perron. Youssef rit de son propre culot mais David se tait. Il remâche la scène. L'échec lui barre la gorge et lui serre les tempes. Il n'en a pas terminé.

— Je ne peux pas lâcher l'affaire… J'ai besoin de ce livre, tu comprends ?

Il saisit Youssef par le col.

— Il me *le faut* ! siffle-t-il entre ses dents.

— OK, mon petit David. Ne t'inquiète pas. Je sais ce qu'il faut faire.

— Tu sais ?

— Oui. Mais tu dois m'autoriser. Dis-moi que j'ai carte blanche, et je te ramène ce livre.

David acquiesce un peu sans comprendre, comme on pactise avec le diable.

— Tu vas voir. Dans dix minutes on sera ressortis avec ton livre sous le bras…

Ils retournent à l'intérieur. Youssef s'approche du gardien sans soutenir son regard, d'un pas claudicant, penché comme si l'alcool lui montait d'un coup. Il s'appuie sur le comptoir. On le dirait prêt à commander un verre. Il considère sa propre main, la plie, la tend, comme pour l'échauffer, la range dans sa poche, et brusquement, la lance en direction de l'autre homme. Il vise la tête mais ripe sur le front. Le gardien saisit le poignet de son agresseur, le tire et le fait trébucher sur le côté, prenant visiblement l'ascendant. Mais Youssef est trop lourd et trop aviné, sa masse déroge à la physique ordinaire. Il produit sans le vouloir un miraculeux effet de centrifugation qui les déstabilise tous les deux et les projette au sol. Couché dessus, Youssef essaye de se relever, glisse, et retombe de tout son poids, tapant son front sur le nez du gardien. L'os craque et ça gémit.

— On fonce, mon petit David !

— Mais où ?

— J'en sais rien !

Ils prennent l'escalier. Ils s'envolent, prennent à droite sur le palier et poussent une double porte. Elle conduit dans une salle de lecture à l'aspect noble, boiseries sombres et plafonds hauts. Quelques étudiants sont assis là, courbés comme des vieux sur leurs parchemins. L'irruption des deux amis jette un trouble. Ils veulent reprendre consistance mais fondent en sueur. Ils traversent la pièce d'un pas fort peu naturel, à la fois rapide et faussement décontracté.

Depuis l'angle, un bibliothécaire les remarque.

— Messieurs ? Je peux vous aider ?

Sans se retourner, ils accélèrent.

— Messieurs ! S'il vous plaît !

David et Youssef se précipitent sur une porte de service. Ils passent dans la zone du personnel. Sur le seuil finit le décorum de la grande culture, s'ouvre un couloir aux néons blafards, aux peintures pleines d'écailles. Maintenant ils courent. Ils sont poursuivis. On leur crie de s'arrêter, mais c'est impossible, chaque ordre produit l'effet contraire, comme la cravache sur le dos du cheval. Les intrus prennent un nouvel escalier en direction du sous-sol. Ils bousculent une femme tenant une pile de classeurs. Elle chavire, tous ses documents volent et s'éparpillent sur les marches. Pas le temps.

Un écriteau sur le mur indique la salle des archives. Ils suivent ce chemin, qui se fracture en angles droits – à gauche, à droite, et à gauche… C'est un dédale. Jusqu'à la bonne porte, enfin. Derrière eux grossit l'écho terrifiant d'une meute en approche. Ils s'introduisent à l'intérieur et s'enferment. Un instant, ils perdent conscience, debout, les yeux grands ouverts, hors d'haleine. Une multiplicité de mains s'écrase de l'autre côté. David sursaute.

— Tiens la porte !

— Vite ! Dépêche-toi !

Il se tourne et découvre un espace immense, un hypermarché d'étagères métalliques formant des allées parallèles. La porte tremble et s'entrouvre par à-coups. Youssef crache :

— Vite ! Je vais pas tenir longtemps !

Soudain le calme revient. Les poings cessent de tambouriner. Les fonctionnaires se reculent et parlent entre eux. On entend :

— Appelle la police. Nous, on garde la porte. Ils peuvent aller nulle part.

Youssef et David comprennent qu'ils sont piégés. Ils s'échangent un regard noble et sombre, celui de deux guerriers, fiers de s'être si bien battus mais se sachant condamnés.

— Cherche ton truc, dit Youssef, comme si cela pouvait avoir encore un sens.

David observe les rayonnages. Il ne sait pas où commencer. Il ignore tout du système de classification. Sur les boîtes sont inscrits des chiffres ; des codes à base de lettres délimitent certains tronçons d'étagères. Et pourtant quelque part, sous cette matrice administrative, se cache un texte vieux de deux siècles, écrit par une poignée d'hommes révoltés, sacrifiant leur carrière, leur réputation, pour offrir à l'humanité la carte montrant la voie de l'âge d'or – le triomphe définitif de la paix et de l'amour.

On s'agite aux étages supérieurs. Le plafond gronde comme la peau d'un gigantesque tambour, frappé du dessus par les pieds de ceux qui courent appeler des renforts. David ferme les yeux. Il s'abstrait.

Une voix lui parle. Ce genre de voix que l'on rencontre en rêve, qui se révèle directement par *signifiés*, sans médier par l'écrit ni par le son. La voix dicte et David obéit. Il part à grandes foulées dans les couloirs de fer et de papier, tourne à droite au premier croisement, se glisse de profil dans une allée très étroite en comptant les linéaires : un, deux, trois, quatre… Cinq. Il prend à gauche. Ses doigts glissent le long des parois, caressent les couvertures, les tranches des livres alignés…

— Alors ! Tu trouves ?!

C'est Youssef, hurlant depuis l'autre côté de la pièce.

David s'approche. Il le sent. On lui *a dit*. Il s'agenouille, saisit un carton, de la taille d'une boîte à chaussures, le pose au sol et soulève le couvercle. Dedans sont des feuilles en pagaille. Des centaines de feuilles, couvertes de belles écritures tracées à la plume. Chiffres. Équations. Signatures : Lambert, Enfantin, Barrault…

« C'est bon, je le tiens. »

David n'a pas le temps d'éclaircir le miracle qui l'a conduit jusqu'ici, sur cette épingle, dans le tas de foin. Il prend la boîte avec lui puis rebrousse chemin. Youssef monte encore la garde et prend un air navré.

— Ils sont là. Je les entends. Ils sont au moins dix. Il y a des flics. C'est impossible. On ne s'échappera pas.

— Il faut qu'on s'échappe.

Youssef entend. Il entend que cette mission les dépasse tous les deux. Que le sacrifice est justifié. Qu'à l'ombre succédera la lumière.

— OK, dit-il, je te couvre. Je compte jusqu'à trois. À trois, on sort tous les deux.

David fait un signe de tête en guise d'accord. Il se prépare à sauter dans le vide. De toute façon, les choses ne pourraient pas être pires. Il existe un point, dans le désastre, au-delà duquel tout devient indifférent. Sa chemise colle de sueur à toute la surface de son dos. Il se demande comment les choses se passeront s'il doit faire une garde à vue ; s'il devra garder le même caleçon détrempé de jus de couilles pendant trois jours, ou si Diana pourra lui porter des affaires propres. Surprenant, comme la détresse et le visage de Diana semblent liés l'un à l'autre, comme ils se marient bien. David voudrait la sentir, l'entendre. Il n'a pas eu besoin d'elle à ce point depuis des années.

— Allez… Un…

Youssef aussi transpire, sur son front dégoûtent les tentacules de sa chevelure noire et brûlante.

— Deux…

David serre le carton dans ses bras. L'adrénaline l'inonde. C'est un geyser de lave qui pulse dans sa poitrine.

— Trois !

Youssef pousse lentement la porte.

Une dizaine d'hommes se tient devant eux, en arc de cercle, barrant tous les accès. Ils n'attaquent pas encore. Un policier fait un signe d'apaisement.

— Doucement les gars. Faites pas de conneries.

Youssef effectue discrètement des pas de côté, glisse vers un bout de couloir en cul-de-sac, terminé par un radiateur et une grande armoire. David comprend qu'il cherche à déplacer l'attention. Il croit deviner que son ami lui fait un signe minuscule pour exprimer quelque chose de grand. Un genre de *sayonara*. C'est le moment.

Youssef se rue contre un bibliothécaire – cible facile. Tous les hommes se jettent sur lui, mais il tient, balance des coups puissants bien qu'imprécis, se débat comme un diable dans l'eau bénite. On s'agrippe, on n'y voit rien. La mêlée vacille et s'écrase bruyamment contre un mur. Plus personne ne fait attention à David qui part dans la direction opposée.

Il se précipite dans les couloirs, ouvre avec son corps entier une porte coupe-feu, monte un escalier mais se retrouve coincé sur le palier. Il fait demi-tour, redescend au sous-sol, bifurque et par chance retrouve le chemin pris à l'aller. Il ne sent plus ses jambes. Il est porté.

Il traverse le hall d'entrée, se jette à l'extérieur, enjambe les marches du perron d'un seul saut, puis court dans la rue, sur le bitume, au milieu des voitures, prenant sur sa peau poisseuse l'air grisant du dehors.

Il contourne un bus à l'arrêt et saute à l'intérieur au moment où les portes se referment. Il s'installe au fond, le carton sur les genoux, la gorge déchiquetée qui sanguinole.

Le bus prend la place de la Bastille puis le boulevard Beaumarchais. Il s'éloigne. Et plus il s'éloigne, plus David reprend conscience. Il ne lui reste rien à faire, plus rien, sauf accomplir sa destinée.

Susurrations.

— Bonjour à tous, et bienvenue sur France Culture dans *Le Mot et la Chose*, l'émission qui suit la trace de celles et ceux qui défrichent les nouveaux continents de la pensée, pour faire, avec eux, un petit bout de chemin… On parle ce matin du *Manifeste solipsiste*, un livre sorti le mois dernier, mais dont l'écho devrait se faire entendre encore quelques années. C'est l'œuvre d'une jeune femme que personne ne connaissait, et qui a décidé de se faire appeler simplement par son prénom : Alex. C'est un livre court et pourtant, considérable. Considérable, déjà, par les effets qu'il a pu produire dans le débat public. On a vu fleurir à son sujet quantité d'articles, de critiques, de lettres ouvertes, surtout dans la presse dite « de gauche », mais aussi celle dite « de droite ». Preuve, s'il en fallait, que la thèse que vous défendez a ébranlé les consciences. Cette thèse, elle peut faire peur et je vais la résumer en quelques mots, si vous me le permettez. Vous dites que la gauche se trouve dans une impasse dont elle ne sortira qu'en adoptant la philosophie solipsiste ; c'est-à-dire que selon vous, chaque militant, chaque citoyen engagé devrait se convaincre que rien n'existe en dehors de lui-même. C'est bien cela ?

Voix douce, assouplie sur la mousse du micro.

— Exactement. En fait, je me suis demandé comment on pouvait relier des expériences aussi variées, genre, que le mouvement queer, le féminisme, la lutte anti-OGM, la lutte anticolonialiste, tout ça… Surtout que plus personne croit aux vieilles structures rigides et normatives, comme les partis politiques ou les syndicats. Alors j'ai cherché une autre façon de faire de la politique. J'ai juste observé autour de moi. Dans les manifestations, dans les débats, comment les gens se définissent ? Par la négation. Ils disent : on veut plus du néocolonialisme. On veut plus du capitalisme. On veut plus du nucléaire. On ne veut pas des fachos. Ce truc, ça m'a frappé comme une évidence. Notre génération se définit d'abord par opposition à ce qu'elle n'est pas. Alors je me suis dit : comment mener cette logique jusqu'au bout ? Le bout du bout, c'est la négation du monde. Quand j'ai capté ça, je me suis mis à écrire jour et nuit. Et voilà.

— Donc si je résume, pour que les auditeurs comprennent bien : selon vous, je n'existe pas ? Tout comme ce bureau, cette pièce, et le bâtiment où nous sommes ?

— Pas tout à fait. Je dirais que tout ça existe, mais dans mon esprit, et mon esprit seulement.

— C'est une thèse vraiment audacieuse qu'aucun penseur n'avait osé soutenir jusqu'ici. Enfin, disons, jamais de manière si frontale et pleinement assumée. Pourquoi, à votre avis ?

Moment suspendu. Expiration nasale – preuve d'un cerveau qui pense.

— Je crois que la gauche a beaucoup de mal à admettre que son objectif, en vrai, c'est la liberté, pas l'égalité. Dans une prison, tout le monde est l'égal de tout le monde. Et ça, c'est *no way*... Ce qu'on veut, c'est la liberté totale, non négociable. On fait déjà ce travail avec les ZAD, la médecine douce, le mouvement des hackers, la permaculture, tout ça... Le but, c'est de se réapproprier des savoirs, de reconquérir des espaces qu'on a perdus face au pouvoir. Moi je pense qu'il faut faire un geste plus radical et se projeter vers l'autonomie maximum : l'autonomie face au réel.

— On découvre dans votre livre que cette proposition radicale résout en fait un grand nombre de contradictions dont la gauche ne parvenait pas à se défaire, notamment sur la question de la diversité... Vous pouvez nous en dire un peu plus ?

— Oui. Donc, dans le livre, je rappelle que je suis pour la diversité.

— Bien sûr...

— Pour la diversité des origines, des identités de genre, des orientations sexuelles...

— Évidemment...

— Mais j'avais un problème avec la diversité d'opinions. Pour moi, certaines opinions sont juste pas possibles. Je l'assume hein, c'est juste au-dessus de mes forces. Parce que, voilà, on a pas le temps d'éduquer ces gars-là. Mais avec le solipsisme, j'ai compris que les autres opinions n'existaient pas vraiment. C'est juste moi qui pense contre moi-même.

— Oui, c'est passionnant... D'ailleurs votre travail suscite une admiration légitime. Dans Libération, le philosophe Paul Preciado vient d'en faire une critique élogieuse, considérant d'ores et déjà votre livre comme un événement majeur de la pensée politique du XXI^e siècle. Il écrit, je le cite : « Hier, le lieu de la lutte était l'usine ; depuis Foucault, c'était le corps ; avec Alex, la lutte finale se jouera probablement dans la subjectivité. » Que ressentez-vous, quand vous voyez que votre texte suscite de telles réactions ? Ce n'est pas une pression trop forte ?

— Je trouve ça normal. D'ailleurs j'aime beaucoup Preciado, je suis très fière d'avoir imaginé un auteur tellement, mais tellement intéressant !

## VI

## ENTERREMENT, SUIVI D'UN DÎNER, SUIVI D'UN COCKTAIL

Le *Livre nouveau* n'avait pas déçu. David y trouva les réponses qu'il était venu chercher, celles dont il avait soif, depuis si longtemps. Le manuscrit s'ouvrait avec ces mots :

> *Je prends à tâche de faire sentir au monde l'importance du* Livre nouveau.
> *C'est un livre, une œuvre intellectuelle.*
> *Par lui, nous communierons avec le monde en esprit et en vérité.*

Plus David avançait dans sa lecture et plus il sentait ce frissonnement d'âme, que l'on peut avoir une fois dans sa vie peut-être, et que la plupart des gens n'entrevoient jamais, quand on se sait sur le point de déchirer sa chrysalide et prendre son envol, enfin, dans la pure Lumière.

> *La vie d'un homme est une perpétuelle communion. Il donne, il reçoit sans cesse. Quand deux êtres vivants sont en présence, leur vie se codifie de manière à ce que l'expression de l'une devienne a+α, l'autre devenant a'+α'.*

*La vie de communion est un produit, de sorte que successivement, une infinité de personnes communiant entre elles est :*

$$(a+\alpha)(a'+\alpha')(a''+\alpha'')\ldots$$

Voilà de quelle manière l'ingénieur saint-simonien transformait la matière sociale en algèbre. Par une suite de mathématisations, il retrouvait la formule $\ln(1+\alpha)(1/\alpha)$, puis faisant tendre $\alpha$ vers zéro, finissait par obtenir le fameux nombre *e*, dit nombre d'Euler, et dont la valeur avoisine 2,718281828459...

La suite du texte amenait un parallèle saisissant entre le nombre *e*, lié mystérieusement aux phénomènes sociaux, et le nombre $\pi$, son équivalent pour la matière inanimée, notamment les astres et leurs déplacements elliptiques. Deux limites expliquant tout : *e* pour les mouvements de l'Homme, $\pi$ pour les mouvements du monde. De manière formidable, ces nombres étaient liés par une formule qui, depuis qu'elle était connue, frappait les spécialistes par son élégance :

$$e^{i\pi} + 1 = 0$$

Certains disaient que cette formule, « l'identité d'Euler », donnait envie de croire en Dieu. David n'était pas loin de penser la même chose.

Il avait affiché, sur son ordinateur, plusieurs millions de décimales de *e*, trouvées sur le site de la NASA. Il perdit son regard dans l'immense tableau de chiffres avec l'intuition d'être face à quelque profondeur – un code. Il eut l'idée d'utiliser la fonction « recherche » pour y taper différents nombres : la date de naissance de Prosper Enfantin, celle de Saint-Simon lui-même, le point GPS de « la Famille » sur le coteau de Ménilmontant, la longueur du canal de Suez (un projet saint-simonien)… Il retrouva toutes ces coordonnées, se côtoyant, harmonieusement, dans un espace restreint. Certaines se lisaient horizontalement ; d'autres les croisaient verticalement. David réitéra l'expérience avec d'autres nombres chargés de sens et chaque fois, des corrélations apparaissaient de façon flagrante. Sur une même ligne, par exemple, se touchaient la date du bombardement d'Hiroshima, le nombre de victimes associées et le « 235 » correspondant à l'isotope de l'uranium. Ailleurs, l'année du baptême de Clovis rencontrait d'autres nombres connexes, comme celui des 3 000 guerriers francs ou la hauteur en mètres de la cathédrale de Reims. L'indicateur téléphonique de l'Oklahoma se trouvait à touche-touche avec la superficie de ce même État.

David eut la conviction que *e* n'était pas un nombre simple, mais un nombre composé de tous les autres – l'Histoire universelle écrite en dix chiffres. Si ce nombre formidable décrivait le passé, pouvait-il aussi contenir l'avenir ? David consulta les titres de presse : « Ce soir, OK… Manchester-Madrid… C'est l'occasion de vérifier. »

Il trouva, dans *e*, la suite de chiffres qui s'apparentait au match à venir, entre la configuration du Real (4-3-3 en défense, 4-2-3-1 en attaque) et le numéro de téléphone de l'Etihad Stadium. Confiant, David s'inscrivit sur un site de paris sportifs et misa la somme de 500 euros sur le score suivant : 3-1, pour Madrid.

Il n'était pas encore midi. Les résultats du match

ne seraient connus que vers 11 heures, le soir même. L'attente promettait d'être longue et David craignit de ne pas la supporter, quand une voix se fit entendre… Cette voix mentale, muette, qui lui avait parlé dans le sous-sol de la bibliothèque. La voix donna de nouvelles consignes. David obéit, sortit son portefeuille et rechercha, dans *e*, son numéro de sécurité sociale. Il le trouva bien, quelque part aux environs de la millionième décimale. Il lui sembla voir, tout autour et au travers, un faisceau de correspondances étonnantes : le code postal de Joinville, la date de naissance de ses parents et même, son code de carte de crédit sur la ligne en dessous… En revanche, il ne s'expliquait pas l'étrange numéro succédant immédiatement à son identifiant administratif : 0207202292060… Cette suite lui fit un effet particulier, comme aucune suite aléatoire ne peut procurer. Il fit une nouvelle recherche sur Google.

« C'est peut-être un numéro de téléphone étranger ? »

Sentant son esprit s'émietter et supputant sans raison que le regard d'autrui pourrait lui redonner forme, David se rendit à la Share Academy pour continuer ses recherches en public et patienter jusqu'à l'heure du match Manchester-Madrid.

Voyant le chef arriver, Elise ouvrit son visage d'un large sourire. Elle était heureuse chaque fois que David montrait des signes d'intérêt pour le travail ; non pas heureuse pour elle, mais pour lui, car elle ne concevait rien de plus triste qu'un quotidien dépourvu de passion, et pouvait perdre le sommeil quand par une parole désinvolte, un air de désillusion, le directeur laissait entendre que la Share Academy n'était pas la grande œuvre de sa vie.

Tandis qu'il s'installait, David remarqua que des ouvriers repeignaient les murs du deuxième étage pour la troisième fois en un mois ; ce fut d'abord du jaune, puis du vert pistache, que l'on recouvrait aujourd'hui d'orange vif. Il interrogea sa collègue pour comprendre. Elle répondit que le phénomène trouvait son origine dans un conflit, opposant le *Space Planner*, l'*Office Manager* et, de façon marginale, la *Happiness Officer*.

— Ils n'étaient pas d'accord sur qui fait quoi… Vous

voyez, qui commande le papier-toilette, qui commande les fournitures de bureau, qui s'occupe de la décoration, tout ça… Alors je leur ai dit : rappelez-vous, chacun pense dans son propre paradigme. Non ?

— Tout à fait.

— Alors c'est pas la peine de savoir qui a tort ou qui a raison. Ces notions-là sont complètement dépassées ! Je leur ai dit que tout le monde avait raison dans son propre paradigme…

— Voilà.

— J'ai dit qu'il n'y avait pas de critère supérieur pour les départager… J'ai bien fait, non ?

— Évidemment.

— Du coup tous les trois se sont épanouis à fond. Et s'épanouir dans son travail, c'est le plus important, non ? Au niveau du matériel par contre on a quelques doublons, mais c'est pas très grave. Et puis personne n'a commandé le papier-toilette. Je préfère vous prévenir, car ce matin, il y en a qui ont eu des problèmes…

David n'écoutait plus et naviguait sur Internet. L'algorithme de YouTube, encore une fois, tentait de ruiner ses forces en lui proposant des vidéos comme : « 5 signes montrant que votre santé mentale se dégrade », ou encore, « Vivre avec un trouble psy – dans la tête d'un paranoïaque ».

Pour ne pas se laisser troubler, il bifurqua vers les sites d'informations. Il apprit que les gestionnaires d'actifs, les banques et le gouvernement investissaient plus que jamais dans le développement des énergies fossiles. Un autre article évoquait le désespoir des scientifiques alertant sur la catastrophe climatique et l'approche du point de non-retour ; certains allaient jusqu'à la rébellion, l'emprisonnement, et signaient des pétitions en faveur de l'action violente. Dans le même temps, en France, le président refusait l'impôt sur la fortune que réclamait 80 % de la population ; par là même il proposait une nouvelle définition de la démocratie, comprise comme gouvernement des élites, par les élites et pour élites.

David sentit un feu crépiter en lui, mais un feu purificateur où son imagination plongeait les corps nus, tordus de douleur, de tous les patrons de multinationales avides et contents d'eux-mêmes. On ne lui pardonnerait pas un tel brasier. Il en souriait. Le sacrifice donnerait un sens à sa vie. Sans même s'en apercevoir, il dit à voix haute :

— Il faut les buter…

— De qui vous parlez ? fit Elise.

— Les capitalistes…

— Vous dites ça pour l'écologie ?

— Pour tout ce qui mérite d'être sauvé.

— Vous savez… On ne doit peut-être pas s'accrocher au passé, parce que tout change. Il faut accepter l'impermanence.

David ne se laissa pas impressionner par cet hindouisme de supérette, indissociable d'un renoncement de vieillard ou de lâche. Il s'emporta :

— Tu ne peux pas tout relativiser ! Il y a des choses qui engagent le monde et qui engagent les autres ! Si on te dit que l'exploitation, l'oppression, l'esclavage, la souffrance sont de bonnes choses ? Que la guerre ou la misère sont obligatoires ? Tu vas protester, non ?

— Je dirais que *moi*, selon *ma* perspective, je ne veux pas de ces choses-là.

— Mais en quel honneur on devrait t'écouter ? Si *ta*

perspective n'est pas appuyée par un principe supérieur, comme la vérité, comme la justice ? Aucune valeur, aucune idée dont on pourrait juger collectivement ?

— Tout est un rapport de force.

— Donc c'est ça que tu proposes ? La force comme seule politique ? Je vais te dire : si tu te bats que pour toi, pour ton petit plaisir et ton propre horizon, tu ne vaux pas mieux que les connards d'en face ! En plus, tu vas te faire niquer, parce qu'ils sont plus forts…

— Vous avez lu le *Manifeste solipsiste* ?

Voulant pouffer et s'indigner en même temps, David ne parvint qu'à produire une sorte de grognement pharyngal. Elise n'y prêta pas attention.

— Je suis en train de le lire ! Je ne sais pas si j'adhère à tout, mais je trouve cette fille super inspirante. C'est quand même un message de paix et de tolérance, non ? Si on reste dans notre tête, on laisse les autres tranquilles. Enfin je dis *les autres*, mais on se comprend…

— C'est du satanisme, siffla David.

Elise croyait avoir mal entendu.

— Du quoi ?

— Du satanisme. Ce rapport purement pragmatique au monde. Se demander comment il s'articule par rapport à *nous*, quels problèmes il *nous* pose, quelles solutions *nous* pouvons imaginer… Nous, toujours nous. Alors qu'on devrait s'élancer dans le monde avec amour. Parler de *lui*, de ce qu'il *est*, pour lui-même, et pas pour nous. Finalement, vous autres, vous êtes comme les porcs capitalistes, ceux qui ne pensent qu'à exploiter la nature. Vous franchissez même un pas de plus. Vous vous demandez comment exploiter la réalité !

— Mais qu'est-ce que la réalité ? (Elle leva les sourcils d'un air espiègle, comme si la question devait évidemment rester une énigme, un non-sens comparable à « Qu'est-ce qu'un cercle carré ? »)

— La réalité, c'est ce qui fixe une limite à la folie de l'Homme. Ce qui nous frustre. Ce qui casse notre volonté de puissance et nous enseigne l'humilité. La réalité, c'est ce qui m'empêche de toucher le soleil, d'être une montagne ou d'être un océan, c'est ce qui m'empêche d'être Dieu. Tu crois que s'affranchir de la réalité, c'est un geste généreux, mais ça ne l'est pas. C'est de l'autodivination, c'est dégueulasse !

David, en sueur, comprit enfin comment la gauche s'était effondrée. Comment le relativisme de bon aloi (tolérant, bienveillant) avait conduit à l'individualisme, au nihilisme, à l'apathie politique, et comment cet état d'esprit s'emboîtait parfaitement avec les objectifs du capitalisme le plus barbare. Qui de plus désarticulé, manipulable et soumis qu'une personne refusant même l'idée de vérité ?

Elise remua sur sa chaise, fit mine de réfléchir, mais en fait se délecta de prendre une soufflante. Elle préférait cent fois le mépris de David, plein de chaleur, que son indifférence glacée. S'il avait perdu le contrôle de sa personne, cela prouvait bien qu'elle était entrée en lui, puis qu'elle avait touché quelques neurones plus sensibles ; jamais tous deux n'avaient atteint un tel degré d'intimité.

— Vous croyez ? fit-elle. Je ne sais pas… Oui… Peut-être que vous avez raison…

Sur l'écran de David s'affichait un article sponsorisé, verticalement, dans une colonne du journal : « Témoignage : mon collègue de bureau était schizophrène. » Ce genre d'attaque était un bon signe. La preuve que David représentait une menace pour ses ennemis. Ceux-là ne pouvaient plus l'ignorer.

Il était enfin 19 heures. Ne souhaitant pas passer la soirée seul, il proposa d'aller prendre un verre au bar pour voir Manchester-Madrid. Elle bondit de joie.

— Vous vous intéressez au foot ?

— Ce soir, oui.

Ils s'installèrent sur une terrasse quelconque en face du port de l'Arsenal, le long des terrains de sable bistre que se disputent, au coucher du soleil, les joueurs de boules et les rats. David avait tourné sa chaise vers l'intérieur du bar, en direction de la télévision fixée derrière le comptoir. Il suivait attentivement le match tout en guidant la conversation vers un sujet qui l'intéressait vraiment.

— Au fait, tu vois souvent Sheyenne ?

— Oui. Enfin, plus trop ces derniers temps, elle a l'air super occupée… Mais c'est vraiment une fille chouette.

Il n'était pas mécontent d'apprendre qu'Elise, à son tour, se sentait abandonnée.

— Dis-moi, c'est quoi ce club du mardi ? Là où elle t'a emmenée ?

— C'est un cercle de filles. On parle de Marc Levy. On découvre les métaphores cachées dans ses livres.

Pour la première fois depuis le coup d'envoi, David détourna les yeux de la compétition.

— Et c'est quoi, ce sens caché ?

Du bout des doigts, elle tamponnait les gouttes de condensation qui descendaient le long de sa pinte. Le verre, d'ailleurs, semblait énorme entre ses mains d'enfant. Sa gêne était touchante.

— Je ne devrais pas en parler, c'est un peu… Enfin, je dirais, ça demande un apprentissage. Sinon ça peut paraître ridicule…

— Dis-moi. Je me moquerai pas, promis.

Elle fit l'inventaire des tables alentour, comme quelqu'un sur le point de révéler un secret dangereux et convoité, puis se pencha sur la table.

— Bon… En fait, Marc Levy donne l'impression de raconter des histoires super simples, mais ce sont des prétextes…

— Oui.

— Il fait passer des messages plus profonds sur les énergies, la médiumnité, l'existence de l'âme… Ce qu'il veut, c'est la révolution…

— Oui !

— La révolution féministe.

— Hein ?

— La ligne directrice, dans tous ses romans, c'est que les sorcières existent, qu'elles ont toujours existé et qu'elles se cachent. Vous voyez ? En fait, elles forment des cercles secrets, un peu partout dans le monde, elles attendent le bon moment. Je dirais que les livres de Marc Levy sont un peu des grimoires…

Comme éclaboussé d'eau froide, David recula si brusquement que sa chaise crissa sur le bitume.

— Mais non !

— Mais si, regardez… Son premier roman, *Et si c'était vrai…* De quoi ça parle ?

— Bah, pas de sorcières.

— Si ! Souvenez-vous… Lauren, son accident de voiture, elle s'écrase dans la vitrine d'un *Macy's*. Et vous connaissez le logo du *Macy's* ?

— L'étoile rouge.

— Exactement. Un pentagramme. L'étoile à cinq branches. On la retrouve partout dans le roman, vous vous souvenez ? Le pentagramme représente les sorcières, mais aussi l'anathème qu'on a jeté sur elles. C'est un stigmate, un symbole qui tue. D'ailleurs comment s'appelle le médecin qui veut débrancher Lauren à l'hôpital ? Stern ! L'étoile !

— Non, l'étoile rouge, c'est un symbole pour…

David sursauta car Manchester venait de marquer un premier but. Il serra le poing de la victoire, voyant ses prédictions en voie d'être exaucées. Il ne lui vint pas à l'idée qu'en pariant sur un score de 3-1, le premier point aurait pu revenir à l'autre équipe sans que son pari ne soit moins bien confirmé.

— On disait quoi ? fit-il en revenant sur terre.

— Que le roman était une allégorie.

— Ah oui.

— L'allégorie, la voilà, je vais vous la dire… En gros, le roman raconte l'histoire *des* femmes. Il dit que les femmes sont devenues trop puissantes. Alors on les a chassées, on les a tuées. Lauren incarne la puissance invaincue des femmes, mais cette puissance est invisibilisée, réduite à l'état de coma. Vous voyez ?

— Pas vraiment… J'ai l'impression qu'on ne parle pas du même roman.

— Attendez. Vous allez voir, tout fait sens. Qui est Arthur ? Arthur, c'est l'homme moderne. Il est amoureux de sa mère, d'ailleurs il l'appelle « maman », il dit qu'il la trouve belle, *et cetera*. Son père est absent, il ne l'a jamais connu. Du coup, Arthur est une sorte d'enfant vieux. Un genre de gros bébé, quoi. Il investit l'appartement de Lauren : il prend littéralement sa place dans le monde. Il voit Lauren dans le placard, il tombe amoureux, puis il vole son corps à l'hôpital. Son corps dans le coma ! Niveau consentement, on a connu mieux !

— Mais Lauren donne son accord. Elle est amoureuse, elle aussi.

— Non, parce que toute cette histoire se passe dans la tête d'Arthur. On le comprend à la fin. Quand Lauren se réveille, elle ne se rappelle de rien. Son esprit n'était pas vraiment dans le placard… C'est Arthur, la mauvaise conscience de l'homme moderne, qui a imaginé toute cette histoire ! Après avoir supprimé les femmes, l'homme moderne les remplace par des fantasmes, des fantômes, pour tomber amoureux, et comme un enfant qui croit que tout lui est dû, il s'empare de leur corps. C'est clair quand même, non ?

David jugea cette interprétation délirante mais, comme pour certaines conversations qu'il avait avec Youssef, il accepta de tirer sur le fil, curieux de savoir où celui-ci les mènerait.

— Mais la sorcellerie dans tout ça ?

— Lauren est une sorcière ! C'est même l'archétype de la sorcière ! Elle est riche, puissante, elle n'a pas d'enfants à 38 ans et n'en aura sûrement jamais. Elle n'a pas besoin d'un homme. Et surtout elle est médecin, c'est-à-dire guérisseuse.

— Et Marc Levy leur rendrait hommage ?

— Voilà ! C'est ça ! Dans tous ses livres, le personnage principal est une sorcière. Vous n'avez pas remarqué ?

L'intérêt pour le match retombait. Manchester jouait la défensive et Madrid se laissait étrangement dominer. David eut du mal à le croire, mais il s'entendit défendre *son* interprétation de Marc Levy.

— Bon ! On peut trouver des femmes fortes, mais non, Marc Levy ne parle pas de ça… Dans le fond, son sujet, c'est la politique. Ce qu'il veut, c'est transmettre une certaine tradition de gauche.

— Je crois que vous vous trompez. Regardez, si nous prenons son deuxième roman, *Où es-tu ?*… Susan incarne l'idée de sorcellerie, qui traverse l'Atlantique au moment de l'esclavage et se répand en Amérique centrale, surtout en Honduras. Encore une fois, c'est une femme qui refuse d'élever son enfant : elle l'envoie carrément à Philip et le laisse se débrouiller ! Vous pouvez imaginer une femme plus indépendante ? En plus, elle, elle se trouve à la frontière de deux mondes. Elle pratique la nécromancie. Elle aime vivre au contact de la mort. Elle le dit : « Au milieu de tous ces morts, je sens comme jamais que je suis en vie. »

— Mais ça, c'est marginal… Comment tu fais rentrer dans ton prisme un livre comme *Les Enfants de la liberté* ? C'est une histoire qui se passe pendant la Seconde Guerre mondiale ! C'est une ode à la résistance armée !

— Je dirais plutôt qu'il fait un parallèle. Vous voyez, il parle d'un groupe de résistants. Ils résistent parce qu'on les discrimine, non ? Parce qu'on leur colle une étoile.

— Mais ce n'est pas la même étoile !

— C'est vous qui le dites ! Ce sont des gens qui se battent pour empêcher un génocide. Et ça ne vous rappelle rien ? Le plus grand génocide de l'Histoire ?

— Euh… Les Amérindiens ?

— Non ! C'est le génocide des femmes !

David éclata de rire.

Imperturbable, Elise continua son exégèse. Elle expliqua comment *Le Premier Jour* et *La Première Nuit* reprenaient, en fait, les plus fines théories astrologiques, ou comment le personnage d'Alice, dans *L'Étrange Voyage de Monsieur Daldry*, n'était pas créatrice de parfums mais, plus spécifiquement, de philtres et de potions.

La deuxième mi-temps avait commencé depuis vingt minutes et les Espagnols n'avaient pas encore tenté la moindre attaque vraiment menaçante depuis le début. David fumait, l'air absent. Elise parlait seule.

Elle n'attendait pas qu'on la comprenne – même pas qu'on l'écoute. Elle avait l'habitude de pépier pour combler le vide et justifier l'indifférence des hommes, son père, ses frères… Elle s'était tellement habituée à la solitude, à n'avoir personne à qui parler sinon des psychologues dont les oreilles se monnaient 100 euros de l'heure, que l'idée du solipsisme lui était apparue comme un réconfort plutôt qu'un scandale.

Soudain David se redressa d'un bond : Madrid venait de marquer un but dans les arrêts de jeu. C'était l'égalité. Le match allait aux prolongations.

— Dites donc, vous êtes vraiment à fond pour votre équipe !

— Ouais ! Je te paye une bière !

Il rapporta deux pintes. Les fariboles d'Elise l'avaient mis à l'aise ; quoi qu'il puisse dire maintenant, il ne passerait pas pour un con. Légèrement grisé par l'alcool, il se confia sur des points complètement nouveaux :

— Je crois que je suis en communication avec d'autres esprits.

— Ah oui, vraiment ? Quel genre ?

— Tu connais Prosper Enfantin ? Un saint-simonien ? Il disait que l'âme était éternelle, mais qu'avec la mort, elle était comme dissoute dans l'univers entier. Je crois qu'il avait raison. Les gens du passé restent là, tout autour de nous, il suffit de se connecter à eux…

— Bien sûr ! Avec des plantes enseignantes, on peut avoir ce genre d'expérience. Vous voyez, avec l'*ayawaska*, j'ai pu parler à ma grand-mère qui est décédée l'année dernière.

Madrid venait de marquer un deuxième but. David exultait.

— J'ai parié 500 euros ! Sur un 3-1 !

— 500 ? Vous êtes fou !

Quelques minutes après, Madrid mettait un troisième ballon dans les filets. Le score était parfait : il suffisait de le maintenir jusqu'à la fin. David se mit à transpirer, les yeux rivés sur le chronomètre. Plus que trois minutes. Deux minutes. Une… C'était terminé. David explosa de joie, prit Elise dans ses bras et la fit tournoyer dans les airs. Il n'avait encore jamais serré ses mains si fort sur les flancs de sa collègue.

Il vérifia les cotes sur Internet et comprit qu'il venait de gagner environ 3 000 euros. Mais ce n'était pas le gain d'argent qui lui procurait le plus grand bonheur ; c'était d'avoir enfin la preuve que sa quête était terminée. Désormais, il savait.

— Allez ! C'est la fête ! Je paye ma tournée !

En allant aux pissotières, il consulta ses messages en absence : sa mère avait essayé de le joindre plusieurs fois, ce qui n'était pas ordinaire à cette heure-ci. Légèrement inquiet, il sortit dans la rue pour la rappeler. Dès qu'elle décrocha, il comprit que quelque chose s'était passé :

— Bonjour mon chéri, tu vas bien ? Oui ? Bon… Je dois te dire… Ton grand-père a refait une attaque. Il est à l'hôpital. Cette fois, c'est grave.

David retrouva ses parents à l'hôpital de Tours, à la cafétéria du hall d'entrée. Il s'assit à leur table et n'osa pas refuser le gobelet de café qu'on lui tendit, ni le beignet au sucre. Il mangea sans envie.

— Les médecins disent que c'est extrêmement sérieux, fit la mère.

— On sait ce que ça veut dire, soupira le père.

David se sentit coupable d'avoir la bouche pleine alors qu'on mourait aux étages ; qu'on était mort dans les tiroirs du sous-sol. Est-il moral de prendre du plaisir ici-bas ? N'est-ce pas une complaisance, un consentement à l'horreur, que de manger un simple beignet au sucre ?

L'idée de la mort semblait révoltante à David mais, bizarrement, la mort particulière de son grand-père ne lui faisait aucun effet. Il craignait même une rémission, suivie d'un retour à la maison – retour au point de départ. Cela n'aurait fait que prolonger une situation pénible pour tout le monde. Il fallait en finir. Néanmoins conscient des attentes qui reposaient sur lui, David prit un air d'affliction.

— Et *lui*, comment il va ?

David avait insisté sur « lui », comme si l'être et le

corps du vieux étaient d'ores et déjà deux choses concrètement séparées. Pour toute réponse, le père de David se tordit les lèvres.

— Hof !...

Il faisait beau temps. Ce doit être une chose triste que de mourir un jour de beau temps, quand le ciel est bleu, les cerisiers rouges, que les enfants crient dans les cours d'écoles ; triste de mourir en juin, quand on est empêché dans un lit et que, dehors, à portée de main, c'est le premier jour des vacances. Dans une chambre d'hôpital, avec la fenêtre comme seul horizon, les mourants doivent entendre ce bruissement dans la rue, celui de la vie qui s'en va, cette vie qui les a détachés de l'arrière-fond du néant, mais les y repose maintenant avec indifférence, pour continuer son œuvre, plus loin, pour d'autres...

David consulta la météo sur son téléphone. Dans trois jours, le ciel se couvrirait de nuages. Il y aurait peut-être du crachin. Par sympathie, David souhaita que son grand-père tienne encore un peu. Qu'il s'en aille un jour où le monde soit moins aimable. Ce n'est pas facile de mourir, mais le crachin doit sûrement aider.

On monta dans la chambre du malade. S'il avait maigri, verdi, sa fierté demeurait intacte. Sans même le regarder, il commandait son fils comme un employé :

— Dis, faudra que tu rentres la voiture au garage. Elle est restée dehors... Et vérifie que Gérard a bien livré le fioul. Quoi, comment ça, c'est pas la question maintenant ? Bien sûr, que c'est la question ! La dernière fois, il m'a livré la moitié et j'ai payé la totalité !

— Oui, papa.

Le vieux tenait à faire croire qu'il était ici comme à l'hôtel, par envie d'éclectisme, et qu'un lit médicalisé n'était pas plus signifiant qu'une suite sur la Côte d'Azur. Il insista d'ailleurs pour se lever, se rendre au distributeur de boissons au bout du couloir et s'acheter une eau pétillante avec sa propre monnaie. D'un regard discret, les parents de David lui firent comprendre qu'il serait raisonnable d'accompagner ce déplacement risqué.

David se leva donc et suivit son grand-père en dehors de la chambre.

— Quoi ! Tu crois que je ne peux pas marcher tout seul ?

— Non, mais moi aussi, je voudrais m'acheter une bouteille.

— J'ai pas besoin d'aide, lâcha-t-il en s'agrippant au bras du jeune homme.

Le vieux avançait avec lenteur, sans jamais soulever ses pieds qui glissaient sur le carrelage. Il réservait ses dernières forces à l'exercice de la méchanceté.

— Tu t'intéresses à moi maintenant ? Si c'est pour l'héritage, ce n'est pas la peine…

Et puis, comme pris de compassion pour lui-même, le vieux s'adoucit et s'adressa cette flatterie sans rapport :

— Tu sais que j'ai voyagé partout moi, hein ! Tous les pays ! J'ai fait des millions de kilomètres. J'ai fait le tour du monde.

David tourna la tête et considéra l'étranger à son bras. Il se sentait plus intime avec son épicier de quartier qu'avec cet aïeul.

Dans le couloir approchaient, en sens inverse, et presque en miroir, une vieille dame tirant sa perfusion, soutenue par une plus jeune, sûrement sa fille. David pensait à ces peintures allemandes qui représentent la Femme aux différents âges de sa vie, suivie par la figure de la Mort tenant un sablier. Car la Mort était là dans les couloirs, penchée sur les épaules de cette charmante enfant et de sa mère. La Mort suivait aussi David en soufflant dans sa nuque un parfum de terre humide.

Vers 18 heures, il embrassa ses parents sur le parking et prit le train pour Paris. Quatre jours plus tard, il était de retour pour l'enterrement.

La famille se rassembla dans la maison du grand-père, à la campagne. Il y avait de ces cousins qu'on voit une fois par décennie ; d'autres dont on n'avait jamais entendu parler. Vers 14 heures, on prit les voitures en direction du funérarium. Une jungle de bouquets, réfrigérée, chichement éclairée par quelques spots orange placés dans les coins ; c'est là, dans ce décor de train fantôme, que reposait le corps du grand-père. Il n'était plus creusé ni pâle, mais bombé, luisant, repeint de couleurs chaudes, et ressemblait à ces poupons de porcelaine qu'affectionnent les collectionneurs.

Chacun prit place autour du mort, dans la pénombre, tantôt assis, tantôt debout. David n'avait jamais vécu d'enterrement et personne ne lui avait expliqué. Il s'attendait à ce qu'un rituel soit accompli, qu'un discours soit prononcé, mais rien ne se passa. L'assemblée se contentait de tenir, coude à coude, immobile. Il y eut un sanglot dans le noir, des mouchages. On contemplait la chair.

Après un moment qui parut ne jamais devoir finir, une employée du funérarium entra dans la pièce et referma le cercueil, qui partit pour l'église. David s'en étonna car son grand-père n'avait jamais caché son mépris de la cléricature. Sa mère lui répondit :

— C'était plus simple. Ils organisent tout.

— Mais papy disait tout le temps qu'il était athée...

— Tu voudrais quoi ? Qu'on le jette dans un caveau comme ça, sans rien dire ? Il faut bien *quelque chose de plus*.

Elle avait raison. Il fallait bien quelque chose de plus. On pouvait se débarrasser de la religion, pas du sentiment qui l'avait rendue nécessaire.

Néanmoins, ce sentiment fut médiocrement exalté par les fonctionnaires du Très-Haut. La cérémonie ne fut pas l'occasion d'édifier les ouailles, de foudroyer leur cœur avec le grand mystère de la mort et du monde. Non. Comme des machines ou des singes savants, les bonnes femmes en charge des funérailles ne tinrent que des discours nuls, répondant à chaque « pourquoi » simplement par « Dieu », repoussant le vertige derrière un mur opaque, lisse et lourd – un mur de certitudes imposant l'obéissance. Ah ! Dire merci, demander pardon. Dieu donne, Dieu reprend, parce qu'il est bon. Pourquoi tout *est* ? Parce que Dieu. Que faire, que penser en attendant la fin ? Ce que Dieu veut. Comment le sait-on ? Parce que Dieu l'a dit.

« Alors il suffit de renommer chaque problème avec le mot "Dieu" ? Et ça suffit, y'en a qui trouvent ça lumineux, qui trouvent ça profond, qui considèrent que ce sont *des réponses* ? Sacrés cathos... Ils osent dire qu'ils épousent le mystère et qu'ils le sanctifient. Une religion où Dieu lui-même descend sur Terre... Dieu ! Est-ce qu'on s'en rend compte ? Dieu qui descend pour nous apprendre le mal et le bien, l'origine du monde et la fin des temps ; Dieu qui nous parle depuis les cieux pour donner des recettes de boulangerie, nous commander du pain *sans levain*... Il est beau le mystère ! »

David ressentit du dégoût pour les catholiques, comme pour les guérisseurs et les shamans, tous les vendeurs d'invisibles, d'arrière-mondes et de foi. Ces charlatans prétendent avoir l'esprit large, mais en fin de compte, ils doutent bien peu – trop peu. Ce sont les ennemis de l'indicible. Ils se contentent d'affirmer deux fois plus pour bercer leurs clients qui demandent juste un meilleur sommeil.

Et pourtant, c'est ainsi, par la bonté mielleuse de l'Église, que le grand-père fut descendu dans un caveau puis recouvert d'une plaque de marbre.

On revint au funérarium une dernière fois, dans une salle de réception où l'on avait disposé des biscuits, des boissons chaudes et du vin rosé. David but quelques verres en discutant avec le maire de la commune, qui se trouvait là par convenance et conscience professionnelle.

La journée touchait à sa fin. Les parents de David l'accompagnèrent en voiture à la gare de Tours. Sa mère déplora, d'une voix trébuchante, que le vieux ne se soit pas adouci sur son lit de mort.

— On a refait le cours de sa vie. Je lui ai demandé de se rappeler les bons moments. Je lui ai dit : il y a toujours des bons moments... Les enfants, les petits-enfants, ton chien, tu l'aimais, ton chien, non ?... Mais lui, non. Il m'a dit qu'il n'avait pas aimé la vie. Si on lui avait laissé le choix, il en aurait pas voulu.

La maussaderie du jour avait déteint sur les parents. Ils fondirent en lamentations, évoquant d'abord la vieillesse, la maladie, puis les infiltrations d'eau, la mousse qui s'étendait sur les tuiles de la maison de campagne, comme s'il s'agissait de différentes manifestations d'un même pourrissement cosmique. Ils disaient que la France avait changé, que le grand-père avait connu cette aube, cet optimisme d'après guerre qu'on ne connaîtrait plus. Ils évoquèrent « la reconstruction » comme une sorte de récit biblique, un antidéluge. Puis sans s'en rendre compte, ils finirent par se plaindre eux-mêmes, regrettant le déclin de l'intelligence, des mœurs, de l'économie, de leurs conditions de travail.

— C'est dur, dit le père. Après nous, il n'y aura plus de podologues. Nos listes d'attente font déjà des mois ! On refuse des gens qui nous supplient au téléphone… Ils pleurent ! Mais bientôt, ce seront des déserts médicaux partout. Il n'y a plus d'argent nulle part…

Les parents cherchaient à ce déclin des explications fort abstraites. Ils blâmaient un hédonisme vague, un laisser-aller général, critiquaient « les abus », déploraient le fait de vivre « dans un vieux pays » et dans une époque « trop compliquée », parlaient de la mondialisation comme d'un principe transcendant… Il ne leur venait pas à l'idée que, peut-être, notre débâcle pouvait avoir des causes politiques ; un rapport, même ténu, avec le fait qu'ils aient voté quarante ans pour des partis ayant tous, de manière plus ou moins revendiquée, promu l'extension de la concurrence et la dictature de l'argent. Eux-mêmes avaient toujours souhaité l'affaiblissement de l'État, mais s'étonnaient aujourd'hui que l'éducation publique et la santé gratuite se meurent. Ils s'étaient fait les chantres du néolibéralisme et ne comprenaient pas pourquoi nos héritages communistes disparaissent un par un.

En les embrassant sur le quai, David savait que, probablement, il ne les reverrait pas. Il touchait enfin la source du mal, du poison de l'époque. Si toute une génération se sentait atone, morbide et perdue, c'est parce que la gauche avait disparu. Parce que la gauche répondait au besoin vital de se projeter dans l'avenir, avec un rêve commun d'amélioration du monde ; elle répondait à notre instinct vital de communion. Elle était née dans la violence. Et par la violence elle renaîtrait.

David voulait mourir pour une cause. Une idée qui, elle, ne mourrait pas. Il écrivit à Youssef : *Dis-moi, tu sais comment je pourrais me procurer des armes ?*

Mon petit David. Décidément, tu n'es jamais entré dans la modernité. Tu peux passer à la maison, je te montrerai comment un homme du xxie siècle se connecte au marché noir mondialisé. Mais dépêche-toi. Viens cette semaine. Pour des raisons que tu connais, j'ai frappé des flics. J'ai passé 48h au poste de police et j'ai peur que ma carte de séjour ne soit bientôt déchirée. Je dois me présenter devant un juge la semaine prochaine. Je risque d'être renvoyé dans mon bled.

.............................

Je peux venir ce soir ? J'espère que tu plaisantes. Il doit y avoir un moyen d'empêcher ça.
Peut-être que Diana peut faire quelque chose depuis la mairie ?

.............................

Ne t'inquiètes pas. J'ai déjà perdu mon travail en France. Je n'ai plus d'avenir... D'ailleurs CE PAYS n'a plus d'avenir. Je te l'ai dit : bientôt, ce sera la guerre civile... CHEH !

Si quelque chose m'empêche de dormir, en ce moment, c'est plus en rapport avec le Père Noël. Tu sais, dans les cours de récréation, il y a toujours un garnement précoce qui vient choquer les gamines, leur dire que les bébés ne naissent pas dans les choux, et que le Père Noël est un mensonge ? Eh bien, voilà. Peut-être que le rouquin du Grand Colbert, c'était ça. Et nous étions les petites filles effrayées.
Peut-être qu'effectivement, la vie n'en vaut pas la peine, que tous les vieux le savent et que c'est une évidence pour eux. Nos parents nous l'avoueront, quand on aura 50 ans, entre le fromage et le dessert. Ils nous diront : « C'est beau, l'innocence d'un enfant. »

..........................

Théorie intéressante.
Mais pourquoi le manque de sommeil ?
Je croyais que tu étais en paix avec le grand suicide universel.

..........................

Parce que j'ai des doutes. La nuit je fais des rêves, mais pas des rêves ordinaires, ils sont plus tangibles. Je vois les hommes des cavernes. Ils m'entourent et m'engueulent : « Nous nous sommes battus pour survivre, pour enfanter, et nous sommes morts de froid, d'infection, mangés par des tigres à dents de sabre... Nous sommes morts avant 30 ans pour que toi, dans ton studio parisien, tu baisses les bras ? »
Je ne sais plus quoi faire.

Tu n'as jamais cette impression, que le passé te parle, et qu'il t'accuse ?

..............................

Non, jamais.
Je ne rêve que de ta mère.

David fait les cent pas dans le couloir, devant la porte fatidique, celle qui va s'ouvrir d'une seconde à l'autre. Mme Soler, maître de conférences, professeur de littérature française et spécialiste de Sartre, s'apprête à le recevoir dans son bureau.

Si David est venu, c'est pour ne pas décevoir Diana. Une heure plus tôt, à l'appartement, elle l'encourageait en rajustant son col de chemise.

— C'est le grand jour ! J'espère que tu es bien préparé ? Tu ne vas pas rencontrer n'importe qui. Tout le monde n'a pas la chance de parler avec elle. Allez, à tout à l'heure. Bonne chance.

C'est la première fois que David pose les pieds à la Sorbonne. En découvrant l'imposant bâtiment, l'escalier d'honneur et le péristyle, il s'est senti presque honteux… A-t-on le droit d'entrer ici, dans le Vatican de la science et du savoir, sans rien avoir à dire ? Plutôt que d'étudier les fondements de l'existentialisme, David a passé toute l'année sur les textes de Marc Levy. Il ne pourra pas dissimuler cette imposture bien longtemps. Il essaye de se rassurer en lisant, pour la troisième fois, un message de Youssef :

Fais comme tout le monde ! Obscurcis des banalités, ensorcelle avec des mots, dresse des analogies prodigieuses entre des points de détail... C'est comme ça que l'on devient chercheur et que l'on finit en couverture des journaux. Mais surtout : n'oublie pas de flatter les présupposés idéologiques de ton interlocuteur.

David range son téléphone et, dans un geste désespéré, feuillette à nouveau *L'Être et le Néant*, cherchant un passage qui pourrait déclencher son inspiration. « Présupposés idéologiques… Qu'est-ce que j'en sais ! À quoi rêvent les profs d'université ? »

Sartre l'avait beaucoup déçu. David l'avait pris pour un chevalier rouge, un parangon du raffinement philosophique ; il avait découvert un baragouineur doublé d'un carriériste sans scrupule, un cradingue aux relents de choucroute et de tabac, croyant se rincer dans la beauté des jeunes femmes… Et puis, tout compte fait, il était fort peu de gauche : toujours trop abstrait, trop esthétisant, horrifié par le prolétaire de chair et d'os… Pour s'en convaincre, il suffit de le lire, au crépuscule de sa vie, tenté par le judaïsme, tournant autour du pot, cherchant encore à définir « la gauche » et comment fonder le sentiment de fraternité universelle… Réinventer la poudre, encore ? Preuve que Sartre n'était pas saint-simonien. S'il avait connu le nombre d'Euler, il n'aurait pas été si constant dans l'erreur.

« Présupposés idéologiques… Je n'ai plus la moindre sympathie pour ce type ! Je suis foutu. »

La porte grince et David croit entendre une trappe s'ouvrant sous ses pieds. Il se tourne, livide et tout suant, pour saluer Mme Soler et lui tendre une main fébrile, désagréable au toucher. Il entre, s'installe en face d'elle, à son bureau. C'est une femme austère, à la tête poissonneuse, et dont la robe est taillée comme une nappe de table.

— Comment va Diana ? fait-elle en triant ses papiers. Saluez-la de ma part. Elle s'épanouit dans son poste à la mairie ? Cela ne m'étonne pas. C'était une étudiante particulièrement brillante. Elle m'a dit le plus grand bien de vous. Et donc, vous vous intéressez à l'œuvre de Sartre ? Ce n'est pas un objet de recherche à la portée du premier pékin. Des milliers de thèses et d'articles ont déjà été rédigés sur le sujet. Dites-moi, quelle serait l'originalité de votre approche ?

Pour cacher ses tremblements, David coince les doigts entre ses cuisses et serre les genoux. Dans cette position contrite, il crispe les paupières et fait un effort de mémoire considérable afin de reconstruire les dernières lignes lues dans le couloir. Il se résout à les prendre comme point de départ. Il bégaye une sorte de résumé :

— Ce qui m'intéresse, c'est, disons… On connaît… Depuis le lycée, l'exemple de la mauvaise foi, c'est le garçon de café, n'est-ce pas ? C'est l'exemple typique…

— Hm oui, je dirais que c'est l'exemple le plus *fréquent*.

À sa manière d'accentuer la fin de la phrase, on comprend qu'elle évolue sur un autre plan du langage, une surcouche académique, où les mots ont des définitions plus précises, plus riches que ne le soupçonne l'homme de la rue, où « fréquent » et « typique » occupent des espaces différents et même sans rapport l'un avec l'autre. David craint désormais d'ouvrir la bouche et de commettre une imprécision qui passerait, aux yeux de la sachante, pour une vulgarité dégoûtante.

— Voilà, bredouille-t-il, c'est l'exemple fréquent…

— Et donc ?

— Oui. Donc… On oublie que Sartre donnait d'autres exemples. Un des exemples, c'est l'homosexuel refoulé. C'est ce qu'il dit… Oui, l'homosexuel refoulé est forcément de mauvaise foi, mais en même temps, s'il est sincère, il est aussi de mauvaise foi. Parce que la sincérité est de mauvaise foi. On ne peut pas être homosexuel comme une table est une table, enfin… C'est ce qu'il dit, vous vous en souvenez ?

— Hm, continuez.

— Il donne aussi l'exemple de la femme frigide. Elle est de mauvaise foi parce qu'elle prend du plaisir, mais qu'elle s'en détourne. Elle veut se convaincre du fait qu'elle est frigide. C'est bien ce qu'il dit.

La professeur balance la tête avec un air gêné.

— Ce passage n'a pas forcément très bien vieilli.

Manifestement les analyses médicales de Sartre ne comptent pas parmi ses plus fameuses. Mais l'esprit de David commence à se délier. Il se lance dans une improvisation plus personnelle et veut poser Sartre en précurseur des philosophies à la mode. Ce genre d'exercice devrait forcément charmer la spécialiste.

— Au contraire, je dirais qu'il est très moderne. Ce que dit Sartre, dans ces deux cas, c'est que la sexualité est une question de foi. De mauvaise foi, mais de foi quand même. Nous ne sommes donc pas contraints par la nature ou par la société, ni par rien d'autre. Ce que je vois, c'est que Sartre fait des *gender studies*, et ce dès les années 1940 !

— J'entends, mais ce que vous me dites n'est pas très original malheureusement. Des chercheurs, américains pour la plupart, ont déjà démêlé les apports de Sartre à l'aune de l'activisme queer et de l'intersectionnalité.

Douche froide. La confiance a tapé contre un mur de pédantisme. Furieux, David voudrait en finir, tourner définitivement la page sartrienne de sa vie. Par association d'idées, il pense justement aux derniers passages du livre. Il se souvient d'une conclusion particulièrement abstruse, voire un peu bouffonne, et s'en sert pour rebondir :

— C'est vrai. Mais ce n'est pas l'intersectionnalité qui m'intéresse vraiment. (Il se met à flagorner.) Sartre était le précurseur de toute la philosophie moderne. (Il cale.) Et même, et même… (Il cherche à gagner du temps.) Permettez que je le cite ? C'est la toute fin qui m'intéresse… (Il s'éclaircit la voix.) Il faut rappeler le point final de toute sa réflexion…

Mme Soler ne cache pas sa dubitation, qu'elle exprime en retroussant les lèvres, un peu dans le style d'un mérou sur un étal de glace pilée. Mais David ne perd pas le fil :

— Alors, oui, pages 790… 791… Oui. Page 800, voilà. C'est cela, c'est quand il parle du trou. C'est toute une métaphysique du trou qu'il élabore. Je le cite, d'accord ? *Le trou est le symbole d'un mode d'être que la psychanalyse existentielle se doit d'éclaircir… Il se présente originellement comme un néant « à combler » avec ma propre chair… Il me présente donc l'image vide de moi-même ; je n'ai qu'à m'y couler pour me faire exister dans le monde qui m'attend… Une des tendances les plus fondamentales de la réalité humaine : la tendance à remplir.*

David se sent plus à l'aise. Il prend enfin l'air docte et pincé qui convient, croise les jambes et se surprend à chercher, du coin de la bouche, le bec d'une pipe à téter.

— Voyez-vous, l'importance du trou ne saurait être minimisée. Sartre est encore plus explicite quand il parle du vagin. Je le cite : *L'obscénité du sexe féminin est celle de toute chose béante ; c'est un appel d'être, comme d'ailleurs tous les trous ; en soi la femme appelle une chair étrangère qui doive la transformer en plénitude par pénétration et dilution. Et inversement la femme sent sa condition comme un appel, précisément parce qu'elle est « trouée ».*

L'inspiration revient. Pour la première fois, David soutient directement le regard de la professeur. Il fait danser sa main, comme pour touiller les vapeurs d'intellectualisme émanant de son propre corps.

— C'est un passage trop peu commenté. Sartre parle ici de sexualité, mais sa réflexion se prolonge avec l'acte de manger, car manger, c'est se boucher avec un certain être. D'où cette phrase sidérante, je cite : *Il n'est donc nullement indifférent d'aimer les huîtres ou les palourdes, les escargots ou les crevettes, pour peu que nous sachions démêler la signification existentielle de ces nourritures.* Je crois effectivement que l'on ne s'est pas suffisamment penchés sur la signification existentielle des palourdes. Mais je laisse ce travail aux chercheurs en psychiatrie. Ce n'est pas mon domaine.

Mme Soler se montre subitement plus intéressée. David parcourt les dernières lignes de l'essai pour y glaner quelques subtilités et parachever son herméneutique :

— Donc, donc… Que dit Sartre dans son ultime phrase ? Il oppose le sacrifice de l'homme au sacrifice du Christ. Le sacrifice de l'homme, dit-il, c'est de « boucher le trou ». Si je le prends au mot, le Christ est donc le vagin de l'Être ; c'est l'absence du divin, bouchée par l'homme. Ce n'est pas une découverte triviale, venant d'un auteur connu pour son athéisme.

La professeur se pourlèche.

— Hm, continuez, c'est intéressant.

Appliquant les conseils de son ami, David se lance dans une analogie spectaculaire entre différents champs du savoir dans le but de lustrer, encore un peu mieux, l'ego de son interlocutrice.

— Sartre était précurseur de la déconstruction, mais il était conscient de ses limites, car la déconstruction finit par se déconstruire elle-même. Il avait proposé la solution dans son livre, en réconciliant l'expérience subjective et l'objectivité totale, autrement dit l'expérience psychosexuelle et l'expérience théologique.

La professeur décapuchonne son stylo plume pour prendre des notes.

— Ah, mais c'est très intéressant !

— Les sciences dures n'étaient pas prêtes à l'époque. Mais les progrès de la topologie algébrique donnent un nouvel éclairage aux écrits de Sartre. Aujourd'hui, nous avons les outils pour effectuer des calculs complexes, parvenir précisément au volume et à la courbure de l'ensemble des cavités vaginales existantes. Il suffirait de les additionner – et c'était le vrai projet de Sartre – pour connaître enfin les contours exacts de Dieu.

— Alors là ! Je dois dire… C'est stupéfiant ! C'est une approche vraiment personnelle, très personnelle.

Décidément, vous formez un couple détonnant avec Diana… Je vais prendre mes renseignements, mais il existe des bourses et des aides pour ce genre de travaux interdisciplinaires. Je pense que nous n'aurons pas de mal à trouver un financement pour votre thèse.

Quelques minutes plus tard, David traverse à nouveau les couloirs de la Sorbonne, mais cette fois, en sautillant, la tête haute. Il enjambe trois par trois les marches du grand escalier et lance aux puceaux qu'il croise des regards pleins de compassion, voulant dire à peu près : « Dans quelques années, si tu travailles dur, peut-être que tu seras à mon niveau. »

Il rallume son téléphone. Un message. C'est Sheyenne. Elle lui donne rendez-vous immédiatement au bout de l'île Saint-Louis, sur la place Louis Aragon.

David n'est même pas étonné ; les événements, heureux ou malheureux, surviennent toujours par grappes, et cette soirée peut encore franchir plusieurs degrés dans l'extraordinaire. Il constate, en prenant le pont piéton de l'Archevêché, que les bords du fleuve grouillent de jeunes gens, d'étudiants étrangers, de provinciaux sans le sou, qui se font des niches et se paluchent, assis en tailleur sur les pavés, buvant des canettes de bière et du vin rosé pour fêter la fin des examens et le retour de l'été. Dans cette ambiance d'amourettes, David sent monter en lui cet espoir sans objet, si rare, et d'autant plus délicieux, justement, qu'il ne tient à rien qui puisse le décevoir.

Comme convenu, Sheyenne l'attend au bout de la place triangulaire – la proue d'un navire imaginaire sur la Seine. Elle se tient assise contre le muret, dans une lumière d'or, et donne encore ce sourire de Joconde qui n'en est pas un. Elle n'a jamais été si belle que dans ce tableau, celui des beaux jours en ville avec, en arrière-plan, son pointillé de foule.

— Alors, tu ne m'as pas oublié ? lance David.

— Bien sûr que non.

— Comment tu savais que j'étais à côté d'ici ?

Elle se redresse et prend les commandes de la conversation :

— Je vous emmène quelque part. C'est une surprise.

— Ah ah ! Non ! Encore un truc à la mords-moi-le-nœud ? Tu ne m'auras pas, ce coup-là !

La voix de Sheyenne s'adoucit, de manière inhabituelle, et s'abaisse au niveau des sentiments humains.

— Non, c'est promis. Faites-moi confiance. Je voudrais vous emmener voir quelque chose. C'est juste à côté d'ici. S'il vous plaît, c'est important. C'est peut-être la dernière fois que nous nous voyons.

— Pourquoi la dernière fois ?

— Vous devriez le savoir.

Elle lui prend la main et l'emmène au pont le plus proche en direction du 4e arrondissement : « Suivez-moi ! » Étourdi par cet accès de sensualité, David se laisse porter, croyant à peine sa chance, comme une villageoise que l'on invite à danser le soir de son premier bal.

— Nous n'irons pas chez Mme Paulette ce soir, dit gravement Sheyenne. La pauvre femme est malade. Je crois qu'elle ne reviendra plus travailler.

— Je n'ai plus peur de la mort, fait David.

— Je vous félicite.

Les voilà déjà place des Halles. Sous la canopée. Sheyenne leur fait prendre l'escalator vers les galeries commerciales. Les stores sont baissés devant toutes les vitrines, sauf une, qu'elle pointe du doigt.

— C'est ici.

— Tu m'emmènes... à la *Fnac* ?

Le grand magasin paraît vide. À l'entrée, pourtant, l'homme de la sécurité les salue d'un air entendu. Sheyenne ne cache plus son impatience : « Venez, allez ! » David la suit à travers les rayons et, tout au fond, dans l'espace librairie, découvre plusieurs centaines de personnes rassemblées et bruissantes. Les deux collègues approchent et se fondent parmi ces gens sans âge, qui se tiennent sur la pointe des pieds, piaffent et donnent l'impression de chercher quelque chose...

— Là, ne bougeons plus.

— Qu'est-ce qu'on fait ici ?

— Vous verrez bien... Attendez, vous aurez besoin de quelque chose...

Elle disparaît un instant. David la cherche mais, où qu'il se tourne, son regard bute sur l'épaisse masse humaine qui l'entoure. « Comment est-ce qu'elle fait pour se faufiler là-dedans ? Elle tient du liquide. » Sheyenne ressurgit et lui tend un livre. C'est *Noa*, le dernier Marc Levy.

— Vous en aurez besoin, dit-elle.

David comprend. Sa poitrine enfle de joie, si fort, si subitement qu'elle manque de se fissurer. Il ouvre ses bras, prend Sheyenne, la serre et l'embrasse sur la joue : « Merci ! »

Tous deux avancent avec la masse, une heure durant, par petits pas.

Et puis, enfin, David le voit.

Marc Levy se tient assis face à lui, accoudé sur une

petite table sans façon. Depuis l'échancrure de sa chemise en coton monte une Cologne évoquant la maison de campagne. Les deux hommes se regardent et David se sent immédiatement apaisé, baigné par la bonté, la puissance tranquille de l'écrivain. Sans un mot, il tend le livre.

— Bonjour. C'est pour qui ?

— David.

D'un geste sûr, Marc Levy trace la dédicace sur la première page. David le contemple.

— Et voilà. Bonne lecture.

— Dites, je peux vous poser une question ?

— Mais oui.

— Vous croyez à la valeur du sacrifice ?

Marc Levy recule et réfléchit en faisant crépiter sa barbe fine sous la caresse de son pouce.

— Vous voyez, dans mon roman, le personnage de Janice n'est pas un super-héros. Elle se bat pour la vérité, pour la liberté des autres, et en même temps, elle en subit les conséquences, qui sont assez dévastatrices pour elle. Mais la démocratie est un bien trop précieux pour qu'on le perde.

— Donc la violence politique est parfois légitime ?

— Je dirais qu'il existe une différence entre ce qui est légal et ce qui est bien. Facebook est une entreprise légale. Mais je pense que Zuckerberg sera reconnu dans l'Histoire comme l'un des hommes qui aura causé le plus de dégâts, propagé le plus de haine et aura le plus divisé la société humaine.

— Alors notre ennemi, c'est Zuckerberg ?

— Je dirais qu'il est un symptôme. Il faut comprendre qu'un Zuckerberg ne peut exister que grâce à un système, une alliance de criminels en col blanc, de politiciens, d'oligarques. Nous sommes attaqués. Mais les résistants sont déjà là, j'en suis sûr. Ils attendent juste *le bon moment.*

David reprend son livre dédicacé.

— Merci.

Le dîner eut lieu sur le versant bucolique et clairsemé de la colline de Montmartre, dans un restaurant de quartier occupant une maisonnette peinte en rose, entre deux façades couvertes de vignes vierges. David avait eu la bonne idée de téléphoner la veille au soir et réserver la dernière table de la terrasse minuscule, improvisée, sur les pavés de la ruelle.

Diana prenait en photo la perspective qui plongeait vers les quartiers nord. Elle était ravie que David ait pris une initiative, qu'il ait manifesté l'envie de passer un moment en couple. Voilà peut-être un an qu'ils n'avaient pas dîné tous les deux, « en ville », comme il disait encore en trahissant ses origines suburbaines.

On venait de leur servir du champagne. Diana leva sa coupe.

— Alors, on fête le commencement de votre thèse, Dr Baumer ?

Allègre, David savoura sa gorgée, reposa le verre et prépara son annonce. Car ce soir, il dirait tout. C'en était fini des faux-semblants.

— Tu sais, Diana, je crois que… Je ne vais pas faire cette thèse.

Elle blêmit, comme si David avait annoncé sa mort imminente.

— Pourquoi ?

— C'est une longue histoire. J'ai besoin que tu m'écoutes… D'accord ?

La serveuse apporta les entrées : olives marinées, œuf mayonnaise, fromage frais et *focaccia* maison. David goûta chaque assiette, l'une après l'autre, pour dédramatiser en quelque sorte. La bouche pleine, il expliqua comment Sartre l'avait désappointé, comment Marc Levy l'avait ébloui ; qu'il avait passé près d'un an à lire le second, à partager ce plaisir avec d'autres, et même, à dîner avec eux tous les lundis ; qu'il avait trouvé, dans les « romans de gare », un message occulte hautement plus intéressant, annonçant la victoire prochaine des forces authentiques de la gauche ; qu'une élite évoluait en secret depuis deux siècles, infiltrant les hautes sphères et préparant le Grand Soir, le moment de l'assaut définitif contre les forces du capitalisme ; que cette élite avait pour elle des pouvoirs de clairvoyance, de télépathie, découverts par les saint-simoniens puis transmis à la Fabian Society jusqu'à leurs successeurs contemporains.

— L'humanité devra former une conscience globale. Avec la télépathie, cette conscience pourra s'affranchir du Temps et de l'Espace, fusionner avec d'autres formes de vie dans l'Univers, et peut-être, devenir elle-même l'Univers. Tu comprends ?

Diana se décomposait. Elle connaissait assez David pour savoir qu'il parlait sans ironie. Lui-même, en exprimant des intuitions qu'il avait forgées dans un recoin silencieux de son âme, s'émouvait d'entendre leurs accents d'extravagance. Il interrompit son monologue quand la serveuse reparut et fit goûter le vin rouge (un honnête beaujolais naturel, légèrement piquant sur la langue) avant de leur apporter les assiettes de *pasta primavera*. Diana but son verre d'une seule traite, au point qu'elle dut reprendre son souffle ensuite, le visage plissé par une expression de chagrin.

— Non, non, non… Pas ça David…

— Comment ça ?

— Tu te rends compte de ce que tu dis ? Tu parles comme un fou.

David attendait cette réaction. Il avait prévu d'y faire face avec un calme proche de l'indifférence, censé prouver que ces idées lui étaient familières, confortables, et qu'elles ne relevaient pas de la psychose de passage. Il commença de manger les pâtes et poursuivit :

— Tu sais, les saint-simoniens portaient un genre d'utopie féministe. Ils voulaient dépasser les dualités, y compris la dualité homme-femme, et se réconcilier avec le beau sexe. Ils voulaient même construire un temple en forme de femme géante, au milieu de Paris, à la place de Notre-Dame. Dedans, il faut imaginer des escalators, des installations électriques, c'était vraiment un projet farfelu… Bref. (Il salua la fraîcheur des petits pois en remplissant son verre de vin.) J'ai découvert quelque chose de vraiment très intéressant… Je crois que personne n'y a fait attention… Les saint-simoniens étaient persuadés que leur nouveau christianisme serait complet avec l'arrivée d'une femme, d'une femme-messie.

Diana ne mangeait pas et jouait avec la pointe de sa fourchette, éparpillant ses légumes sur les bords de l'assiette.

— David…

— Attends, attends, ça va devenir intéressant… Donc, cette femme hypothétique était destinée au père de la secte, Prosper Enfantin. Leur enfant devait être l'incarnation de l'unité, du dépassement des dualités. Alors ils ont monté une expédition. Ils sont partis la chercher, cette femme ! Pour plein de raisons, ils croyaient qu'elle apparaîtrait en Orient. Alors ils ont rempli des bateaux, ils sont partis en Turquie, en Égypte, partout, sans rien savoir de cette femme, même pas son nom, ni même à quoi elle ressemblait.

— David, je…

— Attends ! J'ai presque terminé. L'Histoire raconte qu'ils n'ont jamais trouvé la femme-messie. Mais je crois qu'on ne sait pas tout… On sait qu'ils ont trouvé une femme, au Liban, une aristocrate anglaise appelée Lady Stanhope. Dans le désert, elle était un peu devenue une prophétesse locale. Les tribus lui vouaient un culte. Elle avait des pouvoirs de divination, elle s'intéressait à pas mal de choses, disons, paranormales… On sait aussi que les saint-simoniens sont passés la voir… Officiellement, ils auraient décrété qu'elle n'était pas la femme-messie… Mais ce que je crois, c'est qu'elle et le père ont vraiment fait un enfant.

Diana l'observait avec une acuité croissante et cherchait dans ses pupilles, la contraction de ses muscles faciaux, des signes infimes de maladie mentale. Elle n'avait jamais imaginé que David puisse être schizophrène, mais cette possibilité jetait une lumière neuve sur leur histoire commune, et sur le garçon lui-même, lui donnant un caractère de nouveauté, d'étrangeté séduisante et dangereuse, comme au soir de leur premier rendez-vous.

— Tu vas penser que je suis fou, dit-il en finissant son assiette, mais je crois vraiment que la femme-messie a eu une descendance et que Marc Levy fait partie de cette famille.

Diana posa ses couverts et glissa ses doigts entre ceux de David. Elle lui parla doucement, sur ce ton de fausse complicité que prennent les infirmières d'asile :

— Tu prends des médicaments en ce moment ? Tu prends des antidépresseurs ? Tu peux me le dire… On a tous des moments difficiles. Ton grand-père est mort. Tu travailles beaucoup pour la thèse. Tu es épuisé professionnellement…

— Je ne prends rien du tout ! D'ailleurs, j'ai la preuve de ce que je dis. Toute l'œuvre de Marc Levy pointe vers un livre. Il voulait que *je trouve ce livre.* Un livre où les saint-simoniens ont écrit leurs secrets… Tout est dans le nombre d'Euler, le passé, l'avenir, tout, tout est dedans ! C'est calculatoire, je veux dire, ça ne tombe pas du ciel, ça s'explique par des formules.

Il leva le doigt pour appeler la serveuse et lui passer une commande incompréhensible, demandant un vin « plus costaud », « peut-être boisé », « du genre porto », mais « pas sucré pour autant », pouvant accompagner les fromages aussi bien que les desserts. La femme acquiesça sobrement et fit semblant d'avoir la bouteille qui correspondait exactement à cette description de connaisseur.

— Tu sais bien, fit Diana, qu'on peut trouver du sens dans n'importe quoi. Notre cerveau déteste ce qui n'a pas de sens. Quand il n'en trouve pas, il en fabrique. Les platoniciens voyaient la vérité dans les nombres.

Les croyants voient des codes dans la Torah, dans les Évangiles, dans le Coran. C'est humain. Tu sais, le ministère nous a fourni des rapports sur le complotisme et ça marche pareil. Plein de gens, à l'extrême gauche, à l'extrême droite, se sentent dépossédés du jeu politique. Alors ils inventent une réalité alternative, ils décodent des signes sur Internet, dans les musiques ou dans les films. Ils arrivent à se convaincre qu'ils jouent un rôle important, que leur camp est sur le point de gagner, ou même, qu'ils ont déjà gagné...

La serveuse s'approcha pour présenter une bouteille, que David valida d'un geste aristocratique signifiant plus ou moins : « Excellent choix. » On lui servit un verre qu'il s'empressa de goûter avec une moue d'œnophile averti. Diana ramena la conversation qui s'était perdue :

— Ton histoire ne tient pas debout, David... Si Marc Levy connaissait un grand secret, pourquoi il en parlerait dans ses livres ? S'il appartient à une élite, et que cette élite prépare une révolution, pourquoi prendre ce risque dans des romans grand public ?

David commençait à se sentir ivre. Il s'étonna qu'une objection si simple soit si difficile à réfuter.

— C'est vrai, c'est bizarre... En fait, je pense que Marc Levy, c'est la couverture parfaite. Nos ennemis sont des propriétaires, des gens riches, des gens trop orgueilleux qui ne liront jamais ce genre de roman. Marc Levy s'adresse au vrai peuple, c'est pour lui qu'il cache des messages. Un roman de Marc Levy, c'est un canal de diffusion très large et très sélectif à la fois. Crois-moi. En France, dans le monde, il y a des cercles d'initiés qui se forment. Les gens se tiennent prêts. Ils attendent le bon moment. Il suffira d'une étincelle… Un acte fort… Peut-être qu'une personne, une seule, donnera le signal.

— David, non… Tu sais, ce discours, je l'entends partout. Les gens ne veulent plus s'organiser de manière collective. Ils ne veulent plus faire de compromis. Chacun croit qu'il peut faire la révolution, tout seul, dans sa chambre…

— Je ne suis pas tout seul !

— Tu es sûr ? Tu ne rêves pas ? Combien de gens ont décodé ces messages dont tu parles ? Regarde les preuves que tu me donnes… Tu as fréquenté un fan-club de retraités qui font des lectures le lundi soir… Tu as passé une soirée dans un grenier avec des adolescents de 15 ans qui s'amusent à rejouer des scènes de livres… Vraiment, c'est ça, tes preuves qu'une élite est prête pour le Grand Soir ? Et qu'elle t'attend, toi, pour donner le signal ?

Il fallait bien reconnaître que Diana venait de mettre à terre une construction fragile. David détournait le regard.

— C'est moi qui paye, dit-elle en se levant de sa chaise. Mais tu me promets de réfléchir à tout ça ? Je m'inquiète pour toi. Tu fais peut-être une petite dépression ? Ce n'est rien, ça arrive à tout le monde. Je vais te prendre un rendez-vous chez le psychiatre. C'est un ami de la famille, il est très compétent. Il sera discret, je te promets, mes parents ne sauront rien. Moi non plus je ne saurai rien.

Elle laissa David, qui voyait ses certitudes rongées par le ver insatiable du doute – personne d'autre que Diana n'aurait pu lui mettre ce gros mangeur dans la tête. Quand elle vint se rasseoir, il n'était plus sûr de rien, sauf qu'une femme au moins, ici-bas, se souciait encore de lui.

— Pourquoi tu es si gentille avec moi ? Je t'ai menti… Je suis une merde…

Diana souriait sans joie, prise de pitié pour lui, pour elle. Une larme tomba de son œil. Elle s'étrangla.

— Parce que je t'aime.

David se sentit traversé. Diana rangeait son porte-monnaie dans son sac à main.

— Tu veux rentrer ? Je dois aller à cette soirée… Tu sais, avec les collègues… Tu veux venir ? Tu n'es pas obligé.

David insista pour la suivre. Il n'avait plus envie de la décevoir ou de lui tourner le dos. Ils marchèrent main dans la main, silencieusement. Il se sentait maintenant franchement saoul.

Il écoutait le ver creuser.

La soirée se tenait dans un trois pièces avec vue sur la place Jules-Joffrin. Parmi la trentaine d'invités, presque tous travaillaient pour la municipalité. La propriétaire elle-même, une petite célibataire d'âge moyen, était l'adjointe « en charge de la transformation de l'espace public, des transports, des mobilités, du code de la rue et de la voirie ».

On s'entassait dans la cuisine pour fumer. On palabrait sur les canapés du salon. D'un groupe à l'autre circulaient des mojitos que préparait la maîtresse des lieux, avec une application proche de l'acharnement, au recoin de son évier métallique. David et Diana jouèrent des coudes pour venir la saluer.

David ne s'intéressait pas à la mixologie, mais se figurait le mojito comme un cocktail démodé. Ne sachant pas quoi dire en prenant son verre, et croyant qu'il était préférable de dire quelque chose, il formula cette plaisanterie mal affûtée :

— C'est une soirée années 1990 ?

Personne ne comprit, alors il se sentit obligé d'expliquer :

— C'est un peu ringard le mojito, non ? Enfin je veux dire, ça fait un peu… boîte de nuit en province. C'est cool, hein !

Diana le tira par la manche et l'emmena vers le salon, lui glissant à l'oreille : « Tu ne me fais pas honte ce soir, d'accord ? » Il s'appliqua donc à sourire et à serrer des mains, à faire des bises, à demander à chacun son prénom, sa fonction, l'emplacement de son bureau, feignant un intérêt d'ethnologue dont le projet serait de reconstituer l'organigramme et la topologie précise de la mairie de Paris.

En vérité, David se sentait peu porté sur la sociabilité, d'autant que le dispositif parisien des soirées bruyantes et miniatures ne permettait que l'échange plat d'idées creuses. Et puis Youssef lui manquait. Il aurait voulu dans cette soirée quelque chose de pointu, glissant, une possibilité permanente d'accident. Il se laissa gagner par la mélancolie.

« Est-ce que j'ai vécu dans mon fantasme pendant toute une année ? »

Diana l'avait presque persuadé de consulter un psychiatre. Après tout, chacun fuyait l'absurdité du monde à sa manière... Youssef dans la matérialité, les excitants, la fièvre. Juliette s'était échappée dans son monde intérieur, faisant d'elle-même son unique horizon, son dernier projet. Guillaume avait choisi le renoncement. Elise, elle, trouvait du réconfort dans l'imaginaire. C'était peut-être d'elle que David était le plus proche ; à sa manière, il avait aussi réenchanté l'abominable réel.

Il prit une chaise et s'inséra dans le cercle autour de la table basse, forçant presque sa place, les épaules à touche-touche avec celles des voisins. De la musique bourdonnait en fond et forçait les invités à pousser la voix, ce qui donnait aux conversations des allures importantes qu'elles ne méritaient pas (une femme criait l'adresse d'un restaurant dans lequel elle avait mangé de bons falafels). Un homme légèrement plus âgé que les autres se tenait debout à la fenêtre, accoudé sur la rambarde. Depuis le début il pinçait dans ses lèvres une cigarette sans daigner l'allumer et manipulait son téléphone avec une expression d'artiste tourmenté, cherchant la prochaine bossanova « pointue » qu'il passerait en Bluetooth. David connaissait déjà cet homme, mais d'où ? Ce n'était pas la première fois qu'il voyait cette main trop consciente, chorégraphiée, peignant ces cheveux poivre et sel avec amour-propre.

Finalement il reconnut Patrick, le collègue de Diana. C'était le « parfait connard » qui s'était permis de livrer ce conseil : « Tu devrais prendre soin d'elle. »

David serra les dents sur la paille de son verre. Il faillit sectionner le plastique en voyant que Diana s'était assise de l'autre côté du cercle, précisément, près de Patrick – à ses pieds pour ainsi dire, et comme une chienne. David n'avait jamais soupçonné que Diana puisse ressentir du désir ou même, simplement, une forme de chaleur auprès d'un autre homme. Ces considérations lui noircirent le sang.

La conversation s'animait. Les collègues s'inquiétaient à propos d'un événement qui devait avoir lieu le lendemain. Le président de la République organisait un déjeuner confidentiel aux derniers étages de l'arche de la Défense. La terrasse du toit et plusieurs salles de réception avaient été privatisées pour l'occasion. Le président, jeune technocrate, ignorant de son peuple et mal-aimé de lui, levait des fonds auprès du gotha pour préparer sa réélection. Dans les coulisses, pourtant, la municipalité s'inquiétait de possibles failles de sécurité. David se montra curieux.

— Mais c'est vous qui faites la sécurité du président ?

— C'est un peu tout le monde, dit un homme (adjoint « chargé de la prévention, de la sécurité, de la police municipale et de l'aide aux victimes »). Le président a ses gardes du corps. Mais pour ce genre d'événements, on déploie aussi des forces de police. Tout le monde participe.

David se réveillait. Il posa quantité de questions, et chaque fois on lui répondit en insistant sur le caractère sensible de telles informations (« On ne devrait pas te dire tout ça, mais… »). Il se forma progressivement l'image de l'événement. Celui-ci réunirait trois cents personnes : patrons de start-up, de grandes entreprises, de banques, de médias et de maisons d'édition. La crème de la filsdeputerie française. Tous les possesseurs du pays pressés d'applaudir le champion du « pragmatisme » – le pragmatisme des renards dans le poulailler.

Le problème venait du fait qu'un autre événement sans rapport se déroulait au même moment, dans un autre espace, également situé dans le toit de l'Arche. Il s'agissait d'une conférence que Matthieu Ricard, le moine bouddhiste, donnait pour l'inauguration de son exposition de photographies. Cette donnée n'avait été prise en compte qu'au dernier moment par les services de sécurité. Les invités de Matthieu Ricard emprunteraient un circuit complètement différencié, des couloirs et des ascenseurs où ils n'auraient aucune chance de croiser les invités du président ; néanmoins, l'existence de deux événements si proches offrait des passages potentiels, de l'un à l'autre, dont on mesurait encore mal l'ampleur. Entre la mairie, le ministère et l'Élysée, chacun se renvoyait la responsabilité.

David se sentait vivement intéressé, mais faisait de son mieux pour donner l'impression contraire. Il trivialisa.

— Bah ! C'est pas chez les bouddhistes qu'on trouve des terroristes !

L'homme chargé de la prévention s'assombrit.

— C'est vrai, mais le terrorisme a changé de nature. On n'a plus seulement affaire à des fanatiques religieux. On doit aussi composer avec des groupes paramilitaires, d'extrême droite ou d'extrême gauche, des groupes très organisés, avec des plans très précis de renversement de l'État.

L'homme avait pris le ton d'un général inquiet, scrutant la plaine, au crépuscule, et cherchant à deviner d'où surgirait l'ennemi.

— C'est vrai ! renchérit une autre. Il y a ce climat horrible en ce moment… Tellement de haine… La démocratie, la république, tout le monde s'en fout, ça n'a plus de valeur… Vous avez vu les sondages chez les jeunes ? C'est dramatique… Je veux dire… dramatique !

Les convives acquiescèrent gravement avant d'égrainer, les uns après les autres, leurs inquiétudes au sujet des « tendances réactionnaires » mondiales et la « montée des populismes » en France. Ces réflexions oiseuses piquèrent David.

— Qu'est-ce que c'est, les populismes ?

— L'extrême gauche ! fit-on. L'extrême droite !

— Tout ce qui n'est pas *vous*, en fait ?

À genoux sur le tapis, un petit barbichu dandinait en signe de protestation. C'était un homme aux proportions bizarres et repoussantes. Derrière ses lunettes épaisses, on devinait des yeux sournois remuant comme deux bulots au fond de sa grosse tête, plus large que ses épaules. Il suçota sa propre érudition comme un bonbon.

— Le populisme, dit-il, est très bien défini. C'est quand toutes les questions politiques sont vues à travers le prisme d'un conflit entre l'élite et le peuple. C'est une lecture manichéenne. Par exemple, le conflit qui oppose les taxis aux VTC ? C'est un conflit qui échappe à cette dualité.

David se trouva désarmé par cette récitation d'écolier. Il aurait été pourtant facile de retourner cet exemple, de raconter l'histoire d'une multinationale d'origine américaine, soutenue par les plus grands fonds d'investissement de la planète et s'appuyant sur des technologies de la Silicon Valley pour pénétrer le marché européen (préparé, dérégulé par les lobbys depuis quarante ans) pour mettre en concurrence des chauffeurs de taxis (1 135 euros de salaire médian) avec des travailleurs indépendants et plus fragiles encore. Les pauvres et les très pauvres se faisaient donc la guerre pendant que Travis Kalanick, le jeune directeur quadragénaire d'Uber, téléguidait leur entretuerie depuis son penthouse de New York (36 millions de dollars) ou sa maison de Los Angeles (43 millions). La concurrence était efficace, en tout cas, du point de vue de Travis.

— Le populisme, dit un autre, est un problème qui concerne tout le monde aujourd'hui. La haine, le complotisme, les fake news... Les démocraties sont en danger.

De petits groupes se fermèrent sur des discussions séparées. On caractérisait le « nous » et le « eux ». On élaborait des stratégies. On creusait des tranchées. Quelque chose de martial, de belliqueux, s'emparait des esprits. David commençait à se sentir agacé. Se croyant capable d'attaquer les convictions les plus calcifiées, il se lança dans une tirade pour ses voisins les plus proches, et fit semblant de ne pas voir qu'on essayait de l'interrompre à chaque phrase.

— Tout le monde s'inquiète des fake news depuis Trump et le Brexit. Mais ce n'est rien de neuf ! Ils n'ont pas inventé le mensonge en politique ! Quand la propagande vient de nous, des gens biens, personne ne s'affole. Trump a manipulé les réseaux sociaux ? Et alors, quand Obama le faisait, on lui remettait le prix de la meilleure campagne marketing de l'année, comme si c'était une marque de lessive. On se scandalise parce que les Russes, peut-être, influencent des élections ; mais quand les États-Unis font la même chose, on s'assied dessus. Les *brexiteurs* ont utilisé des arguments fallacieux, d'accord, mais quand les européistes nous promettaient un pays de cocagne et quand ils ont fait passer leur projet de force, contre le vote populaire ; là, ce n'était pas une menace contre la démocratie ? On ne parlait pas des « populismes » quand on chauffait à blanc la population pour détruire la Serbie, l'Afghanistan, l'Irak, la Libye, tout ça, sur des mensonges énormes… En fait, en politique, tout le monde utilise les mêmes armes.

Dans le salon, la nervosité du jeune homme ne passait pas inaperçue. Quelques voix s'élevèrent : « Mais c'est quoi le rapport ? » Pour David le rapport sautait aux yeux mais ne se laissait pas facilement mettre en mots.

— On estime que nos mensonges sont de nobles

mensonges ; ça veut dire quelque chose de notre rapport au politique… On voudrait guider le peuple avec des vérités fabriquées. On dit qu'on aime la démocratie, mais dans le fond, on n'y croit pas. Dans le fond, y a seulement des élites qui se battent pour le trône… La politique s'est retournée contre le peuple. C'est lui votre véritable ennemi.

La conversation devint plus agitée. La pièce tanguait sur le brouhaha. Des expressions vides traversèrent la pièce, comme « participation citoyenne » ou « renouvellement du pacte social ». Diana supplia David d'un regard qu'il connaissait trop bien. Voulant se calmer, il quitta la pièce pour fumer une cigarette dans la cuisine. Il se fit offrir un nouveau mojito, qu'il accepta, sans penser qu'il avait déjà trop bu.

Quand il revint dans le salon, les remous n'étaient pas tombés. Au contraire, on attendait David pour « le cueillir ». Il eut à peine le temps de se rasseoir que son voisin de droite le confronta.

— Quand même ! Comment on peut dire un truc pareil ? De nos jours ? Qui *ose* encore dire qu'on est dirigé par une élite ? Tu ne trouves pas que ça fait… un peu… complotiste ? Elle a le nez crochu, ton élite ?

— Pas plus que la cour de Louis XIV.

— On a une presse libre, des partis politiques, un parlement…

— Mais qui a le pouvoir ? Goldman Sachs ou les journaux gauchistes ? La Commission européenne ou Tsipras ? Les actionnaires ou les syndicats ? Tu vois bien que les vrais puissants ne sont pas élus, même pas légitimes ! Qu'ils sont toujours gagnants, toujours plus riches… Toujours moins nombreux… C'est indiscutable ! Tu vois bien qu'il y a une guerre de classe ! Les riches sont en guerre, eux, au moins, ils ne s'en cachent pas, ils l'assument… Le MEDEF veut rayer toutes les lois communistes d'après guerre. C'est son programme, il l'annonce, il l'applique. Je le comprends. Mais nous, pourquoi est-ce qu'on leur a laissé les mains libres ? On a créé les conditions de notre propre esclavage. Vous pouvez pas me dire que *vous ne le voyez pas*, quand même ?

Diana se mit debout et s'accouda sur la rambarde, avec Patrick, en tournant littéralement le dos à la soirée. David fulminait.

« Ce Patrick, il s'en fout, je le vois, c'est un petit-bourgeois. Il bosse à l'accueil des réfugiés. Il organise la misère, il la sucre, juste ce qu'il faut, comme les culs-bénits qui donnent à l'église, les vieilles punaises à colliers de perles qui prient avant de manger… Offrir la soupe, oui. Le communisme, non ! Il faut des pauvres, ma bonne dame ! Il en faudra toujours… »

Une femme sur le canapé crut s'élever au-dessus de la meute, sur un nuage de décence, rappelant que les choses étaient compliquées, que la haine et la violence n'étaient jamais des solutions. Elle se pencha sur les amuse-gueules, choisit une petite brochette de tomates cerises et de billes de mozzarella, puis raconta cette histoire obscure, invérifiable, selon laquelle le gouvernement avait fait des efforts en matière de fraude fiscale et que de nouveaux dispositifs ingénieux, longuement mûris dans les arcanes de Bercy, venaient d'entrer dans la loi. Bref. La démocratie se portait on ne peut mieux.

— Le problème de ce gouvernement, dit-elle en attrapant une tomate entre les incisives, c'est qu'il a détruit les oppositions traditionnelles. La droite et la gauche sont affaiblies. Il ne reste plus que des partis radicaux qui jouent avec les frustrations de la population.

Tout le monde approuva cette analyse. On voulut dégager des responsabilités. On compara les fautes et les mérites du président, de sa garde et de ses lieutenants. Tous les ministres furent critiqués. On prit un plaisir évident à faire leur procès, à dire parfois trop de bien comme trop de mal. Untel « avait des couilles » ; telle autre était « brillante » mais souvent « trop sûre d'elle » ; un troisième, en revanche, n'était « pas à la hauteur ». On s'intéressait aux personnes. Aux idées, non. On ne reprochait pas au président sa vision du monde. On ne lui reprochait même pas ses tactiques ; au contraire on l'admirait pour ses succès, on l'enviait. On se promettait seulement une revanche prochaine. La politique n'était plus qu'un sport, un divertissement pour les gens de bien.

— Il faut arrêter de vous voir comme des modérés, lança David.

Les conversations particulières s'éteignirent, dans une gêne mêlée d'exaspération. Qui était cet intrus – voulait-il gâcher la soirée ?

— On se laisse abuser, continua-t-il, par les mots « gauche » et « droite », comme si l'ensemble des options politiques pouvaient se placer sur une seule dimension continue, avec un centre, en équilibre, entre des positions radicales. Mais pour la plupart des gens, *c'est vous* les extrémistes !

La houle enflait. La bonne société peut tolérer bien des affronts, mais dites-lui qu'elle n'est pas amie de l'ordre et de la mesure, et des crocs s'aligneront face à vous. Des cris vous battront les oreilles. « Ooh mais n'importe quoi ! C'est qui lui, de toute façon !? » David ne se laissa pas intimider.

— Vous êtes extrêmes, comme ce gouvernement que vous trouvez neutre, moyen, genre pas si pire. C'est un pouvoir d'extrême-boutiquiers, qui vend des morceaux de France à chaque privatisation…

Il voulut accompagner son propos d'un geste viril mais, dosant mal sa force, il tapa dans son verre et vida la moitié de son mojito sur le sol. Emporté par son propre sermon, il ne s'arrêta pas pour aller chercher une éponge et se contenta de frotter ses genoux du plat de la main.

— On a tellement cédé de pouvoir aux riches, aux entreprises, à l'argent en général, partout dans le monde, qu'on ne peut plus prendre aucune décision indépendante. Les possédants peuvent punir des pays entiers. Et notre gouvernement, il en prend acte. Il le déplore. C'est pas extrême, ça ? Vous êtes dans l'extrême déploration ! L'extrême soumission !

Le sage barbichu reposa son verre sur la table basse et s'apprêtait à parler. Il était manifestement considéré comme l'éminence grise du groupe, car tout le monde se tut. On attendait sa réponse.

— La démocratie, dit-il, ça se mérite, ça prend du temps. Tout n'est pas parfait, mais quand même, il y a des différences entre les extrêmes et l'arc républicain. Nous, nous voulons protéger les libertés fondamentales. Si demain l'extrême droite arrive au pouvoir, qui te dit que la presse sera libre, ou que le droit de manifester sera respecté ?

David sentait qu'un crabe lui fouillait l'intérieur.

— On ne va pas en prison parce qu'on se tient sage ! Mais regarde, suffit qu'on aille un peu trop loin et le pouvoir se déchaîne. En prison, les Gilets jaunes ! Mutilés ! Rien de modéré, là ! Aaron Swartz est mort. Snowden exilé. Et Julian Assange, il est où ?

Les interlocuteurs se boursouflèrent de dégoût (« Pouah ! »). On agita les bras pour chasser les toxines rouge-brun empoisonnant l'air (« C'est du complotisme ! »). Un accord tacite chez les bourges faisait qu'on ne devait pas discuter le sort de Julian Assange, le traître à la cause, tout entaché de soupçons, de poutinisme... David s'emporta :

— Bah voilà ! Tout est là ! Vous dites qu'un homme peut moisir en prison, toute sa vie, même s'il n'a jamais enfreint *aucune loi*. Tous les journaux du monde ont fait de la thune avec WikiLeaks. Ils ont vendu du papier... Par contre, quand ça va trop loin, alors l'élite s'assied sur ses beaux principes. Tant pis pour le droit ! Assange, c'est Dreyfus. Non ! Pire ! Dreyfus n'était pas un héros de la démocratie. Il a fait seulement cinq ans de bagne. Assange, c'est cent fois Dreyfus !

Les invités poussèrent des cris comme si David leur avait vomi sur les chaussures. Diana, toujours à la fenêtre, donnait l'impression de ricaner avec Patrick, en collusion, presque front contre front. Dans un flash, David les imagina faire l'amour. Il imagina Patrick disant quelque chose comme : « Tu mérites tellement mieux. » Sans que David s'en aperçoive, ses lèvres bougèrent. Il y eut un silence. Il venait de dire :

— Il faudrait vous buter.

« Quoi ? » Dans la confusion, les invités voulaient croire à un malentendu. Mais il n'était plus possible de faire marche arrière. David posa sur Diana son regard le plus grave, pour dire au revoir, et pardon, sans un mot. Elle le dévisageait en retour, et murmura quelque chose d'inaudible, étouffé par la colère… Il se mit debout.

— On n'obtient rien *sans* la violence ! Rien ! La décolonisation, la fin de l'esclavage, les droits civiques, tous vos totems, ils sont tachés de sang. Vous appelez ça la révolution, j'appelle ça la guillotine ! Vous ne valez pas mieux que vos maîtres ! Eux, au moins, ils vous méprisent, c'est leur dignité ! Jamais ils ne changeront, sauf par la force ! Il faut qu'ils aient peur ! Ils n'ont plus peur de Dieu ni de rien. Il faut qu'ils aient peur de nous !

Il reprit sa respiration, les yeux transpirant, l'écume aux lèvres. Il se parlait à lui-même : « Attendez, on est quel jour demain, le 2 juillet ? » Il se rappela tout à coup le nombre d'Euler, et cette suite de chiffres qui le troublait… 0207202292060… 02/07/2022… Il hurla :

— C'est demain ! C'est demain !

Dans le salon, l'indignation fit place à la terreur. Un fou s'était introduit dans leur refuge, leur entre-soi feutré. David perdit tout intérêt pour les autres et la joute verbale. Il regarda sa montre.

— Je dois y aller. J'y vais… J'y vais !

Puis il ajouta tout bas, stupéfait : « Le 92060… C'est la Défense… C'est demain… » Il quitta l'appartement en courant, laissant la porte grande ouverte, et dévala la colline de Montmartre. Un souffle surhumain le portait. Acouphènes pulsés depuis le cœur. Ivresse de la fugue. Il courait à perdre haleine, abandonnant derrière lui toute sa vie. La vie d'un autre. Une vie morte, séchée sur l'instant. Du petit bois pour le grand brasier.

David courait. Il allait enfin quelque part.

## VII

## OÙ L'ON EXAMINE LE BIEN-FONDÉ DE LA VIOLENCE POLITIQUE

*L'empereur de Russie, l'impératrice d'Autriche, le président de la France, le président des États-Unis, le chef du gouvernement d'Espagne, le roi d'Italie… Voilà le genre de personne qu'on assassinait au tournant du XIX^e^ siècle. Les partisans d'une société sans État et sans classe sociale ne se trompaient pas de cibles. Le peuple exultait, les puissants tremblaient ; c'est cet âge d'or que j'entends ressusciter.*

David relit ces mots qu'il vient d'écrire sur un morceau de papier. Il faut que cette lettre ait toutes les apparences de la dignité. Dans trois heures, possiblement, son corps sera froid. Objet inerte et durci, qu'on peut emballer, zipper dans sa housse, mettre en terre ou mettre au feu. Il portera sur lui cette déclaration d'intention – dernière manifestation de son esprit avant la nuit sans lendemain. Rien ne doit manquer ni gâcher cette sortie théâtrale. Il reprend son stylo pour ajouter :

*J'appelle les résistants du monde entier à s'unir et suivre mon exemple ! Faisons couler le sang des bourgeois et de leurs protecteurs ! Nous prouverons qu'ils sont de chair et d'os, vulnérables et périssables, comme nous tous. Ils peuvent nous paraître immenses, se confondre avec leurs propriétés, leurs domaines et leurs pouvoirs, mais nous prouverons qu'ils n'ont jamais été plus grands que leurs cercueils.*

Avec sa voix intérieure, il déclame le texte et s'assure que les sonorités s'harmonisent. L'effet produit lui déplaît : trop grandiloquent, trop autoritaire. La dernière phrase est un poncif impersonnel… Et puis, pourquoi lancer de telles exhortations ? L'élite révolutionnaire n'est-elle pas déjà suffisamment informée, sur ses positions, prête à l'action ? N'est-ce pas cette heureuse nouvelle que Marc Levy, justement, est venu nous annoncer ?

David froisse la feuille. Il en commence une autre. Ce calepin fait partie des affaires qu'il a rassemblées chez lui, rapidement, comme un voleur. En plus du matériel d'écriture, son sac à dos contient un couteau de cuisine, un briquet, des cigarettes, un passeport, un sweat à capuche… On ne sait jamais.

Il a quitté l'appartement immédiatement pour ne pas croiser Diana, puis il a vagabondé dans les rues de Paris en attendant le lever du jour, se réfugiant deux heures au *Pied de cochon* pour un dernier repas, seul à table et levant son verre en l'honneur des camarades du club de lecture. À l'heure où la ville s'éveillait, il a contacté son marchand d'armes *via* l'application Telegram (Youssef avait expliqué comment faire) avant de commander une voiture.

David sent à présent qu'une légère nausée lui serre la poitrine. Ce sont les effets de l'alcool qui se dissipent. Il s'adresse au chauffeur :

— Dites, on pourrait s'arrêter dans une épicerie ?

— On est loin de tout, là, m'sieur. On a passé l'aéroport !

— C'est important.

— Bah… J'peux p'têtre vous emmener dans un hypermarché… Mais vous devez le dire avant, dans l'application, vous comprenez ? Je peux pas changer d'itinéraire comme ça, sinon, ils vont pas comprendre, ils vont me sanctionner.

David exprime donc, sur l'application, sa volonté de faire un arrêt au *Carrefour* de Lamorlaye.

— J'aurais autre chose à vous demander… Après le supermarché, quand on arrive à destination… vous pourriez m'attendre devant ? Je dois juste faire un saut. J'en aurai pour trente minutes, une heure au maximum. Ensuite je rentre sur Paris, direction la Défense.

— J'préfère pas, m'sieur ! Si je reste immobile pendant trente minutes, l'application va penser que je fais un truc pas normal, que j'travaille pas… Ils vont me baisser ma note, et après, c'est foutu pour moi, vous comprenez ?

— Et si je vous donne 200 euros, en liquide ?

— Non mais ça marche pas comme ça, m'sieur… Moi, c'est mon gagne-pain, vous voyez ce que je veux dire ? J'y peux rien, j'peux prendre aucune initiative. J'vais vous dire : j'ai un collègue, on lui a coupé l'application, du jour au lendemain, sans raison. Il a même pas l'droit d'faire une réclamation ! Vous imaginez ? Il peut même plus payer son loyer ! Un jour, il a juste reçu un message comme ça, qui disait : « Vous êtes soupçonné d'activités illégales. » Hop, terminé !

David n'a plus rien à perdre. Il propose calmement :

— Et si je vous donne 1 000 euros ?

Le chauffeur se tourne pour voir, sur la banquette arrière, l'étrange *babtou* qui pue d'alcool et dont la proposition trop généreuse cache forcément une part de maléfice. David réitère son offre :

— 1 000 euros payés d'avance. Je les retire à Lamorlaye. OK ?

Le chauffeur, estomaqué, se reconcentre sur la route. Sans un mot il consent et, pour se blanchir, il reprend sa complainte usuelle et confortable, celle de sa liberté disparue, confisquée par l'algorithme :

— C'est stupide, hein ! C'est vraiment stupide ! Mais c'est comme ça, on est des esclaves… En fait, non, c'est pire ! Avant, au moins, les maîtres, ils prenaient soin de leurs esclaves, un minimum, parce que c'était leur propriété, que ça coûtait cher… Vous me suivez ? Après, ils nous ont inventé le salariat. Du coup, l'patron, il pouvait changer d'employé comme il voulait, il pouvait les user jusqu'au bout et les jeter à la poubelle, et hop ! Mais quand même, y avait des limites… Y avait la loi, et puis… Le regard de l'autre, quand même. C'est pas facile de virer quelqu'un, quand on le regarde, comme ça, droit dans les yeux. Vous voyez ce que je veux dire ? Mais nous, maintenant, c'est pire, on a personne en face de nous. Je parle juste à des machines ! J'sais même pas si y a des gens derrière. J'sais pas qui ils sont, ils savent pas qui j'suis…

David écoute d'une oreille distraite. Sur le papier, il rédige un nouveau message :

*J'ai fait ce massacre par pitié.*

*Nos maîtres savent qu'ils sont de simples parasites – les*

*destructeurs de la Nature et de l'Humanité. Ils se détestent. La dissonance cognitive les ronge. Voilà pourquoi l'idéologie qu'ils produisent est outrée ; leur autoglorification n'est qu'un discours de réassurance, une provocation, un appel à l'aide que nous devons entendre.*
*Ils dépensent leurs fortunes en chirurgies, formations, thérapies, régimes alimentaires, apparats et psychanalyses, psychotropes et loisirs futiles... Ils voudraient oublier leur misérable condition, s'oublier eux-mêmes. Ils se savent dans l'erreur, mais ne savent pas comment arrêter, ni descendre de la machine infernale qui les conduit vers le gouffre. Ne restons pas sourds à leurs souffrances. Aidons-les.*
*Nous devons pratiquer à grande échelle l'euthanasie des élites. Elles nous supplient – j'en appelle à votre charité.*

David essaye d'imaginer sur quel ton son message sera lu par les journalistes, en direct sur les chaînes d'information ; comment il sera disséqué par les éditorialistes du temps présent, jugé par les historiens des temps futurs.

« Non, ça ne va pas... Trop compliqué. Je voulais du compassionnel, mais on dirait de l'ironie. Simple : il faut faire simple ! »

Mis en confiance, apaisé par la promesse des 1 000 euros, le chauffeur continue ses lamentations. Il évoque ses dettes. L'inflation. Les revenus qui diminuent. Les semaines de quatre-vingts heures.

— Bientôt ce sera plus possible ! On va pas s'en sortir ! Faut m'croire, m'sieur. On fait tout pour s'en sortir, mais on voit pas l'bout.

— Il faut tous les buter.

Le visage du conducteur demeure impassible. Il sait de qui parle David. Il a déjà pensé la même chose, lui aussi. Tout le monde en a rêvé, ne serait-ce qu'une fois. Laconiquement, il répond :

— En tout cas c'est sûr, un jour, ça va péter.

David sent l'inspiration venir. Il froisse la feuille, en prend une autre, et pose les mots suivants :

*Je viens rendre l'espoir à l'Humanité, guérir sa très grande et très ancienne fatigue.*

C'est un pavillon moche, isolé, dont la clôture en béton noirci borde la route communale. La façade rectangulaire est couverte d'un crépi beigeâtre et taché par des coulures de champignons. Quelques jouets d'enfant jonchent la pelouse, autour d'un toboggan rouge vif.

David s'attendait à quelque chose de plus clinquant. Pourquoi vendre des armes si c'est pour habiter une maison d'après-guerre dans l'arrière-pays de Beauvais ? Peut-être qu'il s'agit d'une couverture discrète. Peut-être que la campagne alentour, vide et plate, offre des échappatoires et des cachettes.

Il appuie sur la sonnette et déclenche une éruption d'aboiements. Des chiens trapus se jettent contre la porte. Le propriétaire approche.

— Vos gueules !

Les bêtes obéissent. Le verrou tourne. Apparaît un homme en cagoule, moins costaud que David ne l'imaginait.

— T'as la tête d'un indic.

David répond du tac au tac :

— Je sais. C'est ma force. Les flics ne se méfient jamais de moi.

L'homme cagoulé relève le menton pour mieux soupeser le blondinet ébouriffé qui se tient sur son palier. Le culot du garçon ne l'impressionne pas, ni ne lui déplaît. « Allez, entre. » David le suit dans un couloir, accompagné par trois dogues à têtes carrées – croisements sulfureux de chiens de garde et de chiens d'attaque. Une odeur de gâteau sorti du four emplit l'étage.

Le vendeur fait entrer David dans un salon secondaire, aux rideaux tirés, surchargé de vilains meubles en bois, lourds et sombres. David s'assied dans un canapé si profond qu'il se croit aspiré dans une bouche de velours côtelé. Le vendeur ferme la porte, laissant les chiens à l'extérieur :

— Qu'est-ce qu'il te faut ? Je te préviens, je travaille en flux tendu. Je tiens pas une boutique, OK ? J'ai ce que j'ai. Ce que j'ai pas, je l'ai pas. Je fais pas de commandes.

L'homme fait un effort apparent pour trafiquer sa voix, en forçant les graves. Pour se protéger peut-être. Pour impressionner aussi.

— Il me faudrait quelque chose de facile à manier, dit David. Quelque chose de léger… Un truc automatique, genre, une kalach…

L'homme cagoulé s'agenouille devant l'imposant vaisselier, ouvre les portes et farfouille à l'intérieur. Sa voix résonne au-dedans :

— J'ai pas de kalach ! C'est fini la kalach. Maintenant, c'est pour les crouilles, les rappeurs, les terroristes… On est pas des terroristes, nous, OK ? On est des voyous. On fait pas n'importe quoi. On fait pas les marioles en criant allahu akbar.

Il sort une longue mallette noire, assez grande pour contenir un saxophone, et la pose sur le tapis. Il demande :

— T'aimes les belles choses ?

David acquiesce avec un air de fin gourmet qui en aurait vu d'autres.

— Les kalach, c'était en Serbie, c'était à l'Est. Mais c'est fini, cette époque, ça devient cher. Maintenant, ce que je vends, c'est ça. (Il déclipse la mallette et révèle son contenu.) C'est du neuf, ça vient d'Allemagne. C'est du 308. C'est du lourd. Y a pas au-dessus.

En quelques mouvements, il assemble une mitraillette militaire de gros calibre. Il montre comment la tenir, comment tirer, comment recharger. Tout à son rôle, David multiplie les interjections d'expert (« hmm, très bien, excellent »).

— Combien tu la vends ?

— 4 000 sans les bastos. Mais je t'offre la lunette. Rien que la lunette, ça vaut 2 000. On s'en sert pas. C'est juste la classe.

— Je la prends. Avec des munitions.

— Combien de chargeurs ?

— Tous ceux que tu as.

L'homme à la cagoule tique, comme pris de hoquet.

— Dis, tu vas pas faire le fou ? Tu vas pas descendre tes petits copains à la fac ? C'est la mode américaine, ça, on en veut pas chez nous. Après j'aurais des emmerdes. Ils voudraient savoir d'où tu sors ton flingue.

Par l'entrebâillement du rideau, David aperçoit l'autre côté du jardin. Sur une table en plastique, une femme dispose des gobelets, des saladiers de sucreries et des cotillons. Les queues des chiens s'agitent autour.

Le vendeur démonte son arme et prépare la mallette avec les chargeurs :

— Moi je suis dans le business. Je vends des armes aux

gens qui en ont besoin. Des gens qui ont des conflits. Des gens qui doivent se protéger. On n'est pas la génération PlayStation. On tire que sur des gens qui méritent. T'as joué au con, tu te fais charcler, c'est la rue, c'est la vie.

David se sent presque en famille. Il répond en toute fraternité :

— T'inquiète pas. Ces gens-là, ils méritent.

On entend trois petits coups à la porte. « Papa ? » Le vendeur cache la mallette et répond avec sa voix d'ogre de carnaval : « Entre, ma puce. » La porte s'ouvre. Une fille de 5 ou 6 ans se tient à la poignée, suspendue, jambes entortillées, elle se dandine.

— Il y a Carlito qui pleure. Maman dit que tu dois t'en occuper.

— J'y vais ma chérie… Tiens, viens me voir… Dis bonjour à mon invité.

La petite a manifestement l'habitude de voir son père en cagoule et recevant d'étranges visites. Elle saute sur ses genoux et reçoit un baiser sur le front. « Bonjour », fait-elle. Le vendeur lui replace une mèche de cheveux derrière l'oreille.

— C'est ma grande. C'est son anniversaire aujourd'hui. Si je fais ce boulot, c'est pour elle. Elle et son frère. J'investis. Je planque à droite, à gauche. Pour un gosse, aujourd'hui, l'espoir, c'est quoi ?

David hausse les épaules et compte les billets dans sa main. 1 000, 2 000, 3 000…

— Les gens comme nous, on finit pas médecins, OK ? On finit par torcher le cul des riches. On fait leur plumard. On nettoie leurs chiottes. On fait le sale boulot. C'est pire que la taule. Mes gosses, ils connaîtront pas ça. Ils auront leur dignité. OK ?

Mallette à la main, David traverse l'esplanade de la Défense.

La chaleur humide exhale une odeur poissonneuse, endormante : la putrescence des grands rêves humains qui gisent là sous des mausolées colossaux de verre et de béton. Tous nos élans vers le ciel, tous les bras qui se sont levés depuis le commencement de notre Histoire collective avant d'être coupés, à l'épaule, ont été jetés là, dans des coffres-forts, des charniers, puis couverts par une chape de parkings et de galeries commerciales. La Défense est un cul-de-sac évolutif, tombeau du Kapital et sommet de l'esthétique argentiste ; l'autel idéal pour un massacre avant la Renaissance. Sur l'immense dalle piétonne, des corps comateux poursuivent leurs propres téléphones et courent vers des sandwicheries et des menus du midi boissons incluses, entre autres affaires urgentes.

La mallette pèse au moins dix kilos. Pèserait-elle le centuple que David n'en souffrirait pas davantage.

« Je suis venu rendre l'espoir… »

Il ne ressent pas la moindre fatigue malgré la nuit blanche. Tout en lui chauffe et palpite. Ses mouvements, ses pensées sont canalisés par une volonté surnaturelle, tendue vers un seul objectif.

Il s'approche de la Grande Arche, monte l'escalier de granit blanc jusqu'au parvis et découvre, effectivement, un dispositif de sécurité conséquent mais sous-dimensionné pour l'événement qui se tient en secret à l'intérieur. Personne, d'ailleurs, ne remarque la présence de ces barrières inhabituelles, traçant un corridor jusqu'au hall d'accueil de la paroi sud. Pour évaluer la situation, David fait le badaud, se penche d'un air curieux. Une vingtaine de policiers sont postés devant la porte d'entrée. Au pied des escaliers, de chaque côté de l'Arche, sont garées deux camionnettes du RAID. Celles-ci doivent être remplies d'hommes en gilets pare-balles, casques à la main, prêts pour une intervention. D'autres forces armées sont certainement réparties dans les étages supérieurs.

Entre les barrières, déjà, les invités se succèdent. Ce sont des hommes en vestons, blazers, chemises à col ouvert ; ils ont 40 ou 50 ans et leurs mains sont pures et blanches, elles n'ont jamais trempé que dans la merde symbolique, le sang par procuration. David sent sa main se crisper sur la poignée de la mallette…

« Je viens rendre l'espoir ! »

Il se recule et considère les autres possibilités d'accès. Toutes les autres portes sont gardées par des vigiles équipés de détecteurs de métaux. Les sacs sont systématiquement ouverts. Impossible d'entrer de cette manière.

Il quitte le parvis et redescend de l'autre côté, par l'arrière, puis longe les murs du bâtiment. Sur la façade nord-est, au niveau du sol, se trouvent des portes à double battant, tous les dix mètres environ. Probablement des issues de secours. Par chance, l'une d'elles est grande ouverte. Trois ouvriers, trois hommes noirs, en combinaisons fluorescentes, se tiennent devant ; deux sont en train de fumer, le troisième manipule des rouleaux de tubes en PVC. Un espace autour d'eux est délimité par une clôture amovible – de simples panneaux grillagés, fichés dans des parpaings.

« J'y vais. J'y vais à la confiance. »

David se faufile sans problème entre deux panneaux puis s'adresse aux trois hommes :

— Bonjour, je suis l'électricien.

— Comment ça l'électricien ? On n'est pas au courant.

David prend un air désolé.

— C'est pas vrai ? On vous a rien dit ? C'est chaque fois pareil !

La sympathie des ouvriers semble gagnée d'un coup. Celui qui manipule des tubes soulève un rouleau, l'enfile autour de son épaule, et renchérit :

— Oh les cons ! Les cons, hein ? Y font les beaux, là, dans leurs bureaux, mais y sont pas foutus de gérer des plannings ! Y comprennent rien à ce qu'on fait !

— Ils tiendraient pas deux secondes à notre place, ajoute David.

Les trois hommes approuvent et le laissent passer à l'intérieur des locaux techniques. Dedans, c'est un couloir uniforme et large comme un tunnel routier. Suivant une flèche peinte au mur, David trouve l'entrée de l'escalier de service. Il entre alors dans une cage énorme, obscure, traversée verticalement par d'impressionnantes artères de fer et de bruit. La porte derrière lui se referme en claquant. L'angoisse le prend au cou. David se croit dans une ville cyclopéenne, celle des Grands Anciens… Il se dépêche. Ses pas résonnent aux étages inférieurs – à moins que quelqu'un ne le suive ? Sur le troisième palier, enfin, se trouve une porte, un écriteau : *RDC.*

Il se jette sur la poignée. Pleine lumière. « Ouf » – il respire. C'est un grand espace insipide, avec un comptoir d'accueil, des escalators et des panneaux d'information, semblable à n'importe quel centre de congrès. Personne n'a remarqué qu'un jeune homme blond venait de surgir, dans l'angle, avec une mallette à la main…

Grâce aux panneaux d'affichage, il apprend que l'exposition de Matthieu Ricard se tient au niveau trente-cinq, à l'Espace culturel, dans le toit du bâtiment. Par une sorte d'intuition, voulant s'exposer aux moins de regards possible, il choisit de monter à pied plutôt que par l'ascenseur.

Des visions grandioses lui viennent avec l'ascension.

Des couvertures de journaux, son nom dans les gros titres. Des biographies. Toute une littérature érotique féminine dont il serait l'objet principal. Des statues sur les grandes places ; lui, tout en bronze, mitraillette à la main, marchant sur un tas de flics et de bourgeois morts à ses pieds. Toutes ces perspectives lui donnent un coup de cravache. Il enjambe les marches deux par deux. Vingtième étage. Il approche. Il remarque un détail : qu'il devienne statue, fantasme ou gros titre, il ne s'imagine pas en réchapper vivant.

« Ce sera difficile, admet-il. Il faudrait que le soulèvement du peuple soit immédiat… Qu'on empêche la police, l'armée, de te coincer… Que la police elle-même se range de ton côté… Garde juste une balle… Pour toi… »

Trente-cinquième étage.

David s'arrête, quelques secondes, pour reprendre son souffle. Il ne veut pas attirer l'attention. Pas encore. Il inspire par le nez puis expire par la bouche ; une vidéo YouTube disait que c'était le meilleur moyen de soulager le stress. Il ouvre la porte, passe un sas, et tombe enfin sur l'entrée de l'exposition. David entre, l'air dégagé.

L'Espace culturel est un parallélépipède, à la fois volumineux et fade comme un hypermarché, néons au plafond, parquet sur le sol. Des cloisons modulables sont disposées à la petite semaine, et sur chacune, les « Hymnes à la beauté » de Matthieu Ricard sont accrochés en grand format. Ce sont des photographies de lacs, de montagnes et de matins frais. Quelques visiteurs se promènent, surtout des femmes âgées d'au moins 40 ans, mains croisées dans le dos, souriantes et béates entre deux recueillements, deux moments de pénétrations où l'âme est ravie par les brumes et les cailloux.

La conférence du président doit avoir lieu tout près, forcément de l'autre côté, vers la paroi sud de l'Arche. Pour ne pas attirer les soupçons sur lui ni sur sa mallette, David choisit de garder son personnage d'électricien. Résolu, professionnel, il traverse l'Espace culturel en ligne droite sans faire semblant de s'intéresser à l'exposition. Il ne tourne la tête qu'une seule fois pour voir la vue panoramique. Celle-ci, paradoxalement, lui donne un sentiment d'enfermement.

« T'es sur un perchoir… Ce sera difficile de s'enfuir… Tant pis… Tant mieux : ce sera difficile pour eux aussi. »

Au bout de l'Espace culturel, il trouve de nouveaux

couloirs, mais aucun panneau pour se repérer. Il est presque midi. Dans une heure, sûrement, l'événement organisé par le président se videra. Ses invités s'en iront petit à petit retrouver leurs chauffeurs, leurs bureaux. Ils s'en iront gérer le pays. Ce sera trop tard.

David craint d'avoir pris un mauvais chemin. Il n'ose pas retraverser l'Espace culturel ; ce serait attirer l'attention. Alors il sait ce qui lui reste à faire. Il ferme les yeux et descend en lui-même. C'est dans ce lieu confidentiel qu'il retrouve des voix pour le guider. Les mêmes qui l'accompagnaient dans les archives de la bibliothèque. Ces voix millénaires lui donnent des ordres. Il s'exécute, prend un escalier et descend au niveau trente-trois.

Ce sont des bureaux vides où les murs sont des vitres. La moquette étouffe les déplacements. David glisse, rapetisse, à mesure qu'il traverse le dédale répétitif en direction du sud. Il passe devant les toilettes et les voix reprennent leurs injonctions.

David entre et s'enferme dans un W-C, s'assied sur la cuvette, s'éponge le front avec sa manche, et déclipse la mallette sur le sol. Il assemble les différentes parties de sa mitraillette sans oublier la lunette à 2 000 euros, « parce que c'est la classe ».

Il s'apprête à sortir. Au moment de tourner le loquet, il comprend ce que ce geste aura d'irréversible. Son genou tremble. Il s'administre une gifle et se rappelle qu'il a, dans son sac à dos, une bouteille achetée plus tôt au *Carrefour* de Lamorlaye. Il avait choisi du whisky, car c'est le meilleur alcool à boire tiède. Il engloutit trois rasades et libère un rot qui goûte fort le vomi. Nouvelle gifle.

David tourne le loquet. Clic.

Diana tourne la clef dans la serrure.

Elle a passé la nuit chez Patrick ; il a dormi sur le canapé. En gentleman, il a cédé son lit. Bien sûr, il a proposé de baiser. Il a posé sa main sur la sienne en disant : « Je suis là pour toi si tu veux parler. » En d'autres circonstances, elle aurait peut-être accepté, mais elle était trop confuse, trop cérébrale à ce moment pour penser au sexe.

D'ailleurs Patrick ne lui inspire qu'un désir assez médiocre. Elle voit en lui l'antithèse de David : un homme droit, présentable, d'humeur toujours égale, jamais excessif ni vulgaire, aimant les enfants et cajolant un bébé chaque fois qu'il en trouve un. Patrick aime la chanson française d'aujourd'hui. Patrick est rassurant. Ennuyeux. Suave et trop enveloppant. Diana le considère moins comme un amant potentiel qu'une sorte de contrepoint – inappréciable de manière isolée.

Elle entre dans l'appartement, inspecte la chambre, le salon, la cuisine, et ne trouve pas David. Le soulagement qu'elle ressent ne dure pas, mais s'aigrit et laisse place à des prémonitions inquiétantes. Elle remarque des tiroirs ouverts. David est passé prendre des affaires…

Elle craint le pire. Elle ne l'admet pas encore, mais elle a déjà compris.

Elle repart dans l'escalier. Prise de malaise, elle manque de chuter, s'agrippe à la rambarde… Elle doit l'arrêter parce qu'il est fou. Capable de tout. C'est pour ça qu'elle l'aime. Comme souvent les filles sages, Diana connaît son penchant discret pour les monstres. Adolescente, elle s'était nourrie de romans où des femmes ordinaires sont capturées par des vampires, des loups-garous, des bêtes velues et pulsionnelles. À 12 ans, elle eut même une fascination brève pour les tueurs de Columbine. Dylan était son préféré. Elle aimait son visage de cornichon, son gros nez (presque un tapir), sa vulnérabilité, tandis qu'Eric paraissait irrécupérable.

Elle court sur le boulevard Saint-Martin, bras levé pour arrêter un taxi.

Elle pense à David et se souvient de leur rencontre, au bar de l'école. Un désastre. Elle l'avait trouvé physiquement ordinaire et plébéien dans ses goûts ; bourré à la bière, il lui avait parlé de l'*Affaire Harry Quebert*, ce qui, en septembre 2012, pouvait encore passer pour une trouvaille aux yeux d'un Joinvillois. Elle s'était marrée sans le vouloir. Il avait trouvé ça blessant. Elle s'en voulut et quelques jours plus tard, dans un geste de pénitence, était venue lui reparler à ce même comptoir. Alors elle avait découvert un garçon surprenant qui lisait peu, mais qui, pour cette raison justement, avait protégé le caractère excentrique et rugueux de ses jeunes pensées qui s'étaient développées à l'écart du monde, à l'ombre de l'ignorance. Il était intelligent mais ne le savait pas encore : elle fut touchée par cette naïveté. Elle n'en pouvait plus des garçons pédants qui cherchaient à la séduire en lui parlant de symphonies, de Godard ou du Machu Picchu, coupette à la main.

Un taxi s'arrête. Le souvenir aussi.

Au trente-troisième étage, dans le couloir, David asperge les murs et la moquette de sa bouteille de whisky. Son briquet fait naître une flamme bleue qui s'étend comme un liquide. Il ouvre deux fenêtres et les matières synthétiques s'embrasent dans un souffle. Les vernis prennent. La peinture cloque. Les flammes verdissent aux pointes et l'odeur devient âcre. Les fumées, charbons et crémeuses, coulent à l'envers, du sol au plafond, s'accumulent en hauteur et déclenchent l'alarme.

David parcourt l'étage entièrement pour atteindre l'escalier de secours de la paroi sud, puis remonte jusqu'au niveau de la terrasse sur le toit.

Par la porte entrouverte, il observe...

Des tables de banquet sont couvertes de nappes blanches et de pièces de cocktail : verrines, bouchées, queues de langoustines sur des cuillères de porcelaine. La petite centaine d'invités se dirige vers la porte de secours, badine, réseaute, s'échange des cartes et des numéros de téléphone. Personne ne prend au sérieux l'alerte incendie. Le président se tient tout près, à vingt mètres ; il masse les épaules d'autres hommes en veste, leur tapote amicalement le dos, avec son sourire d'épicier, de VRP de la marque France – il négocie ses tarifs. J'ai des écoles à vendre. Des routes. Des aéroports.

David serre son arme. Il pose le doigt sur la gâchette. C'est maintenant.

D'un coup de pied, il ouvre les deux battants. Il s'apprête à dire une phrase pour la postérité. Quelque chose comme : « Vive la révolution ! » Mais son apparition provoque une panique immédiate. La masse humaine se désagrège en une nuée de corps et de cris dans toutes les directions. Des hommes en noir se jettent pour couvrir le président ; deux d'entre eux portent la main vers leur pistolet.

David lève sa mitraillette. Il tire dans la foule.

Le recul est brutal. Chaque détonation frappe son épaule comme un accident de voiture. Dix à la seconde. Il est emporté sur la droite, il manque de tomber et sa rafale part en diagonale dans les airs. Il n'a touché personne. Ou si peu. Pourtant c'est fait, c'est trop tard. Il ne peut plus reculer. Il faut avancer, s'enfoncer dans le carnage.

Les cibles se sont accroupies avec les mains sur la tête ou se sont jetées sur le sol. Certaines s'enfuient vers le fond de la terrasse. Le président n'est déjà plus là. Un homme en noir, à plat ventre, mains tendues droit devant, prend David en joue.

David le pointe. Il veut utiliser une balle mais en tire au moins cinq. Le crâne de l'homme explose. Les cris redoublent, vrillent dans les aigus. C'est extraordinaire. David pense à Guillaume. Quand ils étaient enfants, ils avaient un jour acheté des pétards de gros calibre pour les allumer dans des tomates. C'est un souvenir qu'ils adorent se raconter. Mais le crâne, l'esprit d'un homme, par rapport à la tomate, c'est sans comparaison dans la jutosité.

David écarte les pieds, s'ancre fermement et presse à nouveau la gâchette. Il vise à l'horizontale du mieux qu'il peut. La mitraillette se débat, part dans un sens puis dans l'autre, cherche à pointer vers le soleil, mais il l'agrippe, la monte comme un taureau furieux, la ramène dans l'axe et la conduit de toutes ses forces pour que son feu balaye la terrasse… Les détonations frappent les tympans au marteau. La poudre, la fumée crachent au visage.

David relâche la gâchette. Plus personne ne crie. Les détonations l'ont-elles rendu sourd ? Pas totalement. Il entend des gémissements. Des souffles compliqués et gargouillants. Les gens ne crient plus, c'est tout. Pourtant ils courent encore, par dizaines, pour leur vie, partout sur le toit, entre les tables remplies de coupes de champagne, de bouquets de fleurs.

Des dizaines de corps à l'agonie sont couchés sur le béton, bizarrement pliés, et convulsent. David avance et ses chaussures en toile boivent le sang. C'est chaud, collant tout autour du pied. Il s'approche d'un homme qui rampe. Un homme grisonnant avec une chemise blanche (elle était blanche). David commence à se sentir plus à l'aise. Il n'est qu'un percepteur, après tout. Un fonctionnaire du peuple. Qui est cet homme qui rampe ? Peut-être un propriétaire d'usine. Un *entrepreneur*. David tire une rafale dans son dos, qui perce, comme une poche de graisse trop pleine. Une rafale, c'est beaucoup pour un homme. Mais pour un homme qui croit en valoir 1 000, après tout ? David tire encore.

Il reprend sa déambulation parmi les morts et les blessés. Il achève les hommes. Pas les femmes. C'est inutilement cruel de s'acharner sur une femme. La beauté n'est jamais de trop. Peut-être qu'elles l'aimeront ? D'ailleurs, le syndrome de Stockholm existe, n'est-ce pas ?

David se tourne et contemple son œuvre. Les gisants se répandent sur toute la terrasse, dans l'épaisseur des sangs mélangés, parfaitement lisses, comme s'il s'agissait d'un seul sang, d'une même couche de résine. Une gêne lui vient à l'estomac. Il se sent comme repu. Rassasié jusqu'à l'écœurement. Et s'il s'était trompé ? Cette pensée le plonge un instant dans le noir. Un grand trou. Puis il revient à lui.

« C'est impossible… Tout était dans le nombre *e*… Je devais peut-être seulement viser le président ? Trop de morts, ça pourrait desservir la cause… »

Il enjambe les victimes en direction de l'escalier central, qui mène à une seconde terrasse encaissée, fermée de tous côtés par les baies vitrées d'un restaurant-bar. Il s'étonne de l'odeur qui flotte. Une vilaine odeur de ferme et de lisier. Une odeur logique. Chaque individu compte huit mètres d'intestins, crevés par balle ou vidés après relâchement musculaire. David vomit. Il se sent mieux.

« C'est pas la méthode qui compte… La méthode est toujours la même… Breivik est un monstre parce qu'il a choisi de mauvaises cibles… Mais on adule Che Guevara, le *petit boucher de la Cabaña.* »

Revigoré, David prend l'escalier, atteint la terrasse inférieure déserte. Les tabourets, les mange-debout sont tombés. Environ cinquante personnes se sont réfugiées à l'intérieur du restaurant. Tout au fond. Elles sont bloquées. David passe la porte et s'approche du troupeau frémissant. Il gonfle la poitrine et, sur un ton d'autorité, donne son ordre :

— Les femmes, derrière moi !

Moment d'incrédulité.

— Allez !

Elles sont une dizaine à s'extraire du groupe. Elles sont jeunes, émouvantes, avec leurs visages écarlates et virgulés de cheveux en larmes. Certaines portent des tailleurs et David se sent conforté ; ce serait un crime d'enterrer ces jambes avant l'heure. Il faut bien que ces jambes marchent pour que la Terre tourne.

— Qu'est-ce que vous voulez ?

Un homme vient de parler. Il se tient devant, parmi les autres, se cachant presque derrière eux. Les veines sur son front paraissent au bord de l'éclatement. Sa mâchoire trémule. Il lance encore :

— Vous voulez de l'argent ? Une rançon ? On peut payer. Pitié. S'il vous plaît. On vous donnera ce que vous voulez.

David lève le canon de son arme, presse la gâchette et, derrière le mur de feu, le sabbat furieux des balles, le peloton d'hommes s'anime, danse et tord les bras, resplendit de gerbes vermeilles et d'effusions de chair pour accoucher par chaque blessure du nouveau monde rayonnant de gloire.

Diana court sur l'esplanade à contre-courant de la foule. Elle affronte des regards incrédules. On la dévisage. On lui crie : « Pas par là ! » On lui crie : « Y a des coups de feu ! » Une femme ralentie par sa poussette appelle à l'aide mais personne ne s'arrête ; elle prend l'enfant contre sa poitrine et s'enfuit en laissant la poussette renversée sur le sol. Diana sent sa peur grandir.

Une ligne imposante se forme autour de la Grande Arche. Fortification d'hommes en uniformes, unités d'élite, camions de pompiers, voitures et fourgons aux gyrophares allumés. Diana lève la tête et voit, dans les derniers étages de la Grande Arche, un incendie ravager le quart de la façade. Elle s'approche d'un gradé qui porte un gilet pare-balles, mais une main surgit du côté pour la retenir. C'est un policier qui trace le cordon de sécurité.

— Vous ne pouvez pas approcher, madame.

— Qu'est-ce qui se passe ?

— C'est dangereux, madame. Reculez.

— Mon petit ami est à l'intérieur.

— Et moi je vous demande de reculer !

— Mon petit ami, c'est lui, le… Lui qui…

— Laissez-nous travailler madame. On fait notre maximum.

— Je connais l'homme qui tire des coups de feu.

Le policier tressaille. Il entend chez Diana la même assurance que chez ses supérieurs.

— Comment vous savez qu'il y a des coups de feu ?

— Il s'appelle David Baumer. S'il vous plaît. Ne lui faites pas de mal. Il est dans une phase de délire.

Le policier se tourne vers un groupe de collègues suréquipés, des hyperflics en combinaisons noires qui se concertent au cul d'un fourgon. Le gradé vient de tout entendre ; d'un geste il demande à Diana de le suivre. Elle passe le cordon de sécurité puis se fait escorter, entre les véhicules, dans l'air électrique où s'agitent les hommes en cagoule, les hommes en arme, sous les commandements vociférés, le vacarme haché des hélicoptères en survol. On la présente au commissaire de la BRI, qui mène en transpirant plusieurs conversations à la fois depuis son talkie-walkie. « Cette femme affirme connaître l'assaillant », dit-on. Diana précise spontanément :

— C'est mon petit ami.

Tel un joueur d'échecs dont la concentration confine à la transe, le commissaire souffre d'être interrompu dans son effort stratégique. Il demande :

— Comment vous savez que c'est votre petit ami ?

— Comment ? Je… Nous vivons ensemble…

Le commissaire s'agace.

— Je vous demande : comment vous savez que c'est lui, l'assaillant ?

— Pardon ! Bien sûr… Il me l'a dit. Il a dit qu'il

allait le faire. Je ne le croyais pas. Il a des problèmes. Il est schizophrène, ou…

Le masque professionnel du commissaire se fissure ; il jette à ses collègues un regard qui semble dire : « Qui m'a amené cette idiote ? » Il s'éloigne, siffle des consignes dans son talkie-walkie, puis revient vers Diana.

— Quelles sont ses motivations ?

— Il est paranoïaque… Il est désespéré…

— Si vous voulez l'aider, madame, il va falloir *nous* aider. Dites-nous ce que vous savez.

— Il croit qu'il existe une grande conspiration… Qu'une avant-garde révolutionnaire infiltre toutes les hautes sphères de la société… Que cette élite a préparé le grand soulèvement…

— C'est pas le seul à croire ça, fait le commissaire soudain narquois.

— Il croit que… Lui, c'est l'apôtre… Et que le prophète, c'est Marc Levy…

— Quoi ?

— Il croit que Marc Levy est le descendant de… Enfin, c'est compliqué… Il croit que Marc Levy lui parle, à travers ses livres, qu'il y cache des indices…

Les hommes lèvent les sourcils et se dévisagent mutuellement. L'un d'eux se met à rire. Les autres haussent les épaules.

— Vous n'avez pas intérêt à vous moquer de moi, menace le commissaire.

— Je vous jure que c'est la vérité.

— Il croit que Marc Levy lui demande de faire ces choses-là ?

— C'est ça.

Le commissaire s'adresse à ses équipes :

— Faites venir le négociateur.

Puis il demande à Diana :

— Si c'est votre compagnon, vous avez son numéro de téléphone je suppose ?

Elle acquiesce. Elle insiste :

— Ne lui faites pas de mal, s'il vous plaît !

Le talkie-walkie du commissaire s'active. Une voix grésille :

— *On a récupéré deux personnes. Elles sont très choquées. Elles ont fui par l'escalier de service au nord. Apparemment, c'est une boucherie là-haut. Fusillade à l'arme lourde.*

Diana blêmit.

— *On dirait que l'assaillant épargne les femmes. Il aurait pris des femmes en otage. Une vingtaine. Il refuse l'intervention des pompiers pour l'instant.*

Le commissaire se tourne vers Diana.

— Et ça, comment vous l'expliquez ?

Elle remue, désemparée, sans dire un mot. Elle sent ses jambes coupées. Des policiers l'attrapent sous les bras et l'aident à s'asseoir, par terre, contre le pneu d'un fourgon. Le tournis la prend. Elle entend : « Respirez, madame, respirez. » Elle prend une inspiration profonde quand un pleur énorme lui fend la gorge. Elle se sent redevenir enfant, à ne rien comprendre ni rien pouvoir. Le commissaire s'accroupit en face d'elle.

— On va faire notre possible.

Pour la première fois, une lueur de sentiment humain passe sur son visage. La curiosité le gagne. Il demande :

— Mais pourquoi Marc Levy ?

— C'est l'écrivain le plus influent, dit Diana en se mouchant. David voulait croire en l'importance des livres…

Les femmes sont groupées au fond du restaurant. Certaines piaffent debout contre le mur, en se rongeant les ongles, en croisant les bras. L'autre moitié s'est assise en état de sidération.

David fait des allers-retours en terrasse pour leur apporter des verres, des bouteilles de champagne, des plateaux de bouchées salées et de mignardises. Il surveille sans menacer, prenant soin de ne pas pointer son arme dans une direction qui serait fâcheuse. Il veut qu'on se sente à l'aise.

Certaines boivent à grosses gorgées. L'une d'elles sanglote en vidant compulsivement des verrines de truite fumée. « C'est sa façon de gérer ses émotions », se dit David avec satisfaction. Puis il pense au sultan d'Istanbul, encore une fois. Et à Diana, sa favorite. Il regrette qu'elle ne soit pas là pour vivre ce moment. Il ne la reverra peut-être pas, sauf s'il se rend et se fait juger ; alors, ils pourraient faire l'amour en prison, les jours de visite. Ce sont des histoires qui se racontent. Il paraît aussi que les groupies se bousculent à l'entrée des parloirs, qu'elles demandent aux taulards de les mettre enceintes. Un autre genre de harem ; ce qui s'en rapproche le plus en Occident.

La gloutonne a terminé les verrines de truite. Elle se jette sur les mousses d'avocat quand une détresse l'étreint et lui déforme le visage.

— Vous allez nous tuer ?

David n'entend pas. Il pense à Diana, se souvient de leur rencontre. Il était ivre. Il avait parlé de l'*Affaire Harry Quebert* – à l'époque, il n'attendait rien des livres... Il en avait dit du mal, comme il disait du mal de tout. Il était doué pour détruire. Il avait l'habitude des filles impressionnables, qui se courbent devant les opinions péremptoires et se récrient devant les méchancetés, mais Diana l'avait écouté de manière impassible et David sut qu'elle était d'une engeance à part. Elle surnageait cette époque de copinages, amourettes, admirations obligatoires, réseaux sociaux et bienveillance de masse, où les incontinents sont félicités de *faire leur cœur sous eux*. Elle était exigeante et non hypnotisable ; il avait besoin d'elle pour guérir du cynisme congénital.

Le passé remonte. Il revoit leur emménagement, et ce matelas posé sur le sol d'un appartement vide ; ces heures à regarder la pluie tomber, au bar, à l'abri des marquises ; une route de campagne, la nuit, en janvier, à la recherche d'une enseigne d'hôtel allumée... Il se souvient du jour où Diana souleva sa robe dans l'escalier de la résidence étudiante et lui montra son dos nu. Il admirait tellement le cul de Diana qu'il en écrivit des poèmes. Il s'était dit qu'une fille si littéraire ne pouvait être conquise qu'avec des alexandrins, du style :

*J'entre en toi comme dans un jardin surabondant,*
*Sous la chaude pluie d'été, cueillir le mets friand,*

*Grappe de pamplemousse, rocher sublunaire fondant.*
*Je le mords jusqu'au sang, puis me meurs en souriant.*

Elle avait trouvé les vers un peu forcés, mais fut sensible à l'analogie cannibale. Et puis il fallait bien admettre qu'un garçon du XXI^e^ siècle voulant prouver sa valeur en écrivant des poèmes était une chose rare, aussi délicieusement surannée qu'une nappe en dentelle ou qu'un petit sachet sent-bon rempli de lavande au fond d'un placard à vêtements.

David voudrait téléphoner à Diana, lui parler, leur offrir une conclusion. Son téléphone vibre. Serait-ce elle ? La preuve qu'elle et lui communient en esprit ? Non. C'est Elise. Il décroche.

— Oh monsieur !… Vous… C'est vous, c'est ça ? C'est partout à la télé… Je sais que c'est vous…

— Tu peux m'appeler David.

— Vous êtes fou… Mais c'est magnifique…

— Ah bon ?

— Tout le monde en parle… Les féministes vous adorent… Vous êtes leur héros…

— Les féministes ?

Les otages au fond du restaurant sont aussi surprises que David en entendant ce mot. Elise continue :

— C'est un sacrifice magnifique, non ? Je suis sur le chemin. Je veux être là… Je peux vous aider, vous savez ?

— Fais pas ça. Reste où tu es.

— Ne vous inquiétez pas… J'ai travaillé sur mes pouvoirs… Vous le savez, vous, que les femmes ont des pouvoirs particuliers. Nous pouvons vous aider. Nous allons vous sortir de là, d'accord ?

— C'est dangereux, ne fais pas ça.

— Je suis déjà là. J'arrive sur l'esplanade. Je ne suis pas seule. Je voulais juste vous dire que nous étions avec vous. Tenez bon !

Elle raccroche. David est confus. « Féministe ? » Il consulte Twitter pour comprendre. On ne parle que de lui. Certains condamnent, d'autres approuvent. Le hashtag #masculicide mène les tendances. Que les femmes soient épargnées suscite le débat. Pour les internautes, il est clair que David mène une croisade contre les hommes, les hommes blancs, les hommes blancs de pouvoir, les hommes blancs hétérosexuels et de pouvoir. « Bon débarras », disent-ils. « C'est mérité, ça devait arriver un jour. » Ou encore : « C'est la fin d'un monde ! »

Il semblerait que cette vague de soutien trouve son point de départ dans un message de Virginie Despentes, partagé par des milliers d'utilisateurs.

> @ParisLaDefense, les hommes nous rappellent encore leur véritable nature : des barbares ! Mais cette fois, ils n'emportent pas les femmes dans leur chute. C'est leur testament. Le patriarcat se supprime. C'est à nous qu'il lègue ce monde.
> #masculicide #attentats

David se sent mal à l'aise. Le prisme du genre éclaire médiocrement ses véritables motivations. Il ne veut pas que les femmes s'emparent du pouvoir ; il veut supprimer le pouvoir.

En faisant défiler plus de messages sur Twitter, il découvre que les féministes ne sont pas les seules à s'approprier son geste. Chacun, dans sa bulle informationnelle, voit en David la projection de ses propres désirs.

Les partis d'opposition déplorent la violence mais affirment son caractère inéluctable. (« Voilà où nous mènent le mépris et la politique antisociale de ce gouvernement ! ») Les complotistes crient victoire, pensant qu'un sauveur est venu renverser les pédo-satanistes. Les très-complotistes affirment que le massacre est une mise en scène orchestrée par les services israéliens. La photo de David commence à circuler et les bourgeois croient deviner, chez ce blondinet joufflu, la souffrance d'un petit entrepreneur de province acculé par les dettes et le matraquage fiscal. Des profiteurs font déjà circuler des cagnottes pour « aider David », couvrir ses frais de justice ou d'obsèques.

Seuls les solipsistes[1] observent les événements avec distance et résignation. Alex a d'ailleurs posté sur Twitter un message largement partagé.

> WTF ? Je découvre que le terroriste est mon colloc ! Je surkiffe ! J'étais sûre qu'il allait péter un plomb. Typique du mascu toxique quand sa meuf le trompe. Et vous, vous pensez qu'il va se passer quoi ensuite ? Je parie sur #suicide.

David se sent abattu, fragmenté par l'enfer des autres encore une fois. Personne ne l'aime pour ce qu'il est. S'il meurt, son héritage sera mis en charpie. Son cadavre

1. Le mouvement solipsiste a pris de l'importance depuis la sortie du *Manifeste*. En France, on estime leur nombre à 25 000 individus au moins.

mangé par les sans-cœur. Et si c'était ça, le stade ultime du capitalisme : non pas la guerre de tous contre tous, mais la fuite générale vers le fantasme individuel, de poche – la réalité virtuelle ? L'impossibilité même de donner un sens à vie, de se sacrifier, puisque personne ne veut plus le comprendre ?

Le président : c'était le symbole à faire tomber. La cerise sur l'hécatombe. Sans la mort du président, l'acte est manqué. Maintenant qu'il s'est enfui, c'est trop tard. David restera perçu comme un tueur de masse, pas comme un régicide. Le président s'en est allé, dans une salle de crise, un bunker. Il reconstitue ses troupes. De nouveaux courtisans se bousculent déjà pour prendre la place des anciens ; David leur a juste ouvert la voie.

« Il faut que je parle à Sheyenne… Tout ça, c'est à cause d'elle. »

Il prend son téléphone. Il l'appelle. Elle ne répond pas.

— J'ai confiance en moi ! Je me dépasse ! J'ose demander l'augmentation que je mérite !

Au nord de Paris, dans une grange vexinoise rénovée de manière somptueuse, douze personnes se tiennent debout et forment un cercle. Les unes après les autres, elles expriment à voix haute « ce qu'elles désirent dans le présent ». C'est au tour de Juliette.

— Je rayonne ! J'inspire ! Je gagne ma vie grâce à mon activité de coaching !

Dans les faits, Juliette n'a pas fait les progrès qu'elle espérait. Pas de projet personnel, pas de quête artistique, pas d'aventure entrepreneuriale. Juste la glu du quotidien : lingettes multisurfaces, lingettes bébé, paniers de légumes, gel antitartre, restes au frigidaire (ceux qu'on réchauffe, ceux qu'on jette), billets de train pour le week-end chez les beaux-parents… Effacer. Recommencer. Lingettes.

Elle voudrait se développer davantage, comme ses nouvelles amies qui, pour la plupart, ne sont plus de simples « coachs » mais déjà des spécialistes en leurs domaines ; business coach, *love coach*, *money coach*, leadership et *mindset coach*, et même, pour les plus enviables, des « thérapeutes » ou des « praticiennes ».

Il lui reste « du travail à faire sur elle-même ». Elle doit oblitérer ses « pensées limitantes » pour atteindre « son plein potentiel ». Elle ignore tout de ce potentiel. Elle ne l'a pas défini. Mais elle n'y est pas, c'est certain. Car son plein potentiel ne peut pas être ici, là, dans cette vie ménagère. Les lingettes. Alors elle s'est inscrite à ce « séminaire d'éveil quantique » de quatre jours, à 800 euros. Elle trouve le mot « quantique » attirant, par son ambivalence, sa manière d'évoquer à la fois l'encens des temples tibétains et la science dure, la peinture neuve des investissements immobiliers. Nul doute qu'il existe des manières quantiques de plonger en soi, d'y puiser les ressources pour accroître son bien-être et ses performances. Car il faut croître. Devenir. C'est indiscutable. On ne peut pas simplement « être ». Quand on « est », bêtement, on passe. On disparaît avec le reste.

Juliette n'a pas encore « fait de percée ». Ce matin peut-être ? Depuis l'aube le groupe a fait une course à pied, du yoga, de la méditation, puis un cours de mentoring, avant cet atelier dans la grange – un « exercice de pensée positive ». Le directeur du séminaire n'est pas satisfait de la manière dont Juliette s'est exprimée. Il bombe le torse.

— Plus fort ! On ne t'entend pas ! Tu gagnes combien grâce à ton activité de coaching ? 3 euros par mois ? 3 000 ? 3 millions ? Donne le montant !

Elle bégaye.

— Je ga. Euh… Je voudrais…

— Non ! Pas ce que tu voudrais ! Mais combien tu gagnes !

— Je gagne 3 000 euros par mois grâce à mon…

— Le corps, Juliette ! Le corps, ouvert au maximum !

Et la voix, plus forte ! Entraîne-toi ! Tu peux être ce que tu veux être ! Ton seul ennemi, c'est toi !

— Je suis coach et je gagne 3 000 euros par mois ! J'aide les gens ! Je suis légitime pour aider les gens ! Je suis légitime pour leur dire comment vivre ! Je…

— Pourquoi tu t'arrêtes ? Allez !

— J'aide mon petit ami à sortir de la dépression !…

— C'est bien ! Challenge-toi en termes de joie !

— Je sauve mon couple…

— Le sourire ! Dis-le avec le sourire !

— J'suis… Je ne suis pas…

— Plus fort !

— Je ne suis pas seule…

Juliette se met à pleurer. Le reste du groupe applaudit – si elle pleure, c'est qu'elle vient de faire une percée.

Pourtant elle se sent piégée, dans une peau morte, une mue déjà moisie qui refuse de tomber. La dépression de Guillaume est une épreuve. Chaque épreuve est une opportunité, Juliette le sait. L'occasion de devenir meilleure, de se dépasser. Mais elle stagne.

Le directeur du séminaire en profite pour haranguer le groupe :

— Vous voyez ? Vous voyez ce qui se passe quand on fait tomber nos résistances intérieures ? N'oubliez pas : ce que je reçois m'informe sur ce que j'envoie. L'univers n'est pas une fenêtre mais un miroir ! Il reflète nos pensées ! Il reflète nos volontés !

Les membres du groupe se grandissent, roulent des épaules et s'étirent, il leur pousse presque des ailes. Seule Juliette ne parvient pas à relever le menton, courbée sur elle-même, secouée comme une chiffe par les pleurs. Le directeur du séminaire insiste :

— Nous pouvons tous créer notre propre réalité ! C'est une question de volonté ! Le succès est un choix ! Le bonheur est un choix. Il suffit de… C'est quoi ce bordel ?

Il devient impossible d'ignorer les vibrations des téléphones, posés sur le tapis, à l'entrée de la pièce. Des appels et des messages arrivent chaque seconde. Quelque chose d'inhabituel se passe. Suffisamment pour que le directeur aille consulter son appareil. Le reste du groupe le suit. Chacun lit son écran. Les visages se défont. Les informations commencent à circuler.

— Y a un attentat.

— C'est horrible !

— Cent morts au moins, ils disent…

— C'est ma mère, elle s'inquiète, je dois la rappeler.

— Moi aussi.

— Je dois appeler mes enfants. Vous avez du réseau ?

Seule Juliette reste prostrée, toujours au milieu de la pièce.

« C'est moi ?… C'est à cause de moi ?… C'est moi qui voulais ça ?… Oh ma Juju, si c'est pas moi, c'est qui ?… L'un d'eux ?… Elle, là, peut-être ? Non… C'est moi… Je crée ma propre réalité… »

Il suffit de se connaître et Juliette se connaît. Elle connaît ses forces et ses faiblesses. Grâce à l'outil de l'ennéagramme, par exemple, elle sait que son ego se fixe sur l'avarice, qu'elle fuit le vide intérieur et veut être reconnue pour ses connaissances. Grâce à l'instrument psychométrique des Forces de Clifton, elle sait aussi qu'elle est une personne à dominante « studieuse », et qu'elle doit mettre cette compétence au service de ses projets. Aucun rapport avec le massacre de la Défense.

De plus, elle réalise que le second enseignement n'est pas compatible avec le premier, qui pourtant trouve son origine en Orient et recèle donc moult sagesse. Peut-être aurait-elle dû parfaire ses connaissances avec d'autres tests plus technologiques ; certains lui conseillaient le modèle HEXACO, d'autres ne juraient que par le questionnaire NEO Pi-R. Quelle vérité croire ? Et quand elles s'opposent ? Sans même s'en rendre compte, Juliette glisse un pied devant l'autre et ne pleure plus. Elle se dirige vers la porte de sortie.

Derrière elle, l'affolement gagne le groupe. Dix conversations téléphoniques sont menées à la fois. Juliette s'éloigne.

« Focus, ma cocotte ! Pense à tes lectures ! Rappelle-toi tes formations ! C'est une épreuve. Les épreuves servent à s'améliorer. Tu peux créer ta réalité. »

Elle fouille en son ego, cherche son noyau, son identité propre – cette « personne » qu'elle voudrait développer, faire naître, depuis si longtemps. Elle creuse, et creuse, et remue ce fatras de formules, de mantras, ces monceaux de diagrammes savants, s'enfonce au plus profond, et ne trouve rien – que ses mains vides. Elle s'observe comme deux miroirs face à face reflètent l'infini. Le Gouffre. Elle tombe à l'intérieur. Voilà des mois qu'elle ne s'est pas ouverte au monde, qu'elle a vécu sans idées, sans images, sans rien d'autre qu'elle-même. Elle tombe un pied devant l'autre. Elle sort de la grange. Elle quitte la ferme, prend la route, et court.

Naufrage. Odeurs de brûlé, de charcuterie, de toasts et d'urine. L'incendie s'immisce par-dessous les portes et l'espoir s'éteint. Désormais toutes les femmes sont assises autour de la table. David les a rejointes. Certaines ont le regard vide, les lèvres bleues. Certaines lui parlent, le cajolent, lui servent des parts de gâteau, des macarons verts et des macarons roses. L'une d'entre elles dit :

— Vous devez goûter, c'est au caramel au beurre salé.

Une autre ajoute :

— Pas caramel... Je dirais spéculoos. C'est très bon. Et vous, qu'est-ce que vous en pensez ?

David mange les deux macarons et soupire d'indifférence. L'envie n'y est plus. Sur son côté droit, il sent le contact d'une hanche épaisse, celle d'une belle quadragénaire, fausse blonde aux yeux tristes ; elle se sert un énième verre de champagne et remplit du même coup celui de David. C'est une attention qui le touche. Elle doit être ivre. Peut-être en état de choc. Elle a bu deux bouteilles avant de pisser sur sa chaise, tremper son tailleur et ses mollets, sans mot dire. Que cherche-t-elle ? À le séduire ? David boit mais reste amer.

« Peu importe... Que je me rende ou que je meure... Une vie de misère ou quelques minutes de souffrance...

Personne ne m'aime vraiment. J'aurais dû tuer le président. »

Depuis le niveau supérieur de la terrasse, les corps se vident et leur sang visqueux, saturé de superbe et de sucre, descend dans l'escalier, cascade marche après marche, et vient s'accumuler contre les baies vitrées du restaurant. Le niveau monte. On coule. On sombre dans le sang de porc.

Plus un seul morceau de ciel ne se donne à voir. Le bâtiment gît au fond d'un trou gigantesque, une colonne de fumée noire, qui monte et qui monte, et s'allume de braises enragées, et dans cette épaisseur des machines rugissent, des sirènes, des rotors d'hélicoptères… Est-ce l'Enfer ou le Paradis ? Une femme tend le bras et dépose un chou craquelin vanille dans la bouche de David. Elle dit :

— Faites-nous sortir, s'il vous plaît. On va mourir sinon. Vous ne voulez pas ça.

— C'est vrai, renchérit une autre, vous êtes quelqu'un de bon. Moi, je le vois en tout cas. Je vois que vous êtes quelqu'un de gentil.

— On vous défendra, fait une troisième. On ne dira rien. On dira ce que vous voulez. De toute façon, ce n'est pas de votre faute, hein ? On vous a forcé à faire tout ça. Quelqu'un vous a manipulé, c'est sûr.

Flatté, mais sans volonté, David hausse les épaules. Il boit une gorgée de champagne pour rincer sa bouche toute succulente.

David reprend son téléphone et parcourt les réseaux sociaux. La fièvre s'est emparée du monde. Scènes de liesse dans plusieurs pays arabes, mais aussi, pour des raisons difficiles à comprendre, sur l'île de Sumatra.

Des journalistes américains disent avoir des preuves que la Russie se trouve derrière l'attaque. Dans le même temps, à Paris, des centaines de solipsistes ont convergé vers la Défense pour s'approcher du drame, « s'imprégner de l'ambiance » et prendre des vidéos souvenirs. Certains s'amusent à perturber le travail des forces de l'ordre, essayent de forcer les barrages et d'entrer dans la Grande Arche pour participer à leur manière. Personne ne comprend que l'heure du Grand Soir a sonné. David s'en désole.

« Rien à faire… Rien ne les édifie… Je leur offre la Révolution, ils voient un divertissement. Tout est divertissement… »

Son téléphone sonne : numéro inconnu. Il décroche.

— Bonjour David. Je m'appelle Bertrand. Je suis policier à la BRI. Je suis chargé d'être votre interlocuteur, à présent.

— Mon interlocuteur ?

— C'est une personne avec laquelle on peut engager une négociation.

— Je connais la définition d'un interlocuteur !

— Pardon, c'est la façon dont vous demandiez…

— Mais pourquoi ils vous envoient ? À quel sujet faudrait qu'on interlocute ? Je suis mort ! C'est foutu !

— J'essaye juste de comprendre votre situation. Vous n'êtes pas mort. Je m'engage là-dessus : personne ne rentre dans le bâtiment tant qu'on discute ensemble.

David pose le téléphone sur sa poitrine et regarde un à un les visages des femmes tendus vers lui. Toutes attendent un mot, une décision de sa part. Il y en a qui toussent – l'air commence à devenir piquant à cause de la fumée.

— Je ne libère pas les filles, dit David. Je les garde avec moi.

— Très bien. Moi, ce que je pense, c'est qu'il faut au moins faire entrer les pompiers. Vous seriez d'accord ? C'est la meilleure solution. Parce que sinon, nous n'allons pas pouvoir discuter très longtemps.

— Non. Personne ne rentre.

— David. Vous pouvez me faire confiance. Je sais pourquoi vous faites tout cela. C'est en rapport avec Marc Levy, n'est-ce pas ?

David sent comme une gifle. Il redresse le buste et reprend de la vigueur.

— Comment vous savez ?

— Je suis comme vous, David. J'ai compris certaines choses. Mais vous savez quoi ? Je crois que Marc Levy ne voudrait pas de tout cela.

— Mais si, bien sûr que si ! J'étudie Marc Levy depuis un an. J'ai tout lu à fond ! Je sais de quoi je parle ! J'ai percé le secret !

— Oui. Je vous comprends bien.

— Ce n'est pas un flic qui va m'apprendre à lire ! Je fais une thèse sur Sartre, moi ! L'ontologie phénoménologique, pour moi, c'est de la petite bière, d'accord ? C'est un tour de chauffe !

— Oui, je connais.

— Ah vraiment ?

— Oui… L'oncologie gynécologique.

— C'est pas ce que j'ai dit.

— Pardon, je vous entends mal… J'ai sûrement fait le lien parce que ma femme est traitée pour un cancer du sein…

— Mais qu'est-ce que vous racontez ?

— Et si nous parlions plutôt de Marc Levy ?

— Si vous le comprenez vraiment, alors, vous *me* comprenez vraiment.

— Bien sûr. Mais vous savez quoi ? Je pense que dans un texte, chacun voit des choses différentes. Chacun fait sa propre lecture.

David se sent bouillir. Il serre les doigts sur son téléphone. Le policier continue :

— Moi, ce que je vois chez Marc Levy, c'est un message d'amour. Et de tolérance.

David éclate.

— C'est typique de notre époque !

— La tolérance ?

— Non ! Ce relativisme ! Faire primer l'interprétation sur le réel ! Mais le réel, c'est le réel ! Et dans le réel, Marc Levy appelle à la guerre !

David se lève de sa chaise et s'anime en arpentant la pièce. Les femmes le suivent du regard, incapables de comprendre comment la littérature s'est invitée dans la négociation.

— David…

— Quoi ?

— Je suis complètement d'accord avec vous…

— Mais vous dites le contraire de…

— Attendez. Laissez-moi vous donner un exemple. Vous voulez bien ? Bon. Voyez. Dans son premier roman, *Une histoire vraie*… Vous vous souvenez ?

— *Et si c'était vrai*…

— Exactement. Mark Ruffalo trouve un fantôme dans son placard…

— Mais ça, c'est le film !

— Voilà. Donc dans le film, Mark Ruffalo trouve un

fantôme dans son placard… Le fantôme de Gwyneth Paltrow…

— Reese Witherspoon.

— Tout à fait. Donc ils tombent amoureux… Et grâce à l'amour, au pouvoir de l'amour, Reese Witherspoon[1] revient à la vie. C'est une très belle comédie romantique, vous ne trouvez pas ?

Les femmes autour de la table sont bouche bée. Quelques minutes plus tôt, elles se préparaient à mourir. Maintenant, elles écoutent leur bourreau parler de bluettes. David a l'impression d'un traquenard.

— Mais vous êtes de quel côté bordel ?

— Je suis de votre côté, David. Je suis avec vous.

— Mais vous n'avez rien compris à Marc Levy ! Donc vous n'avez rien compris à ce que je fais ! Vous voulez juste me retourner le cerveau. Désolé, je ne marche pas. Je sais la vérité. (Retrouvant toute sa force, il saisit l'opportunité.) Je veux qu'on m'amène le président.

— C'est aussi Marc Levy qui vous demande cela ?

— Non bordel ! Je veux juste que le président soit là, devant le bâtiment. Je veux le voir. Directement. Sans intermédiaire.

— Est-ce que Marc Levy vous donne des ordres ? Est-ce qu'il parle à la manière d'une voix dans votre tête ?

— Non ! Pas lui ! Enfin… J'ai d'autres voix dans ma tête, mais pas lui, et je ne vois pas le rapport. Je veux que le président soit là. Je veux lui parler.

Le négociateur se tait, respire fortement dans le combiné. On entend presque ses dents grincer. Il répond enfin :

1. Il prononce « Winter Spoon » car il est policier.

— Peut-être que je peux faire venir le président. Mais en échange, David, vous me donnez quoi ? Je ne peux pas faire des choses pour vous si vous ne faites rien pour moi.

— Si je vois le président depuis la fenêtre, alors d'accord, je laisse monter les pompiers et je libère les filles.

— C'est d'accord. Appelez-moi quand vous êtes à la fenêtre. Moi, je vous préviens quand le président arrive.

David raccroche. Il ourdit son plan. Peut-être qu'il pourrait viser le président quand il le verra ? Non. C'est trop basique. Du trente-deuxième étage, ce serait un travail de professionnel. Il lui reste peu de munitions. Et des snipers seront forcément braqués sur lui, prêts à le descendre sitôt qu'il pointera son arme.

Alors David se concentre. Il cherche de l'aide auprès des Anciens. Il ferme les yeux, les appelle en silence, et les âmes des morts répondent. Il entend l'histoire d'Auguste Blanqui, fuyant sa prison grâce à la technique ancestrale du mannequin de paille. Technique efficace, justement, parce que trop évidente et bébête.

Les otages observent le jeune homme inquiétant, debout au milieu du restaurant, les yeux révulsés, dans une sorte d'extase vaudoue. Elles s'interrogent à voix basse :

— Il fait quoi ? Ses lèvres bougent…

— Il parle à quelqu'un ?

— Il prie. Il va nous tuer.

Mais David enlève son pantalon.

Youssef a fermé la porte de son appartement. Gagner du temps : il faut gagner du temps. Ils viennent le chercher, ils arrivent.

Électrisé, transpirant, Youssef piétine devant sa télévision. La fusillade est sur toutes les chaînes. Il échange au téléphone avec une journaliste de CNEWS.

— Donc vous avez bien connu le terroriste ?

— C'est mon meilleur pote. Je ne dirais pas que c'est un terroriste. C'est un intellectuel.

Youssef compte bien prendre part au carnaval et prendre un peu de cette lumière que David a braquée sur lui. Pour autant, il accepte le second rôle. Son honneur sera de peindre son ami de couleurs vives et de poser les jalons de sa légende dorée.

— Pourquoi dites-vous que ce n'est pas un terroriste ?

— Nous avons souvent débattu au sujet de la violence politique. Il se référait parfois à Theodore Kaczynski…

— Donc vous confirmez que le terroriste est motivé par des idéologues russes ?

— Kaczynski était américain.

— Beaucoup de Russes se font passer pour des Américains.

Trois coups sur la porte. Ils sont là. Il faut gagner

encore du temps. Youssef baisse le son de la télévision et reprend un peu moins fort :

— Kaczynski était un anarchiste et un poseur de bombes, mais il était aussi quelqu'un de très intelligent, un mathématicien, un universitaire. Il pensait que la société capitaliste industrielle détruirait à la fois l'Humain et la Nature, et c'est difficile de lui donner tort. David avait lu son manifeste, il y a des années, et m'en parlait souvent. Il aimait citer cette phrase : « La violence, c'est de l'autodéfense. »

— Que pensez-vous des déclarations faites par plusieurs représentants de la communauté LGBT, selon qui le terroriste aurait spécifiquement ciblé des hommes cisgenres pour se venger de l'oppression systémique ?

— David n'est pas homosexuel.

— Ce n'est pas ce que j'ai dit.

— Alors pourquoi se vengerait-il de l'oppression systémique ?

— Par solidarité, par exemple. Ou peut-être par dégoût de soi. Un homme cisgenre hétérosexuel peut faire son autocritique.

Trois coups sur la porte. Plus forts cette fois. Derrière, un homme tonne :

— C'est la police, monsieur ! Nous vous demandons d'ouvrir ! Vous ne vous êtes pas présenté devant la commission d'expulsion et vous n'avez pas souhaité être défendu ! Nous vous informons que cette commission a décidé de votre expulsion immédiate du territoire ! Nous venons pour exécuter cette mesure ! Nous savons que vous êtes à l'intérieur et nous vous demandons d'ouvrir !

Youssef voit apparaître un nouveau bandeau sur

CNEWS : « Selon son meilleur ami, le terroriste ne serait pas homosexuel. » Il s'énerve.

— Vous passez à côté de l'essentiel. Son attaque a simplement visé les puissants de ce monde. David est un homme révolté, ce n'est pourtant pas difficile à comprendre ? Cela ne vous a pas échappé, je suppose, que le destin du monde se trouve entre les mains de quelques personnes, que ce groupe est de plus en plus restreint, et qu'il s'y prend franchement mal ?

— Y avait-il des signes avant-coureurs ? Le terroriste prenait-il de la drogue ? Montrait-il des signes de fragilité psychologique ?

— C'est vrai qu'il y a eu ce basculement, en septembre dernier, quand nous nous sommes posé la question du suicide. Ce n'est pas une question si facile. Après cela, David s'est plongé dans la lecture de Sartre et je crois que pour lui, c'était une forme de réponse. L'engagement total donnait un sens à sa vie. Les idées de gauche, mais aussi, l'idée de résistance… En un sens, David était un colonisé. Il était étranger à cette société.

Un nouveau bandeau apparaît sur la télévision. Désormais, le débat en plateau s'articule autour du thème : « Faut-il interdire les ouvrages de Jean-Paul Sartre ? » Derrière la porte, les policiers s'impatientent. Ils tambourinent.

— Dernière sommation ! Si vous n'ouvrez pas, nous serons contraints d'enfoncer la porte !

Cette discussion téléphonique remplit Youssef de dépit. Il secoue la tête et raccroche. Il ne lui reste plus de temps. Son instinct le pousse vers la télévision, qu'il soulève et qu'il porte à l'autre bout de la pièce. Le câble électrique se débranche. Youssef jette l'énorme 16:9 par la fenêtre. L'appareil chute de cinq étages et se brise sur le toit de la voiture de police garée juste en bas.

Alertés par le fracas et par l'alarme du véhicule, les habitants du quartier apparaissent aux fenêtres. Le voisin de Youssef sort sur son balcon et demande :

— Qu'est-ce qui se passe ?

— Je ne sais pas ! Quelque chose… L'heure de tout recommencer ! La page blanche !

— Vraiment ?

— Oui !

Le voisin rentre dans son appartement puis reparaît avec un énorme écran plat dans les bras, qu'il jette par-dessus bord.

David, en slip, applique le stratagème d'Auguste Blanqui dans l'arrière-salle du restaurant – un petit espace privatisable pour les déjeuners professionnels.

D'ordinaire, il ne porte jamais de slip. Une ironie grinçante fait du slip son unique parure en ce jour historique. David est le seul à blâmer, pour sa gestion dilettante et toujours tardive du linge sale.

Les stores sont baissés pour le moment. Sur une chaise, on a disposé les vêtements – les chaussures, puis le jean, puis la chemise. Trois otages ont insisté pour aider. Elles cherchent des boules de papier, des chiffons afin de rembourrer le mannequin et lui donner forme humaine. David se découvre une inclination pour le ridicule. Il aime se voir en slip au milieu de ces femmes d'affaires en talons, riches et donneuses d'ordres, qui sentent les lotions et le shampoing, sont bien mises avec leurs chemises écrues, leurs tailleurs de laine et leurs pantalons repassés sur la couture.

À genoux devant le mannequin, David essaye de glisser le jean à l'intérieur de la chaussure. Une otage s'occupe de la seconde jambe. Elle lui murmure :

— Je suis d'accord avec vous…

— Ah oui ?

— Oui… Marc Levy… Moi aussi, je pense qu'il est visionnaire… Je n'ai pas tout lu mais… Vous connaissez *L'Horizon à l'envers* ?

— Bien sûr !

— C'est fou, non ?

— Je sais.

— Je voulais en parler autour de moi, mais tout le monde se moquait.

— Je sais !

— Je leur disais que ce livre datait de 2016, qu'il avait été écrit *avant* Elon Musk… Avant Neuralink… Et pourtant, tout est là… La technologie pour scanner la conscience, pour la dupliquer… Le scandale des singes maltraités… Les questionnements éthiques… Il essayait de nous prévenir…

David se sent compris. Il jubile.

— Je sais ! Il ose même appeler l'entreprise *Neurolink*, c'est quand même fou, non ? Il voit l'avenir et ne s'en cache même plus !

La jeune femme se redresse et commence à remplir le jean avec des pommes de terre trouvées en cuisine. Son visage s'illumine.

— Vous voulez ma théorie ? L'héroïne s'appelle Hope. Elle meurt… Elle est dupliquée dans le corps d'une joueuse de piano… Elle incarne l'espoir déchu, tombé dans la société du spectacle… C'est évident, Marc Levy parle du dernier stade du capitalisme…

— Mais oui !

— L'Éternité qui passe dans les mains du secteur privé. Le salut qui est à vendre, tout ça… Les cellules souches, le transhumanisme, la cryogénisation… C'est ça, le sujet du livre… Google qui travaille sur l'immortalité, qui l'annonce pour la fin du siècle…

David acquiesce gravement. Il pose une main sur l'épaule de la jeune femme et dit :

— Nous ne sommes pas seuls.

— Vous pensez ?

— Nous sommes nombreux. Nous sommes partout. Je ne sais pas comment cela va se terminer, mais quoi qu'il arrive, sachez que nous nous reverrons de l'*autre côté*, que nous serons heureux et que nous serons libres.

Assise dans un fourgon, Diana sanglote. Elle tient dans ses mains le morceau de sucre et le gobelet de café qu'on lui fit apporter, suite à son malaise. Elle n'en fait rien : elle est trop faible.

Les portes arrière sont ouvertes sur le spectacle policier, le ballet des uniformes, désorganisé, contaminé par la panique. Le commissaire de la BRI court par-ci, par-là, s'époumone dans trois ou quatre conversations à la fois. Il s'agit de libérer les otages, d'éteindre le feu, de repousser les journalistes, de contenir les échauffourées des solipsistes (« Et surtout pas de bavure ! »), mais aussi, pour des raisons difficilement explicables, de s'occuper d'un groupe de femmes qui disent être des sorcières et demandent à gérer la crise à leur manière – par la danse et le chant.

Il s'agit également d'assurer la sécurité du président qui n'a jamais quitté les lieux. Il ne voulait pas donner l'image d'un chef couard se retranchant derrière ses états-majors. Contre l'avis de ses conseillers, il a choisi de satisfaire la requête de David et prévoit de s'avancer, seul, au-devant de la Grande Arche. Mégaphone à la main, il engagera la discussion. Les caméras filment déjà. Son acte de courage sera retransmis dans le monde entier.

Le commissaire repasse devant le fourgon, pointe un doigt furieux vers un collègue.

— Alors ?! Le négociateur galère, là, oh ! J'ai demandé qu'on me trouve un spécialiste de Marc Levy ! Vous en êtes-vous occupé ?

— On n'a trouvé personne monsieur. Enfin si, il y a cet universitaire en Indonésie… Un sémiologue… Mais il est encore étudiant…

— Trouvez-le-moi ! On doit négliger aucune piste !

Une voix surgit depuis le talkie-walkie.

— *Monsieur ! On a du neuf ! L'assaillant serait prêt à se montrer ! Il est en ligne avec le négociateur.*

— Où est ce qu'il se trouve, ce salopard ?

— *On le cherche. Il serait dans une arrière-salle, près du restaurant, au trente et unième… Il vient d'ouvrir les stores apparemment… OK… Plus à gauche… C'est bon, monsieur, on l'a en ligne de mire !*

— Vous l'avez ?

— *Oui. On le voit ! Il est assis devant une fenêtre… Son arme sur les genoux… Il a caché son visage avec un torchon… Il s'est fait une sorte de cagoule…*

— Vous êtes sûrs que c'est lui ?

— *Affirmatif. Ce sont ses vêtements. Ou alors le mec a fait un mannequin de paille et se balade maintenant en slip ! Ah ah ah !*

Les rires font de la friture dans le talkie-walkie. Le commissaire éructe :

— Arrêtez vos conneries ! Bon. Il fait quoi ?

— *Rien. Il est calme. Les otages sont derrière lui. Trois*

*mètres derrière. Aucun risque d'en faire des dommages collatéraux.*

— Bon. S'il fait le moindre mouvement, vous le butez, OK ?

Une larme tombe dans le gobelet de Diana.

C'est presque maintenant.

Le pic sacré, le bout du bout. Les deux corps du roi qu'on crèvera d'un seul coup. Quasi nu descendant un escalier, David se précipite. Il tient un couteau de chef, trouvé sur les plans inox des cuisines. C'est une lame de trente centimètres pour découper les viandes et les poissons. C'est idoine pour un président : mi-vipère, mi-pieuvre.

David court à sa perte. Bien sûr, l'esplanade est hérissée de fusils. Bien sûr, on l'attend… Alors il se prépare. Il s'apprête à recevoir des balles. Une ou des centaines (pour ce que ça change)… Il se demande ce que ça fait, d'être perforé. Ça doit être silencieux. La Nature n'a pas prévu de douleur pour ça. Il suffira d'y croire, continuer, mettre un pied devant l'autre. Le président sera là, tout proche, à portée de lame.

Il paraît qu'on peut perdre un membre sans rien sentir. Alors même grêlé de plombs, on doit pouvoir continuer à marcher un peu. Même sans tête, on doit pouvoir porter un dernier coup. Il faut l'envisager : David accomplira peut-être sa destinée sans tête. En loques.

Encore un étage. David sortira par la grande porte.

Il descendra par l'escalier du fronton, sans se cacher. Il foncera. Il faut de l'élan, c'est tout. Les voix des Ancêtres se bousculent dans sa tête. Chacun veut donner un ultime conseil. Caserio, Ravachol, Germaine Berton, ces illustres tueurs de chefs, ils dialoguent en lui.

David se met en colère. « Vos gueules ! » Ce n'est plus le moment de penser. Ce sera le couteau. Le slip. L'attaque frontale.

Trois… Deux…

Au pied des tours, l'apocalypse.

Des barrières ont été renversées. Les civils débordent la flicaille. On accuse des groupes de jeunes qui seraient venus de la banlieue pour attiser la chienlit. Des journalistes affirment subir des vols et des agressions. L'ordre est donné de disperser la foule avec des lacrymogènes, mais des black blocs et d'autres groupuscules retournent les grenades aux envoyeurs.

Tout devient blanc.

Les vents creusent un sillon respirable au milieu des fumées. Une sorte de couloir dans la fournaise. Elise a la chance de se trouver à l'intérieur – elle ne croit pas à la chance, elle croit à ses facultés métapsychiques, à son pouvoir d'arranger la matière selon ses goûts. Elle avance le visage serein, dans une robe blanche qui symbolise la paix et la pureté, s'approche des cordons de sécurité, se dirige vers un homme en particulier, casqué, surarmé, sûrement un commandant. Celui-ci la menace :

— Reculez !

Elle sourit benoîtement et joint les mains. Elle est invincible.

— Reculez madame ! Dernier avertissement !

Elise demeure impassible, presque somnambule, et récite mentalement un sortilège de la Baba Yaga. Les yeux à peine ouverts, elle dit :

— Je sens énormément d'énergie masculine ici.

— Madame !

— Trop de violence… Trop de peur…

L'homme en gilet pare-balles la repousse brutalement. Elle vacille mais ne tombe pas. Elle extravague :

— Je suis une prêtresse. Je viens rééquilibrer la situation. Ne craignez pas notre puissance…

Elle tente de passer entre les hommes en formulant une prière à voix basse, accompagnée de gestes incantatoires. Un policier croit qu'elle essaye de voler le pistolet de son collègue. Il se jette sur elle. « Attention ! » Dans la mêlée, plusieurs personnes s'accrochent et tombent.

Premier coup de feu.

Encerclé par ses gardes du corps, le président ignore largement les désordres de l'arrière. Il dirige son mégaphone vers le trente-deuxième étage pour entamer la négociation :

— Je me présente devant vous, seul, sans protection, comme vous l'avez demandé. Maintenant, soyons raisonnables, nous pouvons mettre fin à tout cela.

Et puis il y a le coup de feu. Rapidement suivi de plusieurs autres. Une clameur soudaine. Une pluie de grenades lacrymogènes qui tracent de grands arcs de cercle dans les airs. Désorienté par les gaz, pris dans la bousculade, le Président s'extirpe et court droit vers la Grande Arche. Un garde du corps lui crie :

— Monsieur le président ! Attendez ! Par ici !

Le Président se retourne et ne voit, tout autour de lui, qu'une fumée blanche opaque.

Pieds nus sur le parvis, David s'approche, bloque sa respiration puis s'enfonce dans le nuage hurlant, bondé d'ombres folles. Une silhouette se précise : un homme en costume noir. Il tient un mégaphone et s'avance vers David.

C'est lui. Le président, hagard, qui cherche ses gardes du corps.

C'était écrit. Don du ciel.

David s'élance, bras tendu, lame pointée vers le bas. Dans un éclair d'effroi, le Président écarquille les yeux mais n'a pas le temps de parer l'attaque. Le couteau s'enfonce dans sa poitrine. Ils tombent. David à genoux, au-dessus, courbant son corps sur le manche pour y concentrer son poids, s'enfoncer encore, passer au travers, casser la cage thoracique.

Que c'est bon !

David éprouve ce plaisir délicieux qu'il faudrait démocratiser, et qui consiste à poignarder un président. Il voudrait crier au monde entier : tuez un président ! Au tournevis, au marteau, peu importe – à l'épluche-légumes si ça vous chante ! Mais tuez-le ! Les femmes et les enfants, les pécheurs et les saints, chacun devrait goûter à cette joie simple qui consiste à tourner le manche d'un couteau pour agrandir la déchirure, ouvrir aux quatre vents ce corps excrémentiel pour qu'y passe l'air pur, y couler un crachat – cracher une glaire sur cette pauvre dépouille présidentielle et qu'elle crève. C'est une joie plus douce que, par exemple, caresser un chien. Plus exquise qu'un poème, que la rosée du matin.

Mais David doit fermer les yeux. Le gaz dévore sa face. Par une contraction réflexe, il expectore un grand fil de salive collante et couleur de graisse qui s'enroule sur la joue du Président. Autour d'eux, la cohue. Quelques personnes devinent la scène à travers les brumes. Elles s'arrêtent. Un attroupement se forme. Personne ne dit mot ; on tousse, on se racle la gorge. Un garde du corps surgit.

— Là ! Il est là ! Il est à terre !

Il sort son arme. David se redresse et s'enfuit en courant. Des coups de feu retentissent. Le troupeau désorienté mugit mais ne ralentit pas.

Guillaume est engoncé dans son canapé. Il vient de regarder au moins trois épisodes de Friends qu'il connaissait par cœur. Il aime le connu, les divertissements recuits, ceux qui le ramènent à ses années lycée. La culture de son adolescence ne lui procure ni plaisir, ni stimulation, mais un cadre rassurant. Les activités répétitives le dispensent de réfléchir. C'est la raison pour laquelle il n'aime pas les week-ends ou les congés. Les journées de travail, elles, sont identiques : réunions, e-mails, cafés, mauvaise humeur de la direction, déjeuner, réunions, mauvaise humeur des équipes, finir à 20 heures, manger, dormir. Effacer. Recommencer. Réunions.

À propos, il faudra songer à corriger les titres du PowerPoint pour la réunion de lundi matin. Guillaume doit absolument devenir chef de projet sur une nouvelle moutarde au miel et zéro calorie. Deux mille ans de civilisation, de sacrifices, pour en arriver là. Guillaume aurait dû saisir intuitivement que quelqu'un, quelque part, lui volait sa vie. Mais cela fait trop longtemps. Guillaume ne se souvient plus de l'*effet que ça fait*, d'avoir une vie.

Il n'entend pas que son téléphone vibre sur la table

de cuisine. Juliette essaye désespérément de le joindre. Il voudrait dormir ; ramper dans l'angle de la pièce, ne plus boire, ne plus manger, ne plus rien sentir et que les heures fassent le reste.

Des bruits inhabituels attirent son attention. Depuis la rue d'en bas, des klaxons et des éclats de voix résonnent. Il considère sa fenêtre et se demande quelles seraient ses chances de survie, s'il sautait.

Cinq étages, c'est déjà beaucoup pour un homme.

L'émeute s'éparpille dans le quartier de la Défense par les rues adjacentes à l'esplanade. David suit un bras de foule qui s'étend vers le nord-ouest et les jardins de la Grande Arche, sur l'immense passerelle de bois que les locaux appellent « la Jetée ».

C'est un cul-de-sac. David anticipe, enjambe la rambarde, attrape une branche d'arbre, entre à l'intérieur du feuillage. En slip dans un arbre : comique de situation. D'ailleurs il se met à rire. La tête lui tourne. C'est l'essoufflement. Le trop-plein d'émotions. Il se laisse glisser contre le tronc, jusqu'au sol, et continue sur une pelouse, le long d'un grand mur de pierre, celui du cimetière de Neuilly.

Il a quitté la masse ; à l'abri des regards, il fait une pause. Un point de côté le freine. Il s'appuie contre le mur et se touche le flanc. Ce n'est pas un point de côté. C'est un trou. David se tâte. Il a reçu plusieurs balles, au niveau du ventre, des poumons. Un désagréable goût ferrugineux lui vient en bouche.

Alors il s'assied, dos au mur, et lutte avec sa respiration compliquée.

Les parents de David viennent de s'installer au club-house du golf des Sept Tours, sur la terrasse autour de la piscine. Mme Baumer boit un verre de vin rosé. M. Baumer, de vin blanc.

Pour la troisième fois depuis ce matin, Mme Baumer exprime la même inquiétude :

— Mais pourquoi est-ce qu'ils ne nous font pas de petits-enfants ?

— L'époque est compliquée… Pour les jeunes…

— Quoi, les jeunes ? Ils sont inquiets du réchauffement climatique ? De la crise ? Mais c'est eux, la crise ! Faut arrêter avec ça, hein… Il faut arrêter !

— C'est pas facile pour eux…

— Alors ça, non, je veux plus l'entendre ! C'était pas facile pour nous non plus ! On a pas attendu que tout nous tombe dans le bec sans rien faire ! Quand je vois David, je me dis que c'est du gâchis.

— Du gâchis ?

— Il aurait pu faire plus. C'est évident. Si on l'avait pas mis dans l'école publique déjà… Et puis on a été laxistes. Si on l'avait bousculé, il aurait peut-être eu envie de se décarcasser un peu, je ne sais pas moi… Devenir quelque chose ?

Car il faut croître. Devenir. On ne peut pas simplement « être ». Quand on « est », on demeure, on est dépassé par les autres. On n'arrive plus le premier. De ce principe, Mme Baumer déduit des observations psychologiques.

— C'est peut-être ça qui refroidit Diana ? Une thèse sur Sartre, à son âge ! On dirait qu'il veut rester étudiant toute sa vie… Je te le dis : Diana, c'est une vraie nana, qui veut un vrai mec, un mec rassurant.

Ils n'entendent pas, aux tables alentour, la rumeur qui commence à bruisser au sujet d'un attentat… Mme Baumer est absorbée par son réquisitoire, tandis que l'esprit de son mari vagabonde ; une déformation professionnelle lui fait inspecter les pieds nus offerts à son regard. Une femme d'un certain âge, étendue sur une chaise longue, présente un cor interdigital sur la face interne du quatrième orteil, ce que les podologues nomment affectueusement un « œil-de-perdrix ». M. Baumer grogne de nouveau tandis que lui vient cette pensée, qu'il ne peut réprimer et pourtant qu'il trouve idiote.

« Là-dessus je préconiserais la chirurgie, peut-être une arthroplastie. »

Les bruits du monde s'éloignent, emportés par la houle. Les détonations, les bris et les cris se cotonnent. David a l'impression d'avoir les tympans emplis d'eau, comme après un bain de mer. Du sang peut-être…

Il se replie fœtalement et couve ses blessures. Le sommeil le gagne. Le froid aussi. De façon surprenante, ce froid a quelque chose de plaisant. David l'accueille sans frissonner. Il ne sent plus ses doigts.

Dans un effort sublime, il redresse la tête. Un cercle d'hommes en armure, pointant leurs canons, se resserre autour de lui. Mais même cette image semble reculer, comme un écran, sans relief ni réalité, vers le fond d'un tunnel. Plus haut sur la passerelle, des civils photographient la scène avec leurs téléphones. C'est donc l'image qu'il laissera ? Celle d'un homme pathétique, en sous-vêtements, vidé de son sang sur la pelouse d'un parc affreusement laid, derrière les poubelles de tri sélectif et devant le cimetière ?

« Ce n'est rien, pense-t-il. J'ai tué le président. »

David se voit rejoindre les guerriers et les bienheureux dans les plaines du Valhalla, pour l'éternité, chassant chaque jour des animaux légendaires et festoyant chaque soir autour de banquets somptueux. En arrivant, tous les régicides, tous les poseurs de bombes, tous les révolutionnaires l'accueilleront à bras ouverts. Alors il boira l'hydromel des héros, entouré de Ravaillac et de Lee Harvey Oswald.

Sa tête retombe. Ses doigts se crispent. Il se laisse prendre dans la glace, et, depuis l'obscurité, une dernière lumière jaillit, un soleil immense et blanc. C'est Diana. Pas son image. Pas son souvenir. C'est *elle*, en esprit.

David s'endort avec un sourire.

*         **    *    *    *
*    *       *  *                    *              *

— DAVID, ENFIN, NOUS SOMMES RÉUNIS. JE SAIS QUE TU AS SOUVENT RÊVÉ DE CE MOMENT. TU L'IMAGINAIS DIFFÉREMMENT. IL Y A TANT DE QUESTIONS QUE TU VOUDRAIS ME POSER. LE MOMENT N'EST PAS VENU. IL FAUDRA QUE TU SOIS PATIENT. JE DOIS PARTIR, J'AI TANT À FAIRE. À PRÉSENT REPOSE-TOI. SOIS TRANQUILLE. TA DESTINÉE EST ACCOMPLIE. TU PEUX ÊTRE FIER DE TOI. SACHE QUE JE TE CONSIDÈRE COMME MON FILS.

TIENS, JE T'AI APPORTÉ UNE BOÎTE DE CHOCOLATS.

**   *    *       *    *        *      **
*       *     **    *             *
*      *

# – ÉPILOGUE –

## ENTRE L'ÊTRE ET LE NÉANT

Nous sommes nés du Néant, mais nous l'oublions ; c'est dommage. Le souvenir de cette extraction modeste nous apaiserait. Il n'y aurait plus de rois, de guerres ou d'ambitions ; seuls des vagabonds sachant que rien n'appartient à personne.

Quelques rares âmes ont eu la chance d'emprunter ce passage du Néant vers l'Être, une deuxième fois, dans le même sens. David en est une.

Cela se fit petit à petit, puis tout d'un coup.

Il y eut d'abord des sensations, très simples : le chaud, le doux. La conscience du noir. Le bercement amniotique des phases de rêve et d'éveil. Puis, à la façon dont le noir changeait à la surface des paupières, David réapprit le cycle du jour et de la nuit. Enfin, ses yeux s'ouvrirent un matin dans un bain de lumière. Des taches floues se précisèrent : un lit, une fenêtre, une personne assise… Sheyenne.

— Vous êtes enfin réveillé, dit-elle. Ne vous épuisez pas. J'ai déjà prévenu le personnel.

Trois infirmières entrèrent dans la pièce et couvrirent le jeune homme de soins, changèrent son oreiller, notèrent ses constantes et firent des injections. Elles chuchotaient en épongeant son front. « Détendez-vous, monsieur. » Chuchotis… « Pas d'effort inutile. » Elles disparurent aussi vite qu'elles étaient venues.

— Vous êtes à l'hôpital depuis vingt-cinq jours, fit Sheyenne. On a retiré plusieurs balles de votre corps. Vous êtes un miracle.

— Tu n'as pas l'air surprise…

— C'était écrit.

Elle lui tendit un livre – *1 000 000 de décimales du nombre d'Euler*. La gorge de David se serrait.

— Alors j'avais raison…

— *Nous* avions raison.

L'émotion grandit, emplit sa poitrine et perça par un pleur de joie.

— Ne vous tourmentez plus. Vous avez réussi. Les bonnes personnes étaient aux bons endroits. Vous étiez l'élu, celui qui a reçu le message, celui qui est venu l'annoncer : le bon moment était venu. Tenez. Pendant que vous dormiez, beaucoup de choses se sont passées.

Elle se leva, prit des journaux sur la commode et les jeta sur les draps. Les titres étaient nouveaux et provocants : « Ni Dieu ni projet », « Notre monde », ou encore « Libérés », qui semblait être la nouvelle mouture de *Libération.* David se mit à lire en séchant les larmes qui lui venaient continuellement.

Les nouvelles étaient bonnes. Elles étaient prodigieuses.

La tuerie de la Grande Arche et le meurtre du président provoquèrent un soulèvement populaire appuyé par l'armée. Les officiers donnèrent l'ordre d'attaquer les grands médias et les entreprises cotées en Bourse. On organisa des tribunaux militaires. On condamna les patrons, les journalistes, les lobbyistes, les publicitaires, les politiciens de carrière, les cadres et les managers bouffis d'eux-mêmes. En marge de cette épuration judiciaire, la foule avait spontanément déchaîné sa colère sur une poignée de cols blancs. Quelques-uns furent brûlés vivants. Des traders, pendus place de la Bastille. Les Parisiens festoyèrent pendant des jours au pied des gibets, dans une liesse mélangeant les vieillards et les enfants, les riches et les pauvres, tous enlacés, tous pardonnés.

Du jour au lendemain, la vie parut plus légère. Tout semblait de nouveau possible. L'exemple français s'étendit en Europe, et de l'Europe au reste du monde. Les gouvernements tombèrent en moins d'une semaine. Partout on réinventait les façons de vivre ensemble, de se répartir le travail et les richesses. Des informaticiens mandatés par des assemblées citoyennes avaient réécrit les algorithmes des réseaux sociaux de manière à favoriser non pas le repli sur soi, la colère ou les comportements pulsionnels, mais l'ouverture d'esprit et la bienveillance.

Seul Mark Zuckerberg tenait encore. Il s'était réfugié dans son lodge avec sa famille et son service de sécurité. Depuis trois semaines, il vivait grâce à ses réserves de nourriture et lançait sporadiquement des javelots par-dessus le mur de sa propriété. Rien ne pressait ; le peuple attendait dehors. Le jeune milliardaire finirait par se rendre ou mourir de faim. D'ici là, sa captivité fournissait un feuilleton truculent au monde entier.

David sentit ses nerfs fondre. Les journaux tombèrent de ses mains.

— C'est… C'est un rêve ?

— C'est réel, croyez-moi.

— En *seulement* vingt-cinq jours ?

— Au fait, Marc Levy tenait à vous voir. Il est passé la semaine dernière. Il vous a laissé des chocolats.

David tourna la tête et trouva la boîte de Lindt (quarante-quatre bouchées assorties) sur sa table de chevet. Il éclata de rire.

— C'est le paradis !

— Toutes les nouvelles ne sont pas aussi bonnes… Je dois vous annoncer une chose difficile.

Il déglutit, redoutant le pire. Sheyenne prit un air solennel.

— Elise est morte.

« Elise… » À leur tour, les souvenirs apparurent du Néant. Une tête arrondie. La voix d'une collégienne. Ces qualités objectives étaient suivies par un certain sentiment. David eut un pincement au cœur, au sens propre. Le pincement fut si douloureux qu'il se redressa, mains sur la poitrine, comme pour protéger son organe.

— Vous l'aimiez plus que vous ne le pensiez, dit Sheyenne.

Dans un éclair d'horreur, il imagina les corruptions que la mort infligerait au visage si doux d'Elise. Le visage d'une fille qui n'avait jamais fait le mal. Il soupira de chagrin :

— C'est ta faute… Tu lui racontais des conneries.

— Je n'ai rien fait par simple cruauté. Sans son sacrifice, la Révolution n'aurait pas eu lieu. Je vous en prie, pas de colère. La mort n'a pas l'importance que nous lui prêtons habituellement.

David commençait à se sentir moins à l'aise, engoncé dans les molletons de son lit, bizarrement étroit pour un lit d'hôpital, et doté de rebords en bois incongrus. Il eut un coup de froid. N'était-ce plus l'été ? Derrière la fenêtre s'étendait un ciel redoutable, d'un rouge uniforme.

— C'est étrange…

— Beaucoup de sang a coulé pour accoucher de ce monde.

— Et d'où viennent tous ces bouquets de fleurs ?

— Vous êtes un héros. D'ailleurs, vos amis sont venus vous voir. Ils sont déjà là.

Elle ouvrit la porte. Youssef, Juliette et Guillaume entrèrent dans un barouf, entourant le convalescent et le couvrant de mains affectueuses. Les yeux de David s'embuèrent quand il crut voir passer dehors, au-dessus des arbres, un prolétaire en bleu battant des bras tel un oiseau. Peut-être un effet des médicaments. Il pointa son doigt.

— Vous avez vu ça ?

Ses amis n'entendirent pas. La célébration mangeait tout. Ils expliquaient comment l'art télépathique et divinatoire était en train de changer l'humanité tout entière, nos conceptions du Temps, de la mort et de la conscience. Des écoles spécialisées s'ouvraient un peu partout et le Rouquin, devenu professeur, était considéré comme une sommité dans le domaine. Youssef était son élève.

— Assez de bavardages ! fit Sheyenne en tapant dans ses mains. Nous aurons le temps de célébrer ce soir. Un grand banquet est prévu en votre honneur, David. Mais avant, une personne très spéciale est venue vous voir. Elle vous attend dehors.

David palpa ses jambes et ne les trouva pas trop démusclées.

— Je peux me lever ?

— Vous pouvez tout faire, approuva-t-elle avec un sourire équivoque.

Le jeune homme s'étonna d'être si léger. On l'accompagna dans les couloirs jusqu'à l'entrée de l'hôpital et le laissa, seul, passer la grande porte qui donnait sur le parc – une porte brillante et lisse, comme une seule perle. Sous la lumière écarlate qui tombait du ciel, les végétaux formaient un camaïeu de couleurs obscures, allant du bleu pétrole au noir charbon. L'immense pelouse bourgeonnait de buissons et de massifs aux rondeurs parfaites, avant de se perdre, dans toutes les directions, à l'intérieur de bois épais. Au loin, derrière les arbres, bougeaient des perroquets baroques, des cacatoès, mais aussi des fauves et d'autres animaux de grande taille. David se frotta les yeux en pensant deviner des éléphants dans l'ombre.

« Peut-être qu'ils ont libéré les zoos ? »

À cinquante mètres se trouvait un étang sans reflet où penchait un grand saule pleureur. Une femme attendait dessous. Il reconnut immédiatement Diana. Pieds nus sur l'herbe, il courut à sa rencontre et la prit dans ses bras.

— Je n'arrive pas à y croire, dit-il avec le souffle court.

Elle cligna d'un œil complice.

— *Et si c'était vrai ?...*

Dans un square anonyme, quelque part à Paris, un bourdon se laissait bercer sur une feuille de lilas. Aux bruits que faisait la ville, à la façon dont les humains dansaient, il devinait que le monde était différent d'hier.

La nuit tombait, accompagnée par les premiers tâtonnements de la saison froide. Bientôt la fin. Qu'avait donc été tout cela ? Une illusion, la réalité – quelle différence ? Pris de torpeur, le bourdon s'endormait en se demandant si cette existence était bien la sienne, ou si, peut-être, il ne vivait pas dans le rêve d'une jeune fille…

## Également aux éditions Rue Fromentin (extrait du catalogue)

| | |
|---|---|
| Kristen Arnett | *À pleines dents* |
| Aurore Bègue | *Treize* |
| Denis Cheynet | *Tu crèveras comme les autres* |
| Elise Costa | *Comment je n'ai pas rencontré Britney Spears* |
| Sylvia Hansel | *Noël en février* |
| Janet Hobhouse | *Nos vies consumées* |
| Ian Hunter | *USA 1972 – À travers l'Amérique avec Mott The Hoople* |
| Kristopher Jansma | *New York Odyssée* |
| Patrice Jean | *La France de Bernard* |
| | *Les Structures du mal* |
| | *Revenir à Lisbonne ou l'imposture amoureuse* |
| | *L'Homme surnuméraire* |
| | *Tour d'ivoire* |
| | *Rééducation nationale* |
| Lizzy Goodman | *Meet Me in the Bathroom – New York 2001-2011 : une épopée rock* |
| Dominique Labarrière | *Le roi a ri* |
| Olivier Maulin | *Histoire des cocotiers* |
| Courtney Maum | *Je suis si bien ici sans toi* |
| Maud Molyneux | *Monsieur Maud. Parcours d'un journaliste esthète* |
| François Perrin | *Bois sans soif* |
| Charles Poitevin | *Otary Club* |
| Ludovic Roubaudi | *Le Diplôme d'octobre* |
| Peter Rock | *À l'abri du monde* |
| | *L'Abandon* |
| | *Les Indécis* |
| Nicolas Roiret | *La Mécanique du saut* |
| | *L'Été chez Cochise* |
| William Seabrook | *Sans répit* |
| Olivier Scheibling | *Rond-Point* |
| Rob Sheffield | *Tomber les filles avec Duran Duran* |
| J. Ryan Stradal | *Les Cuisines du Grand Midwest* |

Achevé d'imprimé en juin 2024
Dépôt légal : juin 2024
ISBN : 978-2-919-54785-2